De REPENTE ADULTA

SARAH TURNER

DE REPENTE ADULTA

Tradução
Fernanda Castro

1ª edição
Rio de Janeiro-RJ / São Paulo-SP, 2023

VERUS
EDITORA

Título original
Stepping Up

ISBN: 978-65-5924-219-1

Copyright © Sarah Turner, 2022
Todos os direitos reservados.

Tradução © Verus Editora, 2023
Direitos reservados em língua portuguesa, no Brasil, por Verus Editora. Nenhuma parte desta obra pode ser reproduzida ou transmitida por qualquer forma e/ou quaisquer meios (eletrônico ou mecânico, incluindo fotocópia e gravação) ou arquivada em qualquer sistema ou banco de dados sem permissão escrita da editora.

Verus Editora Ltda.
Rua Argentina, 171, São Cristóvão, Rio de Janeiro/RJ, 20921-380
www.veruseditora.com.br

CIP-BRASIL. CATALOGAÇÃO NA FONTE
SINDICATO NACIONAL DOS EDITORES DE LIVROS, RJ

T853d
Turner, Sarah
   De repente adulta / Sarah Turner ; tradução Fernanda Castro. - 1. ed. - Rio de Janeiro : Verus, 2023.

   Tradução de: Stepping up
   ISBN 978-65-5924-219-1

   1. Romance inglês. I. Castro, Fernanda. II. Título.

23-85550   CDD: 823
                 CDU: 82-31(410.1)

Meri Gleice Rodrigues de Souza - Bibliotecária - CRB-7/6439

Revisado conforme o novo acordo ortográfico.

Seja um leitor preferencial Record.
Cadastre-se no site www.record.com.br e receba informações sobre nossos lançamentos e nossas promoções.

Atendimento e venda direta ao leitor:
sac@record.com.br

*Ao meu pai, que sempre disse que eu conseguiria.
E ao James, que me lembrou que eu conseguiria até eu de fato conseguir.*

Conforte-se, alma querida! Sempre há luz
por trás das nuvens.

Louisa May Alcott, *Mulherzinhas*

MARÇO

1

Giro a chave na ignição e solto um suspiro. *Qual é.* Quando girei a chave ontem, pelo menos escutei um barulho mais promissor. Mas agora de manhã não estou escutando nada, o que é realmente uma maravilha justo no dia em que devo fazer minha primeira avaliação de desenvolvimento pessoal no emprego novo. No emprego novo *novo*. Meu pai diz que eu sofro de uma "coceira das dez semanas no trabalho" — não tive coragem de contar a ele que já no fim da quarta semana estou sentindo essa coceira, porque sei que ele abriria o jogo para minha mãe e ela me faria ouvir mais uma vez toda aquela palestra sobre ser confiável e comprometida. *Você precisa se ater às coisas por mais tempo, Beth. Se colocar um pouco à prova.*

O rádio ganha vida com uma atualização do tráfego — *trânsito lento na A39 entre Kilkhampton e Stratton devido à quebra de um caminhão transportando gado.* Reviro os olhos. As pessoas aqui na cidade vivem comentando que somos muito sortudos por morar nesta partezinha do mundo e que o deslocamento deve ser terrível em uma cidade grande, mas pelo menos numa cidade grande eu não teria que parar por causa de animais de fazenda. Eu entendo, o metrô em um dia quente fede a axila e meia suja, mas a temporada de adubação com esterco ao norte da Cornualha também não é exatamente um bálsamo para os sentidos.

Tento a chave de novo. *Clique, clique, clique*, nada.

Tem uma garrafa de água na minha bolsa. Tiro a tampa e bebo tudo de uma vez, xingando a mim mesma por não ter me reidratado ontem antes de dormir. Minha irmã jura de pé junto que bebe um litro d'água sempre que volta de uma noitada (embora, como estou sempre precisando lembrar a ela, um jantar com o marido e algum outro casal para falar sobre treinamentos de sono e matrículas no primário não configure uma "noitada"). Nossa Emmy adora mantras, e "Faça hoje um favor para a sua eu do futuro" é o mais recente deles. Lógico que a sacaneei sem dó por isso, mas, lá no fundo, acho que ela está tramando alguma coisa. Imagino que a Emmy do Futuro viva encantada com o planejamento da Emmy do Passado. Já a Beth do Futuro segue perpetuamente decepcionada com a Beth do Passado, que não traz nada de novo para a mesa além de um monte de arrependimentos por causa de ideias-que-na-hora-pareciam-boas. Imagino que seja isso que acabe parando na minha lápide: *Aqui jaz Beth. Amada filha, irmã, tia e amiga. Cheia de ideias que na hora pareciam boas.*

Aquela quinta taça de vinho foi um erro. Penso em mandar uma mensagem para Jory sobre os problemas com o carro e aproveitar para descobrir se ele está de ressaca, mas a essa altura ele já deve estar dando aula. Jory não é um melhor amigo divertido durante o horário de trabalho e raramente se envolve nos meus papos de entediada-na-firma no WhatsApp. Um dia, toquei nesse assunto com ele, reclamando, mas Jory só deu risada e disse:

— Acontece que eu tô *trabalhando*. Você vai entender isso um dia, quando virar adulta.

Descanso a testa contra o volante e fico pensando no que fazer. Meus pais saíram, então não tenho como pedir uma carona ou o carro emprestado de novo até consertar o meu (ou até meu pai consertar; estou tentando não pensar em quanto ainda devo a ele pela última visita à oficina). Eles foram tomar conta dos netos antes mesmo de eu acordar, o que significa que minha irmã também não está por perto para quebrar meu galho. Para começo de conversa, Emmy obviamente fez um favor para sua eu do futuro e *não comprou* um Vauxhall Astra enferrujado com uma década de vida e um histórico de mau funcionamento.

— Você conhece o ditado, Beth. Quem compra barato compra duas vezes.

Como vivo explicando a ela, eu compro barato porque não tenho grana.

Mas, pra variar, ela está certa. Eu *devia* investir em um carro mais confiável, só que, teoricamente, estou economizando para mudar de casa, de cidade, ou então só fazer qualquer coisa que não seja morar com os meus pais, uma situação que desde o ano passado, quando completei trinta, vem se tornando bem complicada. Não parecia tão ruim enquanto eu ainda tinha vinte e poucos, mas acordar no mesmo quarto em que cresci no meu trigésimo aniversário não foi um dos meus melhores momentos. Saí para comprar uma muda de costela-de-adão e uma poltrona de veludo mostarda na tentativa de deixar meu quarto de infância com um ar mais sofisticado, mas, quando Jory me ajudou a redecorar, esquecemos de arrumar o teto e, agora, quando deito na cama, ainda vejo as antigas marcas de fita crepe no lugar onde pendurei um pôster do J, aquele integrante do Five. J quase me matou do coração algumas vezes ao cair do teto bem na minha cara durante a noite, mas eu sempre o prendia de volta, e ele ficou ali por anos, olhando para mim com seu piercing de sobrancelha atrevido. Uma busca rápida no Google me informa que hoje em dia Jason Paul "J" Brown está com quarenta e dois anos. Até Bradley, do S Club 7, está com quase quarenta. Eu preciso sair de casa.

    O alegre locutor da rádio local anuncia o horário no intervalo entre duas músicas, me lembrando de que agora estou muito atrasada. Minha única opção é ir a pé. Mostraria determinação, talvez até impressionasse meu novo chefe. *O carro da Beth quebrou, mas mesmo assim ela veio trabalhar. Mandou bem, Beth!* O problema é que estou sentada aqui já faz quase meia hora, e outra ideia vem tomando forma: eu podia simplesmente *não ir*. Maquiar um pouquinho a verdade. Substituir "problemas mecânicos" por "me sentindo mal". Não é a melhor das soluções, eu sei, mas, se eu escolher a honestidade, meu chefe pode vir até aqui me buscar, e não tenho condições de encarar Malcolm estando de ressaca. Já é ruim o bastante passar o dia inteiro sentada na frente dele cuidando de todo o trabalho pesado que envolve seus acordos financeiros.

    Acho que está resolvido. Como há menos de quinze dias menti e tirei um dia de folga por causa de "problemas femininos" fictícios, não posso voltar a usar meu ciclo menstrual como desculpa, embora agora esteja realmente menstruada. Deve existir algum aprendizado nisso tudo. *A Mulher que Jorrava Menstruação*. Vou contar essa para Emmy mais tarde.

★ ★ ★

Clico em ENVIAR no e-mail de desculpas para Malcolm e entro em casa, a gloriosa promessa de um dia inteiro sem fazer nada se estendendo à minha frente. Me pergunto se tem pizza no congelador. Às vezes minha mãe compra aquelas pré-prontas que eu gosto quando estão em promoção (no preço normal, pelo visto, são um roubo). Eu devia desligar o celular para caso alguém do trabalho tente ligar, mas antes preciso deletar meus stories de ontem à noite com Jory do Instagram. Acho que ninguém do escritório me segue nas redes sociais — não estou lá há tempo suficiente para fazer amigos —, mas meu perfil não é privado e seria constrangedor se ficassem sabendo da minha enxaqueca e depois dessem de cara com um vídeo meu fazendo uma dança sugestiva com um taco de sinuca. Me encolho de vergonha enquanto assisto. Por que sempre dou essa *giradinha* quando bebo? Devo ter pensado que estava arrasando, e, pior ainda, ter pedido para um Jory não-tão-bêbado-quanto-eu me filmar. Sorrio ao ouvir sua risada no fim do vídeo e depois o apago, esperando que as duzentas e trinta e sete visualizações não incluam ninguém da Hexworthy Consultoria Financeira.

Assim que desligo o celular, lembro que precisava mandar uma mensagem a Emmy para desejar boa sorte a ela e Doug na reunião sobre a hipoteca. Droga. É por isso que meus pais não estão aqui. Eles foram para a casa dela tomar conta de Ted e ver se Polly entra direitinho no ônibus (embora, com catorze anos, Polly já tenha idade suficiente para entrar direitinho no ônibus). Preciso de verdade mostrar que estou interessada na busca de Emmy e Doug por uma casa própria após quinze anos morando de aluguel. E *estou* interessada, é um passo enorme para eles, tanto que passei o tempo todo ouvindo minha mãe falar sobre isso na última semana. *Eles trabalharam duro e se saíram tão bem. Sua irmã se saiu bem, né, Beth?*

A casa está em silêncio. Preparo uma xícara de chá e a levo para a sala, pegando o notebook na mesinha de centro. O telefone da casa toca, mas ignoro e me acomodo no sofá com as pernas debaixo do cobertor xadrez do meu pai. "Um tartã da *Cornualha*", como ele gosta de me lembrar, sempre chocado quando essa explicação não faz meu afeto pelo tal cobertor aumentar imediatamente. Papai tem muito orgulho de suas raízes na Cornualha.

Só por força do hábito, dou uma olhada rápida em vagas de emprego, o que é sempre um exercício complexo, já que não consigo decidir o que quero fazer nem onde quero morar (exceto por qualquer coisa que não o que estou fazendo agora, também não aqui em St Newth, onde o ponto alto do ano é dançar ao redor de um mastro). Quando o jornal da manhã começa na televisão, já não tenho mais nada para ver no computador, então recorro a uma rolagem infinita pelo Facebook, o que sempre me dá uma sensação meio 2006. A geração da minha sobrinha, agora no ensino médio, nunca vai entender as horas que você tinha que dedicar para fazer upload de um álbum inteiro de fotos de uma saída à noite, às vezes até vários álbuns da mesma noite (*por quê?*), nem vai poder aproveitar a corrida contra o tempo que era se desmarcar de fotos que não te favoreciam.

Para minha grande surpresa, Jory me enviou alguma coisa no Messenger. Clico na notificação e me decepciono por não encontrar um único GIF ou meme sobre ressaca. Seu tom é bem direto e, para ser sincera, um tanto autoritário.

Beth, onde você tá? Por favor, liga o celular.

Que cara legal de conversar. É perigoso, mas decido arriscar uma ligação do meu chefe. Segundos depois de a tela do meu telefone ganhar vida, os toques vibrantes de pânico começam. Ai, meu Deus. Malcolm deve ter deixado um recado. Dou uma olhada nas mensagens. Correio de voz de número desconhecido (provavelmente do trabalho). Correio de voz do meu pai. Correio de voz do Jory. *Jory?* Ele nunca deixa mensagem de voz — e por que está me ligando da escola?

Estou prestes a ouvir o recado quando recebo uma enxurrada de mensagens. Só na última meia hora meu pai tentou me ligar sete vezes. Também mandou duas mensagens, uma perguntando onde estou e a segunda me pedindo para retornar a ligação assim que possível. Nada de "como você está" ou beijinhos. Talvez ele tenha ligado para o escritório por algum motivo e ficado sabendo que eu estava com enxaqueca. É legal que ele queira saber de mim, mas sete chamadas perdidas me parecem um pouco de exagero no quesito preocupação. Além do mais, acho que não ajudaria muito se eu realmente estivesse com enxaqueca. Clico para retornar a chamada e vou até o corredor para conseguir mais sinal. Ele atende após dois toques.

— É você, Beth? — A voz dele soa mais baixa que o normal. Me sinto culpada por tê-lo deixado preocupado.

— Sim, pai, sou eu. Você ligou pro escritório? Desculpa, foi só um *pequeno* mal-entendido sobre a dor de cabe...

Ele me interrompe dizendo meu nome e repetindo-o três vezes. Há algo no seu tom que faz os pelinhos na minha nuca se arrepiarem.

Meu coração começa a acelerar.

— Pai, o que foi? Cadê a mamãe?

Ele faz uma pausa. O pavor em meu peito aumenta quando ele passa a falar bem devagar:

— Sua mãe está aqui comigo. Você está com alguém? Não está dirigindo, né?

— Não, não tô dirigindo. Tô em casa. Pelo amor de Deus, pai... o que foi? — pergunto, tremendo.

Ele está falando algo longe do telefone. Consigo ouvir uma conversa abafada com a minha mãe, que parece chateada. Ouço *Peppa Pig* no fundo, então sei que ainda estão na casa de Emmy, mas também escuto uma outra voz, de homem... uma voz que não reconheço. Não é Doug, meu cunhado.

— Aguenta firme aí, meu bem, só aguenta firme que eu chego assim que puder. — Meu pai está chorando.

Agora também estou chorando, sem nem saber por quê.

— Não. Seja lá o que tenha acontecido, me conta de uma vez, pai. Por favor.

Ele não ligou por causa da minha dor de cabeça. Ele tentou telefonar sete vezes para falar alguma outra coisa, algo que ele acha melhor me contar pessoalmente, algo que o está fazendo chorar. Deve ser algo ruim pra caralho.

E aí ele me conta.

— Sinto muito, meu bem. É a sua irmã e o Doug. Aconteceu um acidente.

2

Não me lembro de Jory chegando ou me levantando do chão, mas ele deve ter feito isso, porque estou sentada no banco da frente de sua van com as mãos dele nas minhas bochechas. Ele está falando comigo, mas não escuto som algum. Observo sua boca se movendo devagar, aquela mesma mímica exagerada que fazia quando éramos crianças tentando falar debaixo d'água na piscina. Dávamos risada ao subir para recuperar o fôlego, jogando água para todo canto enquanto contávamos o que cada um pensava que o outro tinha dito. Em mais de vinte anos de amizade, nunca o vi preocupado assim.

— Beth? — O som retorna aos meus ouvidos, e tenho um sobressalto ao lembrar do motivo de ter me encolhido daquele jeito no chão do corredor. Meu corpo inteiro começa a tremer.

— O Doug morreu — declaro como se fosse um fato, e mesmo assim olho de forma suplicante para Jory, rezando para ele me corrigir ou pelo menos me passar um cenário atualizado e menos devastador da situação, mas ele não faz nada disso. — A Emmy também vai morrer, né? — Quero desesperadamente que tenha sido só um engano, uma confusão. É improvável, eu sei, mas não impossível. Começo a barganhar com Deus ou qualquer outro ser que possa me escutar. *Se isso não for verdade, eu faço qualquer coisa. Traga meu cunhado de volta, não deixe minha irmã morrer, desfaça o acidente e nunca mais reclamo da vida.* Meus dentes estão batendo.

— A gente não sabe. A Emmy é durona. — Jory afasta as mãos do meu rosto e tira o paletó, passando-o em volta dos meus ombros. Lembro dele fazendo a mesma coisa na noite em que meu primeiro namorado terminou comigo depois de uma discussão regada a álcool. Jory me encontrou tremendo de choque, adrenalina ou talvez ambos. Nos sentamos no meio-fio na frente da boate, ficamos comendo hambúrguer de um trailer e ele me disse que ia ficar tudo bem. Quero que ele me diga que vai ficar tudo bem agora, mas Jory não faz isso. Ele dá partida na van. — A gente precisa mesmo ir pro hospital. Só queria ter certeza de que você não tava tendo um ataque de pânico primeiro.

— Por favor, só dirige. Eu tenho que estar lá. Quanto tempo...?

— Uma hora e vinte e cinco minutos — ele diz, me entregando uma sacola. — Tem uma garrafa de água e um saco plástico aí dentro, caso precise vomitar. Você falou que estava com ânsia. Também trouxe seus óculos... achei que as lentes de contato podiam te incomodar. Eu não sabia o que pegar, e você só gritava... — A voz dele falha. Pelo visto, ele deu uma chorada. Só vi Jory chorar uma vez, na nona série, num dia que estava na casa dele e Bramble, seu cachorrinho springer spaniel, tinha acabado de morrer.

Seguro no colo as coisas que ele me passou, engolindo o nó que não para de queimar no fundo da garganta.

— Não posso perder minha irmã, Jor. A Polly e o Ted precisam dela. Eu preciso dela.

Ele me olha de lado, mas não responde.

Começo a roer as unhas. *Doug está morto*. A frase fica se repetindo em loop na minha cabeça. Encontrei Doug faz dois dias. Fui até a casa deles de penetra no jantar assim que fiquei sabendo que os dois estavam fazendo lasanha. Minha irmã prepara a melhor lasanha do mundo: deixa o topo meio crocante, do jeitinho que eu gosto. Passei a noite tirando sarro da calça jeans de paizão de Doug e dos sapatos de jardinagem de Emmy. Agora, tem um monte de policiais na cozinha deles, dizendo coisas que não queremos ouvir. Como ele pode ter *ido embora*, assim, num piscar de olhos?

Jory liga o rádio, mas desliga depressa quando o noticiário reporta um acidente fatal na M5. Ficamos em silêncio pelo resto do trajeto, o nó ainda queimando na minha garganta.

★ ★ ★

O hospital é um labirinto de corredores e áreas de espera. Andamos o mais rápido que conseguimos sem precisar correr. A certa altura, aperto o passo, mas Jory me segura quando quase dou de cara com um paciente sendo carregado em uma maca para fora do elevador.

— Segundo andar, área K — ele repete as instruções que recebemos na recepção da unidade de terapia intensiva. — Estamos chegando.

Meus pais estão meia hora atrás de nós. Tiveram que buscar Polly na escola e dar a notícia a ela antes de sair. Ted ainda não sabe o que aconteceu com o pai, mas também está vindo para poder ver a mãe. Ainda não sabemos qual é a situação de Emmy, exceto que é grave e que, se Ted precisa estar aqui, a recuperação deve levar um tempo. Não consigo pensar nas crianças agora, porque só a ideia faz meu coração quase literalmente partir. Estou atordoada com a dor física que senti ao receber a notícia, como se estivessem passando meu peito em um moedor.

Quando chegamos apressados no acesso à UTI, uma enfermeira se aproxima, perguntando qual paciente viemos visitar. Espio por cima do ombro dela. Já visitei pessoas no hospital várias vezes, mas esta enfermaria não se parece com nenhuma das outras. Não há pacientes sentados em camas, assistindo a programas na televisão com uvas e jujubas nas mãos. Em vez disso, tem vários quartos privativos com portas fechadas e um silêncio generalizado, permeado apenas pelo bipe das máquinas.

— Emmy. Emily Lander. Sou a irmã dela, Beth — eu digo.

A enfermeira assente, me cumprimentando, e então olha para Jory.

— E esse é Jory. Meu amigo. — Mas não parece suficiente. — Está mais pra parte da família, na verdade — acrescento.

Somos conduzidos pela UTI e passamos pelos cubículos silenciosos até chegarmos a um longo corredor com uma fila de cadeiras e no fim o que parece ser um escritório. A enfermeira aponta para Jory e em direção à máquina de café mais próxima. Eu não quero café. Me sento, mas na mesma hora me levanto e começo a andar de um lado para o outro. Não precisamos esperar muito até uma médica aparecer e vir conversar com a gente.

— Beth? Sou a dra. Hargreaves. Pelo que entendi, sua mãe e seu pai estão a caminho.

Faço que sim com a cabeça.

— Posso ver minha irmã?

Ela faz um gesto para que eu me sente e obedeço com relutância, cerrando os punhos e cravando as unhas na palma das mãos. Aconteceu alguma coisa desde a última vez que falaram com meu pai?

— O estado da sua irmã é muito grave. — Sua voz é baixa, comedida. *Muito grave.* Muito grave significa que ela ainda está viva. Só de pensar nisso uma onda de alívio me invade, apesar da preocupação estampada no rosto da médica. *Grave* sempre foi a palavra de ordem da minha mãe para quando estávamos resfriadas ou com dor de garganta. Definitivamente soa pior agora que é uma profissional de saúde falando sobre a minha irmã.

Ela se senta ao meu lado. Tem uma caneta enfiada atrás da sua orelha. Me esforço para me concentrar no que ela está dizendo.

— Emmy sofreu um traumatismo craniano significativo. Quando os paramédicos chegaram ao local, ela não respondia e respirava muito lentamente.

Um soluço escapa da minha garganta, meu cérebro criando imagens do acidente. Jory aperta meu ombro.

— Ela está conseguindo falar? Ela sabe onde está? Ou o que aconteceu? — *Ela sabe que o marido morreu?*

A dra. Hargreaves nega com a cabeça.

— No momento, sua irmã está em um estado de consciência mínima e precisa de um ventilador para ajudar na respiração. Em termos simples, está em coma, ainda que não exista nada de simples em um traumatismo craniano.

— Ela vai morrer? — Olho nos olhos da médica, ao mesmo tempo sem querer saber e precisando saber. Fico me perguntando se a dra. Hargreaves tem ideia de como é importante que ela salve Emmy. Suspeito que sim, que ela já esteve diante de centenas de famílias sentadas onde estou agora, contando com ela para salvar alguém especial dentro da bolha sombria que é este hospital, onde todos os pacientes estão em um estado bem grave. Mas todos esses outros pacientes não são a minha irmã.

— É muito cedo para responder a essa pergunta com qualquer grau de certeza. A condição de Emmy é o que chamamos de crítica, mas estável. Significa que ela corre risco de vida, porém no momento seus sinais vitais estão dentro dos limites normais. — A dra. Hargreaves põe a mão no meu braço. — Farei tudo que eu puder pela sua irmã. Agora vamos lá dar uma olhada nela?

Jory estende a mão e eu a seguro. Ainda estou usando seu paletó, o mesmo que ele deveria estar vestindo agora enquanto dá sua aula de história. É como se tivéssemos pulado para um universo paralelo e tudo o que eu mais quero é voltar para o antigo, aquele em que Jory está ocupado demais ensinando para responder minhas mensagens e eu estou fugindo do trabalho, enfiada debaixo do cobertor de tartã da Cornualha do meu pai e pensando em quais carboidratos cozinhar para meu almoço da ressaca. Como era maravilhosa aquela outra vida. Como fui estúpida por não ter dado valor.

Voltamos ao corredor dos cubículos. *Lander, Emily* está escrito em um quadro branco do lado de fora do último quarto. Entramos na ponta dos pés enquanto seco os olhos, tentando enxugar as lágrimas para poder vê-la direito. Levo a mão até a boca no instante em que faço isso. Ela está cheia de curativos que vão da parte de baixo do queixo até o alto da cabeça, onde seu cabelo normalmente loiro está escuro e emaranhado com o que imagino ser sangue seco. Tem um tubo em sua boca, além de vários curativos e fios nos braços. Estendo a mão para tocar em Emmy, olhando para a dra. Hargreaves a fim de verificar se tenho permissão para isso. Ela assente, e eu afundo na poltrona ao lado da cama, gentilmente colocando uma das mãos de Emmy entre as minhas. Penso em Doug, o primeiro e único amor de Emmy, um ótimo pai para Polly e Ted, largado em algum lugar — nem sei onde —, sozinho. Descanso a cabeça suavemente na ponta de seu travesseiro.

— Tô aqui, Em. Jory também — eu digo.

Jory muda o peso de um pé para o outro antes de pigarrear.

— Hum, oi, Emmy. O que você andou aprontando, hein?

Minha irmã não se move. A máquina ao lado dela apita.

— Ela consegue me ouvir? — pergunto.

A dra. Hargreaves ergue as mãos.

— A gente não sabe. Nesse estágio, não temos como ter certeza de quão profundo é o coma de Emmy, mas existe a possibilidade de ela conseguir ouvir, sim, e é bem mais provável que ela reaja a uma voz familiar que a uma das nossas.

Concordo com a cabeça, sem saber o que dizer em seguida. Escuto vozes no corredor, e Jory espia lá fora.

— Sua família chegou — ele diz. — E acho que as crianças também.

— Ok — respondo. Não tem nada de ok. Tudo que eu mais queria era que as crianças não precisassem ver a mãe desse jeito.

A dra. Hargreaves nos conduz até uma sala privada com cadeiras confortáveis, para onde meus pais já foram levados. Tem almofadas nas cadeiras e um vaso de flores secas em uma mesinha bem no meio. Tenho certeza de que aqui é a sala onde a vida das pessoas desmorona. Eles não espalhariam almofadas e vasos se fosse para trazer boas notícias.

Somos muitos em um espaço tão pequeno. A voz masculina que não reconheci ao fundo da ligação mais cedo é do nosso recém-designado oficial de família, que está conversando com meu pai. Ele acena para mim enquanto se espreme para sair, informando aos meus pais que voltará mais tarde com notícias atualizadas da perícia do acidente. Meu pai abre os braços e corro até ele. Seus ombros começam a tremer e o abraço pela cintura, apertando com força. O suéter de lã que ele está usando tem seu cheiro. Há trinta e um anos papai é aquele que me abraça apertado, geralmente quando faço besteira, sempre um especialista na arte de me lembrar que no dia seguinte tudo vai estar melhor.

— Você já viu sua irmã? Ela já disse alguma coisa? — Ele se afasta de mim e pigarreia. Explico que só ficamos poucos minutos com Emmy antes de todos chegarem, e que ela não está respondendo. Ele assente e depois assente de novo, até que o movimento da cabeça fica meio desesperado.

Minha mãe dá um passo à frente com Ted nos braços e beija minha testa antes de sinalizar para Jory, que está do lado de fora, entrar na sala.

Ele parece desconfortável, e ela se estica para tocar sua bochecha. Minha mãe ama Jory, sempre amou.

— Obrigada por ter trazido a Beth — ela diz.

Ele a encara.

— Moira, eu sinto muito.

Minha mãe abre um sorriso triste.

— Fico feliz que esteja aqui, meu bem.

Polly está de pé no canto da sala, perto da janela, o rosto pálido e a expressão abatida. O cabelo comprido ainda está preso em um rabo de cavalo por causa da aula de educação física da qual foi arrancada. Dá para ver pela expressão dela que já recebeu a notícia sobre o pai. Olho para Ted e depois para minha mãe, que entende o que estou perguntando sem eu precisar dizer nada. Ela nega com a cabeça. *Ele ainda não sabe.*

A dra. Hargreaves convida todos a se sentarem, embora Polly resista, e começa a repassar o que já tinha dito a mim e Jory, mas é só nessa segunda vez que escuto com mais clareza. Estamos todos ansiosos para ver Emmy, mas a doutora explica que o protocolo da UTI é receber apenas dois visitantes de cada vez, portanto concordamos que meus pais irão juntos antes de voltar e levar Polly e Ted em turnos.

Mamãe está falando baixinho com Polly.

— Tudo bem pra você, querida? Se eu for com seu avô ver sua mãe primeiro e depois voltar para te buscar?

Polly dá de ombros e vira o rosto.

Ted, que deu um jeito de prender o carrinho de brinquedo embaixo da mesa de centro, ergue os olhos e diz:

— Mamãe e papai estão aqui.

Todos nós congelamos, exceto por Jory, que se agacha para pegar o carrinho de volta.

— Ei, amigo, quer dar uma olhada nas ambulâncias? — Ele olha para minha mãe e meu pai. — Quer dizer, se isso for ajudar. Posso levar ele lá fora um pouquinho, dar um pouco de espaço pra vocês...

Eles fazem que sim com a cabeça. Ted gira a mão acima da cabeça, imitando uma sirene, e grita *bi-doo bi-doo uoooo uoooo!* enquanto Jory o conduz para fora da sala. Meus pais seguem a dra. Hargreaves pelo corredor, deixando Polly e eu sozinhas na sala das más notícias.

Fico mexendo em uma almofada, pensando no que dizer à minha sobrinha para preencher o silêncio de um jeito adequado. Nossa relação é baseada em frequentes provocaçõezinhas uma à outra e provocações colaborativas à mãe e ao pai dela. Minha irmã sempre está por perto quando vejo Polly. Nunca fui daquelas tias que levam a sobrinha para fazer compras, ir ao parque ou tomar chocolate quente, e dá para contar nos dedos as vezes que fui incumbida de tomar conta dela e de Ted. Emmy parou de me considerar uma opção para cuidar das crianças na noite em que ela e Doug voltaram mais cedo de um jantar e me flagraram em uma posição comprometedora com meu namorado da época. Eles ficaram putos. Mais que putos, ficaram decepcionados. Acho que as pessoas se decepcionam bastante comigo.

Me aproximo de Polly na janela, abrindo a boca e fechando novamente. Em vez disso, acabo optando por fazer carinho em suas costas. Ficamos assim por um tempo. Quando ela fala, sua voz sai baixa e vacilante:

— Não aguento isso, tia Beth.

— Eu sei. — Tento encontrar palavras de conforto que a façam se sentir melhor, mas Polly acabou de descobrir que o pai morreu e a mãe está em coma logo ali no fim do corredor. Não há nada no mundo que eu possa dizer para melhorar as coisas.

Os olhos dela estão arregalados.

— Meu pai devia ter ido trabalhar hoje de manhã. Eles nunca vão pra canto nenhum durante a semana, nunca, aí, no dia que saem, isso acontece.

— Você não pode pensar assim — digo. — Tudo que eu mais queria era que eles não estivessem naquele trecho específico da estrada naquele momento específico… mas eles estavam, e agora não tem nada que a gente possa fazer pra mudar isso.

Polly nega com a cabeça.

— Eu devia ter feito eles ficarem em casa. Ela vai morrer, né?

— Não — respondo, com mais convicção do que estou sentindo.

— Ela parece muito mal?

Fico tentada a minimizar o choque que senti ao ver Emmy pela primeira vez, mas logo, logo Polly vai ver a mãe, e talvez seja bom prepará-la. Escolho as palavras com cuidado.

— Não, não tá tão mal, é só um pouco agoniante ver a Emmy com todos aqueles curativos, fios e máquinas. Ignora tudo isso e foca só no rosto dela. Sua mãe precisa de você, Pol. A médica disse que talvez ela até consiga ouvir a gente.

— Ela já sabe? Sobre o papai? — Polly começa a chorar, e sinto meu coração partir de novo.

— Acho que não, ainda não.

— Eles disseram pra onde tavam indo? Quer dizer, a polícia. Eles sabem por que meus pais estavam na M5?

Balanço a cabeça.

— Não, mas isso a gente sabe, né? Eles tinham a reunião sobre a hipoteca. E sua avó acha que talvez eles tenham ido pra Ikea depois, por isso estavam na rodovia. Não é tão longe assim de onde foi a reunião. Sua avó está se sentindo culpada porque disse pra eles aproveitarem o dia. Mas não é culpa dela, assim como não é sua culpa não ter impedido os dois de saírem. Não tinha como você saber.

Percebo que Polly está se torturando ao repassar o acidente na cabeça. É o que eu estava fazendo no caminho para cá.

— Quer beber alguma coisa quente? Vou sair pra pegar um chá, alguma coisinha. — Ela nega com a cabeça. — Tem certeza? Preciso achar um banheiro de qualquer forma. Vamos juntas? — Não quero deixar Polly sozinha. Mas ela balança a cabeça outra vez, então digo que vou procurar o banheiro correndo e que volto logo.

Assim que saio da UTI, começo a chorar. Lágrimas pesadas escorrem pelas minhas bochechas, e, desta vez, não as enxugo. Deixo que caiam e permito que meus ombros tremam com tanta força que as pessoas ficam olhando enquanto passam por mim.

No banheiro, me assusto com meu reflexo. Meu rosto está encharcado, então pego um papel-toalha para secar as bochechas e enfio atrás da orelha as mechas de cabelo bagunçado que escaparam do coque. Aquele choque genuíno pelo que aconteceu continua me atingindo em ondas, e com ele vem também o medo paralisante de receber mais notícias ruins. Fico congelada pensando no que vai acontecer a seguir e em pânico por não ter nenhum controle sobre nada. Meu instinto durante crises sempre foi me afastar: sou ótima em evitar as coisas, membro confiável do Time Fuga em situações de fugir ou lutar. Mas aqui não existe opção de fuga, não tenho como desaparecer até as coisas estarem seguras para sair. Não é hora de me esconder. Me sacudo e caminho apressada de volta para a UTI, para minha família e para o nosso pior pesadelo.

3

— Você adicionou duas vezes o McChicken. Vai querer dois?

Minha mãe franze a testa ao se aproximar da tela.

— Não, quero um só. E não quero batata grande, colocaram isso no carrinho sem eu pedir! — Ela está ficando frustrada, como sempre fica quando tem tecnologia envolvida. Passo o braço na frente da tela e a afasto com delicadeza.

— Deixa que eu faço o pedido. Papai vai querer o de sempre? E Polly? — Olho para a mesa. Meu pai está sentado com os ombros caídos, observando de forma vaga a multidão de clientes. Ted está assistindo a desenhos animados no celular de Jory enquanto segura firme seu brinquedo favorito, o elefante sr. Trombeta. Jory me flagra os encarando e sorri. É um sorriso discreto, triste. Sorrio tristemente de volta. Polly está espremida no cantinho da mesa, com a cara enfiada no celular. Segundo minha mãe, não vai querer nada.

Mesmo assim peço um hambúrguer para ela e pego o recibo com o número do nosso pedido, juntando canudos e guardanapos e colocando um pouco de ketchup em dois copinhos brancos. Não sei bem o que Ted come ou bebe em um dia normal, mas sei que ele não suporta batata frita sem ketchup. Oriento minha mãe a se sentar à mesa com os molhos e fico ao lado dos caixas até nosso pedido estar pronto. O cheiro de fast-food revira meu estômago. Parece absurdo estar parada no meio do McDonald's neste momento. Se fôssemos só nós, os adultos, ou os adultos e Polly, nunca uma paradinha para comer teria passado pela nossa cabeça, mas, com uma criança pequena, parece que o show tem que continuar. Barrigas precisam ser abastecidas.

    É noite de sexta-feira, o que significa que Deus e o mundo estão aqui. Até que eu estava conseguindo segurar as pontas enquanto me ocupava de salvar mamãe da confusão com os pedidos na tela, mas, agora que estou parada, a multidão parece cada vez mais opressora. Não quero ficar aqui cercada por um monte de gente entrando e saindo pela porta, rindo alto e tomando milkshake sem nenhuma preocupação no mundo. Me sinto ofendida pela alegria das pessoas, e me dá vontade de gritar: "Estão rindo de quê? Não sabem o que aconteceu hoje?" Claro, elas não sabem o que aconteceu hoje, e, mesmo que soubessem, logo depois de "Meus pêsames, que coisa terrível", o riso e o milkshake estariam de volta. Não é a tragédia dessas pessoas, certo? Não é problema delas.

    Beliscamos a comida em silêncio e de vez em quando falamos com Ted, que já acabou com os copinhos de ketchup e está pedindo para a avó pegar mais um pouco. Minha mãe lhe dá mais três copinhos, e Ted a olha maravilhado antes de voltar a comer. Fico me perguntando se ele sabe que, hoje, poderia nos pedir qualquer coisa.

    Polly não chegou nem a desembrulhar o sanduíche e mal tocou na bebida. Se meus pais parecem abatidos e exaustos, Polly parece nervosa, a ponto de explodir. Não sei se é uma reação normal ao choque e à dor. Talvez seja. Talvez ela seja a única reagindo da maneira correta. Enquanto isso, o restante de nós força a comida mesmo sem estar com fome, tentando manter as coisas o mais normais possível para Ted, que ainda não sabe que o pai morreu e pensa que a mãe só está tirando uma soneca bem longa. Ele foi o único que não arquejou de choque ao ver os curativos e fios na cabeça de Emmy.

— Mamãe tá com dodói! — ele disse para a médica. — E um pouquinho cansada.

— O que a gente vai fazer? — pergunto baixinho. — Hoje à noite, digo. — Não tenho a menor ideia do que qualquer um de nós vai fazer no sentido mais amplo e a longo prazo da pergunta, mas provavelmente essa não é uma conversa para se ter em um McDonald's.

— Acho que Polly e Ted devem ficar lá em casa — minha mãe diz.

— Não. — A determinação na resposta de Polly me faz pular na cadeira.
— Não? — minha mãe pergunta.
— Não quero ficar na sua casa, vovó. Quero ir pra minha.

Brinco com a embalagem de papel do meu canudo.

— Posso ficar com eles na casa da Emmy. Durmo no sofá. — Queria passar a noite no hospital, mas a dra. Hargreaves chamou meu pai no canto e disse que o melhor era a gente ir para casa. Ela sabe que moramos a mais de uma hora de distância, então prometeu ligar caso houvesse qualquer mudança significativa no estado de Emmy. Meu pai assente, concordando comigo. Mas minha mãe ainda não comprou a ideia; dá para ver pelo jeito como ela tensiona o maxilar. — Mãe?

Ela meneia a cabeça em um gesto que não é nem sim nem não.

— Acho que só por uma noite não tem problema — diz. — Eu ficaria, mas não consigo dormir no sofá, não com essas minhas juntas do jeito que estão, e não parece muito certo dormir na... bom... — *Na cama deles* paira entre nós, e todos focamos em Ted enquanto ele come a última batatinha e lambe os dedos.

Minha mãe começa a me passar uma lista de instruções, como se eu estivesse levando as crianças para um passeio de barco, e não só ficando de olho nos meus sobrinhos enquanto dormem na cama deles por uma noite. Ela acha que eu não vou dar conta. Para ser justa, nunca fiquei uma noite inteira cuidando deles sozinha, e, por mais que eu pudesse sentar e fingir saber como é a rotina deles, minha mãe já me surpreendeu ao mencionar fraldas. Eu achava que Ted já fosse ao banheiro.

— Pensei que ele não usasse mais fraldas.
— Pra dormir ele usa, meu bem. Não *durante o dia*.
— Ah, certo, tudo bem. Bom, eu dou um jeito.
— A gente chega logo cedo pra ajudar com as coisas — ela explica. *Para se encarregar das coisas*, é o que ela quer dizer. E tenho certeza de que vou ficar muito agradecida.

Quando chegamos ao estacionamento, Ted pergunta se pode ir para casa na van de Jory, e, quando minha mãe diz que não, ele se atira no chão e começa a choramingar. É um barulho surpreendentemente alto vindo de alguém tão pequeno.

— Ele está exausto — minha mãe diz enquanto o levanta do chão, esquivando-se do neto que não para de se debater. — Será que ele pode voltar com você, Jory, querido?

Jory assente e vai com meu pai buscar a cadeirinha. Chamo Polly para dizer que nos vemos em casa. Ela olha para mim, mas não responde.

Assim que chegamos à casa de Emmy, meus pais já entraram com Polly. Ted pegou no sono e, após a guerra que foi para soltar as alças da cadeirinha, o puxo para fora. Não me lembro quando foi a última vez que o peguei no colo; ele é muito mais pesado do que eu estava esperando.

Jory dá a volta com a van e para bem do nosso lado, a janela aberta.

— Tem certeza que não quer que eu durma aqui? Acho que você não devia ficar sozinha.

O que mais quero é que ele fique, mas também quero que Polly se sinta confortável para conversar comigo se tiver vontade. Ela provavelmente não vai ter, mas, esta noite, estou responsável pelos meus sobrinhos, e Polly pode achar estranho se Jory também estiver aqui. É assustador pensar que estou sendo deixada no comando de qualquer coisa, ainda mais de crianças. Assinto com a cabeça.

— Tudo bem — Jory diz, mas não move um músculo. — É só que odeio a ideia de você triste e sozinha.

— Vou ficar bem, prometo. Além do mais, se você ficar pra dormir, sabe que a gente estaria quebrando a regra de ouro que instituímos depois do inverno de 2015, né?

Ele ri.

— Tenho certeza que nesse caso seria por um motivo de força maior, mas você está certa, seria uma violação. Eu te mando uma mensagem mais tarde.

Enquanto carrego Ted para dentro, percebo um movimento na sala de estar da casa ao lado e tenho um breve vislumbre do vizinho de Emmy, Albert, antes de ele desaparecer atrás das cortinas. Emmy vive falando de Albert. *Ele já tem seus oitenta anos, sabe, mas ainda é afiado pra caramba.* Dia desses me peguei desejando que ela não mencionasse tanto o homem; preferia não ser lembrada do infeliz incidente de alguns meses atrás, quando bebi demais e acabei vomitando no canteiro dele. Emmy e

Doug só faltaram morrer de vergonha. Eu tinha que ter me desculpado com Albert no dia seguinte, depois que Doug limpou a minha sujeira, mas fiquei me sentindo tão horrível que acabei não pedindo desculpa e, depois disso, o momento passou. Agora tenho certeza de que ele não vai com a minha cara, porque sinto o homem me encarando intensamente enquanto me esforço para não olhar em sua direção. No meio-tempo em que fico esperando minha mãe abrir a porta me dou conta de que esse constrangimento com o vizinho idoso da minha irmã foi, até agora, o tipo de coisa que eu considerava um problema na minha vida.

Minha mãe nos deixa entrar e imediatamente tira Ted do meu colo enquanto segura a fralda noturna, o pijama e a escova de dentes para que possa levá-lo direto para a cama. O oficial de família que conhecemos no hospital está aqui, conversando com meu pai na sala de estar. Já nos informaram que o motorista do caminhão está internado, se recuperando de um AVC, e que têm quase certeza de que foi isso que provocou o acidente. Não quero ouvir mais nada sobre a investigação, então me sento ao pé da escada e fico olhando as fotos da família na parede.

Emmy ficou séculos escolhendo as fotos e depois organizando as molduras, tentando imitar um "mural de galeria" que ela tinha visto no Instagram. Eu a sacaneei implacavelmente por isso, como sempre faço quando ela fica obcecada com algo que viu um influenciador fazendo, mas as fotos estão ótimas. As molduras que ela escolheu são uma mistura de cores vivas, e um quadro laranja com uma foto em preto e branco dos quatro na praia me chama a atenção. Acho que nunca vi essa foto, então me levanto para olhar mais de perto e imediatamente meus olhos enchem de lágrimas. Emmy está segurando Ted no colo e Polly está na frente do pai, os braços dele relaxados sobre os ombros da filha. Algo deve ter arrancado uma risada de Ted pouco antes de a foto ser tirada, porque o menino está jogando a cabeça para trás na maior gargalhada, e a mãe, o pai e a irmã estão virados olhando para ele. Ninguém está olhando para a câmera — Polly está cobrindo uma risadinha com a mão, Doug parece estar dizendo alguma coisa e o cabelo cacheado de Emmy está voando, cobrindo parcialmente seu rosto. Só de olhar para a foto, consigo ouvi-los. Os quatro rindo e Emmy, fingindo estar aborrecida, dizendo: *A mamãe só queria ter uma foto de família bonita. É pedir muito?*

— Fui eu que tirei essa. — Meu pai surge ao meu lado, vindo da sala de estar.

Deito a cabeça em seu ombro.

— Widemouth? — pergunto, tentando distinguir a areia atrás deles.

— É — ele responde, triste. — Foi no Dia das Mães do ano passado. Fomos dar uma volta de manhã e voltamos aqui pra almoçar carne assada, lembra?

Eu me lembro da carne assada. Só que não fui à praia porque na noite anterior tinha ido a um bar com Jory, então fiquei na cama assistindo a reprises de *The Hills*. A lembrança de uma mensagem que meu cunhado me mandou naquele dia me faz rir, e meu pai me olha intrigado. Aponto para o quadro.

— Eu não fui nesse passeio, mas o Doug me mandou uma foto pelo WhatsApp. Era ele dando uma estrela na areia, com a legenda: "É assim que uma ressaca *não* se parece". Respondi com um emoji de dedo do meio.

Ele solta um grunhido de desaprovação, mas a história o faz sorrir. Nosso sorriso desaparece quando Polly sai furiosa da sala de estar, o rosto contorcido de raiva.

— Como vocês têm coragem de ficar *rindo* desse jeito?

Meu pai e eu nos encaramos, boquiabertos. Era uma lembrança de Doug, uma lembrança feliz. Só queríamos compartilhá-la, ter um momento em meio a toda essa loucura. Imediatamente me sinto culpada por não estar parecendo mais transtornada. Minha mãe sibila do andar de cima, pedindo para fazermos menos barulho porque Ted acabou de pegar no sono.

— Polly, querida… — Meu pai se esforça para encontrar uma resposta. Ele tenta incentivar a neta a voltar para a sala, mas ela continua firme e forte ali no pé da escada.

Também fico sem palavras. Aponto para o quadro, querendo explicar, esperando que ela se aproxime e dê uma olhada na foto com a gente.

— Eu só tava contando pro seu avô sobre uma mensagem engraçada que seu pai me mandou no dia que vocês tiraram essa foto. Ele tava rindo da minha cara porque…

— *Não.*

Eu me interrompo. Polly está balançando a cabeça com tanta força que fico com medo de ela acabar se machucando. A adolescente de pé na minha frente agora, com olhos selvagens e ombros tensos, está tão distante da garota despreocupada na foto da praia que mal a reconheço. Ela tem angústia suficiente para todos nós. Embora a família inteira esteja de luto, percebo que foi o mundo de Polly e Ted o que mais virou de cabeça para baixo.

— Desculpa por rir, Pol. A gente não queria te chatear. Tem alguma coisa que a gente possa fazer? Você quer conversar? — Olho para meu pai em busca de ajuda.

— O seu pai tinha tanto orgulho de você, meu bem — ele diz a ela.

Estendo os braços para Polly, esperando que ela me deixe abraçá-la ou pelo menos segurar sua mão. Ela ainda está negando com a cabeça. O que o avô disse parece só ter servido para deixá-la mais angustiada.

— Não, ele não tinha. — Ela se desvencilha de nós e sobe correndo as escadas. Dou um passo à frente para ir atrás dela, mas meu pai me diz para lhe dar um pouco de espaço. Nos encolhemos quando a porta do quarto dela bate. O oficial de família se aproxima com uma xícara de chá, que passa para mim, e abre um sorriso para meu pai, como se dissesse "sinto muito".

— Não preparei chá pra você, Jim, porque Moira disse que vocês já estão de saída.

Ele responde que não tem problema e que logo, logo vão voltar para casa. Não quero que eles saiam. Sinto uma onda crescente de pânico e fico me perguntando se é melhor dizer para minha mãe que, na verdade, todos nós devíamos voltar para a casa deles. Não sou capaz de defender o castelo. Nunca defendi castelo nenhum.

— O luto nem sempre vem do jeito que a gente espera — o oficial de família comenta, indicando o andar de cima com a cabeça.

— Ela está com *muita* raiva. Não sei o que dizer. — Dou um gole no chá. — Quando a gente contar pro Ted amanhã sobre o pai dele, ele vai... tipo, ele vai entender?

Papai aperta meu ombro.

— Está todo mundo exausto, Beth. Foi um dia longo. Que tal nos preocuparmos amanhã com o amanhã?

— Tudo bem — respondo, embora eu já esteja preocupada com isso agora.

Quando eles estão saindo, me agarro aos dois, meus dedos apertando com força o tecido do casaco deles. Quero dizer que não sei lidar com Polly ou o que fazer caso Ted acorde no meio da noite, mas me contenho. Quando os solto, minha mãe está lançando para o meu pai um olhar que não consigo decifrar.

— Posso ficar no seu lugar, meu amor — ela diz. — Quer ir pra casa com seu pai?

— Não, vou ficar bem. Vocês voltam de manhã, de qualquer forma.

O oficial de família também vai embora para nos deixar descansar um pouco.

Quando fecho a porta, escuto um som fraco de choro vindo do andar de cima. Sigo os soluços e encontro Polly no quarto dos pais, as costas apoiadas na cama e um suéter de Doug no colo. Me sento ao lado dela no chão.

— Ele foi mesmo embora? — Ela vira a cabeça na minha direção, procurando meus olhos.

Faço que sim com a cabeça.

— Sinto muito, Pol. — Passo o braço em volta de seus ombros, segurando-a enquanto ela desaba contra mim, o rosto escondido no suéter do pai.

Ficamos um tempo sentadas no chão, até estarmos exaustas de tanto chorar. Enquanto Polly se levanta para ir dormir, me ofereço para passar a noite com ela em seu quarto, mas ela diz que vai ficar bem e que me vê de manhã. Antes de descer, dou uma olhada em Ted, que está roncando baixinho, o edredom com estampa de trator chutado para a beira da cama. Fico com o coração apertado só de pensar que vamos precisar lhe dar a notícia, e uma nova onda de pânico toma conta de mim. Enquanto puxo o cobertor suavemente por cima de suas pernas, prendendo as beiradas, tento me concentrar em seus ronquinhos tranquilos.

— Dorme bem, amigão — sussurro. — Eu sinto muito.

4

No fim, acabou sendo pior do que eu podia imaginar. Ted ficou confuso com o que estávamos dizendo e, quanto mais confuso ele ficava, mais diretos ao ponto tínhamos que ser. Acabou sobrando para minha mãe, que parecia a mais forte entre nós naquele momento, se ajoelhar até ficar na altura do neto, segurar as mãos dele entre as suas e explicar do jeito mais claro possível que o papai de Ted não estava trabalhando nem se recuperando no hospital. *Ele não vai voltar pra casa, meu amor, mas ele não escolheu deixar você e a sua irmã. Ele amava muito vocês dois.* Por um instante, Ted ficou bem quieto e, logo depois, passou a perguntar pela mãe, dando início a outra conversa difícil.

— Ela vai voltar daqui a pouco? — ele não parava de repetir. — Quando não estiver mais cansada?

Nunca precisei me esforçar tanto para segurar o choro.

Voltamos ao hospital, dessa vez sem Ted, que ficou sob os cuidados de Kate, uma amiga de Emmy. Minha mãe disse que seria melhor para ele passar um tempinho brincando com a filha de Kate, que tem a mesma idade de Ted, do que ser carregado de um lado para outro no hospital. Pensei em perguntar se não seria uma boa ideia ele ver a mãe outra vez, ou pelo menos que Emmy pudesse ouvi-lo, mas mamãe já havia resolvido tudo. Ela chegou pouco depois das sete da manhã, meio frenética por ter passado a noite sem conseguir pregar o olho e pronta para distribuir ordens. Minha primeira tarefa foi pegar algumas roupas na gaveta para Ted, mas, quando saímos, notei que o que ele vestia não era o que eu tinha escolhido para o dia de brincadeiras, então nem sei por que ela se preocupa em ficar delegando funções. Toda tarefa vai acabar sendo refeita mesmo. Nada de novo sob o sol.

Polly mal abriu a boca para falar; está cansada e nervosa. Parece que fui a única que conseguiu dormir ontem à noite, e acho que o motivo foi a ressaca — que eu havia esquecido que estava sentindo — batendo assim que deitei no sofá e apaguei a luz. Acordei com o pescoço rígido, e só fui me lembrar de onde estava, e por que, quando Ted começou a chamar pelos pais no andar de cima.

A dra. Hargreaves nos reuniu outra vez na sala das más notícias. Ela está sobrecarregada e ocupada hoje, mesmo assim arranjou um tempinho para explicar cuidadosamente o que está acontecendo com Emmy. Ela diz que não tem boas notícias para compartilhar, mas que também não há nenhum motivo imediato para alarme (além do alarme que já estamos sentindo). Nenhum de nós tem muita certeza de como absorver a atualização. *Podia ser pior*, é o que fico pensando, o que provavelmente é ridículo porque, sendo bem honesta, não tem muito como piorar. Ainda assim, contra quase todas as probabilidades, Emmy permanece viva. Ela não devia estar aqui, mas está. Nos agarramos a essa ideia e, ao mesmo tempo, sentimos uma enorme decepção por ela não ter acordado e começado a falar.

— Vocês têm alguma pergunta? — a médica quer saber.

— Ela não vai melhorar, né? — Todos se viram para encarar Polly, surpresos em ouvir sua voz após tanto tempo em silêncio, e depois novamente para a dra. Hargreaves, que parece pensar com cuidado no que vai dizer. Com catorze anos, Polly não é adulta, mas já é bem grandinha para ser tratada como criança.

— A resposta honesta é que simplesmente não sabemos. A gente fez vários exames e testes nas últimas vinte e quatro horas, e vamos fazer mais. Sua mãe vai ser classificada de acordo com a escala de coma de Glasgow, que avalia o nível de consciência do paciente. É uma escala que usamos com regularidade, então vai nos oferecer um bom indicativo de melhora e avisar se as coisas infelizmente forem por outro caminho e acontecer um agravamento do quadro. Lesões cerebrais são imprevisíveis, e, por isso, temos um caminho longo e incerto pela frente. Não posso prometer que sua mãe vai se recuperar, seja total ou parcialmente, porque existe uma chance de que ela não melhore. Mas ainda tenho esperança que sim.

Percebo que estou concordando com a cabeça, encorajada por a médica ter usado a palavra "esperança". Estamos todos esperançosos, é claro, mas o resto de nós não faz nem ideia do que está falando. Só que, quando é um profissional de saúde falando em esperança, o peso é maior, certo?

Como só podemos visitar Emmy em duplas, minha mãe decide que ela e Polly vão primeiro e depois de uma hora trocamos. Meu pai e eu concordamos. Nenhum de nós dois é muito fã de ficar parado, assim, quando nos pedem para desocupar a sala para deixar outra família entrar na escada rolante das más notícias, decidimos ir dar uma volta.

Meu pai está falando um monte, e depressa. Percebo suas olheiras e uma barba grisalha despontando no pescoço e no queixo. Ele nunca deixa de fazer a barba, e não o vejo tão desgrenhado desde a época em que costumávamos acampar no verão. Aquelas semanas de férias escolares eram das mais felizes da minha vida, mas, ainda assim, quando Emmy e Doug me convidaram para passar uma semana com eles e as crianças embaixo de uma tenda em Polzeath no verão passado, dei uma desculpa. Eu devia ter ido. Eu tinha certeza de que haveria muitas outras viagens pela frente.

Descemos de elevador até o saguão principal e saímos para tomar ar fresco. Do lado de fora tem um banco vazio que parece úmido, mas nos sentamos mesmo assim. Meu pai está falando de homologações e testamentos.

— Você precisa se preocupar com essas coisas todas assim tão cedo? — Sinto o frio do banco através da calça jeans e ajeito o casaco para que fique embaixo da minha bunda.

Ele suspira.

— Infelizmente, muito em breve vou ter que me preocupar com tudo isso. Sua irmã e Doug me nomearam executor do testamento, e, com

Emmy assim tão mal, cabe a mim começar a cuidar dos negócios do Doug. Ele não tem mais ninguém, né?

— Não — respondo. — Eu nem tinha pensado nisso. — Doug nunca chegou a conhecer o pai e tinha uma relação difícil com a mãe, com quem ele mal mantinha contato desde que ela se mudou para a Irlanda. Me lembro de uma reunião desajeitada de família muitos anos atrás, onde ela e minha mãe ficaram discutindo sobre quem seguraria Polly, ainda bebê, mas não me recordo se ela conheceu Ted. Meus pais foram o mais próximo que Doug já teve de uma família de verdade. E eu, acho. Ele vivia me dizendo que eu era como uma irmãzinha pé no saco.

— Ainda não dá pra acreditar que ele morreu. — Cutuco as bordas desgastadas de um rasgo na calça, na altura do joelho.

Meu pai balança a cabeça.

— Não mesmo. Fico pensando no dia que eles me deram as cópias do testamento. Guardei os papéis numa gaveta daquela cômoda velha da sua mãe e lembro que disse à sua irmã: *Tomara que nunca precise disso!* Na época a gente caiu na risada... parecia uma coisa tão *improvável*. Era só por precaução. *Melhor prevenir que remediar*, ela falou. Ter tudo por escrito era uma forma de a Emmy dormir tranquila à noite. Eu nunca pensei...
— A voz dele falha, e ficamos quietos por um momento. Descanso a cabeça em seu ombro, e ele apoia a mão no meu braço. — Eles escolheram você, querida. No testamento. Pra ser a guardiã legal da Polly e do Ted no caso de uma morte conjunta. Você sabe disso, né?

Faço que sim com a cabeça. Eu sei sobre o testamento, mas ainda é um choque lembrar disso. *No caso de uma morte conjunta*, é o que dizem os documentos. Emmy não está morta.

— Sua mãe já está surtando um pouco com esse assunto.

— Como assim? Todos nós estamos surtando. — Mas eu sei exatamente o que ele quer dizer. Minha mãe acha que eu não sou uma boa escolha para guardiã legal dos meus sobrinhos.

Na época, ela não ficou feliz quando Emmy mencionou o assunto durante um jantar. Depois de um breve momento em silêncio, mamãe expôs suas preocupações enquanto servia o pudim. "E você tem certeza de que quer a *Beth* cuidando das crianças? O que acha disso, Beth, querida? Você não dá conta nem de cuidar de si mesma, né, vamos admitir. Como diabos vai cuidar de *crianças*?"

Na ocasião, só dei de ombros e continuei comendo meu cheesecake, sem energia suficiente para me sentir ofendida com a desaprovação dela sobre ter sido escolhida para algo que obviamente nunca iria acontecer. Só que minha mãe começou a trazer à tona meu hábito de "pular de emprego em emprego", minhas dívidas, meu desastroso histórico de relacionamentos e os seis pontos na carteira de motorista por excesso de velocidade, tudo isso antes mesmo do cafezinho. Ainda concluiu com um: "Só acho que você podia ter escolhido alguém um pouco mais responsável, Em. Alguém mais adulto, só isso", ao que Emmy precisou refrescar sua memória e lembrá-la de que eu já era mais velha que ela própria na época em que Polly nasceu.

— Sua mãe só está preocupada se você vai dar conta da situação. Ela acha que pode ser demais pra você — meu pai diz, pisando em ovos. — Sabe que eu te acho capaz de fazer *qualquer coisa* que você coloque na cabeça. Mas confiança e responsabilidade não são seus pontos fortes. Simplesmente não são.

— Também me preocupo se vou dar conta — admito. — Mas talvez Emmy e Doug botassem mais fé em mim.

— É, talvez...

— Puta merda, pai. Você podia pelo menos fingir que tá mais convencido. — É raro ficarmos trocando farpas, mas tenho a impressão de que ele está tomando partido da minha mãe.

— Desculpa, meu amor. — Não pergunto se ele está se desculpando porque não foi o que quis dizer ou porque não conseguiu disfarçar. Imagino que seja a segunda opção. Verdade seja dita: estou tão surpresa quanto qualquer outra pessoa por Emmy e Doug terem me escolhido como a guardiã mais adequada para seus filhos. Principalmente Doug, que uma vez me disse que eu o fazia lembrar aquela adolescente presa em corpo de adulto em *De repente 30*. Não consigo deixar de me perguntar se ele estava cem por cento de acordo com essa decisão de tutela ou se só concordou para agradar minha irmã, que, em meio a uma explosão de amor e hormônios, ficou apavorada com a ideia de morrer meses após o nascimento de Ted. Eles estavam conversando hipoteticamente sobre algo que Doug nunca imaginou que aconteceria. Talvez Doug não tivesse pensado muito no assunto. Só ele e Emmy sabem com o que concordaram e por que, e nenhum dos dois está aqui para nos contar.

Observamos as pessoas entrando e saindo dos táxis na frente do hospital. Uma senhora em uma cadeira de rodas, com mais ou menos a idade da minha mãe, baixa a máscara de oxigênio para fumar um cigarro logo atrás de uma placa que alerta: *Proibido fumar.*

— Sua mãe acha que a Polly e o Ted deviam ficar lá em casa enquanto tudo isso está acontecendo. Ela quer cuidar deles. — Embora não tenha me defendido imediatamente na decisão que Emmy e Doug registraram no testamento, o tom de voz do meu pai sugere que ele também não acredita ser uma boa ideia minha mãe ficar com os netos.

— Mas a Polly *não quer* ficar lá em casa, ela quer ficar na casa dela. A gente não sabe quanto tempo vai durar essa situação, e a mamãe, bom, ela não tá ficando mais jovem, né? Sei que a artrite dela continua piorando, pai. Já vi ela sofrendo por causa das mãos. Ela nunca reclama de dor, mas é perceptível o jeito como fica abrindo e fechando os dedos.

Meu pai se vira para me olhar nos olhos.

— Não fala essas coisas na frente dela.

— Por quê?

— Porque você sabe como ela é. Orgulhosa até o último fio de cabelo. Odeia alarde. Sua mãe não quer que as pessoas sintam pena dela.

Ele tem razão. Minha mãe sempre subestima quanto está sobrecarregada, e ficaria horrorizada se soubesse que algum de nós percebeu suas mãos piorando. Prometo não comentar nada, mas sugiro a ele que gentilmente lembre à minha mãe que cuidar de crianças em tempo integral é um esforço físico gigantesco. Mesmo assim acho que ela ainda seria uma opção melhor do que eu para cuidar deles, mas não falo nada. Não existe solução perfeita, não importa o que a gente faça. As crianças precisam é da mãe e do pai.

Ficamos mais algum tempo observando as pessoas ao redor tocarem a vida, até que meu pai dá um tapinhas nas coxas e diz:

— Certo. — É o código que ele sempre usa para avisar que está na hora, mas nem me mexo no banco. — Beth, querida? Tudo bem?

— Não — respondo. — Eu não queria estar aqui.

— Eu sei, meu bem, mas você tem que ficar. Sua irmã mais velha precisa de você. A Polly e o Ted também.

— E se eu não estiver à altura, pai? — *E se a mamãe estiver certa?*

Ele põe a mão sobre a minha e a aperta.

— De quem é a opinião que você mais valoriza no mundo, acima da de qualquer outra pessoa? — Quando pareço ficar confusa, ele acrescenta: — Talvez empate com a do Jory.

— Da Emmy.

— Sempre foi assim — ele fala. — E quem, ao tomar uma decisão importante, achou que você estava *sim* à altura da tarefa?

Limpo o nariz no punho do casaco.

— Emmy.

Meu pai me olha com aquela expressão familiar que conheço bem e faz aquele seu gesto clássico, como quem diz "Então pronto", antes de se levantar, estender a mão e me puxar do banco. Minha irmã acreditava que eu daria conta dessa responsabilidade. Só espero poder provar que ela tinha razão.

Percebo a cortina da porta do vizinho se movendo outra vez. Depois de um dia cheio e obras na estrada atrapalhando nosso retorno do hospital para casa, sinto vontade de pressionar o rosto contra o vidro e gritar "Quer tirar uma foto?", mas lembro que Albert já tem oitenta e poucos anos e que só estou paranoica com ele me olhando porque nunca me desculpei por ter vomitado em seu canteiro de lavandas.

No caminho, paramos na casa de Kate para pegar Ted, e minha mãe o carregou no colo até a porta.

— Quer que a gente entre, Beth? Pra te ajudar com o jantar e a hora de dormir?

— Ah, por mim tudo bem, mas vocês que sabem. — Eu estava contando que eles entrassem para ajudar com o jantar e a hora de dormir. A ideia de meus pais não entrarem nem passou pela minha cabeça.

Mamãe parece exausta. Estou prestes a falar isso para ela quando me lembro do que meu pai disse no hospital. Fico meio surpresa de ela me perguntar se *quero* que eles entrem. Ele deve ter conversado com ela.

Ele põe a mão no ombro da minha mãe.

— Vamos pra casa, certo, amor? A Beth sabe que a gente vem correndo caso ela precise de alguma coisa, e amanhã cedinho estamos de volta.

Minha mãe hesita por um segundo, então faz que sim com a cabeça e coloca Ted no meu colo.

— Ele já jantou na casa da Kate, mas tem pizza e salada pra você e pra Polly, que deixei hoje de manhã na geladeira. Achei que você não fosse querer se preocupar em ter que fazer comida. Te ligo mais tarde pra ver se está tudo bem.

— Ah. Tudo bem — eu digo. Polly já subiu correndo para o quarto.

Enquanto meus pais andam em direção ao carro, Ted grita:

— Faz a buzina, vovô!

Meu pai ergue o polegar. Ajeito Ted no meu quadril e ficamos observando os dois entrarem no carro. Ted acena freneticamente, e me sinto à beira das lágrimas. Papai aperta a buzina, e Ted dá risadinhas.

— BIBI! Sua vez, tia Beth.

Imito uma buzina, e a careta que Ted faz me dá a entender que a performance foi, na melhor das hipóteses, medíocre. Repito minha imitação de buzina com um pouco mais de vigor e ele comemora, mas logo depois olha meu rosto mais de perto.

— Você tá triste? — ele pergunta. Não percebi que estava chorando, mas, agora que Ted apontou, não consigo segurar as lágrimas. Ele passa os braços em volta do meu pescoço e diz: — Você quer um suquinho? — A pergunta me faz rir e depois chorar mais ainda.

Ligo a televisão para Ted e grito o nome de Polly para ver se ela está precisando de alguma coisa. A resposta é um som abafado que parece um não. Grito de novo, dessa vez para dizer a ela que vou colocar Ted para dormir e depois esquentar nossa pizza, se estiver tudo bem. Sem resposta. Subo correndo para pegar um pijama para Ted, mas preciso descer também correndo quando escuto uma batida na porta. Talvez no fim das contas minha mãe ache que não dou conta de ficar sozinha com meus sobrinhos.

— Ah, oi.

É Albert, o vizinho. Ele está vestindo um cardigã bege bem grosso e mexendo em seu aparelho auditivo, que solta um bipe agudo. Com a outra mão segura um pequeno ramalhete de flores brancas.

— Desculpe me intrometer, Beth... É Beth, né? Acho que a gente não se conhece — ele diz.

— Sim, quer dizer, não. Sim, sou a Beth, e não, a gente não se conhece. — Sinto minhas bochechas ficando vermelhas. — Prazer em conhecer o senhor. — *Desculpa por ter vomitado nas suas lavandas.*

Um silêncio constrangedor toma forma enquanto abro um sorriso educado, esperando ele me dizer por que está aqui.

— Desculpa, você deve estar muito ocupada. Só queria te dar isso aqui. — Ele me entrega as flores.

— Certo. Hum, obrigada.

— São galanthus — ele diz, como se isso explicasse tudo.

— Lindas — respondo. *Isso lá são horas?*

Albert fica me encarando.

— Sua irmã disse que eram as flores favoritas dela...

— Ah, sim, claro. — Acho que o nome da flor me soa familiar. Possivelmente. Nunca prestei muita atenção em conversas sobre jardinagem. Ele parece constrangido, e eu, culpada. Emmy gostaria desse tipo de gentileza. — Obrigada, Albert. É mesmo muito atencioso da sua parte. A Emmy sempre fala do senhor.

Ele sorri.

— São os primeiros brotos que floresceram no ano... Um prenúncio do fim do inverno. Normalmente passo um ou dois ramos por cima da cerca em fevereiro, mas neste ano acabaram demorando um pouco mais pra aparecer, e depois... — Ele faz uma pausa. — Sinto muito mesmo por Douglas, ele era um cara legal. Que choque terrível pra todos vocês. Espero que Emmy melhore logo.

Como Albert já está se afastando, não tenho coragem de dizer que talvez minha irmã nunca se recupere, então, em vez disso, falo que vou levar as flores para ela no hospital amanhã. O rosto dele se ilumina ao ouvir o que eu disse, e decido não estragar essa interação agradável pedindo desculpa pelo vômito no canteiro. Fica para a próxima.

De volta à sala, Ted, que estava animado assistindo à televisão, fica irritado quando interrompo seu desenho e começo a prepará-lo para dormir. Também não ajudou muito eu ter colocado a fralda dele do avesso, como apontado por Polly, que desceu para pegar algo para beber. O rosto dela está inchado. Pergunto se está tudo bem e ela responde que sim, embora não seja verdade.

Luto outra vez com a fralda de Ted, dessa vez do lado certo, depois visto nele um pijama tão enorme que preciso dobrar na cintura.

— Não é do Ted — ele me diz, a expressão bem séria.

— Mas tem que ser — respondo. — Estava na sua gaveta.

— Se está grande demais é porque é da gaveta do próximo tamanho — Polly fala enquanto volta a se esconder no andar de cima. — Mamãe compra roupas de um tamanho maior na liquidação, pra quando as que ele está usando ficarem pequenas.

Encaro minha sobrinha. É claro que Emmy faz isso. Não dá nem para dizer que estou surpresa em descobrir que minha irmã implementou um sistema de gavetas do próximo tamanho, até porque ela também guarda suas roupas de verão a vácuo e assiste a vídeos de "truques para dobrar roupas" no YouTube.

Dou uma olhada nas instruções no verso da embalagem da pizza e passo um tempo longo e constrangedor tentando adivinhar como deixar o forno na temperatura certa. Cogito chamar Polly para perguntar, mas a ideia soa meio patética. O forno parece estar esquentando, então só me resta rezar para que tudo dê certo.

Exceto pela historinha de dormir do canal infantil, a casa agora está em silêncio. Preciso levar Ted para a cama, mas fico um tempo parada, observando os vestígios de Emmy e Doug que estão por toda parte. Lembretes escritos à mão presos na geladeira sobre o dentista e a competição de natação da Polly. Uma planta recém-regada descansando no escorredor. Um casaco de Doug pendurado nas costas de uma cadeira na mesa de jantar. Meus olhos vagam pela prateleira de temperos na parede, e pela primeira vez me dou conta de que os frasquinhos foram organizados em ordem alfabética. Como nunca notei isso? Dou risada e sinto uma vontade enorme de ir falar com Doug para a gente ficar implicando com Emmy e a mania que ela tem de classificar e rotular tudo, como sempre fazemos. Na última vez que zombamos de seus rótulos, ela saiu furiosa e depois voltou com sua máquina etiquetadora e imprimiu duas etiquetas dizendo "mala sem alça", que colou em nossas canecas de chá. Eu daria tudo para estar sentada no sofá tomando chá em uma caneca com o rótulo "mala sem alça" enquanto minha irmã se preocupa em fazer a janta e organizar a hora de dormir de Ted. Não era eu que tinha que estar fazendo essas coisas, está tudo errado.

Pergunto se Ted quer um pouco de leite morno, e ele me olha intrigado, mas responde que sim. Não sei se ele ainda toma leite morno antes de dormir. Tenho certeza de que em algum momento ele tomava. Não era para eu me sentir tão deslocada enquanto tomo conta dos meus sobrinhos. Não é isso que as tias fazem? Mas não é o que eu faço. Sou mais aquele tipo de tia que não se envolve. Ou pelo menos era.

Quando Ted termina seu copinho de leite, subimos as escadas. Fecho a persiana do quarto e apago a luz, mas ele começa a gritar até eu acender de novo. Ele aponta para uma luminária em forma de estrelinha, e a acendo antes de apagar a luz novamente. Agora Ted está me olhando de um jeito esquisito, como se não tivesse certeza de por que estou aqui. Ajeito os cobertores em volta dele.

— Quero a mamãe — ele diz. Eu já estava esperando por isso, mas é um soco no estômago do mesmo jeito.

— A mamãe não tá aqui, Ted. Ela está no hospital, lembra? A gente foi visitar ela ontem.

— Quero o papai. — Seu lábio inferior treme e, em seguida, as lágrimas começam a escorrer pelo rosto, pingando na estampa de animaizinhos do travesseiro.

— Que tal a gente ler uma história? — arrisco.

Ele concorda, fungando.

— Ted no zoológico com a historinha da cobra.

Ele está se referindo a uma história que o pai inventou. É algo tão fora da minha zona de conforto que me pego procurando uma saída, mas Ted já colocou o sr. Trombeta ao seu lado, pronto para ouvir, então sorrio e espero que ele acredite que faço esse tipo de coisa o tempo todo.

— Era uma vez um menino chamado Ted, e ele foi ao zoológico. — Ted está com o polegar enfiado na boca, o que só pode ser um bom sinal. Vou inventando à medida que prossigo, e parece que está dando certo, nada tão difícil quanto imaginei, até chegar ao fim.

— O bombeiro Sam não apareceu! — Ele volta a chorar e soca o edredom. Na história que o pai conta, Ted sempre chama o bombeiro Sam; na verdade, é assim que a história *sempre* termina. Eu contei errado. Estraguei tudo. Quando Ted se cansa de chorar, volta o polegar à boca e começa a apagar. Fico sentada bem quietinha ao lado dele na cama, certa de que minha presença não está ajudando-o em nada a pegar no sono, mas, ao mesmo tempo, sem querer deixá-lo sozinho. Sua respiração se acalma, e penso em me deitar ao lado dele, até que o momento de paz é interrompido por Polly gritando em seu quarto.

— Tia Beth, que cheiro é esse? — Ela aparece no corredor.

Corro até a porta de Ted pressionando um dedo nos lábios.

— Shhh. Ele acabou de dormir.

— Tem alguma coisa no fogo? — ela sussurra.

— *Ah, porra.* — Desço as escadas correndo até a cozinha, que está cheia de fumaça, e desligo o forno. Quando o abro, mais fumaça começa a sair, e bem no meio jaz nossa pizza, que agora mais parece carvão. Olho meio sem graça para Polly, que veio atrás de mim. — Acho que a pizza já era.

— Que merda — ela responde, e, embora eu tenha certeza de que deveria dizer a ela para olhar a boca, lembro que acabei de falar *porra*.

— Esqueci no forno — explico. — Desculpa. Vou fazer outra coisa pra gente.

— Na verdade eu não tô com fome.

— É, mas você precisa comer — digo e começo a vasculhar os armários. Não quero que ela suma de novo dentro do quarto, e comida é a única maneira de fazê-la ficar. — Torrada com feijão? Vou tentar não queimar.

Ela dá de ombros e se senta à mesa enquanto preparo nosso novo jantar.

— Sua vó vai ficar uma fera quando descobrir que eu queimei a pizza.

— Vai — Polly responde. Ela está encarando as próprias mãos. Sigo tagarelando sobre o desastre da pizza, mas recebo em resposta apenas grunhidos.

Comemos nosso lanche em silêncio e é tudo bem estranho, cada tilintar dos talheres contra os pratos parece ensurdecedor. Não queria que fosse estranho, mas está sendo. Polly mal toca na comida, só fica movendo os feijões por cima da torrada com o garfo.

— Nossa, que silêncio aqui, né? — eu digo. Uma afirmação em vez de uma pergunta.

Ela afasta o prato.

— Valeu pelo lanche.

— Pol... — Hesito e minha sobrinha me encara, me esperando dizer seja lá o que for para ela poder voltar ao quarto. — Sei que você *não está* legal, então nem vou perguntar se você está bem, mas fico preocupada. Quer conversar sobre qualquer coisa? Sobre tudo? Ou sobre uma coisa só?

Ela desvia os olhos, e, quando fala, sua voz é baixa:

— Eu não aguento isso.

Empurro meu prato para perto do dela no centro da mesa.

— Eu sei.

— Queria que tivesse sido só uma sexta-feira normal.

— Como assim? — É a mesma coisa que ela disse no hospital.

— Ontem. Queria que o papai tivesse ido trabalhar e a mamãe tivesse passado o dia em casa cuidando do Ted, como *qualquer* outra sexta-feira. E aí isso não teria acontecido — ela diz, o pânico estampado em seu rosto.

Estendo a mão e toco em seu braço, meio esperando que Polly se desvencilhe, mas ela não se mexe.

— Acredite em mim, eu não paro de pensar nisso desde que fiquei sabendo o que aconteceu — digo. — E se eles tivessem cancelado a reunião da hipoteca? E se estivesse marcada para outro dia? E se tivessem parado no posto ou diminuído a velocidade por causa de obras na estrada... Se tivessem atrasado uns minutos, talvez até segundos, antes de o acidente acontecer? Mas você não pode pensar assim, simplesmente não pode.

Polly está tremendo, consigo sentir os espasmos em seu braço.

— Eles não deviam estar lá — ela diz.

— Mas *estavam*, Pol. E não tem absolutamente nada que a gente possa fazer.

Ela enxuga as lágrimas na bochecha.

— Posso sair da mesa agora, por favor?

Faço que sim com a cabeça.

— Eu tô aqui, se quiser conversar. Sei que não tenho como melhorar as coisas, mas tô aqui, quando você se sentir pronta pra falar...

Mas ela já está no meio da escada.

ABRIL

5

Parece que faz horas que Ted está pulando em cima de mim. Ele usa minhas coxas como trampolim e se apoia no meu pescoço, e de vez em quando as mãozinhas puxam mechas de cabelo que se soltaram do meu rabo de cavalo. Quanto mais eu digo "ai", mais ele parece achar graça. Inclino a cabeça para fugir da trajetória que seu cotovelo está fazendo.

— Ted, acho que já chega.

— Só mais cinco minutos! — ele diz com um sorriso. Mas estou aprendendo que *só mais cinco minutos* é a resposta de Ted para tudo. Depois dos cinco minutos, ele vai pedir *mais* cinco minutos, e assim por diante.

Dou tapinhas nas bochechas tentando fazer meu rosto voltar à vida, mas na mesma hora me arrependo quando Ted olha para cima e me imita, dando um tapa nas próprias bochechas e caindo na risada.

— A tia Beth tá meio cansada, Ted. Ainda preciso acordar um pouco.

— *Acorda!* — ele grita no meu ouvido. — Melhorou?

— Hummm, muito melhor — digo, dando um tapinha em sua perna. Até pouco tempo atrás estar cansada, exausta ou esgotada era uma reação ao que minha mãe chamava de meu comportamento destrutivo: beber muito, dormir pouco, não fazer cinco refeições diárias e o péssimo hábito de ficar assistindo temporadas inteiras de série até a baba escorrer, sem nem fazer uma pausa para respirar. As pessoas nas redes sociais vivem falando sobre a importância do autocuidado, mas, na verdade, parece que você só é descolado se no seu dia de folga vai para a academia, dá uma corridinha de dez quilômetros, é uma "mãepreendedora" (credo) ou sai do edredom para entoar um mantra de afirmação colado no espelho. Emmy estava ficando bem chegada a palavras de afirmação antes do acidente. Por influência de sua mãe blogueira favorita, chegou a encomendar um pacote de cartões motivacionais e os espalhou pela casa. Os cartões eram — para minha felicidade e para a decepção de Emmy — superfícies brancas com letras pretas, o que significava que para alterar sutilmente a mensagem eu só precisava de uma caneta e um pouco de corretivo escolar. Doug chorou de rir no dia em que minha irmã desceu as escadas dizendo a ele que eu havia mudado "Eu atraio sucesso em tudo que faço" para "Eu atraio processo em tudo que faço" e que ela só foi perceber quando leu em voz alta.

Ted e eu não vamos visitar Emmy hoje. Minha mãe vai levar Polly com ela à tarde, e aí amanhã vou com meu pai e, talvez, Ted. Ele tem achado muito chato passar horas e horas sentado ao lado da "mamãe dormindo", o que significa que ele começa a brincar (não é culpa do garoto, mas ele fica mais agitado e barulhento que o apropriado para um cenário tão grave). A vizinha de Emmy na UTI morreu na semana passada. Os pais dela precisaram dar permissão para desligar os aparelhos. Nós os víamos quase todos os dias, trocando acenos de empatia quando passávamos por eles ao entrar ou sair, então ver a cama vazia foi bem chocante. Meu pai e eu não conseguimos pensar em nada para conversar no trajeto para casa depois disso.

Escuto o barulho de alguma coisa caindo na cozinha, então me viro e vejo a nuca de Polly enquanto ela procura algo no armário.

— Tá tudo bem, Pol? — pergunto.

— Tudo — ela responde. Temos essa mesma conversa várias vezes todos os dias. Ela não está bem, sei disso e ela sabe que *eu sei*, mesmo assim continuamos nessa valsa ao redor uma da outra.

— Quer que eu prepare um chá pra gente?

— Não, obrigada.

— Que tal um chocolate quente?

— Acabou o chocolate — ela diz.

— Ah. Ok. Um sanduíche de bacon? — Meu tom está começando a parecer meio desesperado.

— Não tem bacon. — Ela abre as portas do armário e aponta para as prateleiras quase vazias. — Nem pão.

— Tem pão na geladeira — comento, na defensiva.

— Não, não tem. Comi ontem. Não vai aparecer um pão novo como se fosse mágica.

— Certo, tudo bem, eu realmente preciso fazer compras. Tenho adiado isso, para ser sincera. Estava tentando achar um lugar que entregasse em casa, mas não encontrei nenhum — explico, me sentindo atacada.

Polly estreita os olhos.

— Por que você não pode simplesmente *ir* até o mercado?

Estou começando a me arrepender de ter iniciado essa conversa. Agora o clima pesou por causa de um pão.

— Eu posso. E vou. Seus avós já estão chegando. Vou ver se consigo dar um pulo no mercado enquanto papai fica com Ted e vocês duas vão pro hospital.

Polly murmura algo que não consigo ouvir.

— O que foi?

Ela bate a porta do armário, e o barulho me faz pular de susto.

— Eu *disse* pra você simplesmente levar o Ted junto. É o que a mamãe faz.

— Certo — respondo. — Tem razão. — Na maior parte das vezes comprei uma coisa ou outra no mercadinho do bairro ou esperei minha mãe fazer compras e trazer para cá. Depois de três décadas morando com meus pais, nunca precisei de verdade fazer uma compra semanal, com ou sem uma criança pequena. Sou totalmente desqualificada para tudo isso, não apenas ir ao mercado e cuidar de crianças, mas para fingir ser uma adulta funcional com tudo sob controle. A verdade é que eu não tenho nada sob controle.

Pego o bloquinho de notas e a caneta presos na lateral da geladeira e anoto: *ketchup, pão, chocolate.*

— Não quis dizer que você tem que ir agora. — Polly encontra um pacote amassado de batatinhas.

— Bom, agora é sempre a melhor hora. — Acrescento *batatinhas*. — Do que mais a gente está precisando?

— O de sempre, acho — ela responde.

— Certo — eu digo, apesar de não fazer ideia do que significa "o de sempre". — Você quer vir junto? Sair um pouco? Mostrar as coisinhas que você quer levar?

— Não tenho cinco anos — ela diz.

— Não, claro que não. Eu só pensei que, se fôssemos nós três, daria pra resolver tudo em equipe. — Quanto mais conversamos, mais percebo que isso é um trabalho duro.

— Não, valeu. Pode me deixar sozinha em casa. Meus pais deixam.

Arqueio uma sobrancelha. É verdade que Polly já ficou sozinha antes, mas só uma vez ou outra, quando Emmy e Doug precisavam dar um pulo rápido em algum lugar. Olho para o relógio. Meus pais já estão chegando e tudo que ela vai fazer é voltar a se enfiar no quarto, então não é como se fosse um plano tão arriscado assim.

Procuro por sacolas de supermercado na cozinha. A única gaveta que não verifiquei está emperrada, então puxo com força até abrir e sorrio quando consigo. Apenas uma semana antes do acidente, Emmy me forçou a assistir a um vídeo no YouTube em que uma mulher dobrava sua coleção de sacolas retornáveis em pequenos triângulos e depois guardava tudo com capricho dentro de outra sacola. O título era "truques de supermercado para mães ocupadas", e falei para Emmy que aquela era a coisa mais trágica a que eu já tinha assistido.

Polly está encarando a gaveta aberta. Também são as pequenas coisas que mais me atingem; os vestígios pela casa que nos lembram que minha irmã está no hospital e não aqui. Mas com esses vestígios podemos, pelo menos, nos agarrar à esperança de que ela retorne. Por outro lado, os rastros de Doug são insuportáveis. Já tive que empurrar os chinelos dele para baixo da poltrona até alguém me orientar sobre o que devo fazer com tudo isso. Acho que Emmy é quem tinha que cuidar dos pertences do marido, mas ela não está aqui. E, se estivesse, iria querer Doug calçando os chinelos; não gostaria de decidir se deviam ir para a pilha do lixo ou da doação.

Pego cinco triângulos de sacolas dobradas e ponho na bancada. Não faço ideia se é a quantidade certa para uma compra semanal, mas é o que temos para hoje. Quando tento fechar a gaveta, ela emperra outra vez, e agora não consigo fechar nem abrir de novo. Estico a mão até a gaveta de utensílios.

— O que você tá fazendo? — Polly dá um passo em minha direção.

— Acho que caiu alguma coisa atrás da gaveta... Estava meio emperrada quando abri. Pensei em usar uma pinça ou algo comprido pra soltar — explico, vasculhando as colheres e espátulas de madeira.

— Deixa que eu faço. — Polly pega uma espátula, a desliza o mais fundo possível e começa a remexer lá atrás. Mas a gaveta se recusa a ceder.

— Aqui, deixa eu tentar — eu falo, estendendo a mão, mas ela não solta. — Pol? Pode me deixar tentar?

Muito a contragosto Polly me passa a espátula. Deslizo o utensílio até onde alcanço, alternando de um movimento em zigue-zague para um de alavanca, o que acaba resolvendo o engasgo, ainda que, no processo, eu tenha arrancado a gaveta dos trilhos e a feito cair na de baixo. Polly se apressa e vai logo enfiando a mão no buraco enquanto me empurra para o lado.

— Jesus, Pol, o que foi isso?!

— Nada.

— Então por que você tá tão preocupada com essas gavetas?

— Só quis ajudar — ela responde, o tom de voz esquisito, enquanto segura atrás das costas algo que deve ter puxado da gaveta. Parece um envelope. Ela gesticula com o queixo em direção à gaveta. — Pode pôr no lugar agora.

— Vou pôr — respondo. — O que é isso?

— Nada.

— Posso ver? — Dou um passo até ela e acabo reparando numa letra cursiva no papel. Eu reconheceria a letra da minha irmã em qualquer lugar. Agarro o envelope, ignorando as reclamações de Polly. Parece uma correspondência oficial que já foi aberta. No verso está o endereço do remetente em letras pequenas e, no topo, "Prezados sr. e sra. Lander".

Desdobro a carta. É o banco confirmando a reunião para discutir a solicitação de hipoteca e detalhando os documentos que eles tiveram que levar no dia. Não tem nada de estranho ou interessante nessa carta, só que Polly ficou completamente pálida.

— Por que você estava tão agoniada pra pegar isso? — pergunto. — Ou tem mais coisa escondida no fundo da gaveta que preciso pegar?

Polly nega com a cabeça, a atenção ainda voltada para o lembrete sobre a reunião da hipoteca. Dou mais uma olhada no papel, e dessa vez meus olhos são atraídos para os rabiscos de Emmy no envelope. Uma data e um horário foram escritos a caneta e circulados com marca-texto rosa. *Sábado, 23 de março, 11 horas.* Leio e releio a data que Emmy escreveu, depois confiro a data da própria carta para ter certeza de que ela anotou direito. Está certo, mas não faz sentido. Dia 23 de março, um sábado, foi oito dias após a reunião da hipoteca de onde eles estavam voltando quando aconteceu o acidente. *Dia 15 de março, uma sexta-feira*, a verdadeira data dessa reunião, vai ficar gravado para sempre no meu cérebro. Pode ser que exista uma série de explicações para essa discrepância entre os dias. Um erro administrativo, uma mudança de planos. Mas, se essa for a explicação, por que o envelope estava escondido numa gaveta?

— Polly, o que está acontecendo?

— Nada. Só quis ajudar com a gaveta, só isso. — Ela está balançando a cabeça, os olhos arregalados.

— Tô confusa. — Leio outra vez. Verifico o envelope de novo. — A data está errada, não está?

— Não sei nada sobre a hipoteca — ela responde.

— Mas você sabia que tinha uma carta sobre isso na gaveta?

— Fala sério, que diferença faz a data nessa porcaria de carta? Não vai mais ter hipoteca nenhuma, vai? — ela diz, aumentando o tom e chamando a atenção de Ted. Dou a ele meu sorriso mais carinhoso para mostrar que está tudo bem, e ele volta a se distrair com seus brinquedos. Polly sobe as escadas, deixando a conversa em aberto. Ou talvez a conversa já tenha terminado. Estou vendo que nossas poucas conversas chegam ao fim quando ela decide.

Fico quebrando a cabeça atrás de uma explicação lógica, tanto para a data errada do compromisso na carta quanto para a reação de Polly. É só uma carta, nada de mais. Mas mesmo assim. Recoloco a gaveta nos trilhos o melhor que consigo, embora quando ela fecha não faça um movimento muito suave. Emmy *definitivamente* disse que eles estavam indo para uma reunião sobre a hipoteca no dia do acidente. Foi por isso que Doug tirou folga na sexta-feira e meus pais ficaram aqui cuidando das crianças enquanto meu carro não pegava. Se era *mesmo* para lá que estavam indo, por que Polly agiria desse jeito tão esquisito em relação a uma carta com uma data diferente? E, se os dois não estavam indo para lá, por que teriam mentido?

Depois de pegar as sacolas no balcão, peço a Ted para fazer xixi e procurar seus sapatos para podermos ir ao mercado. Ele faz cara feia, e digo que vou comprar um docinho, umas gotinhas de chocolate ou o que quiser, e já é o suficiente para ele correr até a porta.

Polly está mentindo sobre alguma coisa. Minha ficha cai enquanto procuro meus sapatos. Ela tem estado tensa nas últimas semanas, sua mente continua aflita e viajando... Joguei tudo isso na conta do luto pelo pai e da preocupação com a mãe, mas a expressão no rosto de Polly agora há pouco não parecia com nenhuma dessas coisas. Parecia mais é que ela havia sido pega no pulo.

6

Tem mais pessoas que cadeiras aqui, e os amigos de Doug ficaram todos no canto, as camisas brilhantes e gravatas descontraídas não combinando com as expressões melancólicas. Minha mãe se abaixa para pegar o sr. Trombeta do chão e o dá na mão de Ted, que não para de se mexer no colo do meu pai. Polly está olhando para a frente, a expressão vazia. É impressionante como ela se parece com Emmy quando tinha essa mesma idade. Eu nunca tinha percebido isso, mas agora não consigo mais desver. É como se ainda fosse 1999 e eu estivesse olhando para a minha irmã, zangada comigo por ter pegado emprestado um de seus tops sem pedir.

Jory está acenando com a cabeça, como se tentasse me dizer alguma coisa. Com certeza a duração da minha pausa dramática e o jeito como enxuguei os olhos e o nariz ranhento na manga do vestido fizeram ele pensar que toda a situação é mais do que consigo aguentar. Aceno para ele, informando que *tô legal, consigo fazer isso*. Devo isso a Doug pela generosidade com que ele me tratou ao longo dos anos, por raramente reclamar da cunhada chata que vivia se convidando para mais um jantar em família e por vir cheio de planos para o fim de semana porque ela ainda não tinha a menor ideia do que fazer com a própria vida.

Todos os olhos estão voltados para mim, e tento me lembrar daquela contagem de respirações da qual Emmy vive falando, a que ela pôs em prática durante o trabalho de parto de Ted e que também, segundo ela, a ajudou todas as vezes que se sentia sobrecarregada com a vida como um todo. *Inspira por quatro, expira por oito*, eu acho. Ou era para inspirar por oito segundos e expirar por quatro? Quando descobri que Emmy tinha investido uma grana em um curso para aprender a respirar, quase me mijei de tanto rir. "Aquele povo do tilelê-birthing que te aguarde", zombei, ao que ela revirou os olhos e respondeu: "É hypnobirthing, palhaça, e funciona de verdade". Lógico que aqui estou eu agora, apesar dos anos sacaneando minha irmã, prestes a confiar no conselho de Emmy enquanto fico parada na frente de uma sala cheia de pessoas de luto para dizer palavras bonitas sobre seu falecido marido, porque ela não pode.

Nunca fui incumbida de algo tão importante, e a responsabilidade dessa tarefa, junto com todas as outras responsabilidades que pareço ter colecionado nas últimas semanas, está pesando no meu peito. Consegui ler todas as histórias engraçadas da época em que Doug estava na escola, mas, agora que chegou a hora de falar sobre como ele conheceu minha irmã e a vida que eles compartilharam desde então, me sinto perdendo a compostura.

Depois de respirar fundo, leio em voz alta tudo que está escrito no agora amassado pedaço de papel em minhas mãos sobre o inigualável Douglas Lander e minha irmã, desde o namorinho dos dois na sexta série da escola Budehaven até os últimos anos como uma família de quatro pessoas. Falo sobre a alegria deles ao descobrir que esperavam Polly quando tinham apenas vinte anos, a feliz surpresa que foi a gravidez, e como passaram os onze anos seguintes achando que ela nunca teria um irmão, até o milagre da fertilização in vitro os abençoar com Ted. Falo sobre como Doug estava satisfeito com a vida, como seus únicos sonhos eram comprar uma casa com Emmy e um dia poder dar uma festa grande o bastante para comemorar adequadamente o pequeno casamento que fizeram quando Polly era bebê. Falo sobre o discurso que ele fez diante de nós naquele dia, como ficou orgulhoso ao chamar Emmy de esposa e como dançaram coladinhos ao som de uma música de Bob Dylan tocada por um artista de rua ali mesmo na escada do cartório. Depois de fazer uma pausa para assoar o nariz, leio o último parágrafo. A tinta está borrada, mas não importa. Acho que sei esse trecho de cor.

— Doug queria que as pessoas acreditassem que a vida dele não tinha nada de extraordinário. Mas acredito que nesse ponto ele se enganou. Seu talento para encontrar alegria na rotina, para amar e valorizar a família e ficar em casa de chinelo, sempre de chinelo, aproveitando aqueles dias em que nada de fato acontece, era exatamente o que fazia dele alguém extraordinário. Doug nunca parecia ficar entediado, de saco cheio ou inquieto. *Mas a vida é boa, Beth. A vida é boa*, ele me dizia sempre que eu aparecia reclamando que a minha vida não era nada boa. Na verdade essa era a base do nosso relacionamento: eu com meu copo meio vazio e Doug me mostrando, sempre com gentileza, as várias formas de enchê-lo. Passei a maior parte dos dezessete anos que o conheci implicando com Doug por ficar velho antes da hora. E agora, na reviravolta mais cruel do destino...

— Engulo em seco o nó na garganta. *Inspira quatro, expira oito*. — Na reviravolta mais cruel do destino, Doug não pôde envelhecer, e estamos aqui nos despedindo dele muito antes da hora. Sei que alguns de vocês estão pensando em arrecadar dinheiro para um memorial com vista para uma praia que ele amava, e acho uma ótima ideia, de verdade... mas também acho que a maior homenagem que poderíamos prestar ao Doug seria continuar buscando alegria nesses dias-em-que-nada-de-fato-acontece, tentar manter nossos copos meio cheios que nem ele gostava de fazer e *sempre* aproveitar um bom par de chinelos. Porque, se não for assim, corremos o risco de só perceber quão extraordinários foram aqueles dias banais quando já for tarde demais.

Ao me sentar, meu pai aperta minha mão. Me inclino para frente e olho para Polly, mas ela não me encara.

— Dá um tempo pra ela — Jory sussurra e faço que sim, mas continuo olhando. Não sei o que eu estava esperando. É bobo, e provavelmente egoísta, mas não consigo deixar de me sentir magoada pela completa falta de reconhecimento. Fico chateada comigo mesma por me sentir assim, Polly não deve nada nem a mim nem a ninguém, mas alguma coisa na maneira como ela se comportou nas últimas semanas anda me incomodando, e talvez eu só estivesse na expectativa de que hoje as coisas fossem melhorar um pouco.

Acabei me desconectando do que o celebrante estava dizendo, e pulo de susto quando escuto uma explosão repentina de guitarras elétricas. Meu instinto é correr para desligar a música; os primeiros acordes de

"Rock 'n' Roll Star", do Oasis, contrastam demais com a ocasião. Faço uma careta ao olhar para as fileiras de pessoas atrás de mim, convencida de que aquilo provará que minha mãe estava certa quando disse: "É um funeral, Beth, não uma discoteca". Mas os sorrisos estampados no rosto dos amigos mais antigos e queridos de Doug me fazem perceber que não fizemos nada de errado. Até mamãe aceitou a derrota e está batendo o pé no ritmo da música. Penso em Doug pulando pela sala no meio da faxina e tirando o pó de objetos enquanto cantava que, naquela noite, ele era uma estrela do rock. O mesmo Doug que admitia que a coisa mais rock 'n' roll que já tinha feito fora tomar um espresso duplo no fim de uma refeição que fez seu coração disparar ao ir para a cama. *Eu não conseguia relaxar, Beth. Foi tipo uma descarga de adrenalina.*

Ted está batendo palmas com o ritmo da música, o rosto iluminado como se dissesse: "Agora sim, graças a Deus acabou a parte chata dos adultos". Hoje de manhã, quando mamãe chegou e o arrumou para vir para cá, ele estufou o peito com orgulho e me disse que estava usando sua camisa de festa. E está mesmo — é um conjunto xadrez de camisa e gravata que Emmy comprou "para ocasiões especiais", e, até onde Ted sabe, hoje *é* uma ocasião especial. Contaram a ele que seu pai morreu e que hoje seria o enterro, mas não acredito que ele compreenda a ligação entre as duas coisas ou que faz ideia do significado deste evento. Mesmo quando o carro funerário levando o caixão de seu pai estacionou e as pessoas lá fora ficaram em silêncio, dava para ouvir Ted conversando alegremente com a avó.

A música termina, e, enquanto o caixão vai lentamente desaparecendo por trás da cortina, Polly se joga nos braços da avó e ouço meu pai dizer: "Adeus, meu filho". A sensação permanente de suas palavras é insuportável.

Depois da cerimônia, sigo no automático, dizendo "Obrigada por ter vindo" e "Bom te ver" para as filas de pessoas se levantando e indo se reunir sob o sol fresco de abril. Na ausência de Emmy — com apenas a mãe de Doug no lado dele da família, e mesmo assim mantendo distância —, quem recebe a maior parte das condolências somos meus pais, Polly e eu. Também assentem de um jeito simpático para Ted, que acabou de perguntar em voz alta se vão servir bolo no bufê. Acabou ficando meio tumultuado próximo às portas duplas, e, enquanto esperamos a multidão dispersar, começo a me sentir claustrofóbica e com calor. Não estou nada bem. Preciso sair daqui.

É Ted quem me tira do sufoco: quando diz à avó que precisa ir ao banheiro, estendo os braços e pego o menino no colo, para surpresa da minha mãe.

— Com licença, desculpa. Preciso levar esse mocinho ao banheiro. Desculpa, obrigada. — Abro caminho pela multidão e entro no banheiro para pessoas com deficiência que fica logo na entrada.

— É só um xixi? — Ted faz que sim, então o ponho no vaso sanitário e depois me agarro à pia. Meu coração está acelerado e minha nuca está quente e formigando, como se só agora tivesse caído a ficha de que estamos nos despedindo de Doug e que estou cuidando dos filhos dele enquanto minha irmã se recupera, ou talvez não, do coma. Após ajudar Ted a levantar a calça, minhas pernas vacilam, então baixo a tampa do vaso sanitário e sento em cima, tentando recuperar a compostura. Ted fica ligando e desligando o secador de mãos, o ar quente soprando seu cabelo para trás. Acho que estou à beira de um ataque de pânico. Quero tanto me teletransportar para *casa*. Para a casa dos meus pais, onde tenho como voltar ao meu quarto de infância com marcas de fita adesiva no teto e me preocupar com coisas que nem são preocupações de verdade. Não para a casa de Emmy e Doug, onde eles deveriam estar.

Estou tão distraída conversando comigo mesma para conseguir superar essa onda crescente de pânico que não percebo Ted ficando entediado com o secador de mãos e destrancando a porta, me deixando à mostra ali no banheiro para as últimas pessoas que saem da cerimônia e se dirigem à saída. Eles dão uma boa olhada, como é claro que fariam.

— Tia Beth tá fazendo pipi de roupa — Ted diz a eles, como se aquilo explicasse tudo.

— Ted! — sussurro e corro para fechar a porta, minhas pernas ainda tremendo. Jogo uma água no rosto para me refrescar, mas o constrangimento só serviu para deixar minhas bochechas ainda mais vermelhas. Antes de abrir a porta novamente, passo os dedos nos pontos onde o rímel borrou sob os olhos, rezando para que a pequena multidão não tenha prestado atenção ao meu flagra no banheiro, que nem mesmo foi um flagra no banheiro, só um flagra da minha pessoa tendo um colapso enquanto usava a bexiga do sobrinho como desculpa para se afastar. Provavelmente nem ouviram Ted.

O sorriso de Jory me diz o contrário.

— Pipi de roupa — ele diz baixinho, cobrindo a boca com a mão. Mas para de rir quando nota minha cara. — Ei, você tá legal?

— Na verdade, não — respondo, segurando seu braço, embora me sinta melhor agora que estamos ao ar livre. — Você acha que alguém vai perceber se eu não for pro enterro? — É brincadeira, mas na verdade não sei mesmo se consigo encarar aquilo. Ted corre à nossa frente e se aproxima dos meus pais, onde há mais abraços, choros e nenhuma rota de fuga.

— Hummm, acho que vão perceber, sim. Mas quando você perceber já vai ter terminado — ele diz. — Vou estar lá pra segurar sua mão. Faz aquele sinal de coçar a orelha se precisar de ajuda.

Começo a esfregar loucamente as duas orelhas.

— *Mayday, mayday.*

— Vai ficar tudo *bem* — ele fala. — Anda. A parte difícil você já fez.

— Ok — digo, embora tenha a sensação de que a parte mais difícil ainda está por vir.

— *Tia Beth!* — Ted está gritando de novo. Subi e desci as escadas quatro vezes desde que o coloquei na cama, e nada do que faço parece acalmá-lo. Ele chegou tão exausto depois do enterro que honestamente acreditei que ficaria fora do ar por um bom tempo, mas, toda vez que ele cochila, minutos depois volta a gritar, como se todas as vezes estivesse voltando para o mesmo pesadelo. Suponho que esteja.

Subo as escadas correndo e me sento ao seu lado.

— Tô aqui.

— Eu não tava te vendo — Ted diz, me olhando desconfiado.

— Só fui no banheiro rapidinho — minto. É incomum ele se preocupar em saber se estou por perto ou não na hora de dormir. Me pergunto se eu devia improvisar uma cama no chão para passar a noite aqui e fazer companhia a ele depois de um dia tão intenso.

— Boa noitinha, mamãe — ele diz, ficando sentado.

— Ah, Ted, sua mãe ainda tá no...

— Boa noitinha, papai.

Mordo o lábio.

— Sua mamãe e seu papai não estão aqui pra te dar boa-noite.

Ele balança a cabeça, frustrado. Já tivemos essa mesma conversa inúmeras vezes desde o dia do acidente, mas parece que hoje ele está me pedindo algo diferente. Tento outra vez:

— Hoje a gente se despediu do papai, não foi?

— Boa noitinha, mamãe. Boa noitinha, papai — ele diz, como se Emmy e Doug estivessem na sua frente ou ele estivesse conversando com os dois pelo telefone. — Agora você.

— Boa noitinha, mamãe, e boa noitinha, papai — repito e, ao fazê-lo, tenho uma ideia. — Segura aí dois segundos, amigão. Já volto.

Tem uma foto com moldura amarela de Emmy e Doug em Roma na parede do andar de baixo. Corro para pegá-la e em silêncio peço desculpas à minha irmã enquanto as tiras de fita dupla-face com as quais o retrato foi colado arrancam da parede a tinta Sopro de Elefante. Emmy ficou *séculos* decidindo a cor que queria para o corredor, e eu estava lá quando ela escolheu a lata, irritando-a durante todo o trajeto até o carro, insistindo em chamar a tinta de Gorfo de Elefante. Sinto falta de Emmy irritada comigo.

Com o retrato em mãos, me apresso de volta ao quarto de Ted, hesitando por um tempo no batente da porta, de repente em dúvida se a ideia é mesmo tão boa quanto eu pensava que era enquanto descia as escadas. Depois de remover da parte de trás da moldura as tiras adesivas cobertas de tinta, entrego a foto para ele.

— É a mamãe e o papai! — Ele aponta para o rosto deles e abre um sorriso tão largo que relaxo na mesma hora.

— Eu sei! É uma foto linda, né? É de quando sua mamãe e seu papai foram visitar o Coliseu.

— O li-seu? — Ted olha a foto mais de perto, depois pega o sr. Trombeta e pressiona a tromba do brinquedo contra o retrato para que o elefante também possa ver.

— É, essa coisa gigante atrás deles é o Coliseu. É muito famoso.

— Uau. — Os olhos dele se arregalam. Está impressionado.

— Quer deixar essa foto aqui no quarto? Aí você pode dar boa-noitinha pra mamãe e pro papai quando for dormir.

Ted assente.

— E boa-noitinha pro li-seu.

— Isso, e boa-noitinha pro Coliseu também, se você quiser.

Ele começa a beijar a foto, e me esforço para me concentrar nos bichinhos de pelúcia alinhados no parapeito da janela, lutando contra as lágrimas que sei que estão vindo e querendo contê-las por só mais um minuto para não assustar Ted, que parece finalmente ter se acalmado. Então diz "boa noitinha" em ordem: boa noitinha, mamãe, boa noitinha, papai, boa noitinha, li-seu. Depois me entrega o retrato. Eu o coloco com cuidado ao lado do despertador de coelhinho na mesa de cabeceira, inclinado na direção da cama para que os rostos bronzeados e sorridentes de Emmy e Doug possam observar o filho enquanto Ted se aconchega sob o edredom e fecha os olhos.

7

Quando Jory liga para saber se estou a fim de sair de casa por umas horinhas, digo que não posso. Faz tempo que não pomos o papo em dia, eu sei, mas ultimamente ando sempre com *tanta* coisa para fazer. Entre segurar as pontas com as crianças, as tarefas domésticas e as idas e vindas de três horas ao hospital, não consigo arranjar nenhum tempo livre, e olha que ainda nem voltei ao trabalho, embora isso esteja no horizonte. Já estou ficando no vermelho.

Meus pais chegaram aqui antes de sairmos para visitar Emmy. Vamos juntos ao hospital hoje à tarde para o "bate-papo de atualização" quinzenal da dra. Hargreaves, que nenhum de nós quer perder, embora saibamos que ocorreram poucas mudanças desde o último bate-papo de atualização ou mesmo o penúltimo. Estamos torcendo por vislumbres de uma recuperação e rezando por um milagre. Só Deus sabe como a nossa família merece. Sei que não é assim que funciona, que nenhuma probabilidade divina está a nosso favor só porque recebemos uma má notícia recentemente, mas às vezes esse é o único pensamento que me mantém de pé. Emmy vai viver porque Doug não conseguiu.

— Era o Jory, querida? — Meu pai deve ter escutado o fim da ligação enquanto se aproximava para trocar uma palavrinha comigo, o pano de prato sobre o ombro. — Por que você não liga de volta? Ia te fazer bem tomar um ar fresco.

Uma xícara cai da pilha de louça suja amontoada ao lado da pia e minha mãe resmunga algo que não consigo ouvir direito, mas capto a essência. O que ia me fazer bem agora era um belo banho quente e uma boa noite de sono, mas acabo mandando uma mensagem para Jory avisando que ele pode passar aqui para me buscar. Quero vê-lo, e um passeio fora de casa vai pelo menos me dar um pouco de descanso das reclamações incessantes da minha mãe. Acho que na metade das vezes ela nem percebe que está fazendo isso, mas é como se eu estivesse sendo avaliada vinte e quatro horas por dia, sete dias por semana. Uma vez Jory comentou como era ter suas aulas de história observadas por um inspetor do governo, e é a mesma atmosfera que sinto sempre que minha mãe está aqui. Ela não precisa nem dizer nada, simplesmente sinto-a ao meu lado fazendo anotações mentais em silêncio. Meus crimes desta semana incluem estragar a reciclagem e matar um fícus-lira. "Já faz anos que a Emmy tem essa planta, Beth. Anos." Não me surpreende que eu tenha errado na rega das plantas e não entenda nada de reciclagem, já que minha mãe sempre *insistiu* em separar o lixo lá em casa. Como eu ia adivinhar que precisava separar o lixo reciclável nos sacos de várias cores que Emmy guarda embaixo da pia? Descartar e reciclar está mais parecendo um trabalho em tempo integral, e meio que estou decidida a dar uma banana para toda essa burocracia de coleta de lixo e jogar de uma vez o próximo lote de reciclagem direto na lixeira, embora isso nunca vá passar impune. Minha mãe provavelmente faria uma auditoria da lixeira, já que pelo visto proficiência em reciclagem faz parte das exigências da vaga para a qual ela parece ter me contratado, ainda que, para começo de conversa, esse seja um "emprego" ao qual nunca me candidatei.

A campainha toca, e, quando Jory se inclina para me dar um abraço, sussurro:

— Me salva da tirania de dona Moira.

Ele ri.

— Trouxe duas roupas de mergulho, só pra garantir. Você pode pegar uma toalha?

Me afasto dele e aponto para o céu, as nuvens escuras e pesadas lá em cima.

Jory revira os olhos.

— Só pega uma toalha e vem.

***

Paramos ao lado da estação dos botes salva-vidas, e Jory sai para pegar o bilhete de estacionamento. Desço do carro e, quando o vento começa a soprar, imediatamente me arrependo de não ter prendido o cabelo. Meu cabelo é fino e liso em comparação aos cachos grossos da minha irmã. Eu sempre disse que gostaria de ter mais volume, mas isso não era bem o que eu tinha em mente.

— Tem um na van — Jory diz, prendendo o bilhete no painel.

— Um o quê? — Afasto uma mecha da boca.

— Um elástico de cabelo.

— Ai, que bom. Vou querer, sim. Peraí... por que você tem um prendedor de cabelo na van? De quem é?

— É uma pergunta séria? — Jory fecha a jaqueta e me passa meu casaco junto com um elástico de cabelo. É um dos meus.

Dou de ombros.

— Não sei quem você coloca na sua van, né? Só espero que a pessoa tenha saído viva. Sempre disse que é meio estranho você ter uma van em vez de um carro, tipo uma pessoa normal. Você não é comerciante.

— Estamos em Bude, Beth. É pra minha prancha de surf. Olha em volta. — Ele aponta para a vasta maioria de vans no estacionamento.

— *Certo*, mas essas pessoas passam o tempo todo surfando. Você só se veste da cabeça aos pés com estampas floridas e dá umas braçadas. — Ele odeia quando zombo de suas roupas compradas na loja de surfe local. Dou-lhe um cutucão com o cotovelo para mostrar que só estou brincando. — Também tem fita adesiva e braçadeiras no porta-malas?

Jory ri.

— Pro seu governo, o elástico é de uma garota chata pra quem dou carona de vez em quando, embora não ande encontrando muito com ela ultimamente. Ela fica com esses elásticos no pulso, mas tira quando tá bêbada. Deixo eles guardados no porta-luvas pra quando está ventando e o cabelo dela começa a voar e ela fica igual a um iéti.

— Ainda é meio Ted Bundy da sua parte.

Caminhamos pela areia ao lado da estação de botes salva-vidas e depois descemos em direção ao mar. A maré está baixa, e o céu ainda mais escuro do que quando saímos. Jory parece animado, o que geralmente significa que estou prestes a ser agraciada com uma história interessante. Estremeço e puxo a gola do casaco por cima da boca, abrindo um sorriso sob o tecido quando Jory começa:

— Bundy dirigia um Fusca durante a onda de assassinatos, não uma van. Seu Fusquinha era bege, mas depois ele roubou um outro que era laranja. Claro que nessa época já sabiam que ele era problema.

— Acho que *problema* é dizer o mínimo — comento. — "Extremamente perverso, chocantemente maligno", foi o que o juiz disse. — Jory parece surpreso com meu conhecimento no assunto, mas ri quando revelo minha fonte: — É o que falam naquele filme com o Zac Efron. Você se interessa por essas coisas?

Ele faz uma careta.

— Na verdade não, mas se você está perguntando pra saber se eu assistiria com você, então sim. É o mínimo que eu posso fazer. Falando nisso, como vão as coisas? Seus pais ainda vêm visitar todo dia?

— Vêm. — Enfio as mãos nos bolsos do casaco. — Quando saí agora há pouco, minha mãe estava ocupada anotando mais uma lista de instruções num caderninho que acho que ela comprou especialmente pra isso. Ela escreveu *Caderno de Tarefas da Beth* na capa. A porra do caderninho de tarefas da Beth.

— Ela não fez isso — responde Jory, embora não pareça nem um pouco chocado; ele conhece minha mãe há quase tanto tempo quanto eu. Depois começo a atualizá-lo sobre as últimas semanas.

Conto a ele que Polly se fechou num casulo e agora decidiu sair do time de natação, algo que há anos ela adorava praticar. Conto que ainda não descobri mais informações sobre aquela carta da hipoteca e que ninguém além de mim parece achar estranha a discrepância entre as datas ou o jeito como o envelope foi enfiado numa gaveta emperrada. Conto que toda noite vejo meu sobrinho dizer boa-noite para a mãe e o pai em uma foto e que, quando finalmente desço as escadas, estou tão cansada que caio no sono no sofá — que, ainda bem, é grande e confortável o bastante para dormir, porque ainda não consigo nem pensar em dormir na cama de Emmy e Doug. Conto a ele que na semana passada fiquei cinco dias sem lavar o cabelo, ao que ele ri e diz: "Ah, Beth..." Às vezes me irrito quando as pessoas riem e dizem "Ah, Beth", como se eu tivesse um ano em vez de trinta e um, mas não ligo quando é Jory, porque ele é meu melhor amigo e está do meu lado.

Conto de um jeito bem prático como minha vida tem sido desde o acidente, mas quando Jory pergunta: "E como você tá se sentindo, tipo, *realmente* se sentindo?", não consigo encontrar as palavras. Quero dizer a ele que estou sobrecarregada tanto de tarefas quanto de emoções. Que estou completamente perdida e que, quando paro para pensar na vida que tenho agora em comparação à de antes do acidente, não consigo acreditar que seja a mesma existência. A vida de agora parece faz de conta.

Paramos a poucos metros do mar e tiro os sapatos, enfiando as meias dentro deles. Aponto para os tênis de Jory.

— Tá de brincadeira? Tá muito frio e úmido pra colocar os pés na água. — Ele aponta para o céu.

Dou de ombros.

— A gente já tá com frio e molhado mesmo.

Ele murmura algo sobre eu ser maluca, mas começa, sem muita vontade, a desamarrar os cadarços. Ficamos um tempo em silêncio, enterrando os dedos dos pés na areia. O esmalte que passei um mês atrás nas unhas dos pés já está quase todo descascado. Quando eu morava com meus pais, adquiri o hábito de todo domingo à noite fazer uma sessãozinha de mimos em casa, com direito a passar máscara facial, depois autobronzeador e pintar as unhas enquanto esperava o bronzeamento secar. Ter uma ou duas horas *livres* desse jeito me parece nada menos que uma loucura agora, e provavelmente é por isso que voltei à minha tonalidade natural de Gasparzinho, o fantasminha camarada. Mas no momento não estou ligando para não conseguir me bronzear ou pintar as unhas.

— É de partir o coração, isso do Ted com a foto. Tadinho. — Jory está tentando enrolar a barra da calça jeans, mas desiste quando percebe que a peça é estreita demais no tornozelo para conseguir passar pela batata da perna.

— É, mas por incrível que pareça ele meio que relaxa depois de dar boa-noite pra eles, então estou mantendo o hábito. Parece que o Ted gosta dessa rotina. Também tenho que contar todo dia a mesma história antes dele dormir. Tinha uma historinha que o Doug contava sobre uma cobra e o bombeiro Sam... Levei uma semana pra conseguir acertar o enredo, e mesmo assim, por mais que eu me esforce, ele não parece impressionado com as vozes que faço.

Jory está rindo.

— Eu pagaria *muito* dinheiro pra ouvir sua melhor imitação de bombeiro Sam. Anda, fala aí só uma ou duas frases.

— Cai fora — eu digo, mas acrescento "Um bom bombeiro nunca está de folga" em meu melhor sotaque galês, que Jory afirma sair muito melhor que o esperado.

— Você tinha que mostrar isso pra sua mãe, uma nova habilidade positiva que você aprendeu. Pode ajudar a contrabalançar sua habilidade questionável em reciclagem e culinária. — Ele me olha de lado, e eu suspiro.

— Sendo bem honesta, Jor, é pesado. Parece que a minha mãe só está esperando eu estragar tudo pra poder dizer *Eu bem que avisei* e aí colocar a Polly e o Ted de novo embaixo da asa dela e alimentar os dois com um cardápio mais variado do que o meu macarrão ao pesto com linguiça.

Jory coloca a mão no peito, fingindo surpresa.

— Agora você coloca *linguiça* no seu macarrão ao pesto? Você está mudada.

— Também aprendi a fazer omelete. *E* estou ficando expert em fazer enroladinho de queijo, os favoritos de Ted. Eu mesma estou gostando de comer as tiras de queijo na torrada com um pouco de ketchup.

Damos mais alguns passos à frente e deixamos as ondas lavarem nossos pés. É um alívio poder conversar sobre a minha mãe com alguém que não seja o meu pai (que fica compreensivelmente tentando não tomar partido). Até agora, guardei o grosso das minhas reclamações para Emmy, que diria coisas como: "Vocês duas batem de frente, mas você sabe que ela te ama" e reviraria os olhos quando eu respondesse: "É, só que ela te ama mais".

A chuva está ficando mais forte, e olho para cima, deixando as gotas caírem no rosto e gostando de me sentir tão viva.

— Sabia que ontem ela começou a disparar um monte de perguntas aleatórias pra mim, como se estivesse me testando?

— Que tipo de perguntas? — Jory está tentando, mas não consegue esconder que acha isso divertido.

— Coisas do tipo "Me diz onde fica o registro geral de água da casa" e "O que você faria se Ted tivesse uma convulsão?", sendo que o menino nunca teve uma convulsão na vida. Sinceramente, isso está me deixando no limite.

— Puta merda. Sempre vai ser impossível viver de acordo com os padrões de qualidade de Moira Pascoe, né? E, bom, a Emmy puxou à sua mãe, pelo menos no quesito "tudo em seu devido lugar" — ele diz.

Jory tem razão. Emmy, embora consideravelmente mais descontraída que a nossa mãe, ainda está a quilômetros de distância de mim em relação a limpeza e organização, e, por mais que eu desejasse que isso não fosse verdade, não posso negar que minha mãe tem motivos para estar meio preocupada com os níveis baixos que estabeleci para algumas coisas básicas da vida.

— Não sei cozinhar, Jor — eu digo. — Não sei cuidar de uma criança. Não sei como fazer pra adivinhar o que se passa na cabeça da Polly, ou por que ela escondeu uma carta sobre a reunião da Emmy e do Doug, se é que ela escondeu mesmo. Não sei ler um medidor de eletricidade ou entender o que qualquer uma das contas significa. Tenho sorte do meu pai estar supervisionando essas coisas, senão estaríamos num barco ainda mais furado.

Uma onda mais alta do que as outras arrebenta, nos pegando de surpresa. Ela atinge meus joelhos, molhando a parte de baixo da minha calça jeans, que enrolei um pouco para cima. A calça de Jory, que ele não conseguiu subir pelas pernas, fica ensopada, o que eu sei que ele vai odiar. Ele se encolhe, mas está mandando muito bem em fingir que não foi nada.

— Eu posso ajudar, se for preciso. Você é péssima em pedir ajuda, sempre foi. Acho que agora provavelmente é a hora de você crescer e vestir as calças da situação.

Dou um tapinha no braço dele.

— Eu sempre estou usando as calças da situação, não tem nada pior do que sair por aí mostrando a calcinha fio-dental. — Ele arqueia as sobrancelhas. — De qualquer forma, a Emmy era meu porto seguro. É por isso que ela precisa sair do hospital e voltar a me encher o saco para ser dedicada no trabalho, resolver minha pontuação de crédito e investir em um creme facial com retinol.

— Só estou dizendo que também tem outras pessoas que se importam com você. — Ele baixa os olhos para a calça jeans, a umidade agora se espalhando em direção às coxas.

— Eu sei. Apesar de que não tenho certeza se iria atrás de você pra pedir conselhos sobre creme facial. Falando nisso, desculpa por não estar sendo uma boa amiga nos últimos tempos. A gente nem anda indo ao bar. Acho que desde o colégio a gente nunca tinha ficado tão na seca, né? A minha mãe disse que logo, logo preciso começar a pensar em como manter Ted seco à noite, mas é um tipo diferente de seca.

Jory está me encarando de um jeito severo. Acho que deve ser o olhar de professor dele.

— Beth, você acabou de se despedir do seu cunhado. Sua irmã está no hospital. Você está no fundo do poço. Não me espanta você não estar a fim de passar a noite no Black Horse pra levar uma surra na sinuca e ficar dando em cima do Tony, o "agricultor sarado", que é muito bem casado, por sinal.

— Ah, ele é *muito bem* casado? Que chato, pensei que era só um pouquinho bem casado. E, de qualquer jeito, eu não fico dando em cima dele. Pelo menos não quando tô sóbria.

— Você nunca tá sóbria.

— Bom, agora eu tô. — Ficamos em silêncio por mais um tempo. Depois de várias semanas navegando entre aqueles silêncios constrangedores com Polly, é uma sensação boa experimentar um silêncio que não é nada esquisito. Ainda está chovendo, mas já me acostumei ao frio e ao vento —, ou então minhas pernas ficaram dormentes —, e de repente tenho um impulso que não tem nada a ver comigo. Corro de volta para onde estão os sapatos e tiro a calça.

Jory me olha, boquiaberto.

— O que você está fazendo? Tá congelando!

— Vamos entrar! — digo, apontando para a água agitada.

— Mas eu deixei as roupas de mergulho na van porque você não estava a fim de mergulhar. Vou lá buscar então. — Jory olha para a praia, agora envolta em neblina.

Já tirei o casaco, e sorrio enquanto tiro o suéter e a camiseta por cima da cabeça, dando gritinhos quando os pingos de chuva molham minhas costas.

— Bom, eu não estava a fim antes, mas estou agora. Anda, sr. Clarke, aproveita um pouco a vida.

Jory balança a cabeça, mas mesmo assim tira a roupa e fica só de cueca, tapando a parte da frente com as mãos.

— Tá frio hoje, ok? — ele diz, e dou risada. Estou perdendo a coragem agora que me vejo bem perto da água cinza e agitada. Jory tem razão, está *congelando*. Fico agradecida pelo calor que vem dele quando se aproxima de mim e para do meu lado. Começamos a tremer, cada um abraçando o próprio corpo.

Lembro de todas as vezes que eu e Emmy corremos até o mar bem aqui nessa praia. Quando éramos crianças, as pranchas amarradas no pulso e mamãe boiando por perto para ter certeza de que não estávamos nos afogando. Quando éramos adolescentes, tentando impressionar os salva-vidas com nossos biquínis e as luzes novinhas em folha no cabelo. Todas as nossas vindas recentes de antes do acidente foram com Ted, que gritava de alegria enquanto se agarrava à mão da mãe para pularem as ondas juntos. Eu costumava me oferecer para ficar sentada com as bolsas, grata pelo sossego que me permitia ficar em paz mexendo no celular. Todas aquelas horas perdidas de corpo presente, mas nunca realmente participando.

— Vamos no três? — pergunto. A postura de Jory é hilária, a cabeça baixa e os ombros caídos. Ele resmunga alguma coisa que não consigo ouvir, e o lembro mais uma vez de que toda essa coisa de sair de casa foi ideia dele.

Jory estende a mão para irmos juntos, mas já estou correndo, e ele xinga enquanto vem atrás de mim, gritando que começar a correr no dois é trapaça. Ele ainda está resmungando algo sobre as roupas de mergulho quando jogo água em sua direção, fazendo-o grunhir, e então mergulho, o choque frio arrancando o ar dos meus pulmões. Meus olhos ardem; estou chorando e rindo, tudo ao mesmo tempo.

Era exatamente disso que eu estava precisando. Deixar as coisas saírem, admitir para alguém que estou apavorada, libertar a preocupação e as lágrimas de hoje antes de voltar para a casa de Emmy e dizer à minha mãe que não, não sei onde fica o registro, e não, nunca pesquisei o que fazer se Ted tiver uma convulsão, mas que estou disposta a aprender todas essas coisas se ela me der uma chance. Hoje à noite, quando voltarmos da visita a Emmy, vou cozinhar algo para Polly e Ted que *não seja* macarrão ao pesto com linguiça. Vou provar que minha mãe está errada.

Conforme eu e Jory caminhamos pela parte rasa de volta à areia, penso no que temos na despensa. Acho que vai ter que ser macarrão ao pesto com linguiça mesmo. Um passo de cada vez.

MAIO

SIAM

8

— Você passa seu uniforme ou são seus pais que fazem isso? — Suspeito que já sei a resposta.

Polly responde do sofá, sem desgrudar os olhos do celular:

— Meu pai passava.

— Certo. Bom, eu faço isso pra você hoje à noite. — Provavelmente vou precisar passar alguma coisa para o meu primeiro dia de volta ao escritório mesmo. — E você tem certeza de que já está pronta pra voltar? Posso falar com o diretor se você precisar de mais tempo.

— Eu volto amanhã — Polly responde.

— Ok. Você que manda. — Roo a unha do polegar, que já estava roída, enquanto observo o estado do que um dia foi o lar organizado de Emmy e Doug. Tem bagunça em cima de todas as superfícies imagináveis, bem como de superfícies que nunca imaginei que pudessem ficar bagunçadas. A roupa lavada está pendurada meio sem jeito sobre cadeiras e aquecedores, toalhas úmidas cheirando pior do que antes de serem lavadas. Tem geleia e manteiga de amendoim (espero que seja manteiga de amendoim) espalhadas numa das pontas da mesa de jantar e uma pilha caótica de correspondências e revistas precariamente equilibrada na outra ponta. O lixo transborda de um saco que tirei da lixeira, mas ainda não amarrei. Não sei onde vou enfiar esse troço, porque mais uma vez esqueci que o dia de coleta era no início da semana e agora a lixeira grande lá fora já tem três semanas de lixo em vez de duas.

Na sala tem um monte de brinquedos espalhados bem no meio do caos, onde duas cestas de vime estão viradas de cabeça para baixo. Ted colocou a menorzinha na cabeça e, quando se levanta, vai direto para a lareira. Corro até ele, antecipando um atraso de dois segundos na dor antes de a gritaria inevitável começar, mas, por incrível que pareça, Ted não chora. Em vez disso, fica rindo de si mesmo com a cabecinha enfiada no pequeno capacete improvisado. Quando se senta no tapete, usa as mãos como pás para poder abrir o mar de brinquedos, e fico observando alguns dos objetos se espalharem por baixo do sofá, onde já tem metade de uma banana comida que simplesmente não consigo alcançar. Minha mãe vai ter um prato cheio para reclamar quando chegar aqui. Estou tentada a esconder tudo embaixo do sofá e esquentar a cabeça com isso depois, mas não quero deixar tudo melecado de banana amassada.

Decido fazer o que sempre faço quando estou sobrecarregada de coisas para fazer: nada. Hoje minha mãe vai ter que aceitar as coisas do jeito que estão. Não acho que ela vai ficar muito feliz com o estado em que vai nos encontrar, mas também não imagino que vá ficar surpresa. Ultimamente estão rolando muitos resmungos e trocas de olhares com meu pai. Na quarta-feira, depois de mandar mensagem para ela perguntando se Emmy tinha papel-alumínio ou plástico filme para eu poder esquentar um pouco do chilli que ela havia preparado, ela me ligou em pânico para explicar que reaquecer o arroz mais de uma vez poderia nos matar. "Acho que você está sendo meio dramática", eu disse, mas depois pesquisei no Google sobre "morte por intoxicação de arroz" e descobri que pelo menos daquela vez ela não estava sendo tão maluca assim com seus cuidados. Sinceramente, não dá para entender como esperam que eu *saiba* todas essas coisas. Como que pode eu ter me formado na escola sabendo identificar onomatopeias e reconhecer as notas no piano em "Frère Jacques", mas ao mesmo tempo sem ter a menor ideia de que esquentar arroz duas vezes pode levar à morte? Onde é que estavam as *habilidades domésticas*? Tenho certeza de que um currículo escolar mais amplo e prático de certa maneira teria me ajudado a resolver muitas das minhas falhas atuais — por exemplo, ter saído da casa dos meus pais e começado a lavar minha própria roupa antes dos trinta e um anos, mas aqui estamos.

Pelo menos eu e Ted já trocamos de roupa, o que é mais do que se pode dizer de Polly, que ainda está de pijama e com o rosto grudado no celular — parece que esse é seu novo estado de repouso. Não sou nenhum exemplo para falar sobre dependência de smartphones, eu sei. Até outro dia eu vivia caindo no sono com o celular na mão e os olhos cansados depois de uma olhadinha na rede social que levava a outra, embora desde o acidente tenha passado bem menos tempo rolando a tela com a mente vazia. Estou começando a sentir falta disso, o que é algo bem idiota, considerando que as únicas coisas que minhas notificações informam é que alguém com quem estudei está comendo um "brunch descolado" composto de ovo de gema mole e abacate esmagado na torrada que, por razões desconhecidas, precisa ser fotografado e postado imediatamente com a hashtag #melhorbrunch. Eu não suporto coisas "descoladas" que não são de forma alguma descoladas. *Uma cerveja descolada, um biscoito descolado, um drinque descolado.* Uma vez Jory me disse que minha raiva diante do uso inapropriado da palavra "descolado" era uma reação exagerada, e agora ele a usa o tempo inteiro só para me irritar. Sinto um aperto no peito quando penso em todas as horas que eu e Jory passamos jogando conversa fora. Talvez não seja exatamente da rolagem de tela irracional que estou com saudade. Talvez seja apenas de ter tempo a perder.

— Quer uma xícara de chá, Pol?

Ela recusa sem nem olhar na minha cara. Estou sempre recebendo essa mesma resposta. *Ela não está com fome, ela não quer falar, não tem nada que eu possa comprar para ela.* Sendo honesta comigo mesma, eu sabia que não éramos exatamente próximas antes, mas sempre nos demos bem e gostávamos da companhia uma da outra... só que agora que os pais dela não estão aqui parece que surgiu um abismo entre nós duas. Toda vez que abro a boca para conversar com Polly sobre alguma coisa mais profunda do que o que ela está com vontade de comer ou beber, acabo hesitando por muito tempo e no fim me calo, com medo de que o que eu disser aumente mais ainda mais esse abismo.

Ted está bem comportadinho brincando no chão, mas sinto que ele está ficando nervoso — tentando enfiar um exército de soldadinhos por uma das portas do carro de bombeiro, e ficando cada vez mais frustrado ao perceber que eles caem pela outra porta. Quando ele bate o carro inteiro no chão, as duas portas caem, e vejo uma nuvem de raiva se espalhar em seu rosto.

— Não consigo — ele diz, a última sílaba longa e arrastada, como sempre faz quando choraminga. Ele se aproxima com o carro de bombeiro em uma mão e as duas portinhas vermelhas na outra. — Conserta, tia Beth — pede, pegando na minha mão e fazendo com que eu derrame chá na camiseta. Baixo a caneca e pego o carrinho, dizendo a mim mesma para não esquecer de limpar o chá que se acumulou na mesa de centro. Depois de reencaixar as portas, devolvo o brinquedo a Ted, que puxa a porta do motorista e ela se solta no mesmo instante. — Quebrou *de novo*.

— É por isso que você tem que ser *delicado*. Olha, vou te mostrar. — Me agacho para reencaixar a porta mais uma vez e demonstro como abrir e fechar com menos força. Ted corre até mim e arranca o brinquedo das minhas mãos, depois cai de joelhos, desesperado. Não sei dizer se já vi algo tão ridículo antes.

Respiro fundo.

— Ted, deixa de ser bobo. Eu só estava mostrando como abrir as portinhas sem arrancar. Estava tentando ajudar. Por que você tá bravo?

— *É meu!* — De repente ele começou a gritar na minha cara, um grito agudo que parece vibrar dentro da minha cabeça. Sua capacidade de em segundos ir de zero a cem é algo com o qual ainda não me acostumei. Como pode uma pessoa tão pequena fazer tanto barulho e ficar tão furiosa? Seu grito torra a minha já esgotada paciência.

— Bom, então conserta você mesmo essas portas malditas! — Mas me arrependo das palavras assim que saem da minha boca.

— Nossa, não precisa xingar na frente dele. — Polly faz cara feia para mim do sofá. É um amor da parte dela esperar a gritaria começar para só então se envolver no assunto.

— Eu não xinguei. — Não estou convencida de que "maldita" seja considerado um xingamento hoje em dia, e minha raiva era direcionada ao brinquedo e suas portinhas estúpidas, não a Ted. Talvez só um pouco a Ted.

Ele está chorando enquanto segura o carrinho de bombeiro e as portas contra o peito. É coisa de criança: gritam, berram e te tiram do sério para segundos depois fazerem uma carinha triste e abatida, às vezes colocando o polegar na boca para um efeito especial, o que faz você se sentir um monstro completo por ter perdido o controle.

Ergo as mãos.

— Tem razão, não há necessidade disso. Me desculpem os dois. Talvez exista uma maneira de prender essas portas de um jeito melhor. Vou chamar vovô Jim pra ajudar a gente. Por enquanto, que tal a gente encontrar outra coisa pra você brincar? — Aponto para os brinquedos espalhados pelo chão. Ted se aproxima e pega outro carrinho de portas não confiáveis. — Polly, que tal você subir e trocar de roupa, por favor? Seus avós já estão chegando.

— E daí...? — ela pergunta. Seu tom é de puro aborrecimento adolescente, assim como a expressão estampada no rosto. Ela franze o nariz, como se eu tivesse acabado de espalhar merda pela sala.

— *E daí* que já é quase hora do almoço e você ainda tá de pijama. Por favor, só se arruma um pouco. — Essa última parte é uma súplica, e ela sabe disso. Me sinto patética.

— Você só tá preocupada comigo "arrumada" porque, se eu não me arrumar, vai pegar mal pra você. Não faço ideia de por que você se importa com eu estar de pijama; olha o estado desse lugar, olha o *seu* estado. — Ela se inclina para trás e dá uma espiada pela janela. — De qualquer jeito, agora não dá mais tempo. — É só então que entendo o que Polly disse sobre meu estado, e baixo o olhar para minha camiseta suja de chá e as calças de corrida, tentando não levar para o lado pessoal, mesmo que claramente tenha sido um ataque pessoal.

O habitual toc-toc da minha mãe na porta é seguido pelo som da chave na fechadura. O toc-toc é mais um anúncio de que ela chegou do que um pedido para entrar. Ela iria entrar de qualquer jeito. Ted sai correndo para recebê-la; só espero que ele não conte que tia Beth andou falando "maldita".

— Bom dia, queridos. — Mamãe cumprimenta Polly e Ted com abraços. Já eu, em vez de abraço, recebo uma cara feia. — Que cheiro podre é esse?

— É o lixo. Não se preocupa, eu já estava indo resolver isso.

Meu pai vem logo atrás, carregando uma sacola do que imagino ser nosso almoço. Ele me dá um beijo na bochecha.

— Como você está, querida? — Consigo vê-lo conferindo a bagunça por cima do meu ombro. Minha mãe deu um nó no saco de lixo e o está levando lá para trás pela porta dos fundos. Ela chegou há trinta segundos.

— Vou resolver isso daqui a pouco, mãe. Chá? Café? — Dou um sorriso sem graça.

— Um chá seria ótimo — ela responde de baixo da pia, tirando de lá um rolo de sacos de lixo. — Seria bom passar uma água sanitária ou um paninho antibacteriano nessa lixeira.

— Já disse que vou resolver daqui a pouco. — Mas estou falando comigo mesma, é óbvio, porque ela já até colocou um par de luvas de borracha.

— Sei que vai. Só estou dizendo que lixeiras ficam meio fedorentas se você não limpar de vez em quando.

— Lixeiras fedorentas, anotado — eu digo. — Polly já estava indo se trocar, né, Pol? — Ela me encara com um olhar fulminante, mas finalmente sai do sofá.

Não tem nenhuma xícara limpa no armário e ainda não liguei a lava-louças, então pego duas xícaras sujas na bancada e as mergulho na pia. Minha mãe parou de limpar a lixeira por um instante e está me olhando preocupada.

— Eu ia arrumar a louça e todo o resto daqui a pouco — explico, sem encará-la. — Tivemos uma manhã meio preguiçosa.

— Tô vendo — ela responde, e um silêncio constrangedor toma conta enquanto pressiono dois saquinhos de chá com uma colher, até que ela bate palmas e diz: — Certo. Vou preparar o almoço. Já cozinhei a maior parte, então deve ficar pronto lá pras duas horas. Vai dar tempo de a gente dar uma geral na casa depois da nossa xícara de chá.

— Maravilha — eu digo, pondo as xícaras deles ao lado da minha na mesa de jantar antes de fazer um gesto sarcástico de joinha para ela.

Meu pai coloca na geladeira o que parece ser uma torta crocante e depois passa o braço ao meu redor. Ele está deliberadamente ignorando o estado da casa, o que me faz sentir como se ele estivesse do meu lado.

— Como você está, meu bem? Tudo pronto pro trabalho amanhã? Encosto a cabeça no ombro dele.

— Sim. Tudo certo.

— Tudo certo ou certo *certo*? Quando sua mãe diz que tá tudo certo, sei que as coisas estão tudo, menos certas. — Ele olha para ela, que não consegue ouvi-lo porque está com o aspirador ligado e resmungando para si mesma algo sobre as pecinhas de brinquedo que vê no reservatório. Ela encara mais de perto a massa de cabelos e poeira.

— Parece que tem cacos de *vidro* aqui dentro. Vidro! Por favor, me diz que não usou o aspirador pra limpar alguma coisa que você quebrou. — *Alguma coisa que eu quebrei*. Porque a culpa é sempre minha.

Com os olhos do meu pai em mim, de repente sinto como se estivesse a um passo de chorar. *Não está* tudo certo, mas não quero dizer isso a ele porque talvez só abrir o jogo a respeito de como estou me sentindo já me faça desabar. Chorar sempre me deixa exausta, como se eu pudesse dormir por uma semana, e definitivamente não posso passar uma semana dormindo. Mal posso dormir por uma noite. Ontem, pouco depois da meia-noite, Ted teve um pesadelo. "Deixa a girafa do lado de fora!", ele não parava de repetir enquanto eu secava o suor de sua testa sem a mínima ideia do que meu sobrinho estava falando. Só depois de uma hora de Ted choramingando sobre fechar todas as portas percebi que ele havia me entendido mal quando mencionei deixar a *friagem* do lado de fora. Se hoje já estou cansada assim, não sei como vou dar conta das coisas amanhã.

Polly desce vestindo o que é basicamente uma versão mais limpa do que estava usando antes. Não muito tempo antes do acidente Emmy me mandou um vídeo de Polly e duas amigas fazendo uma dancinha no TikTok usando croppeds e calças de academia, todas parecendo Spice Girls esportivas, só que com sobrancelhas maiores. Polly não sabia nem quem era Mel C quando a mencionei, o que me fez sentir uma senhora de noventa e sete anos.

Ela está indo de um lado para o outro perto de mim e do avô.

— Tia Beth, posso ir dormir na casa da Rosie sexta que vem?

Estreito os olhos. Embora seja possível que ela tenha recebido um convite de Rosie nos cinco minutos que passou lá em cima, tenho minhas suspeitas de que ela esperou intencionalmente os avós chegarem para poder perguntar. Talvez seja parte do meu período de experiência... mais um teste. Qual o protocolo para adolescentes e festas do pijama? Aos catorze anos, imagino que seja ok, mas, na ausência de um manual de instruções sobre como cuidar-de-dois-filhos, não tenho como verificar se minha resposta está correta.

— Ah, não sei.

— Michaela vai. E Sam. *Samantha*, óbvio. — Ela ri e seu rosto se ilumina, o que imediatamente me faz querer dizer sim para tudo o que ela está pedindo. Eu me pergunto se Polly tem alguma ideia de que um rosto feliz é muito mais eficaz do que um silêncio cheio de raiva.

— Certo, bom, se você me der o número da mãe ou do pai da Rosie, troco uma palavrinha com eles. Não acho que tenha nenhum problema.

Ela soca o ar, triunfante.

— Mas tem como você só mandar uma mensagem em vez de ligar pra mãe dela? Tipo, não fazer disso um grande acontecimento? É só uma festa do pijama.

— Eu sei — respondo. — Eu só estou, *tipo*, tentando ser responsável e verificando com outro adulto. — Digo isso por causa da minha mãe. Esse tom responsável não sai naturalmente para mim, e me pergunto se é uma daquelas coisas que a pessoa precisa ficar na frente de um espelho praticando.

Polly ainda está questionando meu meio de contato.

— Mas será que você não pode ser responsável por mensagem? Acabei de te mandar pelo WhatsApp o número da mãe da Rosie. O nome dela é Suzy. Você pode resolver isso hoje?

— Posso — eu digo.

— Tipo nesse instante?

— Ai, meu Deus, tá bom. Vou fazer isso *agora*. — Pego o celular e digito uma mensagem rápida, conferindo se não vai ser muito inconveniente Polly passar a noite lá. Não cheguei nem a baixar o aparelho quando a resposta chega.

Claro, sem problema, vou ficar de olho nelas pra dormirem um pouco!
Beijo, Suzy

Mostro a mensagem para Polly. Minha mãe, que parou de aspirar a fim de preparar o molho para o almoço, se aproxima e afasta duas mechas de cabelo dos olhos da neta.

— Não sei como você aguenta o cabelo na frente do rosto desse jeito, eu já estaria maluca. Uma festa do pijama parece ótimo, meu amor. Vai ser bom pra você sair um pouquinho e fazer alguma coisa diferente com as suas amigas.

— Festa do pijama! — Ted chega correndo, os olhos arregalados.

Eu o pego no colo; ele está cheirando a salgadinhos e suco de laranja.

— Bom, sua irmã vai passar a noite na casa de uma amiga no próximo fim de semana. De repente a gente pode fazer alguma coisa divertida, só nós dois? — Mas o que, exatamente, eu não faço ideia.

Ele nega com a cabeça.

— Ted vai pra festa do pijama.

Ótimo. Mais uma coisa que vai deixá-lo frustrado e que eu não vou saber como consertar.

Minha mãe me entrega uma esponja e gesticula com o queixo em direção à pia. Eu a sigo arrastando os pés. É impressionante como ela aparece e imediatamente assume o comando da situação. Ela pausou e reorganizou a lava-louças — porque, lógico, seja lá como eu arrumei, estava errado — e encheu a cuba para lavar todo o resto, aqueles primeiros copos ensaboados agora de cabeça para baixo no escorredor. Quero ficar irritada com essa sua atitude mandona, mas estou mais aliviada que qualquer outra coisa. Não costumo me incomodar com bagunça, mas o estado das coisas por aqui estava começando a me deixar nervosa.

— Ted pode passar a noite com a gente na próxima sexta — ela diz, mais como uma afirmação do que uma pergunta.

— Ah, certo. Tudo bem, eu acho. — A essa altura do campeonato nem consigo imaginar como seria uma noite só para mim. Meu pai comenta algo que não consigo ouvir. — O que foi, pai?

Ele está sentado na beirada da poltrona de Doug, com Ted a seus pés. Está prestes a experimentar por si mesmo o drama do carro de bombeiro com portas frouxas.

— Falei que você devia marcar alguma coisa com o Jory. Sua mãe e eu estávamos comentando que é uma pena vocês dois não estarem conseguindo se ver muito ultimamente.

— Não é nenhuma surpresa que eu tenha menos tempo pra ir ao bar agora. Acontecimentos importantes da vida e tudo o mais... — Aponto para Ted.

É até difícil acreditar que eu costumava chegar para o almoço de domingo bem na hora em que a comida estava sendo servida. A carne assada de Emmy com uma latinha de refrigerante eram, sem exceção, o melhor remédio do mundo para a ressaca, e, enquanto isso, Doug ficava me fazendo perguntas sobre a minha vida amorosa caótica e me provocando acerca de sejam lá quais fossem as postagens no Instagram em que eu tivesse sido marcada na noite anterior. Foram Anos Dourados, por mais razões do que eu poderia imaginar.

Minha mãe faz careta ao espiar pela porta dos fundos.

— Concordo com seu pai sobre arranjar mais tempo pro Jory, mas também não é de todo mau que você tenha parado de ir ao bar com tanta frequência. E estou vendo que você anda compensando por aqui. Perdeu a coleta de vidro reciclável, além do dia do caminhão de lixo?

— Não — respondo.

— Então isso *tudo* é só dessa semana?

Não tenho motivo para mentir.

— É, mãe. Jesus Cristo. Se eu soubesse que estaria passando por uma inspeção, teria feito uma limpeza. — São no máximo três garrafas de vinho, e só bebo depois que Ted vai para a cama. Bem, exceto na noite em que ele me pediu para contar duas vezes a história da cobra e do bombeiro Sam. Mas não vou contar que levei uma taça de vinho tinto lá para cima. Só vai servir para deixá-la preocupada com o carpete.

— Uma limpezinha não seria nada mal, querida — ela continua. — E seu pai só está te lembrando pra não deixar sua amizade de lado. — Ela coloca uma ênfase estranha na palavra *amizade*. — Não existem muitos garotos como Jory por aí, sabe? — Ela ainda fala sobre ele como se Jory fosse um aluno do sexto ano, não um professor de história com sua própria turma de alunos do sexto ano.

— Sim, sim, tudo bem. Vocês ganharam. Se servir pra largarem do meu pé, vou ver se o Jory está livre na sexta-feira quando o Ted for ficar com vocês.

Meu pai sorri.

— Que ótimo, meu bem. Tenho um carinho muito grande pelo Jory. Ele garante que você chegue em casa em segurança sempre que você já está pra lá de Paquetá.

— Bagdá — corrijo.

— Não banca a espertinha, não. Tenho até que admitir que fico surpreso por ele ainda não ter se encantado por alguma moça simpática. Ou um rapaz. Seja lá qual for a preferência do Jory. Talvez sejam as duas coisas. Isso está bem na moda hoje em dia, né?

Não respondo, sem a menor vontade de entrar em outra discussão sobre Jory ser gay, ter uma namorada secreta ou, como meus pais sugerem de vez em quando, estar esperando por mim — o que é besteira, como vivo dizendo aos dois nos últimos vinte e poucos anos. Nunca vou contar a eles que uma vez eu e Jory quase chegamos aos finalmentes, porque isso só serviria para colocar lenha numa fogueira que nem deveria existir. Além disso, fiz uma promessa com Jory para nunca deixar isso (quase) acontecer de novo, e assim evitar que as coisas fiquem estranhas entre nós. Combatemos o constrangimento inicial com humor, e, agora, o "Inverno de 2015" só é mencionado de vez em quando, geralmente quando um de nós (eu) andou bebendo. Às vezes penso no incidente: uma única cena numa noite nebulosa, uma lembrança tão vívida que começo até a questionar se não foi um sonho.

— Quer que eu ponha a mesa? — pergunto, esperando que minha mãe recuse.

Ela balança a cabeça.

— Acho que vou esquentar os pratos antes, mas pode ir guardando essa roupa limpa. Essa que está na máquina já terminou?

— Ahã. — Não menciono que foi lavada dois dias atrás e está ali desde então.

— Vamos estender no varal? Tá um tempo bom pra secar.

— Ok. — Abro a máquina e pego as roupas úmidas nos braços.

— Cadê o cesto? — ela pergunta.

— Não faço ideia.

— Então como é que você vai colocar a roupa pra secar e depois recolher sem um cesto? — ela pergunta como se fosse a coisa mais maluca que já ouviu na vida.

— Assim — respondo, agarrando o monte de roupas e caminhando com cuidado até a porta dos fundos, torcendo para que as meias que estão escapando continuem ali para eu conseguir provar meu ponto inútil.

Escuto minha mãe zombando atrás de mim.

— Sinceramente, você complica as coisas pra si mesma. Né, Jim? Ela está estendendo a roupa *sem* um *cesto*. Qual vai ser a próxima invenção?

— Vai secar do mesmo jeito, amor — meu pai diz. — Deixa ela.

9

Caminho um metro pela trilha do jardim, até deixar cair no chão uma calça de Ted. Enquanto me abaixo para pegá-la, acabo deixando cair mais uma. Xingo em voz alta, realmente esperando que minha mãe não esteja de olho.

— Ah, Deus, hoje é um daqueles dias, né?

Dou um pulo com a voz alta que vem da cerca. É Albert, o vizinho.

— Jesus Cristo, Albert, que susto.

— Desculpa, falei muito alto? Meu aparelho auditivo está desligado. — Ele dá uma mexida no dispositivo, que solta um bipe. — É muito engraçado. Não tenho problema pra ouvir certas coisas, tipo a televisão, mas vozes são mais difíceis. Nunca sei se estou gritando.

Não dá nem para dizer que me surpreendo ao descobrir que Albert não tem problemas para ouvir a televisão, porque também não tenho problema nenhum para ouvir sua televisão. Recolho as calças que caíram e jogo tudo no banco do jardim antes de abrir a estrutura do varal de chão no gramado. Mais meias e calças caem entre os vãos do banco, e reconheço que minha mãe venceu desta vez. Preciso mesmo de um cesto.

Sinto os olhos de Albert em mim. Ele nunca conversou comigo antes, e quero desesperadamente dizer algo amigável, mas não sei bem como começar. Ele se adianta, me observando por cima dos óculos.

— E aí, como vocês estão indo?

— Ah, estamos bem, obrigada — respondo. — E o senhor? — Um pregador estala na minha mão, um pequeno fragmento de plástico rolando pelo gramado.

Albert dá de ombros.

— Tô legal. Pra falar a verdade, tive uns problemas de intestino essa semana, mas uma jovem como você não vai querer ouvir sobre o funcionamento, ou não, de um intestino geriátrico.

Dou risada e faço um gesto com a mão para mostrar que está tudo bem. É muito bom ser chamada de jovem. Além do mais, conversar sobre um intestino geriátrico ainda é melhor que ser azucrinada pela minha mãe por causa dos meus pontos fracos domésticos.

— Bom, sinto muito por isso. Não tem nada que o senhor possa tomar pra... hum, ajudar?

— Ah, certeza que tem — ele diz. — Mas dizem que é por causa da minha dieta, veja você. Todas essas refeições congeladas que eu recebo na quarta-feira não fazem bem pra minha digestão. Meu joelho também anda me dando uma dor de cabeça danada. No ano passado foi o outro joelho. Já está na hora de me mandarem pra fila do matadouro.

— Que absurdo. Mas tenho que admitir que as suas refeições congeladas parecem uma ótima ideia. Eu podia pedir umas dessas pra Polly e pro Ted.

— São até gostosas. Tive que ligar pra pedir que parassem de me envenenar depois que começaram a fazer a "segunda-feira sem carne", mas, fora isso, não tenho do que reclamar. Pelo menos são rápidas e fáceis. Imagino que seja difícil ter que todo dia pensar no que fazer pro jantar.

Concordo com a cabeça, embora só tenha realmente "feito" alguns poucos jantares. Outro pregador estala entre os meus dedos. Albert olha para o utensílio quebrado, mas não diz nada.

— Como vão as crianças? Tenho certeza de que tudo ainda é um choque terrível. Alguma novidade sobre a Emmy? Desculpa, não precisa responder, você provavelmente não tem tempo pra ser interrogada por um velho rabugento como eu.

Remexo no pregador quebrado, sentindo a pequena mola cravada na palma da minha mão no ponto onde se soltou do plástico rosa e brilhante. Dia desses minha mãe e eu ficamos muito empolgadas durante uma visita ao hospital, depois de termos visto o olho de Emmy se mexendo sob a pálpebra... mas logo fomos informadas pela dra. Hargreaves que provavelmente aquilo era só um movimento involuntário, em vez de uma tentativa intencional da Emmy de se comunicar conosco. Ela ainda está com a pontuação mais baixa possível na escala do coma. Balanço a cabeça.

— Nenhuma mudança significativa com a Emmy. O Ted está indo bem, dentro do possível, eu acho. Óbvio que sente falta dos pais, mas crianças pequenas são resilientes de um jeito impressionante. Não dá pra afirmar o mesmo da irmã mais velha dele. Adolescentes, sabe como é — eu comento.

Albert desvia o rosto por um momento, seus olhos focando nas roseiras nos fundos do jardim.

— Infelizmente não sei muita coisa sobre adolescentes. Minha esposa Mavis e eu nunca tivemos filhos.

— Ah. — Hesito, tentando encontrar a resposta apropriada. — Não sei se devo dizer que lamento ouvir isso ou não, Albert. Vocês queriam filhos?

Ele assente.

— A gente queria, meu bem. Perdemos nosso bebê no verão de 1956. Um menininho. A gente ia dar o nome de Thomas. Depois disso, Mavis não conseguiu engravidar de novo.

— Bom, com certeza sinto muito então. Isso é bem triste — eu digo.

— É, mas tivemos uma vida longa e feliz juntos. Virei um velho rabugento depois que ela morreu, é claro, mas isso não é nada quando penso no pobre Douglas e na sua irmã. Não sou um homem religioso, mas tenho orado pela Emmy.

Agora que ele mencionou Mavis, tenho uma vaga lembrança de Emmy me contando que a vizinha tinha morrido e que Albert estava sozinho. Será que ela me contou que os dois chegaram a perder um bebê? Possivelmente. Sinto vergonha de admitir que minha irmã tagarelando sobre a morte de uma idosa que eu não conhecia e sobre como ela estava preocupada com o viúvo deixado para trás não significou muito para mim na época. Albert era só o velho que ficava na casa ao lado espiando pela cortina, o senhor que presumi estar me julgando, observando minhas desventuras bêbadas da soleira de sua porta. Nunca havíamos conversado até Albert trazer as flores aquele dia. É hora de encarar a situação.

— Albert, me desculpa pela vez que eu vomitei no seu canteiro de plantas.

Ele começa a rir, uma gargalhada profunda vinda da barriga que ilumina seu rosto e enruga o cantinho de seus olhos por trás dos óculos. O som é tão alto que minha mãe põe a cabeça na fresta da porta para ver o que está acontecendo. Então acena para Albert, que devolve o cumprimento antes de enxugar uma lágrima da bochecha. Ela fica parada ali no quintal.

— Como vai com a roupa, Beth? O almoço está quase pronto.

— Ok, tô quase terminando. — Pego uma calça jeans do banco para prender no varal e me viro na direção da cerca. — Isso *não tem* graça, Albert. Estou morta de vergonha — digo, mas um sorriso também se espalha no meu rosto.

— Não precisa se desculpar, querida. Só estou rindo porque desde aquele dia você evitou olhar na minha cara. Eu estava até começando a me perguntar se algum dia você iria tocar nesse assunto.

— Ai, meu Deus. Eu queria, mas não sabia como falar. A Emmy e o Doug ficaram *furiosos* comigo. Disseram que eu era uma desgraça. Em minha defesa, eu tinha acabado de voltar de um encontro *muito* ruim, que levou a uma quantidade muito maior de vinho do que o normal em um espaço de tempo perigosamente curto. Eu não tinha a intenção de cair em cima do seu canteiro, mas, quando aconteceu, o vômito... bom, meio que caiu junto.

— Acho que a minha lavanda nunca se recuperou — ele diz. Seus olhos estão brilhando. Albert parece travesso, um homem totalmente diferente daquele que passei esse tempo todo imaginando existir por trás da cortina.

Solto um gemido.

— De verdade, eu realmente queria bater na sua porta e me desculpar na manhã seguinte, mas estava com tanta ressaca e vergonha que não consegui e, depois disso, pensei que a oportunidade tinha passado. Sendo bem sincera, meu plano era evitar o senhor pra sempre.

Ele me observa atentamente, uma expressão confusa estampada no rosto.

— Que foi? — pergunto.

— Ao mesmo tempo que você é muito diferente da sua irmã, também é muito parecida. É fascinante.

Faço que sim com a cabeça.

— As pessoas sempre dizem isso. Como sal e açúcar. Ela é a metade mais doce dessa mistura, óbvio.

— Bom, mas ela também fala muito bem de você, sabia?

— Aí é com o senhor. Aposto que a Emmy vive reclamando de mim.

Ele nega.

— De jeito nenhum. Lembro que ela não te elogiou quando você vomitou na minha porta, mas, de um modo geral, estava sempre falando coisas boas de você. Achava que, no dia que você se aquietasse com um cara bacana, iria brilhar.

— Ah, bom, deixa pra lá. Não tem muita chance de isso acontecer agora mesmo. — Estendo a última peça de roupa, praguejando em silêncio quando um terceiro pregador se quebra. — É melhor eu ir almoçar antes que minha mãe me dê uma bronca.

Ele sorri.

— Tem razão, não vou ficar te prendendo. Foi muito bom finalmente conversar com você.

— Com você também. Sinto muito mesmo pelo acidente com a lavanda.

— Um porta-pregadores, é disso que você precisa — Albert comenta.

— Como é?

— Um porta-pregadores. Se você comprar um à prova de água, pode guardar os pregadores dentro dele e deixar aqui fora no varal. Evita que fiquem ressecados e quebrem. Mavis que me ensinou. — Dá para ver que ele está orgulhoso da dica.

— Ah, certo. Um porta-pregadores. Obrigada. Você recebe assado congelado aos domingos? — Estou brincando, mas ele confirma com a cabeça.

— Hoje é dia de carne. Não é ruim, tem batata assada meio murcha de acompanhamento. E fica pronto em cinco minutos no micro-ondas.

— Bom, hum... aproveita. Até mais. — Volto para dentro de casa, onde encontro meus pais, Polly e Ted já sentados à mesa. Sento ao lado de Ted, que tirou todos os legumes do prato e os escondeu embaixo da toalha. De onde saiu essa toalha de mesa? Minha mãe deve ter achado. Estendo a mão para me servir um pouco de cenoura. Não vejo sentido em toalhas de mesa. É muito mais fácil limpar a mesa depois de comer do que lavar um pedaço enorme de tecido que inevitavelmente vai acabar manchado de molho. Mas, como alguém que considera uma tigela de cereal um jantar decente, talvez eu não seja exatamente o público-alvo de toalhas de mesa.

Minha mãe convenceu Polly a deixar o celular de lado para almoçar. Ela não parece reclamar quando a avó lhe pede para fazer alguma coisa.

— Isso tá lindo, mãe — eu digo, enquanto meu pai e Polly concordam com um murmúrio.

Ela faz seu gesto habitual de modéstia.

— Fiz muita comida de novo. É difícil ajustar as quantidades pra... bom, você sabe.

Eu sei. Ela se acostumou a cozinhar para sete. Emmy comprou uma mesa de jantar extensível que acomodava oito em vez das seis pessoas de sempre depois que se encaixava o painel do meio. Doug vivia brincando que eles só estendiam a mesa para tia Beth de ressaca, já que eu aparecia aos domingos e, com meus pais, somávamos sete. Agora não tem necessidade do painel do meio. Somos cinco. Mesmo se Emmy voltar, e estamos muito focados nisso, estaremos com um membro a menos para o painel do meio.

Minha mãe está servindo uma segunda rodada em pratos que ainda estão meio cheios com a primeira. Levanto a mão para dizer a ela que não quero mais nada, mas mesmo assim uma porção enorme de couve-flor gratinada vem em minha direção.

— É bom ver o Ted comendo uma refeição adequada, cheia de nutrientes — ela diz.

Não posso deixar de pensar que a lógica é falha, uma vez que Ted não está comendo nada além de bolinhos. No entanto, o fato de o prato dele pelo menos ter começado com ervilhas e cenouras (antes que ele as esmagasse em um mingau sob a toalha de mesa) parece deixar minha mãe feliz.

— Você ligou pro banco, pai? — pergunto. De repente o clima ao redor da mesa fica mais tenso, e me arrependo de ter tirado a ingestão de vitaminas de Ted da pauta.

Minha mãe balança a cabeça como se dissesse que não é hora para isso.

— Ele não precisa ligar pro banco, meu bem. Já resolvemos tudo. Quer mais molho? — Ela acena com a vasilha.

— Mas e aquela carta sobre a reunião?

Meu pai dá de ombros; ele não sabe.

— Não liguei de volta. Não vi motivo pra isso. Eu já tinha ligado pedindo que a solicitação de hipoteca fosse pausada. Se era uma carta antiga ou se foi só um erro de data, isso não importa agora, né?

— Bom, não, mas a carta...

Mamãe me interrompe.

— A gente sabe pra onde eles estavam indo porque eles nos contaram. — Ela olha para Polly. — Seu pai até tirou um dia de folga do trabalho, não foi? Então deve ter sido importante.

Polly confirma com a cabeça, mas fica em silêncio, empurrando a comida pelo prato.

— Eu sei que eles disseram isso, mas ainda não explica por que uma carta antiga ou digitada com erro foi escondida numa gaveta — insisto.

— Não estava *escondida*, meu bem. Sem drama. Provavelmente só acabou indo parar lá junto com as sacolas de supermercado quando a Emmy guardou tudo. Sinceramente, você está procurando pelo em ovo.

— Será?

Polly se levanta.

— Acho que vou comer a sobremesa mais tarde, vovó. Tô meio cansada.

Minha mãe ergue os olhos para a neta, preocupada.

— Você está meio pálida mesmo. Vai deitar que eu separo uma fatia bem grandona pra você.

— Ted também quer uma bem grandona! — Ted não comeu nada além de bolinhos, mas mesmo assim vai ganhar um pedaço enorme de torta, tenho certeza. Mantenho os olhos em Polly enquanto ela pega o celular e sobe as escadas. Como posso ser a única achando o comportamento dela estranho? Toda vez que menciono a carta, ela dá um jeito de sair correndo.

Meu pai está me observando observar Polly. Ele coloca uma mão no meu ombro enquanto estende a outra para ajudar minha mãe a tirar os pratos, abrindo espaço na mesa para a torta.

— Talvez a carta seja um lembrete de por que o pai e a mãe dela estavam onde estavam e a Polly não queira ficar pensando nisso. Faria sentido, não acha?

— Claro, mas por que ela...? Ah, esquece — eu digo.

— Exato, vamos esquecer. Andei resolvendo o máximo que pude das finanças do Doug, e tenho que admitir que não tem sido fácil. Não fica procurando mais coisa pra se preocupar. Tá na hora da torta, de qualquer jeito.

Ted bate com a colher na mesa.

— O nome do meu pai é Doug — ele diz, como se fosse coincidência estarmos falando de outro Doug. — Ele tá morrido.

Minha mãe congela no caminho de volta para a mesa, segurando as duas primeiras porções de torta. Enquanto tenta compreender a partida do pai, Ted anda falando várias coisas estranhas, mas geralmente só diz que está com saudade ou que Doug foi para o céu. *Morrido* é a coisa mais direta que ouvimos até o momento.

— Quer a borda ou o creme, querido? — mamãe pergunta.

Ted franze a testa.

— Que pergunta boba, né? — ela diz.

— Vovó boba! — ele repete, e todos nós damos risada, aliviados com a leveza daquela afirmação. É mesmo uma pergunta boba. Ted quer a borda e o creme, porque é o que seu pai costumava pedir, e ele quer ser igualzinho ao pai.

Minha mãe está me contando que separou uma fatia generosa para Polly e mesmo assim sobrou bastante, e que talvez possamos comer a torta amanhã de sobremesa, ou então eu podia levar um pouco para o trabalho no meu primeiro dia de volta. Estou prestes a perguntar se torta reaquecida pode matar alguém do mesmo jeito que arroz quando tenho uma ideia.

— Sobrou batata também? — pergunto.

— Bom, sobrou, mas com o que você iria comer as batatas amanhã?

Deixo a torta de lado e passo as mãos sobre a tigela com as batatas. Ainda estão quentes. Maravilha.

— Não vou comer amanhã.

Minha mãe me olha, intrigada, mas não se opõe. Preparo uma marmita de torta e cubro tanto a vasilha quanto a tigela de batata com papel-alumínio antes de levá-las para a porta da frente. Ninguém devia ter que se contentar com batatas murchas.

10

— Como está seu primeiro dia de volta ao trabalho? — Jory pergunta.

— Fantástico. É tudo que sonhei e mais um pouco.

Jory ri. Estou fazendo meu horário de almoço mais cedo para termos tempo de conversar durante a pausa dele no trabalho. Baixo o tom de voz enquanto me levanto, o que tira de Malcolm — que de repente parece superconcentrado na tela do computador — a oportunidade de ouvir nossa conversa. Malcolm fica perplexo com a ideia de um relacionamento platônico entre pessoas do gênero oposto, tanto que, quando mencionei que vou ao bar com Jory, ele comentou que era "uma maravilha as pessoas saberem onde estão pisando hoje em dia". Acontece que não conto para Malcolm que o vi estacionando um pouco mais à frente na rua para esperar Bev, a recepcionista do escritório ao lado, entrar, nem fico me perguntando se sua esposa, com quem ele é casado há trinta anos, também *sabe onde está pisando*. Não é da minha conta.

Está muito mais quente agora do que quando cheguei hoje cedo, e prendo o celular no ouvido com o ombro para poder tirar o cardigã. É bem comum Jory só retornar minhas ligações depois que termina o expediente, mas assim que acordei mandei uma mensagem para prepará-lo, ameaçando cancelar nosso status de melhores amigos caso ele não apoiasse meu retorno ao trabalho após um luto familiar, principalmente porque meu único outro porto seguro está em coma. Não tinha muito como ele discutir.

— Fico feliz em saber que você voltou a amar a rotina corporativa — ele comenta. — Teve que dar um abraço de boas-vindas no Malcolm?

Franzo o nariz.

— Eca, não mesmo. Sinceramente, acho que ele não vai muito com a minha cara. A última reclamação foi sobre como as mulheres estão tentando dominar o mundo, começando pelas apresentadoras do canal esportivo. Se ele falar outra vez em "patrulha da internet" eu juro que enfio o computador dele no... — Dou uma tossida ao passar por um colega que entra no prédio. — E como tá o dia por aí, afinal? Algum escândalo escolar?

— Infelizmente nada de muito incrível. — Jory parece distraído, como se estivesse caminhando. — Vou atrasar dez minutos. Desculpa, Beth. O que você estava falando mesmo...?

Arqueio uma sobrancelha.

— Ah, não vou ficar te prendendo. É só que essa é a primeira conversa decente que temos na semana.

Está fazendo muita sombra no banco que fica na frente do escritório, então vou até a parte de trás do prédio e me sento em uma mureta que separa o "parque empresarial rural" (um total de três escritórios) de uma fazenda. Jory faz voz de arrependido, e sorrio enquanto abro um pacote de salgadinho de carne e cebola, gostando de ouvi-lo todo desconcertado por mais um tempo.

— Eu sei, desculpa, sou *todo* ouvidos... É só que eu acharia melhor se a gente conversasse à noite ou no fim de semana, dias de trabalho não são muito bons pra isso. Seria legal te ver direito. Mas não vou entrar no mar de calça de novo. Demorei três dias pra conseguir me aquecer.

— Tenho que admitir que fico surpresa em ouvir isso, vindo de um surfista experiente que nem você. Eu também adorei, você sabe. Vamos fazer outra caminhada na praia ou algo assim em breve, prometo. Estou com muita saudade. Tem muita coisa acontecendo em casa.

— Eu sei. Como a Polly estava hoje de manhã?

— Por quê? — Sinto meu peito apertar.

Jory baixa a voz.

— Porque o pai dela morreu, a mãe tá em coma, ela acabou de voltar pra escola e, pra completar, a tia meio maluca ficou responsável pelo jantar...?

Solto o ar, aliviada.

— Desculpa. É que, com você trabalhando na escola, fico preocupada, porque "Como a Polly estava" pode ser uma pergunta com vários sentidos. Você me contaria se ficasse sabendo de alguma coisa sobre ela, né?

— Não — ele diz. — Mas só porque, como já te expliquei, não caberia a mim. A sra. Sandford, orientadora dela, ou o diretor falariam com você se estivessem preocupados. Você tem que confiar no sistema de ensino.

Faço beicinho, ainda que Jory não esteja aqui para ver.

— Não sei por que você não pode fazer uma investigação anônima na sala dos professores e me contar. Eu não ia dedurar você. — Estou falando supersério; não confio em sistema nenhum.

— Beth, se você está preocupada com o comportamento da Polly, liga pra escola. Marca uma reunião. Não sou professor dela e com certeza não vou ficar bancando o espião pra você. Seria antiético e nada profissional.

— Que merda esse seu profissionalismo, hein — resmungo.

— Não tem nada de errado em se orgulhar do próprio trabalho. Você devia experimentar qualquer dia.

— Muito engraçado. Eu voltei a trabalhar, não voltei?

— Isso é verdade. Tenho que admitir que fiquei surpreso quando você disse que ia voltar assim tão cedo. Ninguém ia te criticar, sabe, se você precisasse ficar de licença por mais tempo. — Ele está começando a soar como o meu pai.

— É, bom, senti que era a coisa certa a fazer. É *intenso* passar vinte e quatro horas por dia na casa da Emmy e do Doug. Além do mais, só vou trabalhar por meio período. Pelo menos por enquanto. — Explico que Malcolm concordou que eu trabalhasse três dias por semana até Ted voltar a se acostumar à rotina na creche, e estamos fazendo um roteiro para visitar Emmy. Todo dia começa com minha mãe confirmando quem vai ao hospital e termina com quem fez a visita dando uma atualização sobre o estado de Emmy. Nesse meio-tempo, o resto de nós fica cheio de esperança. Nos mantemos de pé tendo em mente que "notícia nenhuma é uma boa notícia", mas ando cada vez mais preocupada de que notícia nenhuma possa, na verdade, significar nenhuma recuperação.

— Como foi hoje levar o Ted pra creche? Chegou na hora? — Jory sabe que eu nunca chego na hora.

— Claro que não. Sendo bem honesta, Jor, tirar nós dois de casa hoje de manhã foi quase um parto. Acho que vou ter que começar a lavar o cabelo na noite anterior. *Como* é que eu passava por todo aquele sufoco só pra me levantar da cama e sair? Nunca vou entender. Eu não tinha nada pra fazer de manhã, e mesmo assim conseguia ficar sem tempo. Qual era o meu problema?

— Suspeito que tenha alguma coisa a ver com você estar no time dessas pessoas esquisitas que ativam a função soneca no despertador.

Estamos pisando em terreno antigo com essa conversa.

— Pessoas *normais* não acordam e já pulam da cama igual o vovô Joe a caminho da fantástica fábrica de chocolate. A gente coloca um travesseiro na cara e fica triste porque não é sábado. — Só então percebo que estou falando sobre uma versão anterior de mim mesma, porque faz semanas que não ativo a função soneca no despertador.

— E aí, o que fez você se atrasar tanto hoje de manhã?

Tudo, eu penso, mas não espero que Jory entenda como é arrumar uma criança para a creche enquanto grito com uma adolescente que parece constantemente incomodada de respirar o mesmo ar que você. Para quem está de fora, não dá para acreditar. Nunca refleti sobre como uma manhã poderia ir ladeira abaixo em questão de segundos só porque a geleia foi espalhada do jeito errado na torrada de Ted, porque ele não quer vestir a calça ou porque o sol está muito ensolarado.

Digo a Jory que ele não iria entender, e ele responde "Tenta", mas não tenho nem energia para explicar. Em vez disso, pergunto o que ele vai almoçar enquanto penso numa desculpa para justificar meu menu. Pelo menos é a creche quem prepara o almoço de Ted, o que me dá uma folguinha do que parecem ser cem dias fazendo enroladinho de queijo. É uma mudança e tanto pensar em trabalho como uma forma de descanso, já que eu costumava fazer de tudo para não ter que vir trabalhar. Tem sido quase terapêutico lidar com listas de verificação presas com clipes na primeira página de propostas financeiras, conferindo se todas as contas necessárias estão anexadas. A manhã de hoje me permitiu algumas horas fazendo alguma coisa que não seja me preocupar com a minha irmã ou entrar em pânico me questionando se o comportamento recente de Polly é esperado ou se são sinais de alerta. Conto a Jory que ela passa o dia inteiro no celular.

— Bom, com certeza isso não é um sinal de alerta por si só. Uma das nossas alunas do terceiro ano do ensino médio deu de cara numa porta de vidro semana passada porque estava assistindo um vídeo no YouTube. Já conseguiu descobrir qual foi a daquela carta sobre a hipoteca?

— Não! — respondo. — E ninguém me escuta. Quando implorei pro meu pai telefonar, só pra ter certeza, a minha mãe fez o que é uma das grandes habilidades dela e se meteu, dizendo que eu estava falando bobagem e procurando pelo em ovo. A Emmy disse aos meus pais, assim como disse pra mim, que no dia do acidente ela e o Doug estavam indo a uma reunião sobre a hipoteca, e era por isso que precisavam que ficassem de olho nas crianças. Meus pais acham que isso resolve o mistério.

— Bom, então talvez não exista mesmo nenhum mistério.

Acho que Jory deve estar na sala dos professores, porque escuto outra voz no fundo.

— Hum, talvez. Não sei. — Jory deve ter coberto o celular ou afastado o aparelho do ouvido, porque sua voz ficou abafada. Escuto-o respondendo a alguém que vai em um segundo. — Parece movimentado aí. Você precisa desligar?

— É, vou ter que desligar, Beth, desculpa. Ainda nem almocei. Mas tô muito feliz que esteja dando tudo certo no seu primeiro dia de retorno.

— Ok. Tô ouvindo alguém aí pegando no seu pé pra dividir o sanduíche? Quem é?

— Isso. Tá certo então.

— Tá certo então o quê? Quem é, hein? — eu repito. O tom de voz dele mudou; só pode ser porque tem alguém ao lado dele escutando a conversa, por isso Jory ficou todo estranho. A ficha cai. Na última vez que fomos ao bar, ele me disse — antes de minha memória daquela noite ficar confusa — que achava que outra professora estava a fim dele. Era uma suspeita inclusive corroborada por Polly, que comentou, assim como quem não quer nada, que a srta. Greenaway gostava do sr. Clarke e que "todo mundo sabia".

— É Sadie Greenaway, né? Vocês estão comendo juntinhos? Que fofo. — Sei que não devia provocar Jory porque ele vai ficar vermelho e as manchas vão começar a se espalhar do pescoço até as bochechas, mas não dá para evitar. — Não vou atrapalhar, mais tarde a gente conversa. Dá uma olhada se você não está com comida nos dentes e separa um Tic Tac pra mais tarde.

— Tchau, Beth. — Ele desliga, e me sinto meio sem graça. *A srta. Greenaway gosta do sr. Clarke.* Pelo menos ele tem alguém com quem almoçar. Eu podia entrar e socializar na copa do trabalho lá no segundo andar. Fazer um esforço. Acontece que eu não quero. Pelo menos não hoje, no meu primeiro dia de volta, quando as pessoas ficam sem saber o que falar e acabam optando por um rápido "Sinto muito pelo que aconteceu" (sem fazer contato visual) ou não dizem nada, mesmo eu tendo certeza de que enquanto estive fora passaram o tempo todo fofocando sobre isso. O acidente foi uma grande notícia por aqui, e as pessoas parecem gostar de um drama. Não dá para culpá-las. Se fosse o familiar de outro funcionário, eu também teria me deixado levar pelo burburinho.

Coloco de volta meu salgadinho meio comido no pacote e torço a embalagem, me virando para observar o campo logo atrás. Quando éramos crianças, costumávamos vir ver os cordeirinhos em algum lugar perto daqui. Minha mãe guarda em um álbum uma foto de Emmy quando tinha uns nove ou dez anos, a expressão radiante, usando macacão e segurando no colo um cordeiro minúsculo e ainda escorregadio. Estou atrás dela na foto, carrancuda e com os braços cruzados — aos seis ou sete anos já tinha decidido que ver cordeirinhos nascendo era perda de tempo. O que eu queria era fazer aula de dança de rua para aprender algumas coreografias do TLC, mas grupos de dança de rua ainda não tinham chegado a St Newth (provavelmente não chegaram até hoje), então, em vez disso, só me restava ficar dentro de um galpão assistindo a ovelhas parirem.

Dou uma olhada no celular, me perguntando se Jory está aproveitando o horário de almoço com Sadie na sala dos professores. Digito uma mensagem comentando sobre isso, mas, quando releio, parece que estou com ciúme, então apago (porque não estou com ciúme). Mais tarde eu pergunto a ele. Ou talvez não. De qualquer maneira, não estou incomodada.

A tarde voa num borrão de telefonemas, planilhas e cafés. Quando estou saindo, acabo sendo atrasada por Malcolm, que decide que cinco da tarde é um ótimo horário para começar um mansplaining sobre o grande valor residual dos tratores.

— Tem menos risco, entende, Beth? Se tudo der errado, ainda temos um ativo que vale alguma coisa.

Não conto a ele que já tinha aprendido tudo isso no curso online que fui obrigada a fazer, com uma prova no final inclusive, porque aposto que consigo escapar mais rápido se deixar Malcolm achando que está me ensinando algo novo, embora não esteja. Mesmo assim seus comentários fascinantes ainda me atrasam.

Quando chego à creche, o estacionamento está lotado, e preciso fazer o que parece ser a maior baliza do mundo para conseguir espremer o carro de Emmy na única vaga restante entre uma caminhonete e uma placa com o alerta: *Cuidado! Área escolar!*

Toco a campainha, afobada e suando. Um aviso na porta informa que sexta-feira é Dia de Vir Fantasiado. Por sorte, Ted não vai à creche às sextas-feiras — já é uma batalha descobrir com quais roupas normais devo vesti-lo, imagine fantasias. Também acabou atrapalhando um pouco eu ter misturado as roupas comuns com as da gaveta do próximo tamanho. Toda manhã agora é um Deus nos acuda para encontrar o tamanho certo, e minha mãe anda dizendo que vai precisar dar um pulo lá em casa para reorganizar as coisas.

Uma funcionária com uma camiseta estampada de pintinho amarelo abre a porta.

— Oi. Qual criança a senhora veio buscar?

— Ted Lander. — Estou me esforçando para não ficar ofegante depois de tanta correria.

— E a senha?

Merda.

— Não lembro. — Dou um passo ao lado para deixar uma fila de pais e filhos sair.

Ela olha para trás, em pânico.

— Não tenho permissão pra deixar a senhora entrar sem informar a senha. Me desculpa. É minha primeira semana aqui, ainda estou conhecendo as pessoas.

Sorrio para demonstrar que compreendo. Quando o assunto é crianças e segurança, é melhor prevenir que remediar, então não posso ficar chateada com alguém só porque está seguindo o procedimento correto. Começo a quebrar a cabeça, tentando lembrar da senha. Mas não lembro nem de tê-la recebido.

— Eu entendo totalmente. Não se preocupa. Quer ir perguntar pra alguém? Eles foram informados que eu voltaria pra buscar o Ted quando o deixei aqui de manhã.

Assim que ela se vira para procurar alguém, surge a funcionária com quem conversei mais cedo. Ela olha para nós duas.

— Tudo certo por aqui, Lauren?

Lauren inclina a cabeça em minha direção.

— A mãe do Ted está aqui, mas não consegue lembrar a senha.

Trocamos olhares constrangidos. O rosto de nós duas fica vermelho, e imediatamente Lauren percebe que deve ter interpretado errado a situação, mas vai em frente, cavando a própria cova:

— Desculpa, eu só presumi... A senhora é madrasta dele?

Considero responder que sim, que sou a madrasta, só para botar um ponto-final nessa conversa dolorosa. Mas é bem possível que eu volte a vê-la nas próximas semanas, então decido arrancar o Band-Aid de uma vez por todas.

— Não, sou tia do Ted, mas estou cuidando dele desde março, quando o pai morreu. A mãe dele está em estado grave no hospital. — Entro com cuidado na creche agora que passei pela segurança.

— Ai, meu Deus, eu sinto *muito*. — Os olhos dela se arregalam, e consigo ver o constrangimento estampado em seu rosto, o desejo de que um buraco se abra no chão para engoli-la. Quero tranquilizá-la; não tem nada pior do que o horror vergonhoso de cometer uma gafe. Lembro a tortura que foi fazer um exame de vista após ter perguntado à oftalmologista se ela sabia qual o sexo do bebê que estava esperando. Era um menino, a médica respondeu, e ela sabia disso porque a criança tinha nascido fazia treze meses. A lembrança ainda me faz sentir um arrepio de vergonha.

Abano a mão, como quem diz: "Não esquenta a cabeça".

— De verdade, tudo bem, você não tinha como saber. Além do mais, o Ted é a cara da mãe, e eu também me pareço um pouco com ela, então é uma suposição fácil de fazer. Por favor, não se preocupa.

Ela abre um sorriso discreto, evidentemente ainda morta de vergonha. A pausa desconfortável que se segue é interrompida por um lampejo dos cachos loiros de Ted, que sai correndo da sala pintada de arco-íris no andar de baixo com Natalie, a principal responsável por ele na creche, logo atrás. Foi ela quem nos ajudou a bolar um plano de retorno para ele.

— Que bom ver você, Beth. O Ted se levantou do nada e correu pra porta, chutou até os trilhos de trem que a gente estava montando. Me pegou de surpresa. — Ela ri. Mas para de rir quando percebe o climão.

Ted está olhando para a porta de saída atrás de mim, um sorriso largo estampado no rosto.

— Mamãe tá aqui! — Ele se vira para Natalie, a expressão cheia de entusiasmo.

— Ah, Ted... Eu... — Natalie se interrompe, esperando pela minha resposta.

Me agacho ao lado dele.

— Ei, Ted. A tia Beth veio te levar pra casa. — Estendo a mão, mas ele não a pega. Ainda está com os olhos fixos na porta.

— Mamãe tá aqui — ele repete, a testa franzida. A euforia se transformou em confusão.

— Sua mamãe não está aqui, Ted — eu digo.

Ele fica quietinho, o lábio inferior tremendo.

— A mamãe do Ted tá aqui — ele sussurra.

Foi isso o que ele ouviu enquanto brincava com os trens na sala arco-íris. Pior do que ter presenciado um mal-entendido entre um grupo de adultos, ele ouviu que *a mãe do Ted está aqui* e, por um breve e adorável momento, acreditou que ela estava. Ted largou tudo o que estava fazendo e correu para a mãe, só que deu de cara com a tia. Dá para ver que ele está bravo comigo. Não sou a pessoa que ele quer.

Ponho a mão em seus ombros e o conduzo com carinho para o lado a fim de que a próxima onda de pais e filhos consiga passar. Natalie, Lauren e a outra funcionária, as três de pé formando um trio de camisetas amarelo-pintinho, estão visivelmente chateadas com o acontecido. Todos os olhos parecem estar em mim, querendo que eu dê um jeito, que melhore a situação, mas é claro que não tenho como fazer isso. Ted está chorando. Ainda mais terríveis do que aquele choro de raiva ao qual estou me acostumando, as lágrimas que caem agora são discretas e silenciosas.

— Alguém pode pegar a mochila e o casaco dele pra mim, por favor? — Natalie sai correndo para buscar as coisas. — E quem sabe um lenço de papel? — grito para ela.

O nariz de Ted está escorrendo, e ele o limpa na manga do suéter com estampa de desenho animado. Abro os braços e ele se aconchega em mim, a cabeça baixa e os ombros tremendo. Quando Natalie volta, fico de pé, pegando a bolsa e o casaco antes de pegar Ted no colo. É a melhor maneira de nos tirar logo daqui.

— Quer dizer tchau, amigão? — Ele não responde, o rosto ainda virado para baixo. Começo a andar em direção à porta até que me viro para as funcionárias de pé no corredor: estão nos encarando, mas nenhuma olhando dentro dos meus olhos. — A gente se vê quinta. Alguém pode me mandar a senha por mensagem ou me explicar como posso criar uma nova? Vou ter que avisar pra avó dele também...

Escuto vários murmúrios de concordância e acenos de cabeça; tudo que as funcionárias mais querem agora é evitar o mesmo constrangimento no futuro.

Levo Ted até o carro e o coloco na cadeirinha. Ele parou de chorar e agora está olhando para frente, com o polegar enfiado na boca e o indicador fazendo carinho no próprio nariz.

— Quer o sr. Trombeta, Ted? Acho que ele está com saudade. — Pego o elefante de pelúcia no banco da frente e passo a tromba por cima do encosto de cabeça, fazendo uma voz grave meio bobinha: — *Que saudade que eu tava de você, Ted.* — Ele estende as mãos e pega o sr. Trombeta sem esboçar nem um sorriso.

Começou a chover, e fico um tempinho sentada no banco do motorista observando as gotas se acumularem no para-brisa, até que aciono os limpadores e dou partida no carro. Pego um dos lenços que Natalie trouxe para Ted e assoo o nariz, depois me olho no espelho e limpo o excesso de rímel, que está escorrendo. O CD favorito de Ted começa e deixo tocando, mesmo sabendo que tem poucas chances de meu sobrinho cantar junto.

— Vamos lá, campeão. Vamos pra casa.

Casa, eu penso, saindo do estacionamento. Só que não é minha casa, e também não é a casa de Ted — não sem seus pais morando lá.

11

É fim de tarde de sexta-feira quando minha mãe liga, nervosa, para informar que a dra. Hargreaves telefonou trazendo novidades. Duas enfermeiras em turnos diferentes observaram o dedo mindinho da mão direita de Emmy se mexer.

— Se mexeu, Beth! A enfermeira disse que era mais um movimento de esticar e encolher do que só contorcer o dedo. *Esticar e encolher!*

A dra. Hargreaves também disse à minha mãe que era muito importante não nos deixarmos levar pela empolgação, mas é claro que estamos completamente empolgados e decidimos ir na mesma hora ao hospital para poder nós mesmos testemunhar esse milagre.

Em questão de minutos vejo o carro do meu pai lá fora, assim que Polly chega da escola. Ela passa voando pela porta, ansiosa para trocar de roupa e ir para a festa do pijama na casa de Rosie, mas, assim que contamos a ela que a mãe mexeu o dedo, Polly manda uma mensagem para a amiga dizendo que chega na festa assim que sair do hospital. Envio uma mensagem rápida para Jory avisando que eu talvez chegue um pouco mais tarde no bar, mas que o mantenho informado.

Sinto uma certa energia no carro quando deixamos a cidade, um nível de conversa mais animado do que consigo me lembrar em muito tempo.

— Isso não significa que ela vai ficar boa — meu pai diz. — Todos nós sabemos disso, né?

— Sabemos, mas mesmo assim é um bom sinal, não é, Jim? — Minha mãe se vira para encará-lo.

— É um ótimo sinal. — Ele estende a mão, e ela a aperta. — Quem quer escolher uma música?

— Eeeeeeu! — Ted acerta uma cotovelada no meu rosto enquanto começa a listar todas as músicas que conhece. Estou espremida entre ele e Polly no banco de trás, e até Polly escolhe uma música, embora eu tenha de pedir a ela para escolher outra quando percebo que a canção fala sobre crimes à mão armada, drogas e prostituição.

Minha mãe está olhando fixamente para o aparelho de som do carro.

— Como faço pra colocar uma música, Jim?

Ele aponta para o porta-luvas.

— Tem que conectar no Spotify. Tem um controle aí dentro.

Ela o observa, surpresa.

— E como é que você sabe tanta coisa de controles e Spotify?

— É que de vez em quando a Beth coloca música pra mim quando a gente faz esse caminho. Tudo pelo celular dela. Parece mágica. — Ele me olha pelo retrovisor. — Pode fazer aquela coisa da setlist, meu bem?

— É *playlist*, como canso de dizer toda semana, mas tudo bem. — Pego o controle com minha mãe e dou play na primeira escolha de Ted. Justin Fletcher, a quem Ted gosta de assistir na televisão, começa a cantar sobre hambúrguer e queijo-quente no ritmo de "Macarena", e, apesar de ser a pior coisa que já ouvi na vida, acabo cantando junto.

Meu pai nos pede para sair para podermos ir logo ver Emmy enquanto ele dá um jeito de arranjar uma vaga no estacionamento. Corremos até a enfermaria, e, ao chegar na recepção a passos firmes e com sorrisos colados no rosto, fica claro que o nível de empolgação das enfermeiras é significativamente menor que o nosso. Sofie, uma das enfermeiras que viu Emmy mexer o dedinho, vem falar com a gente ao sair da UTI, apressada para tirar uma hora de descanso que com certeza já deveria ter sido tirada.

— Como foi que ela mexeu o dedo, querida? Pode mostrar pra gente? — Minha mãe encara o dedo da mulher.

— Hum, claro. Foi assim. — Sofie estende a mão e a mantém imóvel, exceto pelo dedo mindinho, que levanta e abaixa como se estivesse tocando suavemente numa única tecla de notebook.

— E mais alguém também viu?

— Sim, a Janine, um pouco depois de mim.

— Incrível — mamãe diz. — Que *ótima* notícia. A gente nem consegue acreditar!

Sofie sorri, mas é um gesto discreto, e ela olha para minha mãe com um ar preocupado. Não é difícil entender o que ela está pensando. *Vocês estão colocando o carro na frente dos bois. Ela só esticou e encolheu o dedo. Por favor, não fiquem muito esperançosos.*

Minha mãe entra primeiro com Ted para ver Emmy enquanto Polly e eu ficamos no corredor, do lado de fora da sala das más notícias, esperando. O humor de Polly piorou desde toda aquela cantoria no carro, e, embora ela não tenha comentado nada, sinto que minha sobrinha também percebeu a advertência das enfermeiras com relação ao nosso excesso de animação. Fico aliviada quando meu pai se junta a nós, embora me encolha quando ele solta um "Que notícia fantástica o dedo mexendo, hein?" para alguém que passa.

Quando Ted volta, anuncia com um suspiro que sua mãe "tá dormindo de novo" e que "parou de dobrar e esticar".

— Foi só o *dedinho* da sua mamãe que se mexeu — a avó o relembra. — E duas enfermeiras viram, então a gente sabe que aconteceu de verdade. São boas notícias.

— Mexe, mexe. — Ted encolhe e estica o dedo como se fosse uma minhoca, depois dá risada. — Tia Beth, faz também.

— Mexe, mexe. — Imito a minhoquinha com o indicador, e Ted toca meu dedo. Enquanto Polly e eu seguimos para o quarto de Emmy, escuto-o emburrado com a avó porque agora sua minhoca não tem com quem brincar. Minha mãe não está dando atenção para a minhoca porque está ocupada conversando com meu pai em uma voz grave.

Embora tenham nos dito para não esperar nada diferente, fico decepcionada por Emmy parecer exatamente a mesma que visitei dois dias atrás, o que também é exatamente igual a todas as outras visitas. É impressionante quanto da aparência de alguém normalmente é baseada em seus trejeitos e maneirismos. Minha irmã coloca a língua para fora quando se concentra em alguma coisa, como ao usar uma tesoura ou costurar um rasgo no sr. Trombeta. Ela fica o tempo todo colocando o cabelo atrás das orelhas e, quando está tímida, ri um pouco mais alto. A Emmy à minha frente não faz nada disso.

Polly e eu nos sentamos em cadeiras, uma de cada lado da cama. Quando pego a mão de Emmy e a coloco sobre a minha, prendo a respiração, por um instante ousando ter esperanças de testemunhar o movimento do dedo com meus próprios olhos. Polly dá um beijo na bochecha da mãe e voltamos a nos sentar, cada uma fingindo não estar olhando fixamente para ela em busca de qualquer sinal de movimento. A dra. Hargreaves enfatizou a importância de conversar com pacientes em coma, mas parece que Polly ainda não tem muito o que dizer, então cabe a mim quebrar o silêncio. Ultimamente durante as visitas comecei a compartilhar novidades boas seguidas de novidades não tão boas e, no final, preencho o silêncio com todas as outras coisas que andam acontecendo. Me faz sentir que tenho um propósito.

— A boa de hoje, além de você ter mexido o dedo e a gente gostaria muito que você fizesse de novo, mas sem pressão, é que a sua "magnólia está resplandecente". Foram as palavras exatas do Albert ontem, que ficou lá admirando a árvore enquanto eu conversava com ele perto da cerquinha dos fundos. Óbvio que eu nem sabia que era uma *magnólia*, mas pensei que você ia gostar de ouvir um elogio a esse esplendor todo, e, além disso, pelo menos me deu uma desculpa pra usar a palavra "esplendor". Tem alguma notícia boa pra compartilhar com a sua mãe, Pol?

Ela dá de ombros, mas, quando aceno para Emmy, Polly diz:

— Voltei pra escola.

Espero ela dizer mais alguma coisa.

— E... como foi?

— Tudo ok.

Certo.

— Bom, o prêmio de hoje para as *más* notícias tem que ir para Mary, do Instituto de Agricultura Feminina, que trouxe mais uma travessa de fígado acebolado, pouco depois da primeira ir direto pro lixo. Estava achando que fosse só uma doação pontual, mas, quando encontrei com Mary no correio e ela perguntou se a gente tinha gostado, me senti pressionada e acabei falando que achei uma delícia. O único jeito de virar essa situação é converter todo mundo em vegetariano pra ontem. — Rio da minha própria piada, mas me interrompo assim que noto os olhos marejados de Polly. — Ei, o que foi? Prometo que não vou te obrigar a comer fígado, ainda que provavelmente seja melhor do que qualquer coisa que eu saiba preparar.

— Posso ficar um minuto com a mamãe? — Polly funga e baixa os olhos para as próprias mãos. — Só eu e ela?

— Ah. Pode. Claro. Hum, certo... vou ficar lá fora então. — Dou um beijo na cabeça de Emmy, depois saio do quarto e fecho a porta, deixando as duas a sós. Agora a dra. Hargreaves está com meus pais e Ted do lado de fora da sala das más notícias. Ninguém mais parece animado.

— Oi. — Cumprimento a médica com um aceno de cabeça. Percebo minha mãe olhando para atrás de mim. — A Polly quis ficar um minuto sozinha com a mãe. Quais as novidades? A gente se deixou levar pela empolgação, né?

A dra. Hargreaves sorri, a expressão empática.

— Sim e não. Eu estava contando pros seus pais que a equipe inteira ficou encantada com os movimentos observados hoje cedo. É um avanço pequeno, mas significativo, e foi por isso que quisemos compartilhar com vocês.

— Tem um "mas", não tem?

A médica abre as mãos.

— A gente não quer passar a impressão errada. A recuperação de traumas desse tipo raramente é como se vê nos filmes, em que o paciente mexe a mão e logo depois abre os olhos e na mesma hora reconhece a pessoa amada sentada ao lado. É possível que os movimentos de hoje sejam os primeiros de muitos, cada um ficando mais amplo que o anterior, numa trajetória ascendente. — Ela faz um gesto simulando uma inclinação. — Mas, em muitos casos, existem mais oscilações que subidas. E, no nosso caso, Emmy ainda não está apresentando sinais de resposta. Conversamos sobre a escala de coma de Glasgow, e, pra pontuação dela melhorar, a gente precisaria ver sinais claros de movimentos voluntários em resposta a um comando.

— A senhora soou tão otimista no telefone, doutora. Acho que acabei me agarrando a isso. — Dá para perceber a decepção da minha mãe no jeito como os ombros dela murcham.

— Eu entendo. Acredite em mim, esses vislumbres de esperança também mantêm a gente de pé, e depois do que vimos hoje estamos nos sentindo encorajados. Só queremos assegurar que estamos sendo honestos com vocês sobre a complexidade da recuperação que pode, ou não, estar a caminho.

Quando a dra. Hargreaves vai embora, Ted reclama de sede e pego minha bolsa, mas percebo que esqueci a garrafinha dele no carro.

— Pode deixar que eu vou. — Minha mãe se levanta da cadeira, mas estendo o braço para impedi-la quando percebo que ela está vacilante.

— Mãe, o que foi? Tá sentindo alguma coisa?

— Não foi nada, querida. São só essas minhas articulações, aquela história de sempre. — Ela está segurando o pulso de forma desajeitada, e olho para meu pai, que balança a cabeça como quem diz: "Deixa pra lá".

— Certo, bom, fica aqui descansando — digo. — Eu levo o Ted lá embaixo pra beber alguma coisa. Vem cá, campeão. — Ted nem espera e já sai correndo na minha frente, deixando a enfermaria e indo até a loja na entrada principal, onde compro uma caixinha de suco para ele e uma lata de Coca-Cola para mim. Vamos para o lado de fora com as bebidas e, como não tem nenhum banco livre, sentamos na grama.

— A Polly é maior do que eu? — Ted está me esperando furar sua caixinha com o canudo.

— Sim, a Polly é maior que você. Aqui, pega com as duas mãos e não aperta.

— Por que ela é maior?

• 116 •

— Porque ela é mais velha.

— Mas por quê? — Ele faz beicinho.

— Por que ela é mais velha? Bom, porque ela nasceu primeiro. Segura com *as duas mãos*, Ted.

— Não é justo! — Ele aperta a caixinha com raiva, esguichando suco por toda a camiseta. Começa a chorar, dizendo que sua roupa está molhada e que não é justo Polly ser mais velha que ele. Quando meus pais e Polly se aproximam de nós, já quase consegui acalmá-lo.

— Qual o problema? — Minha mãe alterna o olhar entre nós dois.

— O Ted tá bravo porque não nasceu primeiro. — Pego a caixinha vazia de suco e minha lata de refrigerante. — As injustiças de sempre.

Enquanto voltamos para o carro, Polly caminha ao lado do meu pai.

— Pode me deixar no clube, vovô? Vou encontrar a Rosie e a Michaela lá antes da festa do pijama.

— Sem problema. — Ele passa o braço em volta dos ombros da neta. — Que tal eu dar carona pra todas vocês até a casa da Rosie?

— Não, não precisa. A mãe da Rosie vai pegar a gente, já tá tudo combinado. Mas obrigada. — Ela tira o celular do bolso e põe os fones de ouvido.

Ele dá partida no carro.

— De qualquer maneira valeu a pena ter vindo aqui hoje, não foi? Nunca é uma visita jogada fora. Vamos ficar do lado da nossa garota nos altos e baixos.

Minha mãe e eu permanecemos em silêncio. Ted começa a reclamar, pedindo para ouvir suas músicas de novo, e dou play na mesma playlist que viemos escutando no caminho até o hospital. Quando ele cai no sono, minha mãe desliga o som e fico olhando pela janela, pensando que todo o ânimo do trajeto de volta poderia ter sido transformado se tivéssemos visto um único dedinho se mexendo.

12

O bar está lotado, e o burburinho animado que pensei ser muito para absorver acabou se revelando uma mudança bem-vinda de ares em comparação ao zumbido constante de preocupação na minha cabeça. Jory está mexendo num descanso de copo, a testa franzida numa expressão pensativa enquanto o vira na mão.

— Mas ela disse que estavam encorajados? Médicos não usam a palavra "encorajado" à toa, né?

— Não. Não sei. Acho que não. — Um grupo de pessoas em seus trinta e poucos anos passa por nós, e Jory acena com a cabeça para um dos integrantes. Viro o rosto para poder ver quem é, e ele ri.

— George Barratt. Professor de química. Você é intrometida *demais*, sabia?

— Só gosto de saber quem você está cumprimentando. Se isso faz de mim intrometida, então Deus me livre ser desintrometida. *Desintrometida* nem é uma palavra, é?

— Não, acho que o termo provavelmente é "cuidar da própria vida". A mulher atrás de George é Danni Parsons. Lembra dela? Era do nosso ano.

— Jura que é ela? — Estico o pescoço para ver melhor enquanto o grupo se acomoda ao redor de uma mesa. — Nossa, é ela mesmo. Uma vez fui com o irmão dela a uma festa da equipe de rúgbi.

— Claro que foi.

Reviro os olhos.

— Eu não tinha mais nada pra fazer. Eram umas festas de merda, mas a gente adorava, lembra? Eu passava um sufoco decidindo a roupa, o penteado, de quem puxar o saco pra descolar umas bebidas.

Jory concorda com a cabeça.

— Provavelmente devia ser por isso que a gente adorava. Sua irmã comprava duas garrafinhas de Bacardi pra cada um e depois mandava a gente dar o fora, lembra?

— Lembro. — A imagem da minha irmã mais velha vestindo uma jaqueta de couro rosa (que com certeza não era couro de verdade) e fingindo não me conhecer me faz dar uma risada. — Só que a gente nunca dava o fora por muito tempo. — Passo o dedo pela borda da taça de vinho. — Entramos na enfermaria igual um bando de idiotas hoje à tarde, Jor. A gente ficou tão empolgado.

— Vocês não são idiotas. Qualquer um ficaria animado, isso *é mesmo* uma coisa animadora. Não fica se sentindo culpada por ter esperança. — Ele dá o último gole na cerveja e aponta para a minha taça. — Mais um?

— É, por que não?

Enquanto espera por nossas bebidas no bar, Jory dá uma olhada no telefone. Reparei que ele fez a mesma coisa quando fui buscar a última rodada — deu para perceber ele sorrindo sozinho enquanto digitava alguma coisa. Devo estar com uma expressão de curiosidade no rosto quando Jory põe minha taça na mesa, porque ele franze a testa e pergunta:

— Que foi?

— Nada, não. — Dou um gole grande, aproveitando a sensação de confusão que começa a tomar conta da minha cabeça, como se o bar e todo mundo ao redor estivessem ficando borrados. — Pra quem você tá mandando mensagem?

Jory deixa o celular de lado.

— Ah, pra Sadie. Ela tava me perguntando um negócio.

Ele não falou muito de Sadie desde o que ouvi por cima aquele dia do almoço na sala dos professores, mas sei que os dois já saíram algumas vezes.

— Como vocês estão indo, por falar nisso?

— É, tá legal. A Sadie é incrível, você ia gostar dela de verdade.

Incrível. Faço que sim com a cabeça.

— Certeza que ia.

Jory arqueia uma sobrancelha.

— Que foi? — pergunto.

— É que eu sei que fazer amizade com outras mulheres não é muito sua zona de conforto.

— Bom, mas você sabe que não foi por falta de tentativa, então pode ir baixando essa sobrancelha. — E tentei mesmo, só que as coisas sempre terminavam do mesmo jeito: eu me sentindo esquisita, dizendo a coisa errada e nunca conseguindo me encaixar. Todas as amizades de que preciso estão concentradas em minha irmã e Jory, de qualquer maneira, mas, pelo bem dele, não vou bancar a chata e me negar a fazer um esforço para me aproximar de Sadie. — Se você gosta dela, certeza que eu também vou gostar. Então, vocês dois vão oficializar as coisas? A paixão dos jovens professores?

Ele me olha, tímido.

— A gente meio que já oficializou.

— Ah. Uau! — O tom da minha voz soa engraçado, como se eu estivesse incrivelmente animada, apesar de não estar. — Que coisa boa. Parabéns.

O pescoço de Jory fica vermelho.

— Obrigado. Eu queria te contar pessoalmente em vez de mandar mensagem. Eu só pedi... você sabe... a Sadie em namoro na quarta-feira.

Ele pediu Sadie em namoro. Jory tem uma namorada. Isso não aconteceu rápido demais? Parece rápido demais. Mas mesmo assim é uma boa notícia para ele. Sorrio e dou outro gole enorme no vinho. Dessa vez, mais de um.

— Bom, fico feliz por você. Já era hora de alguém te fisgar. É o que a minha mãe diz há anos.

Ele sorri.

— Eu amo a sua mãe.

— Ela te ama também.

Jory pigarreia.

— Significaria muito pra mim se vocês duas ficassem amigas. Eu vivo falando de você, então provavelmente ela até já sente que te conhece. — Faço um duplo sinal de joinha, e ele ri. — Ela é muito divertida, juro.

— Ok. — Não tenho como dizer não agora que sei que ela é *muito divertida*, além de *incrível*.

— Ótimo. — Jory se recosta na cadeira e solta um suspiro pesado, como se tivesse criado coragem para me contar a notícia e agora se sentisse mais leve por ter tirado o peso dos ombros. Também me sinto mais leve, mas é um tipo diferente de leveza, como se eu tivesse saído do corpo e estivesse ouvindo meu melhor amigo tagarelar sobre a nova namorada *sem realmente estar ali*. Acho que é esse o efeito de três taças grandes de sauvignon.

Jory me acompanha até em casa mesmo depois de eu dizer que não precisa, porque quase consigo enxergar a casa de Emmy e Doug da entrada do bar. Está um breu de tão escuro, então ele liga a lanterna do telefone. Enquanto descemos pelo gramado ao lado do parque, perco o equilíbrio e Jory me segura antes que eu caia.

— Opa — ele diz.

— A grama tá escorregadia hoje, né?

— Humm.

Não consigo ver, mas posso escutá-lo sorrindo. Me estico para pegar sua mão do mesmo jeito que já fiz em inúmeras caminhadas noturnas de volta para casa, mas, dessa vez, Jory se desvencilha e passa o braço pelo meu.

— Ah, entendi. Vai ser assim agora? — Tento manter o tom leve, mas minha voz acaba saindo um pouco magoada.

— Beth...

— Tô brincando. É claro que você não ia querer andar de mão dada comigo agora que recebeu um upgrade no quesito parceira-para-andar-de-mãos-dadas. — É o álcool falando. Felizmente, já estamos a poucos metros da porta de Emmy.

— É só que se alguém visse a gente... — Jory suspira. — As pessoas nem sempre entendem você e eu, né? Você sabe o que dizem. E se a Sadie ou algum conhecido dela visse a gente de mãos dadas poderia acabar pensando que somos mais que amigos, e não seria justo com ela.

— Mas não somos mais que amigos — digo, tentando encontrar minha chave na bolsa. — Quer tomar a saideira? Tem uísque no armário de bebidas. Só Deus sabe por quê. Nunca vi o Doug bebendo uísque.

— Não. É melhor eu ir.

— Ah. Beleza. Você não está agindo estranho só porque tentei pegar na sua mão, está? — Giro a chave na fechadura. — Deixa de ser esquisito, Jor. A Sadie não tem nada com que se preocupar. Sou como uma irmã, lembra?

— Com certeza você me irrita igualzinho a uma irmã. Você vai ficar legal passando a noite aí sozinha? Me sinto meio culpado de ir embora.

— Vou ficar ótima. Agora cai fora.

— Tudo bem. — Ele beija minha bochecha. — Boa noite então.

— Você sempre pode entrar se quiser recriar o Inverno de...

Ele me interrompe, a luz da varanda o iluminando enquanto ele balança a cabeça:

— Boa noite, Beth.

— Era só uma piada — grito em direção às suas costas. — Esqueceu o que é uma piada?

— Vai dormir — ele devolve, e é isso que eu faço.

Às dez horas da manhã seguinte, acordo meio sem saber o que fazer da vida. Polly ainda está na casa de Rosie e eu estava esperando Ted chegar, mas minha mãe mandou mensagem dizendo que eles vão dar um passeio na margem do rio antes de deixá-lo em casa. Ela colocou até uma OBS avisando que deixou uma escovinha nova de banheiro no armário embaixo da pia — o código da minha mãe para "Você precisa limpar o banheiro". Por puro tédio, vou fazer o que ela manda. Tiro uma foto do banheiro e coloco uns emojis de faxina antes de digitar uma mensagem rápida para Jory.

Ainda bem que não tomamos o uísque, é isso que tenho pra hoje! (Ordens da minha mãe!) Parabéns de novo pela novidade, fiquei muito feliz por você e por ela.

Apago o "e por ela" porque não conheço Sadie, então é meio estranho dizer que também fiquei feliz por ela. Ou talvez não. Agora já era, já enviei a mensagem.

Depois que termino a limpeza do banheiro — pelo menos a meu ver, mas com certeza abaixo dos padrões de qualidade da minha mãe —, dou uma arrumada rápida no quarto de Ted. Ouço uma batida fraca na porta da frente e me inclino para olhar pela janela, até ver Polly parada nos degraus ao lado de sua bolsa de viagem. Ela me encara, a mão protegendo o rosto contra o sol. Mas fica em silêncio quando grito:

— Me dá dois segundinhos!

Seu nível de tagarelice não aumenta quando abro a porta para ela. Polly larga a bolsa ao pé da escada, e dou uma boa olhada em seu rosto. *Pálida* seria um eufemismo.

— Nossa, Pol, você parece exausta. Corro o risco de soar como a sua vó, mas preciso te perguntar: você conseguiu dormir essa noite?

— Não muito. — Ela está com olheiras, e sua pele parece quase cinzenta. Talvez uma noite sem dormir na sua primeira semana de volta à escola, juntando com todo o resto, tenha sido um pouco demais. Eu a acompanho até a sala.

— Quer que eu faça alguma coisa pra você?

— A gente tem nugget de frango?

— Nugget de frango? — Dou risada ao verificar o relógio. — São onze horas.

— Ainda não tomei café da manhã.

— Ué. A mãe ou o pai da Rosie não prepararam nada pra vocês? — Tenho certeza de que Emmy teria feito um verdadeiro evento se as amigas de Polly viessem dormir aqui.

— Eu não estava com fome.

— Mas agora você quer nugget de frango.

— Agora eu tô morrendo de fome.

— Justo. Quer batata, feijão ou alguma outra coisa, ou só os nuggets mesmo? — Acho que Polly nunca me disse que estava morrendo de fome, então vou me agarrar a isso.

— Só nuggets de frango. E ketchup. — Ela se joga no sofá e começa a mexer no celular.

— E aí, a noite foi legal?

— Foi tudo bem.

Como isso é tudo que vou conseguir, ligo o rádio e esvazio a lava-louças enquanto os nuggets assam. Também separei alguns para mim, e, quando ficam prontos, comemos em tigelas no colo, de frente para a televisão, o pote de ketchup entre nós duas. Polly devora sua porção sem nem respirar, como se depois de dias fazendo jejum finalmente tivesse dado de cara com comida. Ela pode até estar quietinha e precisando dormir, mas, se recuperou o apetite, talvez uma festa do pijama com as amigas fosse exatamente do que ela estivesse precisando.

JUNHO

13

— Bom dia, Albert! — digo, um pouco mais alto dessa vez, já que ele não escutou na primeira.

Ele se levanta devagar da posição em que estava ajoelhado e acena para mim e Ted por cima da cerca viva, segurando uma tesoura de poda.

— Oi, querida. Que dia lindo — ele berra. — Vão passear em algum lugar legal?

Estremeço com o tom de voz alto.

— Só uma voltinha no parque. E prometi também umas balinhas de chocolate pro Ted. — Meu sobrinho não para de puxar minha mão, ansioso para continuar andando.

— Excelente. Não esquece que amanhã é dia de reciclagem.

— Não esqueço — respondo. Óbvio que eu já tinha esquecido.

— Eles passam mais cedo nessa época do ano, então é melhor tirar o lixo hoje à noite se você puder — Albert explica. — E espero que você não ache que estou me intrometendo, mas coloquei na lixeira aqui de casa o saco preto que você deixou na calçada semana passada.

Balanço a cabeça.

— Não precisa separar espaço pra mim na sua lixeira, Albert. É só minha falta de organização com o lixo. Vivo esquecendo. Mas obrigada. — Só de pensar nele arrastando um saco quase estourando de tanto lixo, depois de escurecer, já fico constrangida.

— Olha, tem um gato na casa cinco que sempre que pode rasga as sacolas, e não sei se você ficou sabendo, mas... — Albert hesita, como se já tivesse falado demais.

— Sabendo do quê? — pergunto, e então sussurro para Ted que só vamos demorar mais um minuto.

— Bom, da última vez que a sua lixeira externa estava cheia, o saco na calçada foi rasgado, provavelmente pelo pestinha da casa cinco, apesar de eu não ter provas, e uma carcaça de frango e outros dejetos foram arrastados pela rua inteira. As fotos acabaram indo parar no grupo de Facebook da cidade.

Ah, que maravilha. Agora me sinto mais constrangida ainda, tanto pela saga do lixo quanto pelo vizinho de oitenta anos de Emmy estar mais antenado nos dramas das redes sociais da cidade do que eu. Fico chocada por minha mãe não ter mencionado o ocorrido e a vergonha que isso trouxe para a família. Sempre que a família é envergonhada, a culpa é minha.

— Falei pra eles que o lixo era meu.

— Espera, o quê? Por quê?

— No Facebook. Quando eu estava no café da Assistência para Idosos e eles ensinaram como encontrar a página da cidade. Eu coloquei uma mensagem... sabe, aquela que você escreve embaixo de uma foto?

— Um comentário? — sugiro.

— Isso, um desses. Coloquei um comentário dizendo que o saco de lixo era meu e que eu sentia muito, mas não tinha conseguido levantar o peso por causa de um problema que tenho no ombro. Não queria que você se metesse em confusão... Achei que você já tinha coisa suficiente pra se preocupar. O pessoal da cidade baixou a guarda quando percebeu que o culpado era só um velho gagá.

— Albert, isso é gentil demais da sua parte. — Sei que é só um saco de lixo, mas estou emocionada de verdade por ele ter assumido publicamente a culpa pelo meu erro e me livrado de mais uma bronca da minha mãe. — E você não é mesmo um velho gagá.

— Você já tem cem anos? — Ted pergunta. Do nada.

— Ted! — eu o repreendo, mas a situação me faz rir.

— Não, ainda não. Tenho oitenta e três — Albert diz.

— E depois disso você vai morrer? — Ted pergunta.

Cubro o rosto com as mãos.

— Mil desculpas — eu digo, mas agora é Albert quem começou a rir.

— Não sei, talvez — ele responde.

— Vamos pro parque, então? Deixe o coitado do Albert em paz. — Começo a guiar Ted para a rua.

— A gente vai no gira-gira. — Com "a gente" meu sobrinho quer dizer ele próprio, sr. Trombeta e Mousey, o ratinho que ele me fez guardar na bolsa.

— Bom, divirtam-se — deseja Albert.

Quando chegamos ao fim da rua, próximo ao ponto de ônibus, atravessamos e subimos na grama. Ted solta minha mão e corre o mais rápido que suas pernas conseguem até a área de recreação no meio, protegida por uma cerquinha de madeira. O gira-gira e os balanços foram substituídos ao longo dos anos, mas o escorregador ainda é o mesmo de quando eu e Emmy éramos crianças. É aquele escorregador de metal brilhante que no verão dá um choquezinho na parte de trás das coxas e quando está chovendo te arremessa para longe. Estou impressionada que ele tenha passado nesses testes modernos de segurança e tido permissão para continuar no parque.

— Você não me pega! — Ted abre o portão e entra correndo. Provavelmente não consigo mesmo, não no meu condicionamento físico atual, então nem me preocupo em fingir que falhei. Corro até ele, estufando as bochechas ao alcançá-lo.

— Você venceu — admito. — Você é rápido demais!

Ted ri, e o coloco no balanço.

— Faz o foguete! — ele pede, se contorcendo todo entusiasmado no assento. O foguete é mais uma brincadeirinha que Doug fazia: envolve segurar o balanço bem no alto enquanto Ted está sentado em cima, e depois, antes de soltá-lo, fazer uma contagem regressiva. Assim como as histórias de dormir e os enroladinhos de queijo, meu foguete saiu bem abaixo da média quando tentei pela primeira vez, mas já estou pegando o jeito.

Ted me olha com expectativa. Agarro o balanço e o puxo para mim, segurando o peso inteiro no ar.

— Preparado? Ok. Três, dois, um... *decolar!* — Solto o balanço, e a alegria no rosto de Ted quando o assento vai para trás me faz abrir um sorriso. — Quer seus bichinhos com você?

Ele assente, então tiro Mousey e sr. Trombeta da bolsa, posicionando-os ao lado do dono no balanço. Tem uma chamada perdida de um número desconhecido no meu celular. Eu costumava me orgulhar da minha capacidade de ignorar chamadas perdidas, me baseando no lema "Se for importante, a pessoa liga de novo", mas, desde o dia do acidente, qualquer chamada perdida no celular me deixa passando mal até descobrir quem é e por que está ligando. Não tem nada na caixa postal, nenhuma mensagem de texto. Retorno a ligação enquanto caminho até ficar atrás de Ted para poder empurrá-lo e ao mesmo tempo falar no telefone.

Uma mulher atende.

— Beth? Aqui é a Suzy. — Ela faz uma pausa. — Mãe da Rosie.

— Ah, oi. Tudo bem? — Solto o ar, aliviada por não ser o hospital, mas também me perguntando quem são essas pessoas que telefonam em vez de só mandar uma mensagem.

— É, tudo bem. Um pouco estressada com a Rosie, pra dizer a verdade, aí pensei em te ligar porque imagino que você esteja passando pelo mesmo com a Polly.

— Passando pelo mesmo? — pergunto. Não faço ideia do que ela está falando, a menos que Suzy esteja se referindo ao hábito de se esconder no quarto e fazer cara feia para todo mundo.

— Depois que a gente recebeu aquela mensagem da escola falando sobre a festa, não consegui tirar isso da cabeça. Só queria saber o que você descobriu. Não sei, comparar as versões da história.

Mensagem da escola. Festa. Estou tão perdida que é como se ela tivesse dito o nome certo, mas discado o número errado. Ao mesmo tempo, Ted reclama por não estar indo alto o suficiente no balanço, e o empurro com mais força.

— Desculpa, tô meio confusa. Bastante confusa, na verdade. De quem era a festa? Você está dizendo que as meninas foram? Quando?

— Meu Deus, desculpa, Beth, achei que você já estivesse sabendo. Foi sexta-feira passada — diz Suzy.

— Mas sexta-feira passada elas estavam numa festa do pijama na sua casa. — Estou com um mau pressentimento bem na boca do estômago.

— Não estavam. As duas dormiram na casa da Michaela.

— Ok, agora eu tô confusa *mesmo*... APolly me disse que tinha dormido na sua casa no fim de semana passado.

— Eu sei, e a Rosie me disse que dormiu na casa da Michaela, e dormiu mesmo, só que os pais dela não estavam. Já a Michaela falou pros pais que ia passar a noite na sua casa. Ou seja, elas mentiram pra todos nós. — Suzy suspira.

Ted ergue os braços para sair, então o abaixo e o acompanho até o gira-gira, pressionando o celular contra a orelha novamente.

— Não acredito nisso. — Lembro da conversa que tive com Polly sobre a festa do pijama, o que só serve para me deixar mais confusa. — Mas eu te mandei uma mensagem a respeito da festa do pijama e você respondeu. Tenho até a mensagem salva. — Afasto o celular do ouvido e procuro em meus contatos até encontrar a mãe de Rosie. — Seu número termina em 265?

— Esse é o número da Rosie.

— Caramba. Então, essa festa... — Engulo em seco, incerta se quero mesmo saber. — O que aconteceu? Como a escola ficou sabendo?

— Estava cheio de alunos do sexto ano por lá. A polícia acabou sendo chamada por causa do barulho. — Suzy parece preocupada. — Eles estavam bebendo.

— Jesus Cristo. — Lembro do sábado anterior, quando Polly voltou para casa. Atribuí seu rosto pálido ao cansaço, não a um excesso de vodca ou de seja lá o que jovens-de-catorze-anos de hoje em dia enfiam goela abaixo. Isso se tiver sido só bebida. Quando eu tinha catorze anos, era só bebida, mas os adolescentes de hoje em dia parecem fazer tudo mais cedo, mais rápido e com mais intensidade. Sinto um calafrio só de pensar. — O que você vai fazer? Com a Rosie, quero dizer.

— Na mesma hora tirei o celular dela, porque foi o pior castigo que consegui imaginar. Ela reagiu como se eu a tivesse deixado sem oxigênio.

Dou risada, apesar da situação.

— Não tenho dúvida de que vai ser a mesma coisa aqui, mas acho que a gente precisa fazer alguma coisa que faça elas pensarem bem antes de voltar a aprontar uma dessas.

— Sim. Desculpa, Beth. Você já está passando por tanta coisa, talvez fosse melhor eu não ter te incomodado com isso.

— Não, eu prefiro saber. Obrigada por ter ligado. — Após as despedidas, guardo o celular no bolso de trás. Ted desceu do gira-gira e está com os braços levantados, apontando para o céu. Toco de leve em sua cabeça. — Não cresce, Ted. É uma cilada.

— Olha, tia Beth, pum de avião!

Inclino a cabeça para trás e vejo uma pequena aeronave passando lá em cima.

— A gente chama isso de trilha de condensação. É praticamente só água, mas deixa uma linha parecida com uma nuvem porque... — Eu me interrompo quando noto o jeitinho como Ted está me olhando. — Mas pum de avião é bem melhor, né?

Ele está dando pulinhos, acenando para o avião.

— As pessoas tão dando tchau de volta?

O avião está tão alto que mal dá para enxergá-lo, quanto mais distinguir alguém dentro da cabine.

— Hummm... Não tenho certeza.

— Tão, sim! — ele responde. — E o papai tá no céu, mas não num avião. — Ted me encara como se estivesse esperando uma explicação melhor.

— Não, não num avião — concordo.

— Mas talvez ali nas nuvens! — Ted comenta, a esperança iluminando seu rosto. — Você não tá dando tchau, tia Beth. Pro meu pai.

Faço o que ele pede, e ficamos ali parados muito tempo depois de o avião ter desaparecido, os dois acenando para o céu. Essa conexão com o pai parece deixar Ted feliz. Também quero ficar feliz, mas, em vez disso, me sinto culpada. Enquanto dou tchau, peço desculpas em silêncio a Doug por deixar a filha dele ficar bêbada numa festa a que eu nem sabia que ela tinha ido, pouco antes de Polly dormir numa casa sem a supervisão de adultos. A menos, é claro, que *tivesse* adultos (mas, se for o caso, duvido que estivessem lá para tomar conta de alguém). Penso em todas as mentiras que contei para meus pais quando tinha a idade de Polly, todas as saídas escondidas e as situações complicadas das quais Emmy teve que me resgatar. Quase me convenço a não punir Polly por isso — com certeza é hipocrisia fingir que me comportava diferente na minha época —, mas a verdade é que fiz um monte de besteira e só *não fui* castigada nas vezes que não fui pega. Polly foi pega, e não posso simplesmente fazer de conta que isso não aconteceu. Só que confiscar o celular da minha sobrinha vai ser como detonar uma bomba.

— A gente pode ir ver desenho agora? — Ted parou de acenar. — Preciso fazer pipi.

— Tudo bem. — Eu o sigo pelo portão, passando pelo bar e descendo da grama em direção ao ponto de ônibus. As senhoras paradas ali sorriem, acenando para nós, mas à medida que atravessamos a rua escuto a conversa delas diminuindo até virar nada além de um murmúrio fofoqueiro. Não são tão discretas quanto pensam.

— Coitadinho — escuto uma delas dizer.

— É tão novo — diz outra.

Novo demais para se lembrar de tudo isso, é o que querem dizer. A ideia de Ted ser muito criança para vir a se lembrar do pai no futuro é tão terrível que imediatamente sinto vontade de fazer algo para resolver o problema, mas não sei nem por onde começar. Enquanto caminhamos de volta para a casa de Emmy, penso em ligar para minha mãe e contar a ela sobre a festa do pijama, mas acho que ainda não estou em condições de encarar uma bronca. Em vez disso, decido ligar para Jory, mas cai direto na caixa postal, o que eu já deveria estar esperando, já que é o meio da manhã de uma quarta-feira (e ele não trabalha três dias por semana como eu).

Ei, você ligou pro Jory — ou melhor, não ligou! Como você já deve ter percebido, não estou disponível no momento, mas deixa uma mensagem depois do bipe e eu entro em contato. Tenha um bom dia.

Sua saudação é alegre e animada, apesar de meio desajeitada, o que é clássico de Jory.

Não estava planejando deixar uma mensagem, mas o bipe soa antes que eu tenha a chance de desligar.

— Ei, é a Beth. Humm... não sei por que tô ligando, você tá no trabalho, lógico, mas não queria ligar pra minha mãe, e é por isso que tô deixando um recado mesmo sabendo que você ainda não pode retornar a ligação. Talvez na hora do almoço? Isso se você tiver um minutinho e não estiver dividindo um sanduíche com a Sadie. Você já chegou naquele estágio do relacionamento em que tem que abrir o jogo e admitir que só come cheddar clarinho? Porque sinto que esse é o tipo de coisa que você precisa contar de uma vez, caso seja um obstáculo. Só doidos e bebês comem cheddar clarinho. Até o Ted come o laranja. — Ted quer destrancar a porta, então entrego as chaves a ele e o ergo desajeitada, ainda segurando o telefone. — Enfim, a gente se fala mais tarde. Talvez. Tomara que sim. Só me liga de volta. Se puder. Sem pressa. — Estou falando demais, e penso em regravar a mensagem, mas Ted me diz que está "desesperido" para fazer xixi, então desligo e o levo para dentro de casa. Quando consigo tirar os sapatos, já estamos atrasados demais para vencer a batalha contra o xixi.

14

Polly sente que tem alguma coisa acontecendo assim que volta da escola e dá de cara com Ted assistindo *Detona Ralph* e comigo sentada à mesa de jantar, esperando. Aponto para a cadeira na minha frente.

— O que tá acontecendo? — ela pergunta do batente da porta.

— Você que me diz. — Aponto de novo para a cadeira e fico surpresa quando Polly se senta sem nem reclamar. Estou invocando todas as conversas sérias que minha mãe e eu tivemos ao longo dos anos como um guia para conseguir lidar com essa, o que até agora significa cruzar os braços e arquear as sobrancelhas de uma forma acusadora.

Polly dá de ombros.

— Não sei. Por isso que estou te perguntando. — *Ótima jogada.* Era exatamente assim que eu respondia quando tinha catorze anos.

— A mãe da Rosie me ligou hoje.

Consigo ver o pavor tomando conta dela.

— O que ela queria?

— Ah, *qual é*, Pol. Eu já sei que você não foi pra festa do pijama coisa nenhuma. Já fiquei sabendo da outra festa cheia de bebida. Será que foi só bebida? Ou bebida e drogas? Ou bebida, drogas e sexo?

— Quê? Não! Meu Deus, eu não...

— Bom, você vai ter que me perdoar se eu não sei no que acreditar. — Uma frase clássica da minha mãe. Para dizer a verdade, estou começando a entender o que fiz mamãe passar quando eu tinha a mesma idade.

— Desculpa, tia Beth. Sei que você não vai acreditar em mim, mas, se vale de alguma coisa, eu queria nunca ter ido àquela festa idiota. — Polly parece estar a um passo de chorar, e de repente sinto uma pontada de pânico ao pensar que a situação pode ser mais grave do que eu tinha imaginado.

— Não aconteceu nada, aconteceu? Alguém te obrigou a fazer algo que você não queria?

— Não. Nada do tipo. A festa foi uma merda, só isso. Você vai contar pra vovó?

— Ué, e o que a sua avó tem a ver com isso?

— Não quero que ela fique estressada. Ultimamente parece que ela não está muito bem.

Polly tem razão, embora me surpreenda que ela também tenha notado. Minha mãe não disse nada, mas meu pai admitiu, depois de muito o pressionar, que as injeções que ela anda tomando para a artrite estão fazendo-a se sentir "meio mal".

— Ainda não decidi se conto ou não pros seus avós — respondo. Mas já decidi, sim. Não vou admitir que o risco de provar que eles estão certos, que *não tenho capacidade* de ser responsável, é o que me impede de contar, e que essa camada extra de cuidado com a saúde da minha mãe só serviu para fortalecer mais ainda a decisão. Estico a mão. — Vou precisar do seu celular.

— Quê? Por quê? Se for pra ativar o controle de conteúdo, não tem necessidade. A mamãe já fez isso.

— Só me passa o celular, por favor.

Polly o empurra devagar na minha direção, mas mantém a mão sobre o aparelho.

— Não tira ele de mim, por favor, tia Beth. — A mudança de raiva para súplica quase me faz reconsiderar o castigo.

— Sei que é difícil, Pol, mas a mãe da Rosie também tirou o telefone dela por uns dias, então não é uma punição injusta. Você entende isso, né?

— A *mãe* da Rosie. — A raiva está de volta, dá para ver pelo jeito como ela franze os lábios. — Mas você não é mãe, né? Você não é ninguém.

— Beleza. — Pego o celular.

Polly começa a chorar.

— É uma merda ter você cuidando da gente. Uma *merda*. E eu te odeio, sabia disso? Espero que saiba, porque é verdade.

Ted ergue os olhos da televisão, e viro o rosto para ele não ver as lágrimas nos meus olhos. Respondo, com a voz baixa e trêmula:

— Pode falar o que quiser de mim, mas, por favor, não grita comigo na frente do seu irmão.

— Ah, não vem fingir que se importa com ele. — Ela está de pé agora, indo em direção às escadas.

— O que você quer dizer com isso? — pergunto, embora não tenha certeza se quero mesmo saber.

— Você ouviu. Você só está cuidando da gente porque não teve escolha. Você nunca deu a mínima nem pra mim nem pro meu irmão antes do acidente. — Polly sai correndo enquanto fico ali boquiaberta encarando o espaço onde ela estava antes, me encolhendo quando a porta do quarto bate e a casa inteira treme. O celular dela ainda está na minha mão, e olho para a tela de bloqueio, uma foto da mãe e do pai com sorrisos bobos e óculos escuros virados de cabeça para baixo. Apertar o botão de desligar o aparelho é o máximo que consigo fazer para não desabar.

Você não é ninguém. Sou a primeira a admitir que não fiz tudo certo desde o momento em que assumi a responsabilidade de cuidar de Polly e Ted, mas, por Deus, estou tentando. E mesmo assim, depois desse tempo todo, *não vem fingir que se importa* é o que ela pensa de mim. Se a intenção era me magoar, acertou em cheio. Vou até o sofá e coloco Ted no colo, sentindo seu cheirinho de biscoito.

— A tia Beth te ama, amigão. Você sabe disso, né?

Ele brinca com o tecido da minha camiseta.

— Posso assistir *Patrulha canina*?

— Não gostou do filme?

— Eu multei de ideia.

— Você *mudou* de ideia? Tudo bem.

Enquanto ele se distrai com a televisão mais do que sua mãe ou sua avó jamais permitiriam, recebo uma ligação de Jory e vou para o jardim atender.

— Oi. — Enfio os pés nos Crocs de Emmy e vou andando pelo caminho de pedra até a pérgula nos fundos.

— Recebi sua mensagem. Tá tudo bem? — Jory não está em casa. O vento está forte, e dá para ouvir gaivotas.

— Não muito, na verdade. Acabei de confiscar o celular da Polly depois de descobrir que ela foi pra uma festa real no fim de semana passado em vez de estar numa festinha do pijama. — Ando de um lado para o outro, indo e voltando na direção da casa. — Sendo bem honesta, Jor, quando ela voltou pra casa parecendo acabada de tanta farra, nem por um segundo pensei que ela estivesse *mesmo* acabada de tanta farra. Só achei que as meninas tivessem passado a noite em claro assistindo filme. Eu fiz... como é que os jovens dizem? Papel de trouxa.

— Putz...

— Elas ficaram na casa da Michaela enquanto os pais da menina nem estavam. — Até que me vem à mente uma conversa que tive com Polly sobre suas amigas da escola estarem em diferentes grupos de orientação.

— Espera, Michaela não é do seu grupo? Michaela Brown?

— Ela é, mas...

— Então você sabia da festa? — Jory não nega a acusação de imediato, então assobio baixinho. — Uau. Valeu pelo aviso. Mas, se você soubesse que a Polly estava lá, teria me contado, né?

— Beth... — Jory suspira. — Não cabia a mim te contar. Eu falei com os pais da Michaela sobre a festa porque fazia parte do meu trabalho como orientador dela. Não é meu papel interferir no que diz respeito à Polly. Isso é responsabilidade da sra. Sandford.

— Que nem entrou em contato comigo...

— Ela deve ter entrado, sim. Na real, eu sei que ela fez isso porque rolou uma conversa mais geral sobre essa festa na sala dos professores. Você chegou a dar uma olhada no...?

Eu o interrompo.

— *Você* podia ter me dito. Me dado um pouquinho de vantagem. Não era segredo, era? Outras pessoas já tinham ficado sabendo da festa. *Todo mundo menos eu*, pelo visto. A burra da Beth que ainda estava no escuro.

— Se eu tivesse te contado sobre a festa, acabaria ficando numa saia justa no trabalho. Você iria me bombardear de perguntas sobre quem estava lá, o que eu sabia, o que os outros professores tinham comentado.

— Não, eu não ia fazer isso. E mesmo se fizesse, qual o problema? Se fosse o contrário, eu teria te contado.

— É, mas... — A voz dele falha.

— É, mas o quê?

— Nada. Esquece.

— Não, continua. — Chuto um monte de musgo na parede ao lado da porta dos fundos.

— *É, mas* você nunca esquenta muito a cabeça com profissionalismo, né? Acontece que é importante pra mim. Por isso eu confiei no sistema da escola e deixei a orientadora da Polly te ligar.

— Bom, o sistema da escola falhou, então muito obrigada. — Chuto a parede com mais força e a dor dispara pelos dedos dos pés. Dou um passo atrás e acabo derrubando um ancinho que estava encostado na parede e ele cai com um estrondo no chão.

— O que foi isso? Você tá bem?

— Ótima.

— Olha, Beth, desculpa não ter te contado sobre a festa, mas sou um cara certinho no trabalho... gosto de seguir as regras. É como eu funciono. Você sabe disso.

Está na cara que o deixei chateado. E agora estou me sentindo mal porque, embora eu realmente fosse contar a ele se fosse professora... eu não sou uma. Só de me imaginar como professora já acho ridículo.

— Eu sei.

— Preciso ir, Beth.

— Ok. — Mordo o lábio, e, antes que eu possa dizer a Jory que sou eu quem lhe deve desculpas, que só estou tendo um dia muito difícil e que estou triste com o que Polly falou, ele desliga.

Minutos depois ele me manda uma mensagem, que leio três vezes. A princípio, fico imaginando que devo ter lido errado ou pelo menos entendido errado o que Jory quis dizer. Mas eu não li errado, e entendi perfeitamente bem. O problema é que a mensagem não era para mim.

> Acabei de falar com ela. Aquele drama de sempre. Ela ficou brava comigo, mas você tinha razão sobre não contar nada. Podia ter me causado um monte de problema. Saio já, já, antes das cinco.
> Nos vemos mais tarde. Te amo, beijos

Sinto meu coração afundar mais do que eu acreditava que fosse possível. Sadie *tinha razão sobre não me contar nada*. O que essa história tem a ver com ela? Considero ligar de volta para ele ou mandar uma resposta na base do ódio dizendo que esperava que ele ficasse do meu lado. Mas não mando nada porque, sério, não ia adiantar.

— Ah, é você! — Albert está me espiando por cima da cerca, a mão no peito como se tivesse levado um susto. — Ouvi um barulho e pensei que tivesse um gato passeando aí no seu jardim. Já estava quase chamando a atenção pra ele não fazer as necessidades naquele monte de terra.

— Certo. Desculpa, foi só isso. — Aponto para o ancinho, mas não me incomodo em levantá-lo.

— Lembra daquele gato da casa cinco, nosso principal suspeito no episódio do saco de lixo e da carcaça de frango, aquela que acabou indo parar na página de St Newth no Facebook? Bom, ele ama montes de terra. Já vi sua irmã bem aborrecida com cocô de gato, então prometi a ela que ia ficar de olho. Tipo uma Patrulha da Vizinhança, só que pra bagunça de gato. Beth, você está bem?

Nego com a cabeça.

— Não tô nos meus melhores dias.

Albert me observa por um momento, depois ergue o dedo como se tivesse acabado de ter uma ideia.

— Tenho uma coisa que pode te animar.

Forço um sorriso.

— Parece interessante.

— Fica aí. — Ele vai até o galpão de ferramentas e enfia a cabeça lá dentro, me deixando com a visão da parte de trás de seu suéter de tricô. — A-há! — Quando Albert volta, não consigo entender o que ele está segurando... alguma coisa verde e achatada, embrulhada em plástico. Ele passa o objeto para mim por cima da cerca. — É um porta-pregadores. — Albert une as mãos. — Seus dias de pregadores quebrados acabaram.

De repente, começo a chorar. Aquele choro feio em que o rosto inteiro desmorona.

— Ah, querida. — Ele me olha, a boca aberta. — Ainda tenho a nota fiscal, se você não gostou.

— Não... Isso é... maravilhoso — consigo dizer entre soluços. — Obrigada. — Aperto o porta-pregadores contra o peito e digo que preciso dar uma olhada em Ted antes de virar de costas para Albert e correr para dentro de casa.

Bem mais tarde, quando Polly e Ted já estão na cama, faço o ritual noturno de sempre: pego o edredom para hóspedes guardado atrás do sofá e o dobro ao meio para criar algo parecido com um saco de dormir, só que sem o zíper. Nas noites frias, ando colocando uma das mantas de crochê de Emmy por cima, mas a noite de hoje está amena e fico até me sentindo agradecida pela borda aberta do edredom, porque aí posso colocar um pé para fora e descansá-lo no ar livre. Apago a luz e fico me remexendo de um lado para o outro até encontrar a posição certa. Eu já deveria estar dormindo há uma hora, mas passei esse tempo fuxicando os perfis de Jory e Sadie no Facebook e no Instagram. Quanto mais fundo eu mergulhava, mais difícil era parar. Não encontrei muitos vestígios dos dois como casal e nenhuma foto dela de perto, mas, em sua foto de perfil, Sadie está vestindo o casaco de Jory. Me pergunto se foi tirada antes ou depois de ela aconselhá-lo a não me contar sobre a festa. Não adianta eu ficar tentando me enganar dizendo que estou com raiva de Jory quando a verdade é que, acima de qualquer outra coisa, a mensagem que ele enviou — que não era para mim, mas era sobre mim — me fez sentir sozinha. Como se eu não tivesse mais ninguém do meu lado, ou pelo menos ninguém que quisesse estar lá. Como é que eu não percebi que me transformei nesse peso? *Causando um monte de problema. Aquele drama de sempre.* Mas eu sou assim mesmo, né? A velha, boba e dramática Beth. Jory só levou mais tempo para perceber isso do que a maioria das pessoas.

Viro de lado e mudo a perna que está por cima do edredom. O que eu quero, mais que tudo, é conversar com a minha irmã. Que ela abra os olhos e diga "E aí, dona Beth?" ao dar de cara com meu semblante familiar agonizando diante da confusão que é a minha vida. Não tenho certeza se ela acharia a mesma graça de sempre se ficasse sabendo que estendi a confusão da minha vida não só para a vida dela, mas para dentro de sua casa e da rotina de seus filhos. Mas também não vejo como ela poderia esperar outra coisa. Quando minhas pálpebras começam a se fechar, penso em Polly na festa para a qual não devia ter ido, em Ted acenando para o pai no céu, em Albert com o porta-pregadores e em Sadie vestindo o casaco de Jory.

15

Ah, anda logo. Inclino a cabeça para um lado e depois repito o movimento para o outro, esperando que essa breve pausa alongando o pescoço me impeça de atear fogo ao computador. Polly tem razão, a velocidade da internet aqui é terrível, e provavelmente era por isso que Doug nunca sentia muita vontade de trabalhar de casa.

Estou há uma hora tentando assistir a um vídeo no YouTube sobre colheitadeiras, mas ele não para de travar, e a essa altura do campeonato estou até perdendo a vontade de viver. Acho que já assisti o suficiente, de qualquer maneira. Fecho o vídeo e clico no pedido de crédito para o sr. e a sra. Penhale, da Fazenda Trelinney. A colheitadeira que eles estão financiando é cara desse jeito porque — dou uma olhada nas anotações que rabisquei no caderninho — é bem mais poderosa que os outros modelos, capaz de cobrir o terreno em muito menos tempo. Reconheço que este *não é* o rumo que sempre sonhei para minha carreira, mas esses dados podem acabar servindo como algo a mais para impressionar meu pai. Ele pareceu genuinamente impressionado quando contei a ele que Malcolm me mandou visitar uma fazenda hoje para coletar informações. Não mencionei que isso só aconteceu porque Malcolm se atrapalhou com sua agenda no Outlook e marcou dois compromissos para o mesmo horário — foi uma sensação boa ver meu pai ficando impressionado. Já reparei em quanto ele fica atrás de coisas notáveis que eu tenha feito para poder me elogiar. Trinta e um anos de "Bom, pelo menos você tentou, querida", mesmo quando nós dois sabemos muito bem que não fiz, seja lá *qual tenha sido a ocasião*, uma tentativa de verdade. Pelo menos ele ainda fica atento a coisas para me elogiar e não deixa transparecer a decepção pela minha falta de carreira/relacionamento/escolhas de vida. Me lembro da expressão resignada da minha mãe quando larguei meu emprego anterior. Ela parecia não achar uma desculpa razoável eu afirmar que não tinha gostado da função após quatro dias de trabalho. "*Desistir enquanto é tempo?* Você desiste antes mesmo de começar, Beth." Minha carteira de trabalho concorda com ela, eu sei.

O e-mail — complementado com os anexos que Malcolm está esperando — fica pairando na minha caixa de saída. *Não foi possível enviar*. Batuco os dedos na mesa de jantar e deixo escapar um longo suspiro. Eu devia ter voltado para o escritório após a visita na fazenda, mas, como só faltava uma hora para o expediente acabar e minha mãe ainda tinha se oferecido para buscar tanto Ted na creche *quanto* Polly na natação, fiquei sonhando com um momentinho de paz às cinco da tarde. Eu estava planejando tirar uma soneca. Podia tirar uma soneca agora mesmo... mas e quanto a Malcolm e o e-mail? Acho que essa é uma sensação nova. Normalmente eu iria correndo contar a Jory que abri mão de um cochilo em prol das *responsabilidades*, certa de que ele ficaria orgulhoso do meu desenvolvimento pessoal, mas ele ainda não percebeu que me mandou aquela mensagem por engano, e não sou eu quem vai contar. Ele me deixou uma mensagem de voz ontem perguntando se eu estava bem (porque eu estava "agindo estranho"), e mandei uma resposta pelo WhatsApp dizendo que era só o *drama de sempre*.

Estou digitando uma mensagem para Malcolm explicando que minha internet não está muito boa, até que um milagre acontece e o e-mail é enviado. Fico eufórica, radiante, e faço uma careta quando percebo que Polly provavelmente não mentiu quando disse que tinha que ficar dependendo do 3G do celular porque *o wi-fi é uma merda*. Pensei que fosse só mais uma forma de ela reclamar do confisco temporário de seu telefone. Aguentei firme por dois dias e onze horas antes de ceder à pressão de uma garota de catorze anos sem celular, o que foi muito além de qualquer outra pressão que eu já tenha passado. Adolescentes são implacáveis.

Ela ficava parada na minha frente com aqueles seus olhões tristes e azuis, repetindo: "Me desculpa, tia Beth, isso não vai mais acontecer", e aí eu me pegava pensando na mãe dela no hospital, no caixão do pai dela no enterro, me perguntando se os castigos de sempre devem ser aplicados quando alguém que é só uma criança já teve que passar por tanta coisa.

Vejo que horas são. Quatro e quarenta e cinco da tarde. Posso dar um jeitinho de tirar uma soneca agora nesse intervalo. Se eu for logo me deitar, talvez consiga até uns quarenta e cinco minutos. Enfio o notebook de volta na bolsa e estou prestes a me jogar no sofá quando vejo o pacote que recebi para Albert. Ele pode esperar mais uma horinha, tenho certeza. Fecho os olhos.

Mas e se ele estiver sentado lá fora, esperando?

Abro os olhos. Pelo amor de Deus.

Só vou dar um pulinho lá, coisa rápida.

— Foi quarta-feira à tarde que eu ouvi — grita Albert para mim da cozinha. — Acho que era quarta. É, com certeza era quarta, porque eu estava esquentando minha marmita de peixe pro jantar. Eu sempre janto cedo, sabe. Tirando isso, não ouvi um pio.

Me equilibro na beira do maior sofá entre os dois, marrons, do cômodo. Tudo aqui na sala de Albert é marrom ou bege, como se alguém tivesse aplicado um filtro sépia na casa inteira. Tem cheiro de sabonete e brechó beneficente. É estranho estar sentada dentro da imagem espelhada da casa de Emmy e Doug, com tudo posicionado na mesma configuração, só que "do jeito errado".

Albert vem trazendo um bule de chá, duas xícaras e pires de porcelana, além de uma jarra de leite do mesmo conjunto e um prato de biscoitos amanteigados, tudo numa bandeja de prata. A bandeja balança quando ele a coloca na mesinha de centro. Nunca parei para pensar na possibilidade de comprar uma mesa de centro feita de ladrilho. Ladrilhos marrons. Tanto marrom.

Não tinha intenção de ficar, mas, assim que entrei com o pacote na cozinha, ele foi colocando a chaleira no fogo e me orientou a descansar um pouquinho. Não dava para dizer não a um convite desse. Olho para o relógio na lareira: cinco e vinte, o que significa que o momentinho que eu queria para tirar uma soneca já era. Bem que eu poderia comer um biscoito.

— Mesmo assim, me desculpa por qualquer gritaria que você tenha ouvido. A Polly ficou bem irritada com a ideia de ficar sem o celular, e as coisas acabaram meio... tensas — eu digo. Suspeito que Albert esteja minimizando a quantidade de discussões entreouvidas pela parede da sala, mas ele tem mesmo problemas de audição, então imagino que não seja impossível que ele só tenha conseguido escutar uma partezinha da briga. Só espero que não a parte em que Polly gritou "É uma merda ter você cuidando da gente" antes de bater a porta.

— Não é normal os adolescentes passarem por essas mudanças de humor?

— É, mas a Polly tem mais coisas com que se preocupar do que uma adolescente comum, então o humor dela está pior que deveria. Ela mentiu pra mim sobre uma coisa que poderia ter acabado mal... por isso tomei o celular dela. Acho que acabei sendo dura demais, mas não tenho onde verificar o protocolo de como agir diante desse tipo de coisa — resumo a confusão da festa do pijama para Albert.

— O que sua mãe e seu pai falaram? — Albert pergunta.

— Ah, hum, nada de mais, na verdade. — Tomo um gole de chá. Posso contar nos dedos de uma mão o número de vezes que tomei chá em um conjunto de xícara e pires como esse. Nem sei se estou segurando a xícara do jeito certo, ela é meio complicada de equilibrar.

— Você não deu trabalho pros seus pais quando tinha a idade da Polly?

Faço uma careta.

— Pode-se dizer que sim.

— Então eles devem ter alguns conselhos pra você — Albert diz.

— Hum. — Baixo os olhos, de repente me sentindo um tanto constrangida. Albert me espia por cima dos óculos. — Eu não contei a eles sobre a mentira da Polly.

— Ah, é? — Ele quebra um biscoito no meio e mergulha uma metade no chá.

—É mais fácil eles não ficarem sabendo.

—E por quê?

—Porque a Polly me implorou pra não contar, e minha mãe anda se sentindo meio mal ultimamente, não quero que ela se preocupe. E também... —Eu hesito. —Porque ia ser ótimo não precisar ouvir um "eu avisei". Minha mãe, principalmente, acha que eu não dou conta de tudo isso.

—Tudo o quê?

—Cuidar da Polly e do Ted. Ela já torce o nariz pro meu jeito de cozinhar, limpar a casa e fazer todas as outras tarefas domésticas que ainda não domino muito bem. Se soubesse que acabei fazendo besteira num assunto importante como esse, só iria dar razão a ela. Ao fato de que não estou preparada pra isso.

—E você acha que está?

—Caramba, Albert, parece mais uma entrevista. —Ponho a xícara na mesinha de centro, e ele me serve mais chá fresco do bule.

—Desculpa, querida. Não quis me intrometer.

Sorrio, mostrando que não fiquei ofendida.

—Pra ser honesta, não estou confiante a respeito de estar preparada. Mas minha irmã e o Doug me escolheram pra cuidar das crianças. Então, pelo menos por enquanto, preciso fazer isso. —Uma foto em preto e branco sobre a lareira chama minha atenção. —São você e Mavis? —Reparo no jovem casal de mão dadas em espreguiçadeiras, os olhos brilhantes e o sorriso largo.

Albert assente.

—Somos nós, sim. Ela sempre foi um arraso.

—Tô vendo. Ela era linda. Você também não está nada mal, preciso dizer. —É um alívio conversar sobre outra coisa que não sejam meus pais e a mentira que estou contando a eles por causa da mentira de Polly. É uma teia de mentiras.

—Bem, é muita gentileza sua dizer isso.

Ele ficou corado? Acho que sim.

Olho outra vez para a foto.

— Vocês me lembram muito a Emmy e o Doug. O jeito como eles ficavam juntos. Com um tipo de alegria que irradiava.

— Sabia que Mavis dizia o mesmo sobre sua irmã e o Douglas quando os dois se mudaram pra cá? Levou até uma travessa da famosa torta crocante dela. Mavis fazia as melhores tortas, sempre com uma camada generosa de glacê por cima. Quando voltou pra casa depois, ela me disse que a Emmy e o Douglas pareciam uma versão jovem de nós mesmos. Um casal muito feliz.

— Sim, eles são. Eram. — *Eram*. Odeio como não faz mais sentido falar deles como um casal no presente. Penso na foto emoldurada de Emmy e Doug na praia, posta em um local parecido, sobre a lareira da casa vizinha. Tinha outro retrato ao lado dessa foto, os quatro em bicicletas no Center Parcs, Ted com o rostinho rosado atrás do pai numa daquelas cadeirinhas de bebê de plástico. Levei a foto comigo para o hospital e a coloquei na prateleira ao lado da cama de Emmy. Sei que ela ainda não abriu os olhos, mas, quando isso acontecer, quero que ela tenha rostos familiares por perto. Tento não pensar muito no que vamos dizer quando ela se recuperar. O coma a impede de voltar para nós, mas ao mesmo tempo a protege da dor de saber que o marido morreu.

— E você também já achou seu par feliz, né? — Albert pergunta.

— Já? — Sou pega de surpresa.

— Aquele rapaz simpático com a van. Georgie, né? — Albert aponta em direção à janela. — Ele foi muito educado no dia que as rodas da van acabaram arrancando um tantinho do meu gramado. Se ofereceu até pra vir consertar com sementes de capim.

— Ah... não, a gente não... É o Jory, é só um amigo. — *E ele acha que eu sou um peso, de qualquer maneira.*

— Ah. — Albert parece surpreso e acho que também meio decepcionado. — Desculpa, pensei que vocês estivessem se paquerando. Mesmo assim, vocês mocinhas de hoje são todas independentes, "feministas" e tudo o mais, né? — Ele colocou a xícara na mesa para fazer aspas com os dedos.

— E o que acha de feministas, Albert? — pergunto.

Ele se inclina para a frente.

— Pra te dizer a verdade, morro de medo delas.

Dou risada.

— Bom, *eu* sou feminista e não pareço assustadora, né?

— Não. Você não é tão ruim — ele responde. — Provavelmente eu entendo tudo errado sobre o que as coisas significam hoje em dia. Estou meio perdido no tempo, sabe? Vocês ainda têm que ir às marchas?

— Olha, até existem marchas pra ir, sim, mas não é obrigatório. E tem uns podcasts legais que você pode ouvir se quiser se atualizar. A Emmy também tem um livro que...

Ele me interrompe:

— O que cast? Popcast?

— Podcast — explico. Albert me olha, confuso. — Hum, é tipo um programa de rádio, mas com vários episódios, como se fosse uma série. Tem uns maravilhosos. Provavelmente existe algum legal sobre jardinagem.

Albert não parece convencido.

— E eu escuto isso no rádio, é?

— Você tem celular?

Ele se levanta do sofá, me pegando de surpresa.

— Sim! Tenho. Mas não faço ideia do que fazer com ele. — Albert vai até o aparador, enfia a mão em uma das gavetas e pega um celular. — É chique demais pra mim — ele comenta, levando o aparelho de volta ao sofá.

Chique não é a primeira palavra que me vem à mente quando olho para o celular de Albert. É ainda mais antigo que os aparelhos dos meus pais. Na verdade, acho que quinze anos atrás Jory tinha exatamente esse modelo. Na época, a gente ficava bobo por ele conseguir tirar fotos, mesmo que a qualidade fosse tão ruim a ponto de às vezes ser difícil distinguir quem ou o que estava na imagem.

Albert está sorrindo para mim cheio de expectativa. Imagino que esteja me esperando elogiar o telefone. Realmente não consigo pensar em nada de bom para dizer.

— Acho que não dá pra ouvir podcasts nele, mas é uma pena deixar o celular trancado na gaveta, né?

— Não tenho nenhuma necessidade dele, Beth. Quando quero fazer uma ligação, prefiro muito mais o telefone fixo, sabe? E de todo jeito não tenho ninguém pra ligar... — Sua voz vai ficando baixinha, e ele ri. — Só Deus sabe por que, mas Mavis comprou aparelhos iguais pra nós dois, e é dela a única "mensagem de texto" que recebi. — Ele imita aspas com os dedos novamente, como se "mensagem de texto" fosse um conceito novo. Ele me mostra, a única em sua caixa de entrada.

OI ALBERT. TE AMO, M. BEIJOS

Sorrio, observando as letras em caixa-alta. Não tem nenhum outro número na agenda do aparelho.

— Albert, pra quem você ligaria caso houvesse uma emergência?

Ele pensa um pouco.

— Não sei.

— Deve ter alguém. Talvez um parente?

— Não pelas redondezas, não.

— Dá licença? — pergunto. Ele anui com uma expressão confusa no rosto. Pego o telefone e digito meu número.

— Óbvio que na maioria dos casos é mais fácil você simplesmente bater na parede, mas salvei meu número se precisar de alguma ajuda. *Ou se precisar mandar a gente parar de gritar porque você está tentando dormir.* — Devolvo o aparelho, ainda sem conseguir entender como Albert só tem dois números salvos, sendo um deles o da falecida esposa.

— Eu não faria isso. Nunca durmo bem, independentemente do barulho — ele diz.

— E por quê?

— Tenho dificuldade de pegar no sono. Acho que é porque não faço nada que me canse. Meu corpo vive exausto, mas meu cérebro continua bem acordado quando me deito.

— Talvez fosse bom ler um livro — digo. — É um jeito ótimo de relaxar. A menos que seja um daqueles suspenses que deixam a gente com o coração na mão. Ou aqueles romances atrevidos. — Não conto que nunca paro para ler um livro antes de dormir por estar muito ocupada mexendo no celular, nem que de vez em quando isso acaba ficando meio atrevido. Ou pelo menos ficava, antes de eu começar a tomar conta de Polly e Ted. Agora, qualquer tempinho sozinha mexendo no celular é gasto pesquisando no Google "recuperação de lesão cerebral" e "com que frequência uma criança de três anos deve fazer cocô".

Albert suspira, voltando o olhar ao retrato dele e Mavis nas espreguiçadeiras.

— Eu adorava ler antes de dormir, mas... — Ele tenta engolir o nó na garganta. — Bom, eu gostava de ter com quem comentar o livro. Provavelmente soa meio bobo. Sei que vocês jovens conversam muito por telefone com várias pessoas... mas a gente não. A gente tinha um ao outro. E era desse jeito: líamos os mesmos livros ao mesmo tempo.

— Albert, isso não é nada bobo — digo. Fico pensando nele e em Mavis sentados na cama (num quarto que só consigo imaginar tendo paredes marrons e mobília de madeira escura), com capas idênticas na frente do rosto. Esse clube do livro de duas pessoas é possivelmente a coisa mais fofa que já ouvi. — Mas não é uma pena desistir completamente de ler?

— É que perdeu a graça sem ter alguém pra conversar. Quer que eu coloque mais água no bule?

— Ah, não por minha causa, obrigada. Preciso ir.

— Claro, querida, não vou ficar te prendendo aqui. Já desperdicei tempo demais da sua tarde. Aposto que você veio só deixar o pacote.

— Não, de jeito nenhum! — Sem dúvida o tom da minha voz revela que era exatamente isso que eu pretendia fazer. Mas, no fim das contas, não foi nenhum sacrifício ficar e tomar duas xícaras de chá. Muito pelo contrário. Digo a Albert que ele não precisa se levantar de novo, mas ele insiste em me acompanhar até a porta, arrastando os chinelos pelo carpete grosso que ultrapassa ligeiramente os limites da paleta de cores por ter redemoinhos cor de mostarda. Penso em seu celular sem contatos e em Albert passando o dia sentado na cadeira antes de descer uma refeição nada animadora do freezer para o micro-ondas e finalmente ir para a cama se virar de um lado para o outro sem conseguir pregar o olho. Só agora entendi por que minha irmã estava sempre encontrando desculpas para visitar a casa do vizinho. Ela queria ver como ele estava. Me pego falando antes mesmo de pensar direito no assunto: — Albert, você ia gostar de participar de um clube do livro?

— Um clube do livro?

— É, sabe, ler um livro e depois debater o que achou dele... Pelo menos eu acho que é isso que se faz num clube do livro. Na verdade, nunca participei de nenhum — admito.

— Acho que não, querida. Aquele do café da Assistência para Idosos fica lotado de gente já com o pé na cova, e só serve pra me lembrar que não estou muito longe de bater as botas. Não tenho a menor vontade de me sentar numa sala cheia de gente desdentada, todo mundo tendo que gritar porque somos mouquinhos da Silva.

— Mouquinhos?

— Meio moucos — ele diz, como se isso explicasse tudo.

Balanço a cabeça.

— Vai ter que falar mais alto, sou mouquinho da Silva! — ele insiste, num sotaque que fica em algum lugar entre Phil Mitchell e Dick van Dyke. A coisa toda é tão ridícula e estou tão confusa que perco a compostura e começo a gargalhar.

Albert segue fazendo seu sotaque bobo e dizendo "mouquinho" como se não estivesse entendendo o porquê da minha confusão, o que só me faz cair mais ainda na gargalhada. Finalmente, ele aponta para o aparelho auditivo e explica:

— *Surdo*. É uma gíria londrina.

Enxugo os olhos na manga do suéter.

— Bom, nunca ouvi falar. Não tem muitos londrinos por aqui em St Newth.

— Verdade. Minha Mavis nasceu sob os sinos da igreja St Mary-le-Bow antes de vir pra Cornualha.

Balanço a cabeça, perdida de novo.

— Deixa pra lá. A gente vivia conversando usando gírias londrinas. Era uma coisa nossa. Esqueço que não é familiar pra outras pessoas, principalmente aqui no sul.

Ele abre a porta da frente, e fico parada na entrada. O carro da minha mãe estaciona ao nosso lado, e aceno para ela. Polly voa para dentro sem cumprimentar ninguém.

Volto a me virar para Albert.

— Bom, eu não tinha em mente o pessoal "mouquinho da Silva" do café da Assistência para Idosos pro clube do livro. Eu estava pensando em mim mesma. Ainda que eu não tenha dúvidas de que o deles seria um pouco mais profissional.

— Você e eu? — Albert pergunta.

— Isso — respondo. — Mas foi uma ideia boba.

Minha mãe pega Ted no colo e se aproxima de nós. O macacão dele está coberto de tinta e do que parece ser molho de macarrão.

— O que vocês dois estão aprontando? — ela diz.

Faço cócegas embaixo do braço de Ted e ele ri, o polegar ainda na boca.

— A gente estava conversando sobre montar um clube do livro — fala Albert.

Minha mãe ri, levando a mão à boca quando percebe que ele não está brincando. Albert alterna olhares entre nós duas.

Queria não ter mencionado isso.

— Como eu disse, uma ideia boba. É melhor a gente te arrumar uma janta, Tedinho.

— Nunca consegui fazer a Beth ler nada, Albert — minha mãe explica. — Uma vez fomos chamados na escola porque ela baixou o resumo que outra pessoa fez de um livro em vez de ler por si mesma. Paganismo.

— *Plagiarismo*, mãe. E deve ter no mínimo quinze anos que isso aconteceu. Mais uma vez, obrigada pelo chá, Albert.

Ele ainda está olhando esquisito para a minha mãe, mas assente e me diz que o prazer foi todo dele antes de fechar a porta com um clique. Ted choraminga, reclamando que está morrendo de fome.

— Você conseguiu preparar alguma coisa pro jantar deles? — minha mãe pergunta. Não tem nenhum sinal de Polly aqui embaixo; deve ter ido direto para o quarto.

Passei o dia trabalhando, nem parei para pensar no jantar. Abro o congelador.

— Pensei em fazer sanduíches de isca de peixe — minto, aliviada ao descobrir que sobrou isca de peixe.

Ela faz uma careta e coloca Ted na cadeirinha de alimentação.

— *Ainda bem* que a vovó fez uma torta de forno hoje de manhã — ela diz, afastando a bagunça da mesa de jantar e abrindo espaço para um prato. Ela gesticula com a cabeça em direção à geladeira. — Tem o suficiente pra vocês três. Provavelmente é melhor já esquentar o do Ted, porque já, já vai ser hora do banho.

Fecho a porta do congelador e abro a geladeira, sentindo o rosto corar. Não são nem as sobras do almoço dela e do meu pai; é uma torta de forno que ela fez só para a gente.

— E se eu tivesse preparado algo pro jantar? — pergunto.

— Eu sabia que você não tinha preparado, querida.

Mesmo assim você perguntou. Separo a comida de Ted em um prato e o coloco no micro-ondas.

— Como foi a natação da Polly?

— Tranquila — diz minha mãe. — Fiquei conversando com Geraldine, sabe, do Pilates Geraldine, na maior parte do tempo, mas de vez em quando dava uma olhada na piscina pelo vidro. A Polly faz parecer tão fácil, né? Nada de respingos.

— Sim, ela sempre teve um talento nato. A competição é semana que vem?

A permanência de Polly na aula de natação faz parte do acordo para eu não contar nada aos seus avós sobre a festa do pijama e também para ela ter ganhado o celular de volta mais cedo.

Minha mãe tira uma carta da bolsa, que está pendurada nas costas da cadeirinha de Ted.

— Isso, eles precisam chegar mais cedo que o normal e a Polly vai ter que usar o agasalho do clube pra uma foto do time. Vou deixar um recado colado na geladeira pra você lembrar, tudo bem? — Nós duas sabemos que ela vai me ligar para lembrar de qualquer jeito, então os post-its cobrindo a geladeira são essencialmente decorativos.

O micro-ondas apita e tiro o prato, enfiando o garfinho de bambu de Ted na comida para testar a temperatura antes de soprar o resto.

Quando coloco o prato diante do meu sobrinho, ele faz uma expressão como se não estivesse entendendo.

— Que é isso? — Arregala os olhos.

— É a famosa torta de forno da sua vó.

— Eu queria sanduíche de isca de peixe — ele diz, esticando o pescoço para olhar por cima do ombro, como se outro prato pudesse estar a caminho.

— Está cheio de nutrientes pra um menino em crescimento — minha mãe responde para ele. — Você já comeu torta de forno antes. Vai, querido, experimenta.

Ted franze o lábio superior e, embora eu me esforce para reprimir um sorriso, acho que minha mãe percebe, porque noto seu ar de reprovação ao sair.

— Você consegue chegar lá em casa às nove amanhã? — ela pergunta.

— Ok. Eu e o papai devemos levar o Ted junto?

— Acho melhor não.

— Mas será que não ia ser bom? Ele ver a mãe. E a Emmy ouvir o filho. — Já faz uma semana que Ted não vai ao hospital.

— A gente nem sabe se ela consegue ouvir, amor — mamãe diz baixinho.

— É, mas também não sabemos se ela não consegue, né?

— Vamos ver como ele acorda de manhã. Não é divertido pro Ted passar horas e horas sentado naquela salinha abafada. Não é lugar pra criança, na verdade.

Um hospital *não é lugar para ninguém, na verdade*, mas não discuto. Minha mãe me deu a versão adulta de "na volta a gente compra", o que sempre significa não. Depois que ela sai, grito o nome de Polly para ver se ela quer comer um pouco de torta e ela aparece no topo da escada, o cabelo ainda molhado da natação.

— Torta de forno? — ela pergunta. — Tá falando sério?

— Infelizmente sim. — Dou uma olhada por cima do ombro para ver se minha mãe não voltou na pontinha dos pés. — Mas tem isca de peixe e batatinha no freezer, se você não se incomodar de esperar e prometer não contar pra sua avó.

— Feito — ela diz, descendo as escadas de moletom e calça de corrida.
— Nem um pio.

— Boa — respondo. — Foi tudo bem na natação?

Polly dá de ombros.

— Um tédio.

— Certo, bom, continue insistindo.

— Que nem você fez — ela diz, e o comentário me pega de surpresa. Tiro o prato intocado de Ted e digo a ele que as iscas de peixe estão a caminho e que ele pode assistir um pouquinho de desenho enquanto espera. Ele fica muito satisfeito com essa reviravolta.

— É diferente. Nunca fui tão boa quanto você — eu digo.

— Não foi o que o treinador Draper falou.

— *Greg* Draper? Meu Deus, ele ainda não cresceu e largou a piscina? — Lembro das minhas noites de sexta-feira quando eu era adolescente, lá no centro esportivo. Greg Draper era da minha equipe mista de revezamento dos quatrocentos metros. Ele levava tudo muito a sério.

— Ele falou que você era muito boa, mas que pulou fora antes de ter a chance de ganhar qualquer coisa. Ele está treinando a gente pra competição.

— Ah, é? Bom pra ele. — Não sei bem como direcionar essa conversa agora que Polly sabe que estou tentando convencê-la a não fazer exatamente o que eu mesma fiz quando tinha sua idade. *Faça o que eu digo, não faça o que eu faço*, não é o lema dos pais? Não sei se isso se aplica às tias. Infelizmente para Polly, ela topou continuar nadando em troca do meu silêncio acerca de suas desventuras recentes, então posso simplesmente ignorar o assassinato da minha versão adolescente.

Jogo uma porção generosa de batatinhas numa assadeira e separo as iscas de peixe para fritar daqui a uns dez minutos. Aprendi do jeito mais difícil na semana passada, vendo as iscas de peixe ficarem crocantes enquanto as batatinhas mais pareciam as pernas do Ron Weasley no inverno: o tempo de cozimento sugerido em um pacote de batatas é a maior mentira já inventada. Mas hoje, não. Hoje, eu ajustei o tempo de cozimento, o que, somado ao fato de eu ter dado duro no trabalho à tarde e à meia horinha que passei fazendo companhia para Albert, me faz sentir quase vitoriosa.

Raspo o prato com a torta que Ted não comeu no lixo e penso em pedir para a Alexa tocar "My Way" antes de me preparar para a hora de dormir. Concluo que seria meio exagerado, mas não consigo me impedir de cantarolar a música enquanto pego o ketchup e o molho tártaro.

JULHO

16

— A gente vai se atrasar. — Polly gesticula, olhando pela janela em direção ao trânsito.

— Não vai — eu digo, embora já estejamos atrasados. Pisco os faróis para o veículo saindo do posto de gasolina, para ele vir se juntar à serpente de carros. Nenhum agradecimento por parte do motorista. — Ah, de nada, seu babaca — murmuro. — A gente nem tá com pressa, não.

— De nada, seu babaca — Ted repete no banco de trás.

Polly e eu nos olhamos.

— Eu disse "De nada, *jararaca*".

— Jararaca, jararaca — Ted canta, quicando o sr. Trombeta em cima do joelho.

— E onde estaria essa tal de jararaca, hein, tia Beth? — Polly pergunta.

— Não começa — respondo para ela. — Seria ótimo se o Ted não xingasse na frente da sua avó.

Nos rastejamos em silêncio pelo trânsito do anoitecer de sexta-feira. Quando o centro esportivo já está visível, mas o semáforo fecha pela terceira vez antes de conseguirmos passar, digo a Polly para descer do carro.

— Você tem que trocar de roupa. A gente se encontra lá. — Empurro seu kit de natação porta afora com ela. — Boa sorte!

Estou prestes a me dar um tapinha nas costas para me parabenizar por ter conseguido, mesmo sob pressão, estacionar o gigantesco carro de família de Emmy quando ouço um estalo. Só então percebo que manobrei muito para a frente na vaga e acabei raspando o para-choque no meio-fio.

— Ah, put... — Olho pelo retrovisor e me interrompo antes de soltar outro palavrão. — Macacos me mordam.

Ted ri do banco de trás. Abro a porta e faço minha melhor imitação de faquir deslizando o corpo pela fresta sem bater no carro à direita. Tem menos espaço ainda do lado de Ted, o que significa que preciso me esticar desajeitada por cima dos assentos para soltar seu cinto e só então puxá-lo para fora. Quando passamos pelas portas duplas, já estou sem fôlego, suando e com uma suspeita de distensão de um músculo do pescoço. Cuidar de uma criança pequena é uma atividade física extremamente intensa, e acho que nunca dei crédito suficiente a minha irmã por isso.

O cheiro de cloro e o burburinho animado das conversas vindas da arquibancada me transportam na mesma hora para meus dias de natação. Foi de longe meu hobby mais duradouro, mas, quando cheguei à idade de Polly, estava tentando dar um jeito de contar aos meus pais que queria parar.

Uma pequena multidão já está reunida, narizes pressionados contra o vidro. Dou uma olhada entre as fileiras de assentos até localizar o casaco do meu pai — estão lá do outro lado, no que é indiscutivelmente o melhor lugar. Minha mãe deve ter deixado uma toalha segurando as cadeiras dias atrás.

— Mas se não é Beth Pascoe. — Escuto uma voz atrás de mim, vinda da direção dos vestiários, e me viro. Greg Draper abre um sorriso, aquele de sempre, como se algo engraçado estivesse acontecendo e eu ainda não tivesse captado a piada.

— Draper. — Cumprimento com a cabeça, surpresa pelo antigo hábito de chamar as pessoas apenas pelo sobrenome ter voltado automaticamente. — *Treinador* Draper agora, né?

Ele assente.

— Nunca vão me deixar sair. Eu moro nos vestiários agora.

— Meio assustador — eu digo, e Draper ri. Parece menos tenso do que sua versão adolescente e, julgando pela aparência, é mais provável que more na academia, isso sim. É desconcertante o fato de sua voz ser profunda assim e seus ombros tão largos, ainda que não devesse ser um choque vê-lo adulto, já que nós dois já estamos na casa dos trinta.

Pergunto a ele sobre o progresso de Polly, e Greg responde que ela é a estrela do time, ou pelo menos seria caso se comprometesse a treinar.

— Ela me lembra alguém com quem eu costumava nadar uma vida atrás.

— É mesmo? — Desvio os olhos dos ombros dele, acenando para meus pais. — Vou lá encontrar minha família agora. Mas foi bom te ver. Boa sorte, espero que vençam.

— Obrigado. Também foi bom te ver. — Ele começa a mexer a mão e, por um segundo, penso que ele tem a intenção de tocar meu braço, mas, em vez disso, Greg a enfia novamente no bolso da bermuda. — E sinto muito mesmo pela sua irmã e o Doug. Espero que ela se recupere logo.

— Eu também — respondo. Ted já está pesando no colo, então o ponho no chão, segurando sua mãozinha enquanto caminhamos pelas mesas entre a recepção e o ginásio em direção à arquibancada.

— Isso que eu chamo de chegar em cima da hora.

— "Oi, Beth, como você está?" Ah, estou bem, obrigada por perguntar, mamãe — eu digo.

Ela pega Ted no colo para ele poder enxergar a piscina enquanto me espremo ao lado do meu pai, sorrindo como se pedisse desculpas para a mulher atrás de mim que chegou pontualmente, mas que mesmo assim vai ter que ficar encarando minha nuca. Ela sorri de volta, os olhos fixos em Ted enquanto ele aponta e grita que está vendo Polly. Crianças pequenas são boas nessas situações: te dão passe livre para as coisas.

Sigo o olhar do meu sobrinho. Cabeças enfiadas em toucas de natação estão juntas numa reunião do time, os corpos esguios e atléticos. Polly está na ponta do amontoado de colegas, uma faixa verde-brilhante nas laterais do maiô azul-marinho. Tento chamar sua atenção, mas ela está encarando a água. Parece preferir estar em qualquer outro lugar que não aqui.

— Nervosismo, imagino — comenta meu pai.

— Pois é — respondo.

— Ou ela pode estar de mau humor porque a Rosie não veio — minha mãe sussurra, embora esteja mais para uma imitação de sussurro, já que qualquer pessoa a dez metros de nós conseguiria ouvir.

— Por que a Rosie não veio?

— Acho que elas se desentenderam — diz meu pai. — Você sabe como são as garotas. Vivem aprontando nessa idade. Deus sabe que esse era bem o seu jeitinho. — Ele ri.

Meu estômago se agita. Eles não sabem da missa a metade. Nem sobre mim, na época, nem sobre Polly agora. Fico me perguntando se a briga das duas teve algo a ver com a festa do pijama.

Polly não está nas primeiras baterias, mas batemos palmas e torcemos por seus companheiros de equipe. Greg está de pé ao lado da piscina, e de alguma forma atraio sua atenção bem na hora em que ele está abrindo o zíper do moletom, o que é realmente uma maravilha, porque agora ele vai ficar pensando que eu estava espiando. Ele está com um colete de natação — Jory e eu passamos a vida zombando de gente que usa coletes, mas não tenho como dizer que a peça não combina com Greg. Nada mal mesmo.

— Ele é solteiro, sabia? O Greg — minha mãe diz, com o rosto colado ao meu.

— Que bom — respondo. — Tá pensando em chamar ele pra sair? — Percebo meu pai segurando a risada logo ao lado.

— Ele pareceu bem interessado quando vocês dois estavam conversando agora há pouco — ela insiste. — E vocês são velhos conhecidos.

Reviro os olhos.

— Não chega a tanto. Nadamos juntos séculos atrás e não falei com ele desde então.

— Bom, agora você falou. Sei que não é a carreira mais empolgante, mas ele parece bastante satisfeito. E está em ótima forma — ela diz, enumerando nos dedos, como se estivesse avaliando os prós e contras de um namoro com Greg. — Também não dá pra ser muito exigente na sua idade.

— Inacreditável.

— Seu pai não vai me dar apoio porque ainda fica na esperança de você se casar com o Jory, mas já falei pra ele que esse bonde já passou. Ou melhor, não vai mais passar. Uma pena.

— Algum outro homem com quem conversei e que você queira me casar? Que tal Albert? — Fico aliviada quando Polly entra na piscina, a primeira a nadar pela equipe mista de revezamento medley. *Vamos lá, Pol*.

— Começando com nado de costas — comenta meu pai. — Vai ser jogo duro.

Polly está em uma das duas raias do meio, e os nadadores ao lado dela ajustam os óculos e movem a cabeça de um lado para o outro como forma de alongamento. Parecem animados, cheios de energia, olhando para cima e prestando atenção em instruções de última hora de seus treinadores e colegas de time. A calma de Polly está chamando a atenção. Ela ainda está com os óculos na testa.

— O que ela está fazendo? Ela está bem?

— Acho que só está se concentrando — diz minha mãe, mas seu tom dá a entender que não tem tanta certeza. Os outros nadadores assumiram suas posições iniciais, as mãos agarrando a borda da piscina, prontos para começarem a nadar assim que ouvirem o tiro de largada. Polly só coloca os óculos quando Greg grita com ela.

— Ela não está bem — eu digo. — Tem alguma coisa errada. — Meus pais ficam em silêncio. Consigo sentir meu coração batendo forte enquanto os concorrentes se curvam como se fossem molas, até que, finalmente, o tiro é disparado. A torcida vai à loucura, e passo alguns segundos encarando as figuras deslizarem de costas nas raias até perceber que Polly não é uma delas. Ao nosso redor, as famílias de seus colegas de equipe começam a falar ao mesmo tempo.

— O quê...?

— O que ela tá fazendo?

— Por que ela não se mexe?

Observo-a sair pedindo desculpas a Greg, que está com as mãos na cabeça. Ele pergunta se ela está bem quando Polly passa correndo, e fico grata por Greg demonstrar alguma empatia, que é mais do que se pode dizer de um dos pais na arquibancada, que bate furiosamente a mão contra o vidro.

— Quem é essa número um aí? A garota Lander? Bom, parece que ela fodeu com tudo. — Escuto sussurros enquanto as pessoas apontam envergonhadas para nosso lugar na arquibancada. O cara não está nem aí. — Bom, é verdade, ela fodeu a gente legal.

Polly passa voando por nós do outro lado do vidro, correndo para o vestiário.

— Deixa que eu vou — digo, encarando o Papai Raivoso enquanto me espremo para sair. — O pai dela acabou de morrer, seu imbecil.

— Beth. — É evidente que minha mãe está em choque com a perspectiva de um barraco.

— Não, amor, ela está certa — corta meu pai, e assinto em sua direção como forma de agradecer pelo apoio.

O vestiário feminino está cheio de roupas, mochilas e frascos de xampu, mas não tem mais ninguém além de nós duas. Polly está sentada toda curvada no banco abaixo de uma ducha, a água pingando no colo dela. Pego a toalha de suas mãos e a coloco em seus ombros. Dá para ver uma marquinha em sua testa, bem onde a touca de natação apertou a pele. Para além dos chuveiros, ouvimos uma gritaria crescente seguida por uma salva de palmas quando a equipe de revezamento vencedora é coroada. Polly se encolhe diante do barulho, mas continua em silêncio.

— Pol? O que aconteceu? — Me sento ao lado dela no banco enquanto ela funga, balançando a cabeça. — Sei que você não está com cabeça pra isso ultimamente... — Faço um gesto indicando a piscina. — E entendo como você está se sentindo.

— Não, não entende — ela diz, a voz fraca.

— Tenta me explicar, então. O que está acontecendo?

— Eu estraguei tudo. — É difícil saber a que ela está se referindo. Será que está falando da competição? Da briga com Rosie? Ou da vida de modo geral, por causa de tudo que anda acontecendo? Talvez sejam as três coisas.

Uma nadadora de outra equipe entra no vestiário para usar o banheiro, se esforçando muito para não nos encarar enquanto passa na ponta dos pés. Baixo a voz.

— Sei que as coisas andam ruins no momento. E sei que provavelmente você sente que elas nunca vão melhorar, mas não vai ser sempre assim.

— Eu decepcionei todo mundo. — O nariz de Polly está escorrendo, e estendo a mão para pegar um papel no suporte ao lado das pias.

— Não, não decepcionou. Tudo bem, você não participou de *uma* competição, mas sua cabeça estava em outro lugar. As pessoas vão entender.

— *Não tô nem aí pra essa competição ridícula!* — Pulo de susto com o aumento repentino do tom de voz. A descarga do banheiro é acionada e a outra nadadora se esgueira por trás de nós duas, voltando para o evento.

— Bem, e com *o que* você está se preocupando? — Estendo o papel para ela. — Não consigo ajudar se você não me deixar entrar.

Polly pega o papel e limpa o nariz.

— Você não tem como ajudar mesmo.

— Sei que não posso trazer seu pai de volta ou fazer sua mãe melhorar, mas...

Ela me interrompe. Está chorando de novo.

— Eu só queria poder desfazer tudo.

Polly está certa, não tenho como ajudar com isso. Ficamos um tempo sentadas em silêncio, até ela começar a tremer. Pego sua mochila e tiro de lá sua muda de roupa, colocando-a ao lado dela no banco.

— Se veste, eu te levo pra casa.

Ela se levanta e tira o maiô, chutando a peça para o lado junto da toalha. Não sei por que me surpreende vê-la nua — afinal, estamos num vestiário —, mas Polly parece fora de si, frenética. Empurro a pilha de roupas um pouco mais para perto, mas ela não faz menção de pegar.

— Você não precisa continuar na natação — eu digo — se não quiser.

Ela me olha, confusa.

— Você disse que precisava.

— Porque achei que fosse ser bom. Mas você tem razão, *eu mesma* não insisti nisso. Joguei a toalha. Me arrependo, sendo bem honesta. Queria ter sido mais resiliente, mas, como sua avó adora dizer, tenho mania de desistir das coisas, então não tenho o direito de te proibir de fazer o mesmo. — Polly se afastou do banco e está andando de um lado para o outro em frente aos armários. — Anda, Pol, você tem que se vestir. — É uma batalha sustentar uma conversa com uma pessoa caminhando com raiva e sem roupa.

— Por quê? — ela pergunta, seu tom contrariado.

— Bom, porque... — Meus olhos correm para os chuveiros e para além deles, em direção à entrada da piscina. A competição já deve estar terminando, o que significa que não vai demorar muito até o vestiário voltar a ficar cheio.

— Não tô nem aí se me virem pelada. — Polly abre os braços. — Não tô nem aí se *todo mundo* me vir pelada. Não dou a mínima pra nada disso.

— Ok. — Ergo as mãos. — Vou te esperar lá fora.

— Eu fico repassando na minha cabeça — ela diz. — Quando fecho os olhos, consigo ver a mamãe e o papai saindo de casa naquele dia.

— Ah, Pol. — Coloco as mãos em seus ombros. Seu rosto está pálido.

— É tudo minha culpa, tia Beth — ela sussurra.

— Não, *nada* disso é culpa sua.

— Mas e se for?

Nego com a cabeça.

— Não é. Como poderia ser?

Ela veste o sutiã e a calcinha. Por um momento, fico achando que ela vai dizer mais alguma coisa, mas o som das vozes se aproximando parece ligar um alerta, e ela fala baixinho para eu esquecer tudo aquilo. A intensidade do momento e da conversa que estávamos tendo terminou, e a Polly ressabiada com quem ando convivendo nesses últimos meses está de volta. Ela passa a camiseta por cima da cabeça.

— Saio em cinco minutos.

— E aí? — Meus pais estão ao lado da mesa da recepção com Ted, que está comendo um pacote de salgadinhos vendido na máquina.

— Ela só está se sentindo meio sobrecarregada. — É um eufemismo gigantesco.

— Ah, tadinha. Talvez a gente esteja esperando mais da Polly do que ela consegue no momento. Você acha que pode ser isso? — meu pai pergunta.

Passo os lábios um sobre o outro. Eu devia ter contado a eles sobre a festa do pijama. Estou mais convencida do que nunca de que Polly anda escondendo alguma coisa, mas contar agora sobre a confusão da festa do pijama e a noitada me parece pior do que ter falado para eles no dia em que descobri. *Esqueci de dizer que ela contou uma mentirinha, mas chantageei Polly prometendo não falar nada pra vocês se ela continuasse na natação. A gente só não quis te deixar preocupada, mãe. Mas tá tudo sob controle.* Isso só serviria para ressaltar mais ainda como eu sou irresponsável. Além do mais, Polly *quase* se abriu comigo naquela hora. Se eu trair sua confiança agora, talvez ela nunca mais se abra, e aí nunca vamos conseguir chegar ao fundo do que ela está escondendo.

Olho por cima do ombro do meu pai em direção à multidão que se dispersa enquanto aguardam seus filhos adolescentes trocarem de roupa.

— Falaram mais alguma coisa? Sobre a competição?

Meus pais trocam olhares. Por um momento, minha mãe parece em pânico, e por um segundo me preocupo que algo terrível tenha acontecido, até que percebo meu pai tentando disfarçar um sorriso travesso.

— O que foi?

Ele dá risada, e ela bate no braço dele.

— Não tem graça, Jim.

— Tem um pouquinho de graça, sim, amor — ele responde.

— Algum dos dois pode me contar?

— Seu pai conta. Estou morrendo de vergonha. — Minha mãe balança a cabeça.

Olho para ele, que aponta o queixo de modo nada discreto na direção do cara zangado que não parava de gritar que Polly tinha estragado o revezamento.

— Ele se desculpou com a gente, pra ser justo. Disse que ficou sabendo o que a Polly está passando e que só tinha ficado de cabeça quente.

— Porque o filho dele é quem "fecha" a prova de revezamento — minha mãe acrescenta. — O garoto treinou um tempão pra hoje, tadinho.

— Ela sempre faz isso. Manda meu pai contar a história e depois assume o controle de qualquer maneira.

— Então ele se desculpou. Que bom, né? Bem correto também — comento.

— Ele se desculpou — minha mãe fala, olhando para trás a fim de verificar se o cara não está ouvindo —, e aí, quando dissemos que a gente entendia ele ter ficado chateado, sem ressentimentos nem nada assim, ele agradeceu e... — Ela esconde o rosto entre as mãos e espera meu pai contar o final.

— E aí o Ted, que estava no braço da vovó na hora, disse... — Ele faz uma pausa de efeito dramático. — "De nada, jararaca."

Apesar de todo o drama, dou risada.

Minha mãe está balançando a cabeça.

— Mas *jararaca*, Beth? De onde diabos o garoto tirou isso?

17

O sol deu as caras, e paramos para admirar o canteiro de flores silvestres no trajeto até a entrada principal. Nos últimos meses acabei me acostumando ao cheiro do hospital, mal percebendo o spray antibacteriano misturado ao aroma de merenda escolar que sentia assim que chegávamos. Nossa rota pelo labirinto de corredores mudou um pouco desde que Emmy foi transferida para a ala Bracken algumas semanas atrás. Quando a dra. Hargreaves nos contou sobre a mudança de enfermaria, esperamos que fosse porque ela estava mostrando sinais de melhora. Mas descobrimos que o verdadeiro motivo era que Emmy simplesmente não mostrava sinais de piora, e o leito de UTI era necessário para novos pacientes precisando de um nível maior de cuidado. A maioria das pessoas que chegaram aqui depois de Emmy já voltou para casa, porque melhoraram, ou jamais vai voltar. Enquanto isso, minha irmã intriga a equipe de profissionais ao continuar deitada pacificamente na cama, como a Bela Adormecida, incapaz de se comunicar, mas também sem demonstrar sinais óbvios de danos cerebrais graves ou permanentes.

Somos recebidos por Keisha, uma das enfermeiras da ala Bracken. Keisha está rapidamente se tornando minha favorita, porque ela sempre se esforça ao máximo com Ted.

— Ele preferiu ficar de fora hoje — explico para ela. — Mas espero que venha ver a mãe amanhã. — Está cada vez mais difícil manter o ânimo de Ted para essas visitas.

Essa ala é mais movimentada que a UTI, mas Emmy ainda está enfiada num quarto e, por enquanto, o leito ao lado dela está vazio, o que significa que pelo menos vou me sentir menos idiota quando estiver conversando comigo mesma. Estou levando um buquê de lavanda amarrado com fita que Albert me deu para trazer. A princípio, pensei que ele estivesse fazendo uma piada sobre aquele episódio do vômito no canteiro, mas me dei conta de que Albert estava pensando mais no perfume, já que contei a ele que cheiros fortes podem ser uma ferramenta importante tanto para testar a capacidade de resposta de pacientes em coma quanto para ajudar a estimular seus sentidos. Esfrego as flores delicadamente entre os dedos, cheirando fundo e por um instante imaginando como seria se Emmy fizesse o mesmo. Ela não reage, mas ponho o buquê em seu peito, só por precaução.

    Meu pai foi buscar café para nós dois. Desconfio que vá ao café do primeiro andar e que compre também um jornal para poder ler as palavras cruzadas em voz alta. Ele não é muito bom em palavras cruzadas, muito menos eu, o que significa que levamos séculos até completar tudo. Ponho meu casaco nas costas da cadeira e me aproximo da cama, colocando com cuidado a mão de Emmy sobre a minha. Seus lábios parecem diferentes hoje. Estão com os cantinhos virados um pouco para cima, como se ela estivesse sorrindo ou talvez no meio de um sonho muito bom. Fico me perguntando se é isso que se passa na cabeça dela agora. Um sonho muito grande e profundo. Ou talvez não esteja passando absolutamente nada. Toda conversa que temos com seus médicos termina da mesma forma: eles simplesmente não sabem. Emmy pode estar em um sono muito profundo, pode estar acordada e "trancada" dentro do corpo ou pode não ser nada disso. Enquanto estou aqui, me esforço para não ficar pensando em nenhuma das possibilidades que tenha como resultado ela não voltar para casa, mas, quando estou prestes a pegar no sono, são justamente esses pensamentos que ficam dando voltas pela minha cabeça. Junto da preocupação com Polly e o que ela anda escondendo.

    Esfrego o polegar na mão de Emmy.

    — A boa notícia de hoje é que esqueci de colocar a fralda noturna no Ted ontem e mesmo assim ele acordou sequinho, viva. Sei que foi um pouco de sorte porque quase todos os dias ele acorda com a fralda encharcada de xixi, então provavelmente ele ainda não tá pronto pro desfralde, mas de qualquer maneira achei que você fosse gostar de saber. Não contei nada pra mamãe porque, da última vez que mencionei o Ted com a fralda seca, ela ficou dizendo que eu não estava dando líquido suficiente pra ele. Típico da mamãe. Eu estou, por sinal, dando muita coisa pra ele beber. Várias coisas. Infelizmente, parece que o Ted desenvolveu um gosto especial por suco de maçã e groselha, mas todo mundo tem seus vícios.

Presto atenção no rosto da minha irmã em busca de algum movimento, qualquer coisa que dê a entender que ela sabe que estou ao seu lado falando sobre a hidratação de seu filho, com um cheiro forte de lavanda logo abaixo das narinas, mas não percebo nada. A dra. Hargreaves nos diz para partir do princípio de que Emmy está ouvindo tudo, então é isso que vou continuar a fazer.

— Mas infelizmente o vício em maçã e groselha não é a má notícia. A má notícia do dia é que quebrei seu aspirador. — Faço uma pausa seguida de uma careta, embora saiba que não estou prestes a levar uma bronca. — Eu não tinha percebido como aspiradores são estupidamente delicados, e parece que fiquei meio eufórica com o seu. Sei que vai ser difícil ouvir isso porque era o aspirador chique vertical e sem fio que o Doug te deu de presente, mas você precisa saber que tentei fazer a coisa certa depois que a mamãe reparou no problema. O papai conseguiu encontrar a garantia na sua papelada, o que foi fácil de fazer depois que descobrimos que você guarda uma pasta inteira cheia de "recibos e garantias" *e que* está tudo em ordem alfabética. (Aliás, acho isso impressionante e deprimente na mesma medida.) De qualquer jeito, liguei pro fabricante, que foi extremamente irracional e disse que o jeito como usei o aspirador não estava de acordo com o manual e que a avaria tinha acontecido por "má utilização, negligência ou operação descuidada da máquina". Caso você esteja se perguntando o que foi que eu fiz, aspirei vidro quebrado porque não estava encontrando a pá e a vassoura, e aí, quando começou a fazer um barulho esquisito, só ignorei e torci pra parar. Aí, bom, aparentemente um caco de vidro acabou ficando preso no motor, e foi por isso que, depois de um tempo, começou a cheirar a queimado. Estragou legal. Me desculpa por isso.

Se tinha alguma coisa capaz de provocar nem que fosse um vislumbre de reação na minha irmã, seria isso. Consigo imaginar a expressão exata que ela estaria fazendo para mim em circunstâncias normais. Aquela em que Emmy fica chocada por termos saído do mesmo útero quando faço merdas desse tipo e ela tem uma pasta catalogada para guardar recibos.

Meu pai volta com os cafés antes que eu tenha tempo de confessar que arranhei o carro dela. Estico o pescoço para espiar seu bolso de trás.

— Não trouxe jornal?

— Eita, sabe que acabei me esquecendo totalmente do jornal? Esbarrei em um Doctor... — Um sorriso travesso se espalha em seu rosto.

Balanço o dedo para ele.

— Nem se atreva.

Tarde demais. Ele põe os cafés na mesa, finge entrar numa cabine telefônica e começa a girar em círculos. Quando ele para, tropeça, e acabo rindo.

— Você é tão constrangedor, sabia? — eu digo. — O que foi que a dra. Hargreaves disse? Ou você inventou que encontrou com ela só pra poder fazer piadinha?

Ele pega a segunda cadeira de visitantes e a leva até o outro lado da cama de Emmy.

— Não, encontrei com ela de verdade. Acho que ela estava fazendo uma pausinha rara de cinco minutos pra tomar um café, então não quis incomodar, mas ela falou que não houve nenhuma grande mudança.

— Certo. — Ficamos um tempo sentados em silêncio, soprando nossas bebidas quentes e olhando para Emmy.

— Tudo bem no trabalho? — meu pai pergunta.

— Ahã, tudo. — Penso na última conversa que tive com Malcolm. — Na verdade...

— Ihhh... — Ele me olha de lado. Sei exatamente o que está me esperando dizer, e, sério, não dá nem para culpá-lo. No passado, quase todas as vezes conversas sobre trabalho terminavam comigo cogitando largar fosse lá qual função eu estivesse desempenhando e pedindo ajuda ao meu pai para contar à mamãe.

— Não é nada ruim — eu digo. — Provavelmente o contrário. Não sei. — Resumo para ele minha última reunião com Malcolm, que me pediu para ficar mais à frente dos acordos financeiros. Ele quer que eu suba de assistente de portfólio para assistente sênior de portfólio. Eu ganharia um pouco mais.

— Uma promoção, então? Fantástico! — ele diz, e não posso deixar de sorrir com o elogio.

— Não é uma promoção de fato. Quer dizer, acho que sim, de leve. Ainda sou o cachorrinho do Malcolm, só que com mais responsabilidades.

— E você quer fazer isso, né? Você aceitou?

— Aceitei. — Não digo a ele que a notícia veio completamente do nada e que nem tive oportunidade de considerá-la adequadamente como uma oferta. Foi mais uma afirmação... mais "Agora você faz isso" e menos "Você gostaria?". Também não conto ao meu pai que já estou me sentindo sobrecarregada no trabalho e que isso está começando a complicar ainda mais as coisas com Polly, Ted e os cuidados com a casa. Habilidades domésticas duvidosas à parte, meus pais parecem acreditar que estou dando conta do recado.

— Isso é maravilhoso, querida. De verdade. Sua mãe vai ficar encantada. — Faço um joinha, e ele ri. — Você sabe que ela está orgulhosa de você.

— Hummmm — respondo.

Minha mãe não diz que está orgulhosa de mim desde que ganhei os cem metros peito em 2001. Ela acha minha incapacidade de me comprometer com as coisas "realmente desconcertante" — palavras dela, que me disse exatamente isso na véspera de Ano-Novo do ano passado, depois de tomar umas tacinhas de vinho do porto com limão e sua boca decidir dizer o que só consigo imaginar que seja algo em que ela passou séculos pensando. Estávamos conversando sobre o próximo ano, nossas resoluções e coisas assim. Emmy e Doug tinham vindo com as crianças, e jantei com eles antes de Jory chegar lá em casa e irmos para o bar. "Talvez nesse ano você finalmente tome jeito, querida", ela disse, as bochechas coradas de vinho, embora tivesse jogado a culpa no calor do forno. "Coloque sua vida nos trilhos."

"Puta merda, mãe, da próxima vez desembucha logo o que você estiver pensando." Fiquei ali rindo com minha família enquanto eles faziam o de sempre: tiravam sarro da minha improbabilidade de ter qualquer coisa nos trilhos. Sem dúvida jogar conversa fora sobre minha falta de rumo no trabalho, no amor e na vida adulta de modo geral divertiu bastante todos eles depois que Jory e eu saímos.

— Beth? — Meu pai me perguntou alguma coisa sobre minha nova fase no trabalho. Acabei não ouvindo o começo.

— Desculpa, estava com a cabeça em outro lugar.

— Eu só disse que a gente devia fazer alguma coisa pra comemorar.

— Sério, não é nada de mais. O aumento mal vai dar pra encher um tanque de combustível. — *Ou pagar o conserto da pintura do para-choque*.

— Olha, a gente não anda tendo muito o que comemorar ultimamente, mas essa é uma notícia boa, sim. O que a sua irmã vive dizendo? Celebrar as pequenas vitórias?

Faço carinho no cabelo de Emmy, ajeitando um cacho loiro-escuro por trás de sua orelha. Aproximo minha cabeça da dela.

— Agora o papai deu pra ficar repetindo os seus mantras. Acho que está na hora de você voltar pra gente. — Olho de lado para ele e digo, fingindo que estou sussurrando: — E *pra completar* ele fez a piada do Doctor. Por favor, volta.

Achei que a brincadeira faria meu pai sorrir, mas ele só balança a cabeça, triste.

— Não sei como você consegue.

— Como assim?

— Falar com a Emmy como se ela pudesse te ouvir. Você fala como se fosse só uma conversa normal, mas não é normal. — Acompanho o olhar dele das fortes lâmpadas organizadas em faixas no teto iluminando as cortinas estampadas até as duas pinturas genéricas e impessoais na parede. Flores em um vaso. Uma frota de navios em um mar agitado. Sei qual é a intenção do hospital com tudo isso, mas, sendo bem honesta, ficaria melhor sem as pinturas.

Volto a encarar minha irmã. Ela parece magra. Não sei se perdeu peso porque está comendo somente por meio de uma sonda na barriga ou porque seus músculos estão atrofiando. De qualquer forma, sempre fico chocada quando as enfermeiras entram para dar banho na minha irmã e acabo vendo seu corpo do pescoço para baixo. É Emmy, mas não é Emmy. Volto o olhar para meu pai.

— Quando falo com ela, imagino que ela consegue ouvir cada palavra. Se eu parar pra pensar nisso, pensar *mesmo*, não acho que a Emmy escute. Mas tenho que continuar acreditando que sim, senão... bom, você sabe.

Ele assente.

— Vou continuar tentando. — E chega mais perto de Emmy, até estarmos os três amontoados. — Espero que consiga ouvir a gente, Emmy Lou. Por falar nisso, sua irmã está aqui falando besteira. Foi uma imitação magnífica de Doctor Who.

No carro, a caminho de casa, troco da rádio anos 80 para a rádio anos 90 quando meu pai não está olhando, embora eu tenha certeza de que não vai levar muito tempo até ele perceber. Ele vive dizendo que a música boa morreu na década de 80. Ficamos conversando sobre Emmy e Doug, como sempre fazemos no trajeto de ida e volta do hospital, e então meu pai começa a perguntar sobre Jory.

— Sua mãe te contou que viu o Jory com a namorada? Sadie, né?

Sinto uma sensação esquisita, como se estivesse com algo pesado no peito.

— Não. Quando foi isso?

— Acho que no fim de semana. Na casa dos Morrison. Ela disse que os dois estavam bem grudados.

— Ah, sim. Que legal. — Aperto o botão do rádio, silenciando Cerys Matthews e sua música sobre Mulder e Scully.

— Que foi? — Meu pai me olha, nervoso.

— É que eu odeio essa música, só isso. Sempre odiei.

— Preciso admitir que não sabia que essa cantora era dos anos 80. Não aconteceu nada entre você e o Jory, né? Vocês ainda são amigos?

— Somos. Ou não. — Dou um suspiro. — Não sei. Ele enviou uma mensagem... que não era pra mim, mas era sobre mim.

— Nossa. O que ele disse?

— Foi só... — Não posso mencionar que Jory escolheu não me contar sobre a festa da qual meus pais nem têm conhecimento. — Ele deu a impressão de que eu era um peso, só isso. Como se eu vivesse fazendo drama.

— Sério? Poxa, fico surpreso. O Jory sempre foi um grande amigo seu. Você disse pra ele que está chateada?

— Não. — Toda vez que ele liga, dou uma desculpa para não conversar, e, quando Ted e eu o encontramos no mercadinho, Jory comentou novamente que eu estava "agindo estranho". É engraçado, quanto mais você se esforça para não agir estranho, mais você age estranho.

— Hummm. — Meu pai tamborila os dedos suavemente no volante. — Todo mundo diz alguma coisa sem pensar de vez em quando, querida. E, se ele não sabe que você está chateada, não tem como fazer as pazes, tem? Por que você não pergunta se ele está livre pra tomar alguma coisa? Comemora essa promoção. Sua mãe e eu podemos ficar com o Ted e a Polly por uma noite.

— É, talvez.

— Maravilha. — Ele liga o rádio de novo, satisfeito por ter ajudado a resolver meu problema. Mas, quando "Love Me For a Reason" começa a tocar, ele balança o dedo. — Agora eles já estão apelando. Boys 2 Life nem existia nos anos 80! Vou escrever pra lá reclamando.

— *Boyzone*.

— Ah, é? Então quem eram os Boys 2 Life?

— Nunca teve nenhum Boys 2 Life. Você tá misturando Boyzone, Boys II Men e Westlife.

— É, tô mesmo. — Ele dá risada. — E o Boyzlife é da Irlanda, e quando eu disse "tô mesmo" soei bem irlandês, né? Sua irmã gostava daquele loiro, o Keegan, não era?

Finjo dar uma batidinha na testa com a palma da mão e, quando a música termina, coloco de volta na estação dos anos 80 para mantê-lo feliz pelo resto do trajeto.

Uma grande parte minha fica com vontade de aceitar meus pais cuidarem das crianças enquanto convido Jory para tomar alguma coisa, mas uma parte ainda maior sabe que não vou fazer isso. Quanto mais tempo passamos sem nos ver, mais começo a perceber que não é só o orgulho ferido pela mensagem que ele enviou por engano a razão do meu *comportamento estranho*. Estou agindo esquisito porque me sinto esquisita, e me sinto assim porque Jory está namorando. Se eu me sentar ao lado dele num bar de novo, não confio que vou conseguir disfarçar a verdade. Que estou com ciúme. Ciúme dela. Ciúme dos dois.

Quando chegamos, minha mãe e Ted não estão em casa, e meu pai diz que vai sair para dar uma esticada nas pernas e procurá-los.

— Sua mãe deve estar fofocando em algum lugar entre aqui e o parque. Quer vir?

— Não, valeu. Pode ir. Vejo vocês já, já. — Quando entro, tem um pacotinho de papel pardo sobre o capacho, enfiado pela portinhola do correio, com meu nome rabiscado na frente em letra cursiva. Levo o pacote até a cozinha antes de rasgar o papel.

Dentro tem um exemplar de *Jane Eyre*. É um exemplar da biblioteca, com uma proteção transparente de plástico sobre a capa. Viro o volume nas mãos. Não piso numa biblioteca desde quando acabei não devolvendo três livros de terror na sétima série. Na época, minha mãe me deu duas opções: ressarci-la pela multa fazendo tarefas domésticas ou nunca mais ter permissão para pegar livros emprestados na biblioteca. No calor do momento, escolhi a segunda alternativa. É por isso que estou ainda mais chocada por existir um livro de biblioteca dentro de um pacote com meu nome. Em meio ao papel do embrulho que larguei na bancada está um bilhete escrito à mão no verso de um cartão-postal com ilustração de William Morris.

Querida Beth,
Achei sua ideia ótima, e fiquei me perguntando se talvez esta pudesse ser nossa primeira leitura. Já tenho um exemplar, então peguei outro emprestado da biblioteca quando o ônibus da Assistência para Idosos nos levou para um passeio na cidade. Sugiro fazermos nossa reunião na semana que vem, à noite, e que eu vá até a sua casa. Talvez você possa

me enviar uma mensagem informando o melhor horário? Seria bom praticar responder pelo celular. Dito isso, se você estiver muito ocupada ou caso tenha mudado de ideia, por favor, é só me passar o livro de volta pela minha porta. Não toco mais no assunto. Eu sei que tenho mais tempo livre do que você.
Meus cumprimentos,
Albert

Não sei por que, mas o bilhete de Albert e o livro da biblioteca acabaram me deixando meio emotiva. Emmy ia fazer uma festa se me visse de olhos marejados por causa de um livro enviado pelo vizinho logo após chorar por ter ganhado um porta-pregadores de presente. Pego meu celular e abro a agenda para encontrá-lo: Albert Vizinho. Não conheço nenhum outro Albert, mas gosto de acrescentar uma descrição ao lado dos nomes, um dos poucos hábitos que herdei da minha mãe, cujos contatos incluem Trevor Desentupidora e Carol Esposa do Pete. Coloco a chaleira no fogo e digito minha resposta.

Que tal na quarta-feira?

Minutos depois, recebo a resposta.

OI BETH AQUI É O ALBERT DEI UM PULO QUANDO O CELULAR APITOU NA PRÓXIMA QUARTA É EXCELENTE TE VEJO LÁ ENTÃO

18

Quase na mesma hora fica bem óbvio que Albert está levando o clube do livro muito mais a sério que eu. Eu já tinha minhas suspeitas de que esse fosse o caso quando ele apareceu aqui com uma pasta contendo um caderno e outras coisas que imprimiu da internet durante a ida desta semana à biblioteca, e, agora que ele pediu para nos sentarmos à mesa de jantar em vez de no sofá, tenho certeza de que eu devia ter lido mais páginas do livro. Abro uma garrafa de vinho tinto e sirvo duas taças para nós.

— Isso são *planilhas*? — Me debruço na mesa para ver o que ele trouxe.

— Não são bem planilhas, é mais um guia. Estive conversando com Patricia na biblioteca, ela supervisiona o tempo de computador dos idosos como eu, sabe? Ela me indicou um site na internet com algumas sugestões para clubes do livro. É tudo gratuito! Só precisei pagar cinco centavos por folha de impressão. Não é maravilhoso? — Ele me passa duas folhas, e a maneira como seu rosto se ilumina enquanto fala é tão contagiante que não consigo evitar um sorriso. — Agora, sei que você disse que ainda não terminou o livro, então vamos conversar só até o ponto que você chegou. Se lembra qual é?

— Ah, sim. Dois segundos. — Pego meu exemplar na bancada da cozinha, desdobrando a marquinha que fiz no canto da página cinco para Albert não perceber que ainda não passei nem do primeiro capítulo. Folheio o livro, me esforçando para parecer esquecida. Estou me sentindo como se estivesse de volta à escola. — Hummm, não lembro exatamente onde foi, mas era logo depois de Jane chegar a Thornfield.

Albert está radiante. Nunca o vi tão feliz, nem mesmo quando está podando o jardim. Minha olhadinha rápida no resumo do livro enquanto eu estava sentada no chão esperando Ted pegar no sono deu certo. Conheço vagamente a história de Jane Eyre, mas só porque assisti ao filme.

— Entendi. Bom, podemos começar com essa pergunta. — Albert espia sua planilha. — O sr. Rochester diz a Jane: "Se você é moldada em um molde diferente da maioria, não é mérito seu". O que você acha dessa declaração?

— Acho que ele adora uma charada — comento. Albert está esperando que eu dê uma resposta séria. Gostaria de ter lido o livro, mesmo sabendo que dificilmente iria entender melhor depois.

Ele coça o queixo, pensativo.

— É complexo, né? Penso que ele acha fascinante a força de caráter dela. Temos que lembrar que os tempos eram outros... antiquados. Imagino que minha ideia do que é aceitável em um namoro seja muito diferente da sua, e o sr. Rochester é ainda mais antiquado do que eu.

— Devemos, como leitores, pensar que Rochester é meio babaca? — pergunto. — Será que isso faz parte do charme? Desculpa. Babaca provavelmente não era um termo aceitável quando você e Mavis estavam namorando. Minha geração vive falando palavrão.

Albert ri.

— Acho que devemos considerar Rochester misterioso e um pouco amargo, o que leva a gente a imaginar qual é a história dele. E eu não me preocuparia muito com seu palavreado. Mavis era delicada e gentil, mas, se outro motorista cortasse a frente dela na rotatória, o tempo fechava na hora.

— É mesmo?

— Sim. Nunca a amei mais do que quando ela ficava estressada no trânsito. Ela era espirituosa e forte como Jane Eyre, a minha Mavis.

— Também fico irritada com outros motoristas com frequência. Que pena que não conheci a Mavis — digo, enchendo a taça de Albert. Ele ergue a mão, indicando que já é suficiente.

Conversamos sobre o sr. Rochester e Jane pelos próximos quarenta minutos. Nesse meio-tempo, entorno três taças de vinho tinto e, quando subo as escadas para dar uma olhada em Ted, me pego tropeçando logo no primeiro degrau. É o mais embriagada que fiquei em meses, e não tenho certeza se encher a cara num clube do livro de duas pessoas com um octogenário em plena quarta-feira é o maior fundo do poço de todos os tempos ou um novo ponto alto. Ted está dormindo, esparramado sobre o edredom em seu pijama do Capitão América. Não quero arriscar acordá-lo para puxar o edredom de baixo dele, então pego um cobertor na cômoda e o cubro. Bato na porta de Polly para ver se ela está precisando de alguma coisa, e não fico surpresa quando ela nega e volta a encarar o telefone.

— Vamos conversar mais sobre *Jane Eyre* na próxima vez, Albert? — Espero não estar trocando muito as pernas enquanto volto para meu lugar.

— Aí é com você, querida. Podemos fazer isso, ou você prefere que eu pegue outro livro pra você na visita à biblioteca semana que vem?

— Vamos fazer com outro livro — digo, devolvendo meu *Jane Eyre*.

— Não quer terminar esse? Pode ficar com ele até quinta-feira — Albert diz.

— Ah, ok. Vamos marcar pra daqui a duas semanas? Não vou conseguir ler um livro e meio em uma semana. — *Já que demorei oito dias para ler cinco páginas.* — Que dia fica melhor pra você?

— Eu nunca tenho compromisso, Beth.

— Ah, certo. O que você fazia quando tinha compromissos? Além do seu clube do livro de duas pessoas. O que você sente falta de fazer?

Ele pensa por um instante.

— Sair pra jantar — responde.

— Então tá combinado. A próxima reunião do clube vai ser num jantar. Embora eu também não saia pra comer faz tempo, então nem sei aonde ir. Se da próxima vez a gente fizer na terça à noite, minha mãe pode ficar com o Ted e pegar a Polly na natação. Isso se a gente conseguir convencer a Polly a entrar de novo na piscina.

Albert está olhando para mim de um jeito estranho.

— Você não precisa me levar pra jantar. Já tem muita coisa pra dar conta sem um velho encostado.

— E se eu quiser te levar pra jantar? Vou dizer isso da forma mais gentil possível: isso também vai me dar uma desculpa pra sair de casa. Também não ando com muita coisa na agenda, além de ir pro trabalho e pro hospital. E com certeza nada de divertido.

— Aquele rapaz simpático não ia querer te levar pra jantar em vez disso? Drury?

— *Jory* — corrijo. — E não, ele tem uma namorada agora, então provavelmente a gente vai começar a se ver menos, mesmo só como amigos. É complicado, pra falar a verdade. Uma história pra outro dia.

— Ah. Eu pensei mesmo que... — Albert se interrompe. — Deixa pra lá.

Ponho as páginas que Albert imprimiu e o caderno de volta na pasta e o ajudo com o casaco e a boina. Acho uma graça ele ter se vestido para uma aventura ao ar livre quando, na verdade, só se aventurou por cinco metros até a porta da casa ao lado.

Ele está me observando.

— Lamento saber sobre a outra mulher — ele diz, fazendo parecer que Jory tem um caso extraconjugal.

— Não precisa lamentar! A gente não estava... bom, você sabe. Não tem importância — eu digo.

Albert assente, mas continua parecendo surpreso. Enquanto ele está saindo, prometo reservar uma mesa para nós dois em um restaurante na data da segunda reunião do clube. Posso até mesmo chamar um táxi, falo para ele. Vamos ser ousados. Afinal, é o mais próximo de uma noitada que terei por um tempo. Nos despedimos, e sinto uma pontada de tristeza quando penso em meu vizinho voltando para uma casa vazia.

— Albert, posso te perguntar uma coisa?

— Claro.

— Você disse que Jane Eyre fazia você lembrar da Mavis. Foi por isso que escolheu o livro como nossa primeira leitura?

Ele sorri, um sorriso largo que vai da boca até os cantinhos de seus olhos brilhantes.

— Algo assim, querida.

* * *

Enquanto escovo os dentes, recebo uma notificação do Facebook no celular.

Greg Draper curtiu sua foto de perfil.

Cuspo a pasta de dente na pia. Greg Draper curtiu minha foto de perfil, sério? O que isso significa? Nadica de nada. Só que ele curtiu. (Mas será que foi porque ele *curtiu*?) Molho uma toalhinha sob a torneira de água quente e torço antes de passar no rosto, observando minha maquiagem começar a escorrer. Depois de secar o rosto e passar um pouco de hidratante, dou uma espiada em Ted, que está dormindo profundamente, e em Polly, que está com fones de ouvido e resmunga quando digo a ela que está na hora de dormir. Depois desço as escadas e arrumo meu lugar no sofá, ainda segurando o celular.

Por que Greg Draper estaria olhando minha foto de perfil às nove e quarenta e dois de uma noite de quarta-feira? Não é nem uma foto nova de perfil, e não postei nada que fosse me colocar em sua linha do tempo, o que significa que ele devia estar me stalkeando. Tinha esquecido que éramos "amigos", uma ressaca da época em que o Facebook era novo e empolgante e a gente adicionava todo mundo com quem já tinha estudado e escrevia nos "murais" uns dos outros. Clico no perfil de Greg. Sua foto é uma daquelas silhueta-contra-o-pôr-do-sol em que fica difícil distinguir qualquer coisa, embora a extensão mais larga do que a média dos ombros seja inconfundivelmente do meu antigo colega de natação. Fico com o dedo pairando sobre o ícone de mensagem abaixo da foto.

Penso em minha irmã. Em como ela me diria para pensar melhor até a manhã seguinte, para ter certeza de que à luz do dia não me arrependeria de nada. Ela estaria balançando a cabeça. *Não faz isso, Beth. Mandar mensagem bêbada é sempre uma péssima ideia.* Deixo o celular de lado, mas o pego de volta no mesmo instante. Não estou *bêbada*. Tomei algumas taças de vinho, e o efeito já até passou. A questão é que está tarde, e todo mundo sabe que não se deve mandar mensagens à noite, quando já bebeu algumas taças de vinho, a menos que... bom, sei lá. Não sei de muita coisa agora. Exceto que eu tinha mania de mandar mensagens para Jory quando bebia. Antes do acidente, sempre que bebia eu *estava* com Jory. No bar, quando a vida era fácil e eu não tinha ideia de como não dava valor a nada. Mas Jory está ocupado. E Greg curtiu minha foto.

Abro uma nova mensagem e começo a digitar.

19

— Dois segundos, Pol. — Estou respondendo a um e-mail enquanto caminho. Saí do escritório no meio do processo de enviar um dos acordos de Malcolm, e agora ele não está conseguindo encontrar as contas do cliente para poder acompanhar. — Na verdade, é melhor eu ligar pra ele. — Polly suspira, verificando a hora no celular. — Vai ser *bem rápido*, prometo.

Quando termino de explicar a Malcolm pela terceira vez onde está o arquivo, guardo o celular na bolsa e seguimos rumo à entrada principal. Polly não disse mais do que duas palavras desde que cheguei para buscá-la, então me comporto como sempre faço quando ela decide ficar em silêncio: continuo falando, na esperança de que assim acabe desencadeando alguma conversa.

— Eles com certeza aumentaram minhas obrigações no trabalho. Não estou conseguindo acompanhar tudo.

Polly faz um som de resmungo.

— Sendo bem honesta, nem sei se eu queria ser promovida.

Nada.

Tento mudar de assunto.

— Caramba, aqui mudou muito. Tá vendo aqueles paredões de granito ali? — Polly move a cabeça em um aceno tão sutil que poderia facilmente passar despercebido. — Então, era onde sua mãe ficava na época da escola. Eu já preferia ficar atrás do departamento de ciências. Aquelas cabanas ainda estão por lá? Era um *gelo* no inverno. Sempre foi um ótimo lugar pra se esconder quando a gente queria fumar. Não conta pra sua avó que eu disse isso.

Passamos pelas portas, pela recepção e percorremos o corredor em direção ao auditório. Me sinto ao mesmo tempo jovem, porque me lembro de fazer exatamente esse caminho quando adolescente, e muito velha, porque me dou conta de que já faz dezessete anos que tive a idade que Polly tem agora. Naquela época, eu planejava me mudar para Londres e ser jornalista ou administrar meu próprio negócio. Em vez disso, me tornei uma viciada em desistir de empregos que morou com os pais até assumir a guarda de duas crianças após um acidente. De jeito nenhum é o tipo de coisa que um consultor de carreiras poderia ter previsto.

Uma vice-diretora muito alegre, que mais parece uma garota de doze anos, se aproxima de nós e diz que as últimas reuniões do dia estão começando com mais ou menos dez minutos de atraso, mas que devemos ir até a mesa correspondente e esperar por lá.

— Você está com o horário que te dei? — Polly aponta para a minha bolsa.

— Ah, sim, deve estar aqui em algum lugar. — É mentira. Tenho certeza de que não estou com o horário que ela me deu. Eu o escrevi na mão hoje de manhã, o que achei ser organizado o suficiente, mas mesmo assim vasculho minha bolsa. — Devo ter deixado na minha mesa do trabalho. Mas chuto que era às cinco e trinta e cinco, com a sra. Sandford. — Estreito os olhos para a palma da mão. — Ou talvez seja às cinco e quarenta e cinco.

Polly murmura um "pelo amor de Deus" baixinho. A vice-diretora parece ficar com pena de nós duas; provavelmente já está familiarizada com a história de Polly. Ela confere uma lista em sua prancheta.

— Cinco e trinta e cinco, Polly. Pode ir até as mesas de história no fim do corredor, a sra. Sandford está perto da janela.

Lógico que seriam as mesas de história. A orientadora de Polly poderia ser professora de qualquer coisa, mas é claro que ela ensina a mesma matéria de Jory. Eu o vejo na hora, o paletó que ele me deu para usar no dia do acidente pendurado nas costas da cadeira. Parece concentrado enquanto conversa com o pai de um aluno.

Depois de um tempo perambulando de um lado para o outro esperando nossa vez, a sra. Sandford nos pede para sentar nas cadeiras de plástico azul que geralmente ficam empilhadas num canto do auditório. Ela ajeita os óculos e olha para Polly antes de voltar a atenção para mim.

— Fico feliz que pôde vir na reunião, srta. Pascoe.

Eu sorrio.

— É claro.

— Sei que as coisas têm sido extremamente difíceis pra sua família nos últimos meses e que você andou precisando assumir muitas responsabilidades.

— É. — É um início de conversa um pouco mais intenso do que eu estava esperando.

— Acho que para começar a gente pode dar uma olhada nas notas da Polly. — Ela pega um papel e o desliza até nós, apontando para duas colunas com sua caneta vermelha. — Nessa coluna estão as notas que a gente esperava que a Polly alcançasse este ano, com base no desempenho dos anos anteriores. E essa outra coluna é como as notas dela estão no momento, no fim do ano letivo, após a última semana de provas.

— Certo. — Meu sorriso vacila ao notar a queda entre a primeira e a segunda coluna. — Bom, era de esperar uma piora, né? Com tudo o que está acontecendo.

A sra. Sandford abre um sorriso discreto.

— De fato. Mas, se fosse uma queda apenas nas notas, acho que a escola não estaria muito preocupada. Temos tempo de sobra pra conseguirmos recuperar e voltar aos trilhos. A questão aqui é o comportamento da Polly... É sobre isso que eu gostaria de conversar com você.

— Ah. — Olho de lado para Polly, que não está nem se esforçando em participar da conversa com sua orientadora. Em vez disso, encara as quadras de tênis pela janela. — Que tipo de comportamento?

A sra. Sandford dá um gole no café e se inclina para frente.

— Polly, com que tipo de comportamento você acha que a escola está mais preocupada?

Ela dá de ombros.

— Sei lá.

— Ela não tem sido ela mesma — eu digo. — Por motivos óbvios.

A orientadora assente.

— É claro. Com certeza fizemos concessões por causa disso, e vamos seguir fazendo. Ainda assim, a Polly anda se comportamento de um jeito *tão* fora do normal que às vezes fica difícil controlá-la. Ela tem sido desafiadora, barulhenta e mal-educada com os professores. Nas vezes que tentamos pôr em prática os processos habituais de disciplina, ela se mostrou emocionalmente instável. E anda faltando às aulas. É por isso que tentamos marcar uma reunião com você antes.

— Mas essa é a primeira reunião de pais desde março, certo?

— É, mas algumas semanas atrás enviamos um e-mail convidando você pra vir à escola. E deixamos várias mensagens no portal.

— Eu não... — Olho para Polly, que fica tensa ao meu lado. — Nunca recebi mensagem nenhuma. Por que ninguém me ligou?

— As mensagens aparecem como lidas... Está tudo lá no site quando você clica no perfil da Polly. Se não estiver conseguindo acessar as mensagens, dá uma passadinha na recepção, porque é muito importante a gente manter esses canais de comunicação. — A sra. Sandford é comedida e simpática, mesmo assim tenho a sensação de que estamos levando uma bronca, e fico bem confusa com toda essa história de portais e sites.

Ela começa a falar sobre o psicólogo disponível na escola, e estou por um triz de responder que não é necessário (porque Polly e Ted já têm um psicólogo de luto designado para eles, caso queiram começar a fazer terapia) quando um telefone toca com a música de abertura de *Trigger Happy TV* em alto e bom som. Faço igual aos pais sentados ao meu lado e olho ao redor, até perceber Jory me encarando enquanto passo os olhos pelas mesas e o palco logo à frente. Era nesse auditório que fazíamos nossas assembleias.

Jory está gesticulando para os meus pés, tentando me dizer alguma coisa. Balanço a cabeça. *Não entendi o que você quis dizer.* Ele aponta para o chão. Minha bolsa está tocando. *Merda*, é meu celular. Claro que seria o meu. Na pressa de alcançar o aparelho e fazer o barulho parar, esbarro o ombro na mesa e acabo derrubando o café da sra. Sandford.

— Nossa, me desculpa. Vou pegar um lenço.

Ela recolhe os papéis do relatório de Polly, que agora nadam no líquido quente e marrom, as colunas com as notas esperadas e as notas reais agora ilegíveis. Começo a puxar lenços de papel de um pacote na bolsa e jogo-os na mesa.

Ela ergue a mão.

— Está tudo bem, de verdade. De todo jeito, chegamos ao fim do nosso horário. — A orientadora olha para trás de mim, onde uma fila de pais está aguardando. — Mas vou marcar outra reunião entre nós duas, assim traçamos um plano para o próximo semestre. Vou colocar no aplicativo. — Outra professora, de cabelo escuro e brilhante, chega correndo com um rolo de papel-toalha azul, e a sra. Sandford murmura um "obrigada" para ela. A professora de cabelo brilhante abre um sorriso largo para mim, e me desculpo por ser tão estabanada, agradecendo pelo papel. Percebo que a conheço de algum lugar. Mas de onde? Pego minha bolsa e prometo à sra. Sandford que vou pensar em um plano de ação para Polly antes da nossa próxima reunião.

— A escola vai ver que seu comportamento vai melhorar muito até setembro, não vai, Pol? — Pego meu casaco e olho por cima do ombro. Polly já foi embora.

— *Aplicativos, portais, e-mails.* Você não me deixou por dentro de nada. Como é que eu nunca recebi um e-mail sobre a reunião? — Pego as chaves do carro na bolsa, mas não destranco as portas. Polly está parada ao lado do carro, chutando um pneu.

Ela dá de ombros.

— Talvez você não tenha visto.

— Eu não recebi nada da escola. O que é bem curioso, já que acabei de falar com o pessoal da recepção e eles me confirmaram que têm o endereço de e-mail certo.

— Pode ser que estejam indo pro spam. — Ela encara os próprios pés.

— Pelo visto eu também deveria estar acessando um portal online. Pra avisos e coisas do tipo. Você nunca me contou.

— Esqueci.

— Você disse que estava tudo bem com suas notas e tudo o mais. Como vou saber o que está acontecendo se você dificulta o recebimento das notificações sobre coisas tipo uma reunião de pais? — Abro as portas, e entramos no carro.

— Sério que você está surpresa por eu não querer que você vá nas reuniões de pais? Fala sério, o motivo está na própria expressão: "reunião de *pais*".

Levo mais tempo do que deveria para entender o que Polly quis dizer.

— Nossa. Eu tô me esforçando aqui.

— Como, deixando o volume do celular no máximo e derrubando café nos meus professores? Você me dá *tanta* vergonha.

Minhas bochechas queimam, e abro a janela para deixar entrar um pouco de ar fresco.

— Sei que não foi o ideal, mas também não cheguei a machucar ninguém, né? Foi clássico o Jory estar lá pra me ver passando vergonha.

Polly dobra os joelhos até o peito e olha pela janela.

— E na frente da namorada dele. Que *cringe*.

Cabelo escuro e brilhante. Sadie. Excelente.

Minha mãe foi até a creche buscar Ted e eles já voltaram para a casa de Emmy. Quando chegamos, após um trajeto silencioso no carro, mando Polly ir na frente e digo que entro em um minuto. Ela bate a porta e me deixa ali sentada.

Dou uma olhada em meu histórico de ligações até encontrar o número de Suzy — o número verdadeiro — e clico para ligar. Quando ela atende, pergunto se pode me dar uma mãozinha com portais, sites e reuniões de pais.

Ela diz que posso baixar um aplicativo para acessar o portal. Depois de fazer login, é como um quadro de avisos interativo. Quando digo a Suzy que nunca tinha visto esse portal antes, ela fica confusa.

— Mas como você reservou o horário da reunião?

— A Polly me deu um pedaço de papel com a hora marcada. Você também recebeu um desses?

— Não. Ninguém recebe papel hoje em dia. É tudo online. Ela deve ter imprimido, mas não sei dizer como. Os alunos não têm nem acesso a essa parte do aplicativo. O login deles é diferente.

— É, mas pelo visto a Polly tem acesso a essa parte do aplicativo. Parece que eu é que não tenho acesso nenhum.

— Ai, meu Deus. — Consigo ouvir a careta de Suzy. — Espero que você consiga dar um jeito nisso.

Depois de agradecer e desligar, verifico minha caixa de entrada, procurando pelo nome da escola e do portal, mas nada. Depois de passar mais uns minutos vasculhando as configurações, confirmo minha suspeita: de alguma forma Polly mexeu na minha conta. Uma regra de e-mail foi criada meses atrás para bloquear todas as mensagens enviadas pela escola. *Peguei você.* Depois de desfazer a configuração, baixo o aplicativo e redefino a senha da minha conta no portal. Quando faço login, descubro uma série de mensagens e notificações que "eu" venho respondendo desde março. É a primeira vez que vejo essas mensagens. Estou mordendo o interior da bochecha e me perguntando como diabo lidar com esse tipo de trapaça quando meu celular apita com uma mensagem.

VOCÊ ESTÁ BEM SE VOCÊ FICAR AÍ SENTADA MAIS UM POUCO VOU TER QUE TE LEVAR UMA XÍCARA DE CHÁ PS COMO SE DIGITA APÓSTROFO DO ALBERT

Olho para a janela de Albert e, como esperado, lá está ele, segurando o celular em uma das mãos e fazendo sinal de positivo com a outra. Ele me encara com expectativa, então digito uma resposta rápida.

Tô legal. Te dou uma aula sobre apóstrofos no próximo encontro do clube do livro.

Adiciono emojis de livro e taça de vinho, e de onde estou consigo ver os olhos dele se arregalando.

SIM POR FAVOR E DESSES DESENHINHOS TAMBÉM DO ALBERT

Quando saio do carro, retribuo o joinha, e ele sorri.

Dentro de casa, meus pais estão conversando com Polly, que balança a cabeça para mim. *Não conta pra eles*. O que eu quero é contar para *ela* que já estou por aqui de ficar escondendo as coisas, mas, quando meu pai pergunta como foi a reunião e Polly responde que foi tudo bem, não a corrijo. Já estamos no fim do ano letivo, né? Talvez a gente devesse passar uma borracha nos últimos meses. Em setembro, vou estar por dentro de todas as mensagens, dos aplicativos e portais. Um novo começo.

Jory me mandou uma mensagem perguntando se estou bem depois da confusão na reunião de pais e se estou livre para a gente se encontrar algum dia da semana que vem, quando ele já vai ter entrado em férias. Tenho me mantido firme na decisão de não marcar outro encontro no bar, certa de que as verdades movidas a vinho acabariam me fazendo estragar nossa amizade de uma vez por todas. Mas uma saída durante o dia é inofensiva; então, antes que eu mude de ideia, envio uma mensagem dizendo isso.

Oi, tô bem, só meio envergonhada. Sim, por favor, vamos marcar alguma coisa na semana que vem. Vai estar livre na quarta? Se puder, tá a fim de dar uma volta em algum lugar? Vou estar com Ted (desculpa). Beijo
OBS: acha que alguém percebeu meu telefone tocando?

Ele responde em questão de segundos.

Ótimo, dar uma volta é uma boa, e não precisa pedir desculpa, vai ser ótimo ver o Ted também. Marcado então: uma caminhada pra refrescar a cabeça na quarta, só me avisa o lugar. Beijo
OBS: certeza que ninguém percebeu.
OBS 2: a primeira OBS é mentira.

Minha mãe está me encarando, com a cabeça inclinada para o lado.

— Com quem você está conversando? Treinador Draper?

— Não. — Estreito os olhos. — Por que eu estaria conversando com o treinador Draper?

— Por nada. — Ela encara sua xícara de chá por um tempo longo demais. — É que a Polly comentou que viu você recebendo uma mensagem dele, só isso.

— Ah, que maravilha. O que acham de eu dar minhas senhas pra vocês? Fiquem à vontade.

Ela dá risada.

— Larga de ser dramática. Se bem que o Ted contou pro Albert que você tinha um namorado quando o encontramos ontem no jardim. O coitado do Albert pareceu meio confuso.

— *Do que* você está falando? Por que o Ted ia achar que eu tenho um namorado?

— Acho que ele ouviu a gente conversando. No começo, Albert pensou que o Ted estivesse falando do Jory. Mas quando o Ted mencionou Greg ficou tudo embaralhado de vez.

— Certo, bom, não tem namorado nem romance nenhum, então pode repassar isso adiante na próxima vez que estiver fofocando sobre mim com o vizinho. E pode parar de me olhar desse jeito.

— Você é engraçada, querida. — Minha mãe segura a caneca com as duas mãos. — E não estou te olhando de jeito nenhum. Só estou dizendo que Greg não seria nada mal. Não é verdade, Jim?

— É o quê, meu bem? — Meu pai ergue os olhos do jornal na televisão.

— O treinador Draper. — Ela faz um gesto com a cabeça em direção a mim. — E a Beth.

— Ah, sim. É um bom rapaz. — Ele volta a olhar para a televisão. — Forte feito um carro de boi.

AGOSTO

20

Ted está usando tantos agasalhos, incluindo capa de chuva com capuz e galochas, as duas peças de um amarelo vivo, que parece que está aqui para resolver um vazamento de lixo radioativo em vez de só bater perna no bosque. Falei que estava muito quente para sair com sua roupa de chuva, mas ele insistiu, então precisei tirar praticamente tudo o que ele usava por baixo, exceto as calças. Felizmente, está frio para essa época do ano e pelo menos choveu um pouco, e só por isso as galochas parecem menos bizarras. Mas mesmo assim reparei em uns olhares estranhos quando saímos do carro, vindos de pais com filhos vestindo shorts e moletom.

— Cadê seu conjuntinho? — Jory gesticula em direção a Ted.

Dou risada.

— Não fazem do meu tamanho.

— Que pena. Não conseguiu convencer a Polly a vir, né?

Nego com a cabeça.

— Ela acha que seria *cringe* sair pra caminhar com você.

— Nossa, doeu. Como ela tá?

— Não muito bem — respondo. — Achei que a gente tivesse feito um avanço depois daquele dia na competição, mas, desde a reunião de pais, quase não conversamos uma com a outra e parece que estamos tristes o tempo todo. Mas só acho. — Fazemos uma pausa para esperar Ted, que está dando gritinhos enquanto pula nas poças.

— Com que idade você acha que a gente perde isso? — Jory está fascinado olhando para Ted. Ele tem bastante experiência com adolescentes no ensino médio em seu trabalho, mas crianças pequenas são um território desconhecido, embora sempre pareça mais à vontade com bebês e crianças de colo do que eu.

— Perde o quê? — Guio Ted na direção da trilha mais curta e fácil pelo bosque.

— Esse jeito de se deixar levar despreocupadamente. Sei que ele já passou por mais turbulências na vida até agora do que a maioria das pessoas jamais vai passar por toda a existência, mas olha só como ele está feliz naquela poça. Tão *vivendo o momento*. Quando que a gente perde isso?

— Eu perdi numa sexta-feira, dia 15 de março desse ano — respondo. Jory me olha como se não tivesse certeza se quero que ele ache graça. — Ali na frente tem poças maiores, Ted. — Ele passa correndo por mim e vejo só um lampejo amarelo.

— Com que frequência você vem aqui, pra saber a localização das poças maiores? — Jory pergunta.

— Nenhuma — admito. — Nem sei se tem mais alguma poça ali na frente, é só um incentivo pra manter o Ted em movimento.

— Muito inteligente.

Seguimos na caminhada, parando para olhar toda vez que Ted nos traz um galho exatamente igual ao anterior. A certa altura, meu sobrinho fica com as pernas cansadas, e Jory se oferece para levá-lo nos ombros, mas seus joelhos travam quando ele se agacha e preciso ajudá-lo a se levantar, instruindo Ted a se segurar com força para não cair. Em dias normais, esse tipo de coisa renderia um monte de piadas entre mim e Jory, comigo apertando seus braços e o provocando, perguntando se sua matrícula na academia não foi um desperdício de dinheiro, mas agora tenho dúvidas se tocar em seus músculos seria apropriado. Talvez seja passar dos limites, tipo dar as mãos. As coisas *parecem* as mesmas entre nós, dois amigos pondo a conversa em dia enquanto caminham, mas não são. Me recuso a tomar a iniciativa e mencionar o elefante na sala, ou melhor, o elefante no bosque. Não que eu esteja dizendo que Sadie é um elefante. Pelas fotos que vi no Facebook dela e pelo seu jeito elegante na reunião de pais, ela é mais como uma gazela. Me pergunto qual animal eu seria na selva. Algum exausto.

Quando nos aproximamos do fim da trilha, com Ted no meu colo, Jory pigarreia discretamente e mordo o lábio para me impedir de dizer alguma coisa e assim preencher aquele silêncio constrangedor. No fim, é ele quem acaba cedendo.

— Beth, você está chateada comigo por alguma coisa?

Muito esperto. Colocar o clima estranho entre nós dois nos meus ombros.

— Por que eu estaria chateada com você?

— Não sei. Só sei que não quero que a gente se desentenda. Odeio essa situação. — Ele baixa o olhar para suas botas. São botas próprias para caminhada, mais um motivo para, em dias normais, eu tirar sarro dele.

— A gente não *se desentendeu*. Geralmente as pessoas precisam ter uma discussão pra se desentender.

— Então o que é isso? Essa sensação esquisita — ele diz, gesticulando para nós dois.

Caminhamos por mais um minuto antes de eu responder.

— Você me mandou uma mensagem depois que te liguei pra falar da festa — digo. — Mas não era pra mim. — É uma saia justa, eu sei, mas já estou por aqui de saias largas.

— Peraí. Quê?

Encontro a mensagem no celular e a leio em voz alta:

— *Acabei de falar com ela. Aquele drama de sempre. Ela ficou brava comigo, mas você tinha razão sobre não contar nada. Podia ter me causado um monte de problema. Saio já, já, antes das cinco. Nos vemos mais tarde. Te amo, beijos.*

— Ai, meu Deus.

— Pois é.

— Quando você lê assim, soa horrível. Mas juro que não escrevi nesse tom.

— Não? Me fez parecer um incômodo. E sei que eu tenho uma tendência a exagerar as coisas, mas me magoou muito ver você falando de mim desse jeito. Com ela.

— Ela quem?

Reviro os olhos.

— A Sadie. Quem você acha?

— Mas essa mensagem não era pra Sadie, era pra minha mãe.

— Quê? — Leio novamente. — Mas...

— Depois que descobri que a Polly tinha ido naquela festa, fiquei bem dividido entre te contar ou não. Então conversei sobre isso com a minha mãe. Ela me perguntou qual era a minha intuição, e eu disse que estava pensando em deixar a escola resolver o assunto pra eu não acabar dizendo algo errado ou então falar mais do que devia. Foi por isso que ela me aconselhou a não contar. Eu fui pra casa dela depois de falar com você aquele dia. — Jory parece constrangido. — Ela ainda lava uma parte da minha roupa, toda quarta-feira.

Eu rio, não sentindo nem metade do incômodo que senti quando imaginei que Jory tivesse falado sobre mim com a namorada, em vez da mãe.

— Eu estava crente que... Desculpa por ser tão idiota. — Ted me entrega uma pinha, e digo a ele que é maravilhosa antes de sugerir que ele procure outra. — Então, como vão as coisas entre você e a Sadie?

Jory me olha de lado, como se estivesse avaliando se é uma pergunta capciosa.

— Hum, é, está tudo muito bem, obrigado. A gente anda se vendo bastante agora que começaram as férias escolares e estamos de folga.

Não está tudo bem. Está tudo *muito bem*.

— Legal. — *Legal?*

— Mas ainda tá bem no começo.

— Fico feliz por você — respondo, não porque esteja de fato, mas porque acho que é o que devo dizer.

Ted está ficando manhoso, então pego um lanchinho para ele na mochila. Estamos quase de volta ao estacionamento, mas o sento num banco e dou a ele um potinho de iogurte antes de me sentar ao seu lado.

Jory continua de pé.

— Acho meio esquisito falar da Sadie com você. Não quero que seja esquisito. Acho que meio que me sinto culpado por dizer que está tudo bem quando você está cheia de problemas pra resolver. — Ele mexe no relógio.

— Olha, isso é ridículo. Não estou tão enfiada assim no meu próprio sofrimento a ponto de não conseguir ficar contente com notícias boas. Fico contente por você estar feliz. Pode ter certeza.

— Ok. Que bom. É legal ouvir isso. Aliás, foi graças a você, né?

— O quê?

— Eu e Sade. — *Sade*.

— Como assim? — Pego um pacote de lenços umedecidos e limpo o iogurte que Ted conseguiu espalhar no rosto inteiro ao apertar demais o potinho devido a um excesso de zelo. Não consigo ver de que maneira Jory ter ido até as DMs de Sadie seja minha culpa.

— Foi você que me disse pra ir em frente — ele diz.

Ah.

— Eu disse?

— Lembra aquela vez no bar, na noite antes do...?

Do acidente. Faço que sim com a cabeça, embora aquela noite, para além da dancinha com um taco de sinuca, permaneça bem confusa na minha cabeça.

— É, na verdade você estava muito insistente com esse assunto. Não parava de tocar no nome da Sadie. Aí a gente mandou uma mensagem pra ela.

— Como assim "a gente"? — Eu com certeza nunca mandei mensagem nenhuma para ela.

— Bom, *eu* mandei a mensagem, mas escrevemos juntos. Você me incentivou, Beth. Sério que você não lembra? Você tinha bebido, mas não achei que estivesse bêbada. — Ele balança a cabeça. — Foi por isso que naquele dia, quando fomos ao bar e te contei que tinha pedido a Sadie em namoro, não pensei que fosse ser uma surpresa tão grande.

— Foram as minhas sugestões sobre o que escrever na mensagem que fizeram a magia acontecer? — Não acredito que fui eu quem dei a ideia de Jory tomar a iniciativa com Sadie. Parabéns, Beth.

— Acho que sim. Eu tinha esperança de vocês se darem bem, mas, bom, sei lá. — Jory franze a testa.

— Sei lá o quê?

— É que a Sadie fica meio estranha quando falo de você. Às vezes as pessoas acham esquisito, né? Melhores amigos homem e mulher. Deve ser isso.

— Tenho certeza que é.

— Às vezes, é quase como se ela pensasse que...

— Quero fazer cocô — Ted nos interrompe. Que timing excelente.

— Não tem banheiro aqui, mas a gente está a dez minutinhos de casa. Você consegue segurar?

Ele está pulando de um pé para o outro.

— Tô desesperado.

— Ok. — Eu o pego no colo, tiro suas galochas e começo a baixar sua capa de chuva.

— O quê...? Onde...? — Jory olha ao redor.

— Chama-se cocô ao ar livre — digo a ele, e dou risada quando Jory arqueia as sobrancelhas.

— *Aqui?*

— Não, não exatamente aqui. Seria falta de educação deixar cocô de criança embaixo de um banco onde as pessoas fazem piquenique. Toma, segura isso aqui. — Passo a capa para ele e pego os lenços, levando Ted para trás da maior árvore que encontro para ele poder fazer suas necessidades. Ele estava "desesperado" mesmo, porque nem conseguimos organizar tudo a tempo. Grito para Jory de trás da árvore: — Pega pra mim outra calça e um saquinho plástico na bolsa?

Jory traz a bolsa para mais perto de nós, avistando a cena por trás da árvore.

— Meu Deus, o que esse menino anda comendo?

Ted ri, o bumbum à mostra enquanto esperamos uma calça limpa. Jory me entrega a peça junto com o saquinho, a outra mão tapando a boca. Quando termino de limpar Ted, voltamos à trilha. Jory está olhando para o saquinho na minha mão, que contém a calça suja de Ted. Eu o amarro na alça da mochila.

— *Com certeza* isso vai direto pro lixo, né?

— Não. Depende, só se estiver muito ruim. Se eu fosse jogar fora toda calça de quando ele não chega a tempo no banheiro, o Ted não teria mais o que vestir. É só lavar com água quente. O único problema é que ainda não aprendi direito o que significam todos aqueles símbolos na máquina de lavar. Dia desses programei uma lavagem com o que deve ter sido a temperatura do inferno, porque encolheu tudo. A Polly ainda nem sabe sobre a calça de moletom dela. Provavelmente agora cabe até no Ted.

Meu sobrinho sai correndo na nossa frente, imitando Jory.

— *Meu Deeeeus, o que esse menino anda comendo?*

— Eu não falo assim! — Jory ri.

— Sendo bem honesta, tá igualzinho a você. Espera aí, Ted. — Ele não espera, então corro um pouco para alcançá-lo, segurando sua mão quando nos aproximamos do estacionamento.

Olhando agora, parece meio ridículo termos vindo em dois carros. Bom, um carro e uma van. Eu ainda estava chateada com a mensagem que Jory enviou por engano quando falei para ele que o encontraríamos aqui, sem perceber que eu tinha entendido tudo errado. Mesmo entendendo certo, não dá para dizer que afastei completamente o mau humor que toma conta de mim quando penso em Jory e Sadie passando as férias de verão juntos. Chegamos à van primeiro, e ele tira as chaves do bolso do casaco.

— Esqueci de perguntar como foi sua reunião com o Albert no clube do livro.

Franzo a testa.

— Eu te contei sobre isso?

— Contou.

— Ah. — Não me lembro de ter contado a Jory. — Foi uma maravilha — respondo, sem um pingo de ironia, porque foi mesmo.

— Que bom. Fico feliz.

— Eu também. Bom, a gente se vê. Vai vir pra f-e-s-t-a dele daqui a umas semanas? — Soletro e aceno com a cabeça para Ted, que ainda não sabe que vai ter festa. O aniversário dele é só em setembro, mas Emmy sempre faz a festa nas férias. Ainda preciso organizar as coisas e convidar as pessoas. — Pode trazer acompanhante...

— Me manda a data que eu dou uma olhada, mas adoraria ir, sim. Obrigado por hoje.

— Aposto que você não precisa ficar limpando explosões de cocô de criança nos seus encontros com a Sadie — comento. — Não que isso seja um encontro. Você entendeu.

— Encontros com a Beth são sempre uma aventura — ele responde, depois me dá um beijo na bochecha e passa a mão no cabelo de Ted. — A gente se vê em breve, amigão.

— Tchau. Posso almoçar? — Ted pergunta.

Voltamos para o carro, e prendo meu sobrinho na cadeirinha.

— Pode. Quando a gente chegar em casa, faço seu almoço — eu digo.

— E aí a gente vai no hospital com a vovó ver a mamãe, que tal?

Ted pensa um pouco.

— Posso comer enroladinho de queijo?

— Pode, você pode comer enroladinho de queijo. — Enquanto dou a volta até a porta do motorista, a van de Jory se aproxima e eu aceno. Por um instante, penso que ele está tentando me dizer alguma coisa, mas, quando ele passa dirigindo, percebo que Jory está falando no viva-voz. Ainda nem saiu do estacionamento e já está numa ligação.

— E biscoito de ursinho? — Ted prossegue com seu pedido para o almoço no banco de trás.

— O que você quiser — digo, observando a van desaparecer de vista.

21

Antes, eu achava que o inferno seria como uma boate tocando um dueto de bateria e baixo enquanto você está sóbrio, mas me enganei. O inferno mesmo é na sala de estar da minha irmã sob o disfarce de uma festa para comemorar os quatro anos de uma criança. Nessa fase, os sons são piores que as imagens. Três crianças pequenas estão correndo ao redor da mesinha de centro, gritando tão alto que meus ouvidos sangram, e, do nada, minha mãe aparece com quadradinhos de espuma para colar nas quinas da mesa.

— Que ótima ideia, Moira. — A mãe de uma das crianças, que não faço ideia qual seja, aponta para os quadrados na mão dela.

Minha mãe sorri.

— A Emmy tem uma gaveta cheia de coisas úteis como essa. Tão organizada. — Não sei se é coisa da minha cabeça, mas a sinto olhar na minha direção quando diz *tão organizada*. Sufoco um bocejo.

Ted tirou a camiseta e está pulando com ela enfiada na cabeça. Outras crianças parecem estar em graus diferentes de nudez, e me inclino para pegar uma caixinha de suco de laranja prestes a cair do aparador. Minha mãe vai até a cozinha para "dar uma olhada nos enroladinhos de salsicha", e eu gostaria que ela simplesmente os deixasse queimar, porque agora estou presa aqui com a Outra Mãe de Criança, o que faz minhas axilas ficarem suadas. Tenho absolutamente zero assunto para conversas de mãe. Acho que não teria assunto nem se Ted fosse meu filho.

— Parece que o pico de açúcar já começou — eu digo.

Ela abre um sorriso discreto.

— Na verdade, isso é mito. Depois de ingerir muito açúcar, é mais provável que em uma hora aconteça uma queda nos níveis de energia do que um pico.

— Ah, entendi — respondo, desviando de uma almofada que passa voando pela minha cabeça. — Mas isso não explica por que esses pestinhas estão fora de si, né? — Rio comigo mesma antes de perceber que a Outra Mãe se levantou e foi ficar com o outro grupo de mães, todas usando macacão jeans. Também parecem usar lenços no cabelo, como naquele cartaz de guerra do *We Can Do It*, só que, em vez de arregaçar as mangas e exibir os bíceps, elas seguram mamadeiras e copinhos de iogurte com passas. A Outra Mãe comenta alguma coisa, e todas se viram para me olhar. Parece que aqui não é um espaço seguro para chamar crianças pequenas de "pestinhas", mesmo que sejam convidadas no *meu* território. Mais ou menos.

— Não liga, não. É uma coisa meio "às quartas usamos rosa" com essa turma. Ou jeans. — Kate aparece ao meu lado, com Leila apoiada no quadril. — Como você está?

— Tô bem — respondo.

Ela arqueia uma sobrancelha. Conheço Kate pelo menos um pouco melhor que a turma do macacão. Ela é uma das amigas mais recentes de Emmy, mas tem sido uma boa amiga, e sinto que posso responder à pergunta estampada em sua sobrancelha arqueada com um pouco mais de segurança.

— De verdade? Sinto como se tivesse descido até o sétimo círculo do inferno. Fora isso, não é tão ruim assim. — A gritaria parece ter mudado do tipo divertido para o tipo filme de terror, e, quando prestamos atenção, vemos duas crianças se estapeando e a briga sendo interrompida por uma irmã mais velha, que está comendo bem mais do que deveria ser sua porção justa de batata frita.

— Por coincidência, o sétimo círculo do inferno de Dante é o da violência — Kate comenta.

— É mesmo? Bom, que Deus me proteja. Qual é o oitavo?

— Fraude — ela diz, e o jeito sério como responde me faz rir.

— É assim que as coisas funcionam pra vocês, mães? Isso é um evento social? Tipo, vocês *esperam ansiosas* por isso?

— Nossa, não. Quer dizer, alguns eventos são piores que outros... — Ela olha ao redor da sala e se interrompe. — Desculpa, Beth, não foi o que eu quis dizer. Vou ficar quieta.

— Eu só quero que acabe logo. Que horas posso passar o saquinho de doces e mandar todo mundo dar o fora?

— Acho que daqui a pouco. Você fez lembrancinhas? — Minha expressão deixa bem óbvio que não me planejei para fazer lembrancinhas. Só vou passar o saquinho de doces porque minha mãe fez um e trouxe para cá. — Bom, você tem balões? Tudo que as pessoas precisam é de uma fatia do bolo enrolada em guardanapo, ou um balão. Eu particularmente gosto de lembrancinhas porque são um jeito mais sutil de mandar todo mundo embora. Toma aqui um brinquedinho de plástico e uma fatia de bolo, fim da festa, tchau.

Gosto do jeito que Kate pensa.

— Vou preparar alguma coisa — respondo.

— Eu te ajudo — ela diz. — Leila, por que você não vai procurar o Ted? — Leila obedece e vai até o grupo de crianças de três e quatro anos. Que maravilha deve ser conseguir se misturar, simples assim. Eu só puxo assunto com grupos de pessoas semidesconhecidas quando estou abastecida de gim-tônica.

Meu pai está na cozinha mexendo em um aparelho de som portátil. Parece irritado.

— Tudo bem aí, pai? Já cansou de ouvir "Hokey Cokey" e mudou pra The Jam?

Ele sorri, mas sem humor na expressão.

— Não tem graça, querida. O tocador de CD fica travando, e preciso que funcione direitinho pra hora que a gente for distribuir os doces.

— A gente não precisa de um tocador de CD pra isso. Podemos usar meu celular — digo. — Vou pesquisar uma playlist de festa infantil no Spotify.

A ideia só parece deixá-lo mais preocupado.

— Mas você sabe que eu não sei usar esse Spotty-fy.

— Deixa que eu faço, então — sugiro.

— Você faz? — Ele parece inseguro.

— Sim, nem mais um pio. Só um segundinho... — Encosto o celular na orelha. — A velha guarda ligou e tá querendo o aparelho de som portátil dela de volta.

Meu pai admite a derrota e leva o aparelho para o carro. Polly está de pé no topo da escada, e parece pensar num jeito de dar meia-volta quando é vista por Kate.

— Ah, olha ela aí! Vem ajudar a gente com os balões, Polly — Kate convida.

Para minha surpresa, é exatamente o que Polly faz. Acho que ela não consegue ignorar os convidados da festa da mesma forma que faz com sua tia chata. Nós três nos afastamos do tumulto e começamos a encher balões e embrulhar fatias de bolo em guardanapos da Peppa Pig (outra cortesia da minha mãe). Kate faz muitas perguntas a Polly e, embora minha sobrinha não responda muita coisa, ela segue perguntando, o que me faz pensar que Kate merece uma fatia maior de bolo.

— Conseguiu resolver aquele problema do celular? — Kate me passa uns guardanapos.

Polly solta o balão que acabou de encher, e ele voa em círculos ao redor da minha cabeça, assobiando enquanto esvazia.

— Que problema do celular? — pergunto, lambendo um pouco da cobertura do bolo em forma de lagarta do dedo. Minha mãe disse que tinha imaginado que, quando eu falei a ela que iria "cuidar do bolo", eu mesma iria preparar um. Em vez disso, comprei dois. Duas lagartinhas.

— Nada de mais — Polly responde. — Só uma coisa no Facebook.

Kate franze a testa.

— Ah, tá bom. Sua mãe estava surtando com isso da última vez que a gente se viu. Quer dizer, da última vez que a gente se viu fora do hospital. — Kate tem nos ajudado visitando Emmy nos dias em que nenhum de nós consegue ir.

— Com o quê? — repito. Não me lembro de Emmy nervosa por causa de um celular.

— Ah, você conhece a mamãe — Polly diz em um tom casual, leve, mas reparei na expressão que ela está tentando disfarçar, e ela sabe que eu reparei, porque se recusa a olhar nos meus olhos, muito ocupada contando o número de crianças e depois conferindo o número de embrulhos de bolo. É a mesma cara de pânico que ela fez quando encontrei a carta sobre a hipoteca embolada na gaveta com o estoque vitalício de sacolas.

Kate parece não ter percebido e continua falando:

— Não era com um celular que você estava vendendo? Alguma coisa no Facebook? Não me lembro direito, só sei que a Emmy estava preocupada com isso da última vez que a gente se encontrou pro Ted e a Leila brincarem. Falando nisso, melhor eu dar uma olhadinha na Leila. Tem tempo que ela não faz xixi e, às vezes, quando fica muito animada, ela esquece. Vocês sabem como eles são. Um dia desses...

Sorrio e assinto para a história de Kate sobre um pequeno contratempo durante uma brincadeira, mas estou distante encarando Polly, que usa a mudança de assunto como uma desculpa para subir novamente ao andar de cima. Ela não me disse uma palavra sobre uma confusão envolvendo celulares, nem minha irmã, tenho certeza. Lembro que Emmy comentou que Polly chegou a vender seu aparelho antigo, mas isso aconteceu semanas antes do acidente. Por que elas estariam preocupadas com um celular velho tanto tempo depois de vender? A menos que Kate tenha se confundido... mas, se for o caso, por que Polly fez essa cara de novo, como se tivesse visto um fantasma?

Minha mãe me chama. É hora de passar o saquinho de doces. Agradeço a ajuda de Kate e sigo mamãe até a sala de estar, onde a mesinha de centro foi colocada ao lado do aquecedor e as crianças estão sentadas em um círculo sobre o carpete.

— Você tem certeza que sabe o que está fazendo? — minha mãe pergunta, como se eu estivesse a ponto de detonar uma bomba em vez de clicar na playlist "Mega Mix Festa Infantil" que acabei de baixar.

— Tenho, mãe. Certo. Todo mundo pronto? — pergunto.

As crianças gritam que sim, estão prontas. Algumas batem as mãos e os pés no meio do círculo. Dou play na música, e as crianças começam a passar o saquinho umas para as outras, embora o que estejam realmente fazendo seja arremessar o embrulho na cara uma da outra. Uma garotinha de rabo de cavalo e top de unicórnio brilhante passa a sacola quase em câmera lenta pelo colo, e fico tentada a pausar a música e deixá-la levar o saquinho de jujubas que está entre os prêmios por nitidamente ser mais esperta que o resto das crianças. Pauso em Ted primeiro, porque ele é meu favorito e porque a festa é dele. A turma do macacão fica visivelmente irritada com meu favoritismo, e abro meu melhor sorriso para elas. Uma das mães não deixou a filha comer as rosquinhas e os biscoitos de chocolate da mesa que preparamos, então jujubas seriam consideradas contrabando de qualquer maneira.

Dou play na música de novo. A mãe da menina de rabo de cavalo falou no ouvido dela que a filha não pode ficar monopolizando o pacote e que precisa entregar para outra criança na mesma velocidade. Tenho quase certeza de que notei um revirar de olhos, o que é bem atrevido para uma menina de três anos, então a deixo ganhar na próxima rodada. À medida que o jogo avança, a passagem do saquinho fica mais frenética. Um garotinho parece assustado quando a música para nele, tratando o prêmio como uma bomba-relógio. Outra criança está chorando porque a sacola a acertou bem no rosto. Não consigo parar de pensar em Polly e no que ela anda me escondendo. Não consigo parar de sentir que tem algo errado, desde o dia em que ela reagiu daquele jeito estranho com a carta, e agora fiquei sabendo de uma espécie de confusão envolvendo celulares da qual estava completamente por fora. Só queria que ela conversasse comigo. Não tenho pique para ficar bancando a detetive. Só preciso que ela seja honesta. Emmy teria me contado se Polly tivesse feito algo ruim, e ela não disse nada. Então o que está acontecendo?

— Pelo amor de Deus, Beth, não era pra ser tão difícil. — Minha mãe aparece do meu lado.

— O quê? Qual o problema? — Olho para o celular e percebo que acabei pausando a música sem perceber. As crianças estão... ai, meu Deus, parece que todo mundo abriu o berreiro, incluindo uma das mães. Por um segundo, fico preocupada de que eu possa ter falado um palavrão em voz alta sem querer. Minha mãe pega o celular da minha mão e reinicia a música depois de reembalar apressada o último prêmio do saquinho. Está todo mundo me olhando. Não faço ideia do que está acontecendo.

— Você deu dois prêmios pra Matilda — ela sussurra antes de abrir um sorriso enorme e falso. Eu a encaro sem entender nada. — Tem o número certo de prêmios no saquinho pra cada criança. Se alguém pega dois, outra criança vai ficar sem nada. É o básico de uma festa de aniversário.

— É isso? — pergunto. — Foi esse o crime que eu cometi? Alguém pegou dois pacotes de jujuba e você está reagindo como se eu tivesse dado ração de cachorro pra eles.

Ela faz careta e baixa a voz.

— De todas as crianças, tinha que ser a *Matilda*, Beth? Ela não é muito boa em compartilhar as coisas.

O saquinho continua sendo passado de mão em mão, mas nunca vi um grupo de crianças pior do que esse. Matilda saiu da roda e foi sentar no colo da mãe, que faz carinho no cabelo da filha para acalmá-la.

— Certo, bom, então me desculpa. Eu não estava prestando atenção. — Ainda estou chocada com o nível de comoção causado por uma pausa musical mal cronometrada. Fico com vontade de dar uma palestra sobre lições de vida, sobre como nem sempre a gente consegue vencer e como às vezes outras pessoas vão ganhar mais jujubas que nós, que é assim mesmo, mas, antes que eu possa começar meu discurso, minha mãe responde:

— Esse é o seu problema, Beth. Você nunca presta atenção.

Beleza. Deixo o celular com ela e atravesso a cozinha até o quintal. Está quente aqui fora, e me jogo no banco. Teria sido muito melhor fazer a festa ao ar livre, como sugeri, mas pelo visto não é bom que crianças fiquem sob o sol do meio-dia porque elas são vampiros ou algo assim.

A porta dos fundos se abre, e torço para que não seja minha mãe vindo continuar o sermão sobre conceitos básicos de festas de aniversário.

— Já são cinco horas da tarde em algum lugar do mundo, né? Não é o que dizem? — Kate aparece segurando uma garrafa de prosecco e duas canecas. Dá para entender por que minha irmã gosta dela.

— Acho que, se a pessoa foi demitida do jogo do saquinho de doces, é aceitável beber a qualquer hora do dia — respondo.

Ela enche uma das canecas com uma dose generosa de espumante e me entrega.

— Bom, as canecas protegem contra julgamentos, de toda forma. Se pegarem a gente aqui, enfio a garrafa atrás da composteira e vai parecer que estamos bebendo café.

— Esperta. Boa ideia — eu falo. — Por que ninguém me entregou o memorando sobre a Matilda ser um pé no saco? Tipo, era pra eu ter adivinhado?

Kate tosse e um pouco de prosecco sai voando, nos fazendo dar risada.

— Você não pode usar a expressão *pé no saco* pra falar de crianças. Mas se pudesse... — Ela baixa a voz. — Com certeza a Matilda seria um.

— É, agora eu sei disso. Agora que nunca mais vão confiar em mim de novo pra ser anfitriã de festa infantil.

Estamos na segunda caneca de espumante quando meu pai nos encontra, com Ted em seu encalço. Ele devolve meu celular, que ainda está tocando "Cha Cha Slide".

— Posso deixar o Ted aqui com você, querida? Sua mãe quer dar uma geral na casa agora que todo mundo foi embora. — Ele está usando luvas de limpeza e carregando um saco de lixo.

Faço um joinha para ele. Prefiro mil vezes ficar aqui fora tomando conta de Ted a ficar dentro de casa sob o regime de Moira. Ela deve estar possuída.

— Meus amigos foram pra casa — Ted comenta, subindo no banco ao meu lado.

— Ah, é mesmo? — *Graças a Deus.* — Você se divertiu?

Ele faz que sim com a cabeça.

— Fiz *dois* pedidos na hora do bolo. — Ele está satisfeito consigo mesmo e pelo visto não ficou traumatizado para todo o sempre pela ausência de um bolo caseiro de aniversário.

— Não conta pra gente o que você pediu, senão... — Kate começa, mas Ted já começou a contar de qualquer maneira.

— Pedi pra mamãe acordar — ele diz, enumerando no dedo o primeiro desejo. — E pro papai descer do céu.

— Todos nós desejamos isso, Ted — eu digo.

— Mas você não fez um *pedido de aniversário* — ele responde, balançando as perninhas para a frente e para trás no banco. Kate e eu nos entreolhamos em silêncio, uma dor compartilhada e compreendida. Queria tanto poder dizer a Ted que seus desejos vão se tornar realidade, mas sei que pelo menos um deles nunca acontecerá, e, apesar de uma montanha-russa de esperanças e um monte de "bons sinais", não existe nada concreto indicando que o primeiro pedido vá seguir por outro caminho.

— Posso soprar outra vela mais tarde? — Ele me olha, esperançoso. Tenho medo de imaginar qual vai ser o terceiro pedido.

— Acho que não sobrou muito bolo. Talvez metade da cabeça da segunda lagarta. Mas, claro, pode soprar outra vela, sim.

— Vou pedir um Rubble.

— Um Rubble? Isso é um jogo?

— Tia Beth, você é tão boba. — Ele dá risadinhas.

Kate acha graça.

— Ele deve estar falando do Rubble da *Patrulha canina*. O vocabulário dele é fora de série pra um menino de quatro anos, né? O Ted é muito inteligente.

— É mesmo? Não faço ideia de como crianças de três ou quatro anos devem falar.

— Sério, ele é muito avançado.

— Ah, entendi. Que gracinha — eu digo. Vejo que Jory me mandou uma mensagem se desculpando novamente por não ter conseguido vir à festa, mas dizendo que amanhã vem aqui trazer o presente do Ted.

Suspiro, me inclinando em direção a Kate.

— Ainda sobrou um pouco daquele café?

22

A luz do sol entra por uma brecha na cortina da sala e me acerta em cheio no rosto. Me viro, fechando os olhos com força, desesperada para voltar a dormir. Nem levantei a cabeça do sofá e já estou sentindo a ressaca escorrendo pela minha cara, como se eu estivesse suando chardonnay. *Sabia* que isso ia acontecer. Apesar de ontem à noite ter escovado os dentes duas vezes e bebido um litro de água antes de apagar a luz, não dá para confundir essa dormência do vinho na minha língua. E nem bebi tanto assim — não *de verdade*, não em comparação à Antiga Beth, mas a Antiga Beth nunca precisou preparar o café da manhã e tomar conta de crianças. A Antiga Beth passaria o dia inteiro na cama. Eu podia tentar jogar a culpa em Kate por ter me feito beber durante o dia, mas não posso culpá-la pela garrafa que abri sozinha e entornei enquanto soluçava assistindo a *Um lugar chamado Notting Hill*. É o filme favorito de Emmy, e senti que um pouco de Hugh Grant era exatamente do que minha noite estava precisando.

Está um silêncio lá em cima. Ted e Polly ainda devem estar dormindo. Pego o celular para dar uma olhada na hora, mas o aparelho está desligado. Ou sem bateria. Continuo sentada e encaro o relojinho acima da lareira de Emmy: sete e meia da manhã. Nossa, hibernei. Conecto o celular no carregador e o ligo, mas enquanto faço isso lembro, cheia daquele arrependimento que só uma ressaca é capaz de trazer, por que o desliguei antes de dormir. Ponho os óculos, mas fico me perguntando se teria sido mais seguro ficar sem eles.

Não quero olhar. Preciso olhar. Abro minhas mensagens.

Ai, meu Deus. Tem um histórico de conversa imenso com Jory. Imenso mesmo. E quando digo "conversa" quero dizer inúmeras mensagens que enviei para ele com pouquíssimas respostas. Pairo o dedo sobre o botão de deletar antes mesmo de ler, mas não tenho como apagar as mensagens do aparelho dele, então de que adianta?

Concluo que, acima de qualquer coisa, estou precisando é de um banho. *Eu vou ler* as mensagens, só preciso estar largada em algum lugar confortável. Subo a escada na ponta dos pés, estremecendo quando uma das tábuas faz um rangido. Consigo ouvir um ressonar baixinho vindo do quarto de Ted. Agora que me levantei e comecei a me movimentar, não estou nem me sentindo tão mal assim; só preciso afastar essa dor de cabeça bem atrás dos meus olhos.

Fecho a porta sem fazer barulho e abro as torneiras antes de dar uma olhada na cestinha de piquenique onde Emmy guarda todos os seus produtos de higiene, pegando um frasco de espuma de banho chique que dei de presente para ela ano passado e ela mal usou. Me pergunto se é porque ela não tem muito tempo para tomar banho ou porque não tem coragem de usar algo que custa cerca de uma libra e meia por banho. Suspeito que seja a segunda opção. Minha irmã nunca foi muito boa em ficar se mimando com coisas caras. Não posso dizer o mesmo de mim, sempre me senti mais do que confortável em me mimar com coisas caras, apesar de nunca ter recursos para bancar esses luxos. Despejo o líquido na água e tiro o pijama.

Penso em pegar o novo exemplar que Albert me deu para o clube do livro, mas está lá embaixo e não vou me dar o trabalho de descer enrolada na toalha. Não conseguimos sair para jantar na segunda reunião, mas já combinamos tudo para o nosso terceiro encontro na terça-feira que vem. Antes disso preciso ler, ou pelo menos dar uma passadinha de olho, em *Mulherzinhas*.

O cheiro de spa da espuma de banho preenche minhas narinas, e, embora a banheira ainda esteja rasa, entro mesmo assim, deixando a água escoar sobre meus pés. Está quente, quase escaldante. Talvez, se eu continuar suando aqui por tempo suficiente, o banho acabe eliminando o vinho do meu corpo. Abro a torneira fria e encho um copinho de plástico que está ao lado da banheira, então bebo e o encho novamente para uma segunda rodada. Sempre achei que beber água gelada enquanto se está coberto de água quente é um dos prazeres mais subestimados da vida. Reconheço que preferiria beber num copo de verdade, e não num copinho plástico de Lego que veio de brinde no McLanche Feliz (e que geralmente é usado para enxaguar cabelo de criança), mas, no meu atual estado de desidratação e sentindo esse calor todo, o sabor é tão refrescante quanto. Deixo a torneira aberta até a banheira estar funda o bastante para conseguir submergir, depois seco as mãos na toalha e pego o celular para avaliar os danos da situação. Mandei oito mensagens antes de receber uma resposta. Oito. É um nível de desespero ao qual gostaria de dizer que nunca me rebaixei, mas sei que já fiz isso antes. Beber e enviar mensagens depois frequentemente resulta em acabar mandando coisas que eu nunca mandaria se estivesse sóbria, o que me faz sentir um arrependimento gigantesco no dia seguinte.

20:05
E aí, Jor, como vão coisas, tudo bem?

20:06
*Como vão as coisas. Antes que você pegue sua caneta vermelha de professor! E era pra soar tipo a Nessa de Gavin & Stacey. Os sotaques acabam se perdendo nas mensagens.

20:35
Que bom que você vem aqui amanhã porque já tava ficando meio preocupada que o nosso passeio no bosque pudesse ter te deixado com medo de crianças. É só pros fortes. Tá na casa da Sadie? Chamando atenção.

20:37
(Chamando atenção era aquilo que a gente mandava no MSN quando a outra pessoa não respondia. Caso você tenha esquecido e esteja

pensando que estou estranha por você estar na casa da Sadie.) Chamando atenção. Haha.

21:17
Você tá me ignorando? Eu te fiz alguma coisa? Tava até te dando o benefício da dúvida, mas o WhatsApp tá dizendo que você tá online tipo agora, só que ainda não apareceram tracinhos azuis nas minhas mensagens, então você tá escolhendo não ler, o que é muito bacana...

21:28
Isso é um sim então.

22:04
Jory, tô com muita saudade mesmo. Desculpa se não lidei bem com o fato de você estar namorando, mas você precisa entender o porquê. É o mesmo motivo pelo qual é estranho quando conversamos sobre isso. Ou pelo menos eu acho que é. Por favor, podemos conversar?

A última mensagem, claramente enviada após *Um lugar chamado Notting Hill* e a garrafa de vinho, está cheia de erros de digitação, mas infelizmente ainda legível o suficiente para Jory conseguir captar a essência.

23:25
Tô tão tistre que isso aconteceu com a gente. Pnsei que nossa amizade fose diferente. Não šei se tem movito pra gnt ser amigo se for pra ser estrnho. Tenha uma boa noite com Spadie. Ou devo dize SADE.

Jory. 23:40
Boa noite, Beth. Dá para perceber que você está bêbada tanto pela sua ortografia horrível quanto pelo fato de estar dizendo coisas que nunca diria sóbria. Desculpa se demorei pra te responder, mas saí com a SADE hoje à noite e ela ficou compreensivelmente irritada por a cada cinco segundos meu celular vibrar com uma mensagem sua. Na

verdade, essa situação acabou levando a uma briga, então obrigado por isso. Toma um pouco de água e vai dormir. Te vejo amanhã.

Solto um gemido e coloco o celular no chão antes de me enfiar até os ombros embaixo da água, deixando o vapor circular em volta do rosto. Pra que enviar tanta mensagem? Jory não respondeu à primeira e isso já deveria ter colocado um ponto-final na história. Não tinha necessidade de continuar enchendo o cara com mais mensagens. Isso sem contar como soei desesperada. Amarga. E a ortografia, meu Deus, a ortografia. *Tô tão* tistre *que isso aconteceu. Não sei se tem* movito. *Tenha uma boa noite com* Spadie. É o tipo de erro de digitação do qual Jory e eu geralmente urraríamos de tanto rir, mas, dessa vez, acho que as coisas não vão ser esquecidas se eu só mandar um emoji de macaquinho-escondendo-o-rosto-atrás-das-mãos. O sade em letras maiúsculas foi até meio agressivo. Estou analisando se devo chorar ou gritar com o pesadelo que é minha vida quando Ted invade o banheiro, esfregando os olhos.

— Oi, Ted. Dormiu bem?

Ele pisca.

— Quero ir no banheiro. — *Bom dia, tia Beth.*

— Ok, se você tirar sua fralda, consegue fazer xixi sozinho, né? Baixa as calças pra você poder sentar na privada como um mocinho.

Ele está fofo nesse estado semiacordado.

— Você tem peito — ele diz, olhando para os meus seios. — Minha mamãe também tem.

— Eu tenho — respondo. — Confere se seu pipi tá pra dentro da privada.

— Onde tá o seu pipi? — ele pergunta, espiando pela lateral da banheira à procura do dito-cujo.

Cruzo as pernas.

— Eu não tenho pipi. Lembra quando a gente conversou sobre isso aquele dia na natação?

— Ah, coitada — ele diz, como se a falta de um pênis fosse motivo de grande vergonha para mim.

— Já terminou seu xixi?

— Não.

— Tudo bem. — Enquanto continuo a ensaboar meus braços e pernas, percebo, em pânico, que Ted, cuja bunda na privada está a só meio metro da minha cabeça, também está fazendo cocô, o que não é nada propício ao ambiente relaxante para curar ressaca que eu estava a fim de alcançar. De repente, as coisas começam a cheirar muito diferentes de um dia de spa.

— Acabei! — ele diz, desenrolando o papel higiênico.

— Certo, muito bem, só preciso lavar o cabelo, mas vai ser rapidinho. Quer tentar limpar o bumbum sozinho? — pergunto.

— Não. A tia Beth limpa — ele responde, desenrolando mais papel higiênico.

— É sério? Espera aí. — Saio do banho e me enrolo numa toalha para fazer o que preciso fazer. — Prontinho. Agora você tem que lavar as mãozinhas, amigão.

Ted está olhando para a banheira.

— Quero um banho de manhã. — Ele enfatiza o *de manhã*, como se tomar banho nesse horário do dia fosse uma iguaria exótica. Imagino que normalmente Ted não tome banho assim que acorda, a menos que esteja doente.

Dou descarga e lavo as mãos antes de abrir a janela o máximo possível.

— Outro dia você toma. Que tal eu enxaguar o cabelo rapidinho pra poder ir fazer café da manhã pra gente? Ted...

Já pelado da cintura para baixo, Ted fica ali com os braços erguidos enquanto tira a blusa. Suspiro. Não estou com energia para dizer não hoje.

— Peraí, preciso só colocar um pouco de água gelada porque tá quente demais pra você. — Abro a torneira fria e jogo mais daquela espuma de banho chique, silenciosamente pedindo desculpa à minha irmã por agora ela ter cerca de quatro libras a menos. Mas fui eu quem comprei essa espuma, então... — Pronto, vem. — Eu o pego no colo antes de voltar à banheira. — Se você ficar de costas, posso lavar seu cabelo também.

Ted se acomoda para ficar sentado de costas para mim, de um jeito que minhas pernas ficam ao redor dele. Inclino gentilmente sua cabeça para trás e, usando o copinho de Lego, ensaboo e enxaguo seu cabelo.

— Que gostoso — ele comenta em um tom tão intenso que me faz rir. A água morna que derramei em sua cabeça lhe deu arrepios, e, enquanto lavo suas costas, Ted cantarola uma musiquinha.

— Meu pai faz o xixi dele num caracol lá no céu?

— Num caracol?

— É, pra fazer xixi.

— Ah, não sei. — Não faço ideia de por que Ted começou a falar de caracóis. Minha cabeça atordoada pelo vinho ainda não pegou no tranco e não estou convencida de que consegui me lavar direito, mas, mesmo assim, até que esse foi um ótimo jeito de acordar. — Se você quiser, a gente pode fazer isso de novo outro dia, campeão. — Faço carinho em seus cachos úmidos.

— Posso trazer meus barquinhos?

— Claro.

— E o carro de bombeiro?

— Se não tiver pilha, pode.

— E meus trilhos de trem?

— Aí já acho que não vai dar muito certo. Urinol! — exclamo, minha ficha caindo. — Foi isso que você quis dizer. Não caracol. Caracol é um animal, e a gente não faz xixi nos animais, né?

Ted nega com a cabeça.

— Pra ser sincera, não sei se tem urinol no céu. Acho que sim. Vamos lá fazer seu café da manhã agora?

— Mais cinco minutos — ele pede. E vamos de mais cinco minutos.

A campainha toca enquanto estou ajudando Ted a construir uma cabaninha na sala de estar. Me inclino na janela para ver quem é, mas volto para trás depressa ao ver Greg parado bem na entrada. O que *Greg* veio fazer aqui?

Polly desce correndo.

— Deixa que eu atendo — ela diz. — É meu novo casaco do time.

Vou para a cozinha, onde pego um batom na bancada e passo um pouco enquanto continuo fora de vista, sem saber se devo ou não aparecer e dar um oi. Greg não veio até aqui para me ver, mas andamos trocando várias mensagens, então talvez seja mais esquisito ainda não dar um oi. De repente o batom vermelho começa a parecer exagerado, e pego um lenço para suavizar um pouco antes de ir até a entrada ficar ao lado de Polly, que está segurando o novo casaco do time. Sorrio para Greg.

— Opa. Veio entregar o casaco, né? — *Boa, Beth. Ateste o óbvio.*

— Isso. — Ele retribui o sorriso. — Como vai?

— É, tudo certo. — Polly se vira e passa por mim com um raro, mas inconfundível, sorrisinho no rosto. — Sendo bem honesta, estou meio de ressaca, mas, como sempre, a culpa é toda minha.

— Ah, não. Valeu a pena, pelo menos?

— Não. Fui induzida por um aniversário de uma criança de quatro anos. Se alguém te convidar pra uma festa infantil, negue. Corra. Se salve.

Greg dá risada.

— Anotado.

— Quer entrar pra tomar um café, alguma coisa?

Ele olha para o carro, um BMW chamativo. Tem uma van estacionada logo atrás, e estreito os olhos em direção ao número da placa. É a van do Jory. Maravilha.

— Adoraria, mas ainda tenho que entregar o resto das roupas e depois tenho que dar uma aula particular de natação — Greg responde. — Desculpa.

— Não, tudo bem. — Jory saiu e está caminhando até nós, com um embrulho de presente na mão. O presente de Ted. Eu tinha esquecido completamente disso, e é uma surpresa ele ter aparecido depois da minha enxurrada de mensagens ontem à noite.

Greg ainda está falando.

— Mas, num outro dia, adoraria tomar um café, sim. Vou indo nessa. — Ele se vira, quase dando de cara com Jory. — Opa. Desculpa aí, cara.

Jory responde ao "desculpa aí" com um aceno de cabeça. Greg é vários centímetros mais alto, e Jory dá um passo atrás para não precisar ficar encarando a mandíbula de Greg. Alterno o olhar entre os dois, me sentindo cada vez mais constrangida pelo batom.

— Te vejo depois, Beth. Logo, logo a gente se fala. — Greg me lança um olhar expressivo ao sair, uma referência às nossas mensagens. Fico me perguntando se ele teria tornado o gesto tão óbvio caso Jory não estivesse aqui. O carro faz um ronco baixo quando ele dá partida, e Jory murmura algo que não consigo ouvir.

Aponto com a cabeça em direção ao corredor.

— Você vai entrar?

— Não. Só vim deixar o presente. — Ele me entrega o embrulho, e eu o coloco ali na soleira.

— Ok. Vou chamar o Ted. *Ted!* — Brinco com a cordinha do meu moletom. — Olha, sobre ontem à noite...

— É meio cara de pau, não acha, não? — Jory está falando baixinho, mas consigo perceber pelo tom de voz que está com raiva. — Estragar a minha noite com a Sadie mandando mensagens falando umas coisas que *eu sei* que não são pra valer, sendo que de qualquer forma você já até arrumou um namorado.

— Ele não é meu namorado.

— Bom, tá na cara que quer ser.

Abro a boca, mas a fecho novamente.

— Me desculpa, tá? — digo. — Acabei bebendo muito e fiquei chateada por você não estar respondendo.

Ted aparece ao meu lado com uma máscara de Power Ranger no rosto, o dedo apontado para o embrulho.

— Isso é pra mim?

Jory nega com a cabeça, a expressão séria.

— Não, infelizmente esse presente é pro Ted Lander, que vai fazer quatro anos muito em breve. Não pro Ranger vermelho.

— AHÁ! — Ted tira a máscara. — Sou eu, Jor-eeee! Eu só tava fingindo.

Jory finge estar chocado.

— Olha, me pegou. Nesse caso, o presente *é* pra você.

Ted olha para mim, e eu assinto.

— Vai em frente, pode abrir.

Enquanto Ted está ocupado rasgando o papel de presente, toco de leve no braço de Jory. Ele não afasta minha mão, mas também não me olha nos olhos. Baixo o tom de voz.

— Eu não devia ter ficado te mandando mensagens, me desculpa.

— Eu não te entendo, Beth. Você anda dando desculpa sempre que tento marcar pra gente se ver. Sei disso porque sua mãe me contou que chegou a se oferecer pra tomar conta das crianças de novo, mas você me disse que seria impossível conseguir pisar no bar. Só que aí você me manda aquelas coisas todas dizendo que está com saudade e precisa conversar... — Ele olha para Ted, que já arrancou a maior parte do papel.

— Bom, eu estou mesmo com saudade. Muita. Mas nunca mais vou te mandar um milhão de mensagens uma atrás da outra quando você estiver jantando com a sua namorada. Promessa de escoteira.

Os cantinhos da boca de Jory se curvam.

— Você largou os escoteiros.

— É, mas não foi minha culpa. Minha líder de acampamento era uma vaca.

Jory ri. Ted chacoalha um carrinho da *Patrulha canina* embaixo do nosso nariz.

— É o Rubble! Obrigado, Jor-eeee.

— Esse é legal? Comprei meio na sorte lá na loja de brinquedos.

— É, ele é o melhor. Polly, *olha*! — Ted volta correndo para dentro de casa para poder mostrar o carrinho à irmã.

— Obrigada pelo presente dele. Certeza que não consigo te convencer a entrar? Vamos pegar o Lego já, já.

Jory nega com a cabeça.

— Não posso. A Sadie quer ir numa daquelas feiras de antiguidades. Ela adora essas coisas vintage. Falei pra ela que não ia demorar muito.

— Ah. Ok. — Faço um biquinho. — Bom, divirtam-se. E, de novo, desculpa por ontem à noite.

— Talvez seja uma boa maneirar na bebida e nas mensagens. Se bem que o Greg, com aquele colete e o carrão, provavelmente deve até gostar.

Você sempre falou que odiava coletes. — De repente Jory faz uma expressão travessa, e, quando ele abre os braços para um abraço rápido de despedida, o aperto um pouco mais forte e por mais tempo que o normal, pressionando o corpo contra ele. Seu cabelo está cheirando a fruta... tipo um xampu da The Body Shop, que de jeito nenhum é dele, porque Jory sempre usou Head and Shoulders.

— Bom... as pessoas mudam, né?

— Acho que sim. — Jory se afasta devagar e pigarreia. — Te vejo mais tarde então. — Ele já está com as chaves da van na mão, mas se demora no trajeto até o veículo.

— Tá bem. — Nossos olhares se encontram, e um lampejo de alguma coisa surge entre nós. É sutil, algo que ninguém mais perceberia, mas, para mim, é como se fosse uma onda de eletricidade. Chegando na van, Jory se vira e me olha outra vez. Já compartilhamos mais de vinte anos de abraços de despedida, mas o que demos agora não foi parecido com nenhum dos outros. Quando fecho a porta, sinto um friozinho na barriga, tipo quando a gente fica nervoso, só que de um jeito mais efervescente. Na minha cabeça, escuto minha irmã falando: *São borboletas, Beth. É assim que você sabe.* Mas não consigo deixar de pensar que minhas borboletas têm um péssimo timing.

23

— Então, é o seguinte. Eu preciso *mesmo* que você acorde e me diga o que fazer. — Descanso a cabeça na beirada do travesseiro de Emmy. — Tô pensando em uma coisa... mas não sei se acabei perdendo a oportunidade. E é aí que você entra, pra me dizer se faço uma coisa ou outra. Não tenho mais ninguém pra pedir conselhos, tirando o Jory, e nesse caso, infelizmente, ele está envolvido. — Ergo os olhos para as lâmpadas compridas no teto. — Você pode voltar a dormir logo depois, se quiser. Só me dá uma piscadinha ou balança a cabeça. Sim ou não. Por favor, Em. — Suspiro. — Sinto falta de você tomando decisões de gente grande por mim.

Pego a foto que guardei na bolsa antes de sair de casa e seguro acima da minha cabeça, me certificando de que Emmy também consiga "ver", mesmo que seus olhos permaneçam fechados.

— Você se lembra quando tirou essa aqui? Tive que revirar uma caixa embaixo da minha cama hoje de manhã depois que levei as crianças pra casa dos nossos pais. — É uma foto minha e de Jory antes de uma noitada, uns quatro anos atrás, abraçados e fazendo caretas. Estou usando uma calça preta justa e uma blusa vermelha com coraçõezinhos brancos, salto alto e um boné de beisebol que coloquei só para fazer graça. É uma foto idiota, uma das centenas de registros que tenho da gente brincando enquanto nos arrumamos, mas eu me lembro dessa noite mais do que das outras. — Aconteceu uma coisa naquela noite, Em. Mas acho que você já sabe disso — comento. — Você não parava de me perguntar no dia seguinte, quando fui jantar na sua casa. Ignorei as perguntas como se eu só estivesse de ressaca, mas você sabia. E eu sabia que você sabia. Só estava tentando esquecer aquilo. — Observo o suave subir e descer do tórax da minha irmã, me lembrando bem de seu sorriso malicioso na manhã seguinte. — Foi só metade de alguma coisa, na verdade. Um beijo do lado de fora e depois eu entrei na casa dele, mas não fizemos, você sabe, acabamos não fazendo nada. Foi no fim de semana que rolou aquela nevasca.

A lembrança daquela noite volta à tona. As horas que passamos no bar são confusas, mas minha memória começa a ficar mais nítida depois que saímos. Meus sapatos escorregando no deque congelado do lado de fora do bar. Uma descarga de adrenalina entre nós que antes não existia — ou, pelo menos, nunca permitimos que existisse. A expectativa de saber que algo estava prestes a acontecer. As mãos dele no meu rosto enquanto nos beijávamos, flocos de neve em nossos cabelos. Na porta da casa dele, os casacos jogados aos nossos pés enquanto ele desabotoava minha blusa, reclamando por seus dedos estarem duros de frio. Tentar tirar as roupas um do outro com uma urgência que até então nunca tinha sentido. Meu Deus, eu queria Jory, e conseguia sentir que ele me também me desejava. Mas, quando tropeçamos e começamos a rir ao desabar no pé da escada, nossas mãos ainda explorando o corpo um do outro, Jory afastou o rosto e disse: "Beth, para. É a bebida, não é uma boa ideia". E, apesar de eu tentar dizer que não era a bebida coisa nenhuma e que aquela era sim uma ótima ideia, o momento acabou escapando, como se estivéssemos dançando coladinhos e alguém acendesse a luz. Nos afastamos e ficamos sentados ali no primeiro degrau, recuperando o fôlego e trocando olhares tímidos do tipo: "O que a gente tinha na cabeça?" Depois Jory preparou um café para nós dois e bebemos ali mesmo na escada, conversando e prometendo que nunca deixaríamos um momento de loucura estragar nossa amizade. Porque era isso o que tinha acontecido, ambos concordavam: um momento de loucura. Iríamos deixá-lo trancado, cobrindo os sentimentos estranhos que acabaram surgindo nas semanas seguintes com piadas como: "O que *tinha* na nossa bebida naquela noite?" O Inverno de 2015.

Os braços de Emmy estão para fora do lençol, e coloco a mão sobre a dela.

— Nada jamais tinha chegado perto disso, Em. Todos aqueles encontros em que fiquei perdendo tempo, fingindo sentir as borboletas. O abraço de ontem me fez lembrar dessa noite de que nunca conversamos a respeito. Foi por isso que fui atrás da foto.

De repente, sinto uma pressãozinha sob a minha mão, como se algo estivesse se erguendo devagar. Me ajeito na cadeira e endireito a postura, mas mantenho a mão em cima da de Emmy, meus olhos fixos em seus dedos. *Ali!* Uma batidinha, tão sutil que mal daria para ver, mas inconfundível ao toque. Permaneço um bom tempo parada, desejando que ela se mova outra vez, mas Emmy não reage. Ainda assim, eu sei o que senti. Foi um cutucão. Um cutucão da minha irmã mais velha. O cutucão que eu esperava receber. *A vida é curta demais, Beth. Conta pra ele como você se sente.*

— Obrigada — digo a ela, dando um beijo em sua testa. — Mas, se tudo der errado, vou jogar a culpa em você. E no Hugh Grant.

Duas vezes durante a viagem de oitenta quilômetros de volta a St Newth quase me convenço a desistir. E se acabei interpretando errado e aquela efervescência de sentimentos ali na porta não foi recíproca? E se Sadie for mesmo a pessoa certa para Jory? Quem sou eu para ficar entre eles? Nenhum dos dois merece isso. Mas a cutucada que minha irmã me deu e pensar em como Doug acabou sem tempo nenhum me levam a concluir que o maior risco que posso correr é *não fazer nada*, então viro à esquerda em vez de à direita após o ponto de ônibus e, agora, aqui estou eu: estacionada no fim da rua de Jory, prestes a escrever no verso de uma fotografia.

#TBT — Throwback Thursday (versão impressa)
A melhor noite que já tive, sem dúvida nenhuma. Ainda penso nela o tempo todo. Se eu estivesse sóbria, faria tudo igual. (Talvez sem o boné

de beisebol.) Só queria que soubesse disso, caso exista a possibilidade de você querer sair para tomar alguma coisa e recriar o momento. Não tenho como garantir a neve. Se você não estiver na mesma vibe, é só ignorar este bilhete estranho e prometo que nunca mais toco no assunto.
    Beijos, Beth

    Não tem nem sinal da van de Jory e as luzes estão todas apagadas, mas mesmo assim enfio a foto na caixinha de correio e volto correndo para o carro, como se a porta dele estivesse pegando fogo. Agora já fiz. Já era. Seria tentador continuar escondida aqui até ele voltar, mas tenho uma coisa mais importante para fazer: preciso ir até a casa da minha mãe e contar à família que Emmy mexeu o dedo e que dessa vez eu vi com meus próprios olhos. Ela ouviu o que eu estava dizendo e respondeu com um movimento. A dra. Hargreaves pode não confirmar o que aconteceu — o movimento de Emmy pode ter sido uma coincidência sem nenhuma relação com o que estava sendo dito —, mas *eu* sei. Foi um sinal.

SETEMBRO

24

— O acordo com a Richardson já voltou da análise de crédito, Beth?

Malcolm para ao lado da impressora ao voltar do banheiro e dá uma espiada por cima do meu ombro. A camisa dele está com um botão aberto, mas parece que ele não percebeu, e acho graça. Eu estava mesmo precisando de algo que me divertisse. Faz quase uma semana que joguei a foto num envelope pela porta de Jory. Uma semana e zero reações. Nos primeiros dias, mantive a esperança, mas o pouco de otimismo que me restava evaporou de vez hoje de manhã quando ele me mandou uma mensagem dizendo: "Só pra ver como você está". Uma pessoa que acabou de receber uma declaração de amor não iria só *ver como o outro está* se sentisse o mesmo, né?

— Não. Ainda está na fila. — Meu celular vibra, e Malcolm me lança um olhar. — É minha sobrinha. Preciso atender. — Dou uma olhada na hora: 15h52. Minha mãe está lá na casa tomando conta das crianças depois da escola, então fico surpresa quando escuto a voz de Polly. Imediatamente me preocupo que algo de ruim tenha acontecido, o que me faz lembrar da ligação do meu pai no dia do acidente. — Oi, tudo bem? O que houve?

— Nada. — A voz de Polly é monótona. — Só não estou achando minha mochila da natação. Você sabe onde tá?

— Ah. Já olhou atrás da porta da cozinha? E por que você precisa da mochila? Hoje de manhã você disse que não queria fazer nada.

— Mudei de ideia. — Escuto-a remexendo nas coisas ao fundo. — Não, não tá aqui. — Imagino a casa como a deixei quando saí hoje cedo: em algum lugar entre uma cena de crime e uma zona de guerra.

— E no armário embaixo da escada? — Ponho a mão sobre o aparelho e me desculpo com Malcolm. — Desculpa, só um segundinho.

— Achei — ela diz, sem soar nem um pouco triunfante. — A vovó quer falar com você.

— Na verdade, Polly, estou trabalhando, então não tenho como...

— Oi, meu amor! — Tarde demais. Minha mãe está gritando ao telefone, como sempre faz quando está numa ligação. — Tudo em paz no trabalho? Como anda a grande promoção?

Estremeço, torcendo para Malcolm não estar ouvindo.

— Sim, tá tudo bem, estou bastante ocupada, então...

— É só pra dizer que vamos levar o Ted pra jantar lá em casa agora que é só ele, certo? Aproveite e divirta-se.

— Tchau, mãe. — Desligo. Não tenho certeza se vou *me divertir tanto assim* no meio-tempo entre agora até a hora de ir para casa, mas preciso continuar trabalhando de qualquer forma.

— Está tudo bem? — Malcolm pergunta num tom mais gentil que o normal, o que me deixa imediatamente desconfiada.

— Só um probleminha em casa, mas tudo resolvido. Minha mãe está tomando conta das crianças.

Ele pressiona a ponta da caneta. *Clique, clique, clique.*

— Queria te passar uma coisa. — Lá vem. — Tenho que sair mais cedo hoje por causa de um compromisso. — Malcolm faz uma pausa antes de dizer *compromisso*.

— Certo — respondo, olhando para a montanha de trabalho que ainda tenho para fazer.

— Tenho uma reunião regional de vendas às quinze para as seis e, como você deve saber, não posso fazer a videochamada se não estiver aqui.

Ele não tem nada para me passar, está é querendo que eu quebre o galho dele.

— Você quer que eu faça a reunião por você. — Me arrependo do que digo quase na mesma hora que abro a boca.

— Poxa, você faria isso? É pedir muito, que gentil da sua parte — ele diz. — Imaginei que você não fosse poder ficar até tarde, mas já que falou que as crianças estão com a sua mãe hoje...

Parece uma armadilha.

— Você não pode reagendar seu... compromisso?

Os olhos de Malcolm estremecem.

— Não — ele diz, antes de rabiscar alguns números num post-it. — Aqui tem toda a informação que você precisa pra reunião, e já, já te envio um e-mail com as nossas estatísticas do mês.

— Maravilha. — Engulo a vontade de fazer o duplo joinha sarcástico que costumo dar à minha mãe.

Uma mensagem vermelha aparece em nossas telas nos informando que o acordo com a Richardson foi negado pela análise de crédito. Malcolm está puto da vida: se inflar mais um pouquinho o peito, vai acabar abrindo outro botão da camisa. Ergo a mão e digo que vou ligar para James da análise de crédito e tentar convencê-lo. Salvei uma coisa nos meus favoritos que pode ajudar a melhorar nossa proposta.

— Tudo bem. Como eu estava dizendo, os códigos de discagem pra reunião de vendas estão nesse post-it e o código do alarme nesse outro. Você precisa acionar antes de sair.

— Certo. — Encontro o que estava procurando. Imprimo o documento e decido aproveitar para ver se consigo pressionar James da análise de crédito agora, antes da reunião de vendas.

— Então, preciso ir. Tudo bem?

— Tudo. — Honestamente, se Malcolm quer mesmo que eu trabalhe, vai precisar parar de falar comigo. Repito que está tudo bem, que ele pode ir, e logo depois tiro o telefone do gancho para começar a me preparar para a sessão de convencimento com nossos subscritores.

São *quinze para as sete* quando visto o casaco para sair. Apago as luzes do escritório e desço as escadas em direção ao carro. A videochamada não foi um rápido "compartilhe com eles nossas estatísticas mensais", e estou bem puta com Malcolm por ter me mandado participar da reunião despreparada desse jeito. A certa altura, o gerente regional, Steve (porque todos os gerentes regionais se chamam Steve ou Chris), me perguntou sobre projeções e pipelines. Eu não fazia a menor ideia. Pelo menos o expediente terminou de um jeito positivo, porque James, da análise de crédito, aprovou o acordo que havia recusado anteriormente. Ter conseguido convencê-lo me fez sentir uma pequena descarga de adrenalina que acho que foi algo próximo à satisfação no trabalho, e, pela primeira vez na vida, não estou pensando numa forma de pedir as contas.

Penso em como está Polly na natação. Antes da reunião, mandei uma mensagem para minha mãe dizendo que ia precisar sair um pouco mais tarde do trabalho para fazer um favor a Malcolm, e a resposta dela não fez o menor sentido.

Ok, querida, você vai encontrar com ele lá?

Óbvio que eu não iria encontrar com Malcom lá, eu fui no lugar dele (e não iria a lugar nenhum porque tudo é feito pela internet). Espero de verdade que, quando tiver a idade dela, eu ainda seja capaz de enviar mensagens que não sejam completamente malucas.

Enquanto dirijo pela longa reta entre Bude e a curva para St Newth, duas silhuetas no horizonte me chamam a atenção. Parecem adolescentes, e aqui não é mesmo um caminho legal para ficar batendo perna. A mochila vermelha da garota à esquerda é parecida com a de Polly, aquela que eu estava ajudando a encontrar pelo telefone à tarde. Mas não é Polly, ela está na natação. Quanto mais me aproximo, mais sinto meu coração acelerar. O vislumbre de cabelo loiro-avermelhado da garota à direita parece muito com o de Rosie. Dou uma olhada no retrovisor para ter certeza de que não tem ninguém atrás de mim e então diminuo a velocidade para conseguir enxergar melhor. A menos que Polly e Rosie tenham sósias, são elas. Que merda é essa?

Toco a buzina, e as duas pulam de susto. A cara de Rosie entrega tudo: pura culpa por ter sido pega fazendo algo que não devia, ou melhor, não fazendo algo que devia. Mas a expressão de Polly é uma página em branco, como se ela não estivesse nem aí.

— Entrem no carro, as duas. — Acendo o pisca-alerta e, enquanto elas jogam as mochilas no banco de trás e sobem, uma van passa em disparada por mim, tão depressa que o carro inteiro treme. *Definitivamente* não é uma estrada segura para ficar caminhando.

— Desculpa mesmo — Rosie começa, os olhos arregalados de pânico.

— Não vou brigar com você — digo e ela relaxa, até eu completar: — Isso é trabalho pra sua mãe. — Volto a dirigir, lançando um olhar furtivo para Polly pelo retrovisor, que encara distraída a paisagem na janela. — E então?

— E então o quê?

— Sério? Você vai mesmo jogar um *e então o quê* depois que acabei de te encontrar vagando pela rua? — Talvez *vagando pela rua* seja meio exagerado, já que elas saíram da natação às sete da noite de uma terça-feira. Mas elas fizeram besteira, e Polly sabe disso.

— Não sei o que você está esperando que eu diga.

— Pode começar com pra onde vocês estavam indo.

— Pra lugar nenhum.

— Lugar nenhum?

— A gente estava só batendo perna por aí. A vovó deixou nós duas na natação, e a gente estava voltando. Falei pra ela que a mãe da Rosie ia nos dar carona.

— Pelo amor de Deus. — Quase comento que a avó dela tinha que ter pensado duas vezes antes de confiar em qualquer história contada por Polly e Rosie, até me lembrar que a avó dela não sabe nada sobre as aventuras da festa do pijama, sobre o boletim cheio de notas vermelhas que me mostraram na reunião de pais ou sobre Polly estar interceptando as mensagens que a escola envia, então minha mãe não teria mesmo motivos para duvidar. — Mais mentiras, Polly, esse é o problema. Se eu não tivesse ficado trabalhando até mais tarde, nunca teria te visto, e você contaria mais uma mentira. Não sei como lidar com isso. Sinceramente não sei o que faço com você.

Polly dá de ombros.

— De qualquer forma, pensei que você fosse jantar fora hoje.

— Do que você tá falando...? — Minha ficha cai de repente, e entro em pânico. *Ai, meu Deus.* — Ai, meu Deus, Polly. *O Albert!*

— Peraí, então você ia mesmo sair pra jantar?

— Sim! Eu esqueci. *Puta merda.* Esqueci mesmo. Eu preciso... tenho que falar com ele, o Albert deve estar esperando. Não acredito que fiz isso. — Dou uma olhada no relógio do carro. São sete e pouquinho da noite. Ele já deve ter ido embora, com certeza. Ou será que ainda está lá? Não sei se dou meia-volta e vou direto para o restaurante ou para casa ver se ele já voltou. Jogo meu celular para Polly. — Liga pra ele, por favor?

— Não vou ligar pra ele.

— *Liga pra ele* — rosno, e Polly deve ter sentido a urgência em minha voz, porque obedece. Rosie está em silêncio, provavelmente aliviada por ter um novo drama substituindo o anterior.

— Não atende — diz Polly. — Acho que é aquela senhora, nossa vizinha, que está falando na caixa postal. Ela diz que "Albert não pode atender no momento", e aí termina perguntando se precisa apertar algum botão pra salvar.

— Mavis — eu digo. — Ela configurou o celular dele antes de morrer. — Em vez de seguir pela rotatória, dou a volta completa na estrada até chegar ao ponto por onde acabamos de passar. Polly tenta ligar para Albert mais três vezes antes de desistirmos. Não sei qual é o telefone fixo dele. Percorremos os poucos quilômetros até a orla em silêncio.

— Fiquem aqui — digo, batendo a porta e subindo correndo a margem gramada que leva ao restaurante. Chama-se Ocean View, e tem duas de suas quatro paredes empoleiradas sobre o Atlântico. Dou uma espiada pela janela grande enquanto corro desesperada procurando por Albert, sem sucesso. Na entrada, uma jovem de tranças com uma prancheta nas mãos abre um sorriso para mim.

— A senhora tem reserva?

— Tenho, quer dizer... *tinha*, tinha uma reserva para as seis da tarde, mas perdi a hora e sei que também perdi a mesa, e não vim aqui pedir nada, sinto muito mesmo por isso, mas estou procurando meu amigo. — Estou falando com tanta pressa e tanto pânico na voz que a atendente coloca a mão no meu braço e me conduz gentilmente para dentro, longe da porta e em direção ao bar. Começo a descrever Albert, e ela pergunta meu nome antes de ir chamar a garçonete que estava trabalhando no turno da tarde. Escolhemos um horário mais cedo porque Albert disse que não gostava muito de comer tarde e porque assim ele poderia vir direto da reunião de terça-feira na Assistência para Idosos. Ele não deve ter vindo de carro, porque a Assistência manda um micro-ônibus nos dias de reunião, e ele pegaria uma carona comigo para voltar para casa. *O que foi que eu fiz?*

A garçonete de tranças volta com outra garçonete, que aponta para uma mesa nos fundos do restaurante.

— A senhora está procurando o senhor idoso?

— Sim! — respondo, seguindo o olhar dela, ainda com esperança de encontrá-lo.

— Infelizmente, faz uns dez minutos que ele saiu. Fiquei muito triste por ele, era um senhor muito gentil. Falou que a companhia dele não apareceu. — Ela balança a cabeça, irritada, até prestar atenção em mim e perceber que eu sou a companhia. — Falei pra ele que, com certeza, fosse lá quem ele estivesse esperando, a pessoa devia ter tido um imprevisto.

— Eu tentei ligar — digo, embora seja uma desculpa esfarrapada porque só liguei quando já estava uma hora atrasada.

— A senhora tentou ligar pra cá? — pergunta a garçonete com as tranças.

— Não. Liguei pro celular dele, mas ninguém atendeu.

A outra mulher está parecendo um pouco mais compadecida agora.

— Tenho quase certeza de que ele estava sem celular, porque pediu pra usar o telefone daqui.

— Pra me ligar? Mas ele não sabe meu número.

— Não, pra chamar um táxi. No fim, acabamos chamando o táxi e demos uma entrada de lula como cortesia da casa enquanto ele esperava. Não aguentei ver o coitadinho sentado ali, todo bem-vestido com a gravata-borboleta. Ele tentou até dar uma gorjeta pra gente, só pela entrada e pela água da casa. Mas não aceitamos — ela conta.

Estou me sentindo péssima. Tem muito, muito tempo que não me sinto tão mal assim. O detalhe sobre a gravata-borboleta é suficiente para me deixar na pior. Se eu tivesse feito isso com a minha mãe, Emmy ou Jory já teria sido bem ruim, mas com Albert, ainda mais sabendo que esta seria a primeira vez em dois anos que ele iria jantar fora, é imperdoável.

— Obrigada por terem sido tão carinhosas com ele — respondo, com um nó na garganta. — Eu me esqueci completamente de hoje à noite. Tinha muita coisa acontecendo.

A garçonete com as tranças assente e, em seguida, volta para a porta, onde mais clientes estão esperando para entrar. A outra garçonete está prestes a retornar à cozinha quando me chama.

— Na verdade, ele deixou uma coisa aqui. Acabei me esquecendo. Espera. — Ela estende a mão por trás do balcão e puxa um objeto, depois o entrega para mim. É o exemplar de Albert de *Mulherzinhas*, com uma folha dobrada entre as páginas contendo as perguntas do clube. Tem também uma rosa amarela em cima. Semana passada, enquanto conversávamos na cerca, falei para ele que não era muito fã de flores, mas que as rosas amarelas em seu jardim da frente até que eram "legais", o que arrancou uma risada de Albert. Levo um momento para entender que a flor era um presente pelo nosso jantar.

— Ele sabia que estava deixando isso? — Acho que já sei a resposta.

A garçonete confirma com a cabeça.

— Sabia... Eu sinto muito. Ele me disse que não precisava mais dessas coisas.

Agradeço outra vez antes de contornar as mesas em meu trajeto até a saída. Do lado de fora, observo a praia, que parece tranquila para essa época do ano. Devia estar lotada mais cedo, quando o sol estava forte, mas agora o céu está cheio de nuvens pesadas. Fico com vontade de descer e encontrar uma rocha ou uma fenda ali na areia para sentar e chorar até — se eu tiver sorte — a maré subir e me levar embora. Mas não posso fazer isso, porque Polly e Rosie estão no carro e porque preciso chegar em casa para falar com Albert. Preciso me explicar.

★ ★ ★

Quando ele abre a porta, não tem nenhum sinal da gravata-borboleta, só o cardigã marrom e os suspensórios de sempre.

— Albert, me desculpa — eu digo, sabendo que não é suficiente, mas sem ter ideia de como compensá-lo.

— Essas coisas acontecem — ele responde. Dá para ver que está chateado. A voz dele está diferente.

— Mas eu sinto *muitíssimo* — repito. — Tô me sentindo péssima. Fui pega de surpresa e acabei tendo que trabalhar até mais tarde, e depois ainda teve um acordo que foi recusado e uma reunião que precisei...

— Não tem importância, querida. — Albert sorri para me indicar que está tudo bem, mas é um sorriso fraco.

— Deixa eu te compensar por isso — peço. — Por favor.

— Não, prefiro que não.

— Mas... — Não sei o que dizer. — Podemos marcar pra outro dia?

— Prefiro voltar ao normal, se estiver tudo bem pra você.

Voltar ao normal.

— Pras nossas reuniões do clube lá em casa? — pergunto, na maior expectativa, mas toda a esperança desaparece quando Albert nega com a cabeça.

— De volta ao meu normal, aqui em casa. Estou meio cansado agora, Beth. — Ele quer que eu vá embora.

— De novo, me desculpa.

Ele assente e fecha a porta com cuidado, me deixando de pé em sua soleira, a boca aberta.

De volta à casa de Emmy, me jogo no sofá. Minha mãe deve ter feito uma faxina aqui, porque a mesa de centro está cheirando a lustra-móveis e estou até conseguindo enxergar o chão.

— Deu tudo certo com o Ted?

— Sim, sem problemas, querida. — Ela troca um olhar com meu pai, que preparou chá para todos nós.

— Que foi?

— Nada, não se preocupa — diz ela. Ninguém, jamais, na história de todas as palavras já ditas, falou "não se preocupa" antes de contar algo que realmente não fosse motivo de preocupação.

— Tá, então me diz o que é.

Ela olha para o meu pai: é a deixa para ele tomar a frente e me contar o que está acontecendo.

— O Ted teve um probleminha na creche. — Ele coloca uma caneca na minha frente e empurra a lata de biscoitos para perto.

— O que você quer dizer com probleminha?

— O Ted ficou muito chateado. Estavam conversando sobre famílias e pintando quadros, e as crianças começaram a falar de suas mamães e seus papais. — Ele baixa o olhar.

Ai, Ted. Fico de coração partido, mas ao mesmo tempo com raiva.

— Que coisa mais insensível da creche dar como atividade pintura de árvore genealógica. É claro que ele ia ficar chateado.

— Não foi bem assim, querida — meu pai comenta. — Natalie disse que eles estavam conversando sobre como tem famílias e lares de todos os tamanhos e formatos... Você sabe, aquele rapazinho de óculos, ele tem duas mães, né? E outra menina mora com a avó.

— Uma história terrível essa. — Minha mãe balança a cabeça. — A mãe teve overdose de analgésico. De qualquer forma, acho que não dá pra culpar a creche pelo Ted ter se chateado. Acho que foi mais porque ele viu as crianças pintando a família e deve ter se lembrado dos pais. Ele já estava bem tranquilo quando chegamos pra buscar, né, Jim?

Meu pai assente, a boca cheia de biscoito.

Não suporto pensar em Ted chateado sem nenhum de nós por perto.

— Tadinho. Esqueço que ele ainda deve ter muita dificuldade pra processar o que aconteceu. O impacto é menos óbvio do que com a Polly.

Minha mãe franze a testa.

— Eu diria que os dois estão lidando muito bem com a situação.

Pego um biscoito recheado de creme para não precisar responder. Polly entrou em casa antes de mim e saiu voando escada acima. Quando consegui me rastejar para longe da porta de Albert, ela estava aqui embaixo, com o cabelo molhado, contando ao avô sobre a virada que anda praticando na natação para tentar diminuir alguns segundos vitais do seu tempo. Eu devia ter aberto o jogo para eles naquele momento mesmo, dizer que Polly anda mentindo. Mas ainda tem alguma coisa que ela está escondendo da gente, e, se Polly achar que seus responsáveis no momento estão se unindo contra ela, é pouco provável que se abra para contar o que realmente vem acontecendo. É nisso que fico pensando para justificar o fato de eu continuar calada. A questão é que Polly não está se abrindo e eu estou cada vez mais distante da verdade.

— Tem alguma coisa te incomodando, querida? Além de Albert. — Meu pai me encara, atento. — Tenho certeza de que ele entendeu depois de você ter explicado. Hein, Beth? Algum problema?

Não é típico de mim esconder os problemas do meu pai. Ele sempre foi o rei em fazer as coisas ficarem melhores e me lembrar que errar é humano, ainda que ultimamente eu ande errando acima da média das pessoas normais. Penso em como seria expressar meus medos em voz alta por cima da caneca de chá.

Mas então penso na minha irmã. Em sua convicção, apesar de todos duvidarem, de que eu era a pessoa certa para assumir essa posição. Se eu chutar o pau da barraca, vou estar admitindo a derrota, e, caso eu admita a derrota, vou estar decepcionando Emmy e Doug. Balanço a cabeça.

— Tá tudo bem, pai. Só estou cansada.

25

Acordamos todos mais tarde que o normal. Não fechei bem as cortinas, e a primeira coisa que me vem à mente quando abro os olhos é como a lâmpada da sala está empoeirada. Mas então me lembro de Albert, com a gravata-borboleta e a rosa amarela, esperando quase uma hora pelo jantar que nunca aconteceu. Pego uma das almofadas que joguei no chão e a pressiono sobre a cabeça. Ted está se mexendo lá em cima. Acho que foi isso que me acordou. De vez em quando ele fica um pouquinho na cama conversando sozinho. Grito para ele:

— Tudo bem aí, Ted?

— Já é de manhã? Posso comer Sucrilhos?

Hoje é quarta-feira. Minha mãe me disse que Emmy só deixa Ted comer cereal açucarado ou creme de chocolate na torrada nos fins de semana. Mas nenhuma das duas está aqui, né? Eu que estou.

— Sim e sim — respondo. — Vou preparar. — Pego um dos meus vários suéteres pendurados no varal de roupas em frente ao aquecedor e visto por cima do pijama antes de ir para a cozinha. Não tem nenhum sinal de Polly. — Hora de levantar, Pol! — eu grito.

— Eu não vou — chega uma resposta abafada.

— Você tem vinte minutos até o ônibus chegar. Quer torrada?

— Eu não vou — ela repete. *Maravilha*. Às quartas, passo o dia com Ted, e geralmente ficamos o tempo todo em casa, às vezes dando um pulo no mercado ou no parquinho quando ficamos sem nada na despensa ou quando Ted diz que quer brincar no balanço. Depois do episódio na creche ontem, eu estava planejando fazer algo diferente com ele hoje.

Ted aparece com a cara amassada e segurando o sr. Trombeta. Dou nele um abraço apertado, meu jeito de dizer que lamento muito por ele ter ficado triste quando os coleguinhas desenharam os pais ontem na creche. Polly vem logo atrás e se senta à mesa de jantar, ainda de roupão.

— Eu não vou hoje, tia Beth — ela diz. Seus olhos estão vermelhos.

— Quer conversar sobre isso? — pergunto.

— Não. Eu só não vou.

Estou a um passo de pressionar mais ainda minha sobrinha quando tenho uma ideia. Sirvo o café da manhã de Ted na mesa.

— Ok — eu digo.

— Ok? — Polly me encara.

— Foi o que eu disse. — Aponto para a chaleira. — Quer um pouco?

— Hum, claro.

— Você pode ficar em casa hoje, eu ligo pra escola e aviso que você está doente ou que não pode ir ou seja lá o que você achar melhor, mas tem uma condição.

Polly estreita os olhos.

— Qual?

— Você precisa vir junto numa coisa que o Ted e eu vamos fazer.

Ted ergue os olhos do Sucrilhos.

— Vai ter massinha?

— Não, mas vai ser divertido. Quer dizer, mais ou menos. Tomara que seja. De qualquer jeito, é uma coisa que acho que nós três devíamos fazer juntos.

— Vai demorar muito? — Polly quer saber.

— Acho que não. — A resposta honesta é que não faço ideia. Talvez acabe sendo um desastre total, mas, agora que deixei Polly matar aula, estou na vantagem, então estamos pelo menos começando o dia de um jeito melhor do que ontem. Sinto um aperto no peito sempre que penso em Albert. Não consigo esquecer ele me dizendo que queria voltar à vida que tinha antes. Ele deve ter ficado bem chateado ontem à noite.

Quando terminamos de tomar café da manhã, subo para me trocar e pegar algumas roupas para Ted. Fico parada do lado de fora do quarto de Emmy e Doug. Ando evitando entrar sempre que possível, mas umas semanas atrás escondi uma sacola no guarda-roupa de Emmy e estou precisando dela agora. Entro e saio em questão de segundos, mantendo os olhos fixos no guarda-roupa para não ter que encarar a cama deles, que está do jeito como foi deixada na manhã de sexta-feira, 15 de março, ou as fotos na cômoda de Doug ou as pequenas bugigangas cuidadosamente alinhadas na penteadeira da minha irmã ao lado do frasco de CK One, o perfume que ela usa já faz duas décadas. Fecho a porta atrás de mim e desço com a sacola, esvaziando cuidadosamente o conteúdo em cima da mesa de jantar. Polly encara os dois potes grandes de vidro e o rolo de cartolina colorida à sua frente.

— Jesus, a gente não vai fazer *trabalhos manuais*, né?

— Não — respondo. — Mas a gente vai precisar de tesoura e caneta.

Pego a cesta de artesanato de Emmy no aparador. Ela usou a etiquetadora para escrever "cola" em um pote com cola em bastões e "tesouras" em um pote de tesouras. É praticamente a única cesta que continua tão organizada quando no dia em que Emmy esteve aqui pela última vez, e isso só porque até agora não tentei fazer nenhuma atividade manual com Ted. Achei que a creche servisse para essas coisas.

Polly pega um dos potes.

— É pra gente colocar chocolate quente? Tem uma doceria na cidade que vende chocolate quente em pote e é uma delícia. Eles colocam um monte de chantilly e um chifre de unicórnio por cima.

— Não, não tem nada a ver com chocolate quente.

— Tá, então tem a ver com o quê?

— Seu pai — respondo, e o rosto dela se fecha como se uma nuvem estivesse sobre nossa cabeça.

— Meu pai tá no passadiço — Ted comenta.

— É *paraíso*, Ted — Polly explica —, e só se você acreditar nessas coisas, e eu não acredito.

— A vovó falou que ele tá no passadiço — Ted insiste, olhando para mim em busca de confirmação.

Lanço um olhar de advertência para Polly. *Não se atreva a chatear seu irmão.*

— O *paraíso* fica no céu, Ted. É isso mesmo. A gente dá tchau pro papai às vezes, né?

Ele sorri e acena, animado, em direção ao teto.

— Isso! Assim!

Só dou tchau quando Ted está comigo, mas às vezes, quando estou sozinha, olho para o céu e assinto levemente com a cabeça para Doug.

— O que o papai tem a ver com potes de vidro? — Polly pergunta.

Eu me sento e pego uma cartolina colorida.

— São potes de memórias.

— Não. Sem chance — diz Polly antes mesmo que eu consiga explicar a ela o que vamos fazer.

— Beleza. Se é assim, então troca de roupa que eu te deixo na escola. Você só vai ter perdido a primeira aula.

Ela se senta novamente, de má vontade, bem na hora que meu telefone toca. Malcolm Trabalho. Recuso a ligação porque hoje é meu dia de folga e porque ontem trabalhei até tarde. Sei que não é culpa direta de Malcolm, mas eu provavelmente teria me lembrado da reunião do clube do livro se tivesse chegado em casa no horário de sempre, em vez de ter ficado lá para substituí-lo em uma reunião porque ele estava ocupado com um "compromisso".

Ted está tirando a tampa de todas as canetas.

— Vou desenhar um trem.

— Certo, então, eu pensei em outra coisa que a gente pode fazer primeiro.

Ele faz beicinho.

— Eu quero desenhar um trem.

— Ok, tudo bem, pode começar fazendo uns desenhos aqui... — Entrego um pedaço de cartolina para ele. — Enquanto isso a tia Beth e a Polly vão escrever nesses pedaços de papel assim que a gente conseguir cortar em quadradinhos. Você pode ajudar a pensar no que escrever, já que vai ser tudo sobre o seu pai.

— Eu tenho que fazer isso? — Polly pergunta.

— Não — admito. — Mas o Ted estava se sentindo meio triste ontem na creche e pensei que seria uma boa maneira de mostrar a ele que a gente ainda pensa no pai de vocês. Já se passaram seis meses, Pol, e fico preocupada que, se ninguém registrar as memórias dele agora, depois...
— Olho para os rabiscos pretos que Ted está desenhando.

— Você acha que ele vai esquecer — Polly diz, a voz baixa.

— Não sei, só sei que não me lembro de nada de quando eu tinha a idade dele. Você se lembra?

— Não.

— Mas *agora* ele ainda tem as memórias do pai, e acho que a mãe de vocês faria esse tipo de coisa se pudesse, mas, como não pode, vou tentar. De qualquer jeito, eu tinha planejado fazer isso só eu e o Ted, só que muitas das memórias dele eu não vou conseguir entender, né? Mas você vai.

Polly pega uma caneta.

— Quer conversar sobre o papai, Ted? — Ele não ergue os olhos do desenho. Estou prestes a intervir quando Polly me surpreende. — Lembra quando ele te levava pra passear de cavalinho na sala de estar?

— *Irrááá!* — Ted exclama, o que entendo como um sim. Ele faz uma garra com a mão. — E ele era um monstro, *grrrrrr!*

Polly escreve *passeios de cavalinho* e *monstros* em retângulos roxos de cartolina. Acho que me lembro de Doug correndo atrás dos dois pela casa fingindo ser um monstro. Era sempre uma gritaria que só parava quando Emmy dizia a todos, Doug incluso, para se acalmarem.

Durante os próximos vinte minutos mais ou menos, Polly e Ted enchem seus potes. Polly compartilha algumas memórias suas, mas não a maioria, e não a pressiono. É só quando ela começa a chorar e a envolvo com o braço que percebo que ela escreveu suas memórias como se Doug fosse lê-las. No papelzinho verde que ela está segurando está escrito: *Sinto falta de ver você dançando na cozinha.*

— Ah, Pol... — Aperto seu ombro. — Ele tinha tanto orgulho de você.

— Não, não tinha. — Polly sempre discorda de mim quando digo isso. Ela está encarando as próprias mãos. — Você não sabe de nada.

Ergo os braços.

— Quer saber? Você tem razão. Não sei de nada. Mas estou tentando saber. Estou tentando ajudar.

— Sei que está — Polly responde. Ela brinca com um pedaço de cartolina e abre a boca para dizer alguma coisa, mas depois a fecha novamente.

Vamos, Polly, você consegue. Fala comigo. Fico em silêncio por um tempo, dando espaço para o caso de ela querer desabafar. Ela começa a desenhar uma flor e uma abelha seguidas por um arco-íris. Por várias vezes, tenho a sensação de que ela está prestes a falar, mas isso não acontece, até que o silêncio é finalmente quebrado por Ted, que se cansou de desenhar e começou a tirar as memórias de seu pai de dentro do pote.

— Que tal a gente ir pra praia? — pergunto. Não sei de onde tirei essa ideia, só sinto que seria bom nós três sairmos de casa. Na mesma hora Ted começa a tagarelar sobre castelos de areia e remos, puxando a manga da blusa da irmã para perguntar se ela pode remar com ele.

— Mas você falou pro pessoal da escola que eu não estava bem — diz Polly. — Não posso só ficar aqui?

— Não. A gente vai pra praia e aí de tarde você pode se esconder no seu quarto ou fazer o que você estiver a fim. Olha como o Ted tá curtindo a sua companhia. Ele quase não te vê ultimamente. Só uma manhã juntos, é tudo que estou te pedindo. Por ele. — Provavelmente deve ser golpe baixo usar Ted desse jeito, mas sei que é o melhor jeito de fazer Polly aceitar.

— Tá bom — ela diz.

Ótimo. É disso que precisamos. Enquanto guardo os materiais de artesanato de Emmy de volta na cesta, encontro um bloquinho de post-its. Pego um e escrevo um bilhete para Albert, para passar pela porta dele antes de sairmos. Espero que este aqui tenha mais sucesso que o anterior, aquele que Jory nem chegou a mencionar.

Albert,

Eu só queria pedir desculpas novamente por ontem à noite. Sei que era algo importante sair para jantar pela primeira vez desde que Mavis se foi, e sei que te decepcionei. Andei lendo Mulherzinhas e só queria poder ser mais parecida com as irmãs March. Jo é minha favorita até agora. (Fiquei terrivelmente desapontada em descobrir que a minha xará é a que está doente.) Entendo por que você está decepcionado comigo. Só quero que saiba que, se as coisas voltarem a ser como eram antes de nos tornarmos amigos, vou sentir sua falta.

Com amor, Beth

26

— Escolhe um canto, Tedinho. — Gesticulo em direção à enorme extensão de areia dourada.

— Não tô vendo nenhum canto — ele diz, e dou risada. Ele não está nem olhando, ocupado demais em puxar o baldinho e a pá. Polly está carregando a rede novinha em folha do irmão embaixo do braço. Está em silêncio desde que fizemos os potes de memórias. Não aquele silêncio de sempre dela, típico de quem está com raiva do mundo, mas uma versão mais pensativa. Teve um momento em que pensei que ela estivesse prestes a falar comigo — *realmente* falar comigo — no carro, mas as palavras não saíram, e não vou forçar. Ted está cantarolando uma musiquinha, animado com nossa ida improvisada à praia. Antes de sair, procuramos em toda parte seu balde, pá e rede. Não conseguimos encontrar nada, por isso, assim que estacionei, caminhamos até a loja da esquina, aquela cheia de cartões-postais na vitrine, e comprei tudo de novo para ele, como se fôssemos turistas.

Apesar do clima quente, a praia não está cheia. Por ser meio de semana, a maioria das crianças está na escola. Acabamos ficando a meio caminho entre as barraquinhas de praia e o mar. Digo a Ted que precisamos pegar um pouco de areia molhada caso o objetivo seja construir castelos, mas ele me ignora e enche o balde de areia quente e seca antes de virá-lo e dar uma batida com a pá. Fico olhando o montinho de areia desmoronar.

— Mas eu dei a batida mágica — ele diz, olhando a pá mais de perto, como se o feitiço não tivesse funcionado.

— Deu mesmo, mas a areia tem que estar mais úmida. Vamos. — Corremos para cima e para baixo na praia e ficamos séculos enchendo baldes de areia molhada até conseguirmos construir um círculo de castelos. Estou sem fôlego e desabo ao lado de Polly, que continua perdida em pensamentos, olhando o mar. Nunca a tinha visto ficar tanto tempo sem a cara enfiada no celular.

— A gente pode pegar palitinhos pra fazer as bandeiras? — Ted pergunta.

— Daqui a pouco, a tia Beth precisa descansar. Ela não anda tanto assim desde quando precisou fazer teste ergométrico na aula de educação física.

— A gente precisa de palitinhos pras bandeiras — ele repete. Faço o de sempre quando Ted não me escuta de primeira: ofereço um lanche.

— Quer comer alguma coisa, Pol?

Ela balança a cabeça, e ficamos sentadas ouvindo Ted mastigar suas batatinhas. Quando ele termina, me entrega o pacote e sai para dar uma olhada em seu império de castelos de areia. Parece que se esqueceu da necessidade urgente de bandeiras, então fecho os olhos por um instante e aproveito o sol no rosto. O barulho suave das ondas quebrando, das gaivotas e do riso das outras pessoas cria uma sensação próxima ao relaxamento.

Por alguns minutos, nem eu nem Polly dizemos nada. Quando abro os olhos, ela está observando Ted, ocupado cavando mais.

— Acho que a praia é um sucesso — comento, rindo enquanto Ted começa a pular em cima dos castelos de areia. — A mãe de vocês trazia ele aqui o tempo todo, né? Vai ver ele estava com saudade.

— É. — A voz de Polly está embargada, e, embora ela tenha virado o rosto, percebo que está chorando por causa do jeito como seus ombros tremem. Procuro um lenço de papel na bolsa e entrego a ela, então me aproximo até ficarmos uma do lado da outra, as duas com o joelho encostado no peito. Enquanto ela enxuga os olhos me dou conta de que hoje é uma das poucas ocasiões desde o acidente em que a vejo ficar transtornada. Polly vive acima de tudo com raiva, mas, embora essa raiva às vezes a leve a deixar escapar umas lágrimas, eu nunca a tinha visto realmente *triste*. Não desse jeito.

— Quer conversar?

Ela nega com a cabeça e funga ao mesmo tempo.

— Foi por causa dos potes de memórias? Me desculpa se isso te deixou chateada. — Polly está chorando com ainda mais intensidade agora, e passo o braço ao seu redor. — Ah, Pol. Foi esse o problema?

— Não. Talvez. — Ela dá de ombros. — Não sei.

— Não precisamos fazer de novo, se foi muito pesado pra você. — Desvio os olhos do homem ao nosso lado, que está tentando, sem sucesso, preservar seu pudor com uma toalha enquanto tira a calça para ficar de sunga.

— Não, foi legal — ela diz. — Tô feliz que agora o Ted tem essas coisas todas escritas. Eu só... — Ela se interrompe, e, após meses sem ter a menor ideia de como minha sobrinha está se sentindo, a vontade de gritar *Você o quê?* é tão feroz que preciso iniciar uma contagem mental bem lentamente. Já estou em trinta e cinco quando ela volta a falar: — Eu só me sinto tão culpada.

— Por quê? — Isso não faz o menor sentido. Como Polly não responde na mesma hora, recomeço a contagem. *Quarenta e um, quarenta e dois, quarenta e três...*

— Tinha uma foto. Que eu tirei. De mim mesma.

Apesar de não ter recebido nenhuma informação sobre a foto, pela forma como Polly diz, encarando as próprias mãos, acho que sei de que tipo de foto ela está falando. Fico chocada, mas também nada chocada. Chocada porque ela é minha sobrinha e até outro dia adorava Barbie e livrinhos de colorir. Nada chocada porque ela tem catorze anos e porque, se eu tivesse um celular aos catorze anos, teria sido letal. Não entendo o que isso tem a ver com o fato de ela ter ficado triste por conta dos potes de memórias, mas não questiono, prestando atenção em Ted enquanto ele se move atrás de nós, recolhendo algumas pedrinhas no balde.

— Ok — digo e faço como Polly: começo a encarar o mar.

— Era sobre isso que a Kate estava falando na festa do Ted — ela explica.

Agora estou mais confusa ainda.

— A Kate sabia da foto?

— Não, mas esse foi o drama que ela comentou que tinha deixado a mamãe chateada.

— Não tô entendendo.

Polly deixa escapar um suspiro longo e trêmulo.

— Quando eu estava tentando vender meu celular antigo, uma mulher me mandou mensagem querendo comprar. Eu ia responder que já tinha vendido, mas, não sei como, acabei mandando a foto junto. Mas não era pra ela.

Assinto para indicar que estou ouvindo. Fico me sentindo meio desconfortável em saber que havia alguém "para quem era a foto", mas me esforço em manter a expressão neutra.

— E aí ela me chantageou.

Perco a compostura.

— Ela *o quê?*

— Ela tinha um print com a minha lista de amigos, disse que ia enviar a foto pra todo mundo. — Polly está sussurrando. — Eu acreditei de verdade que ela ia mandar e que todo mundo na escola ia ver. Foi horrível.

— Nossa, Pol. — Consigo imaginar o pânico, como ela deve ter ficado assustada.

— Ela pediu cem libras. O papai acabou descobrindo depois que pedi dinheiro falando que era pra um casaco novo da natação. Ele mandou um e-mail pro treinador Draper, reclamando do preço, e descobriu que não tinha casaco novo nenhum. Como não contei o motivo verdadeiro, ele pegou meu celular e encontrou as mensagens. E a foto.

— Ai, meu Deus. — Não sei se me sinto pior por Polly ou por Doug nessa situação.

— Ele foi muito legal comigo. Me fez contar pra mamãe, e aí tivemos uma longa conversa sobre essas coisas. Ela ficou muito chateada por causa da foto, mas eles me disseram que ia ficar tudo bem.

A agonia no rosto de Polly enquanto ela fala sobre os pais me deixou com um nó na garganta. É bem nítido que ela está angustiada por ter enviado aquela foto por engano.

— Polly, *todo mundo* faz coisas meio idiotas quando é adolescente. Você não precisa se sentir culpada por causa disso.

Ela está negando com a cabeça.

— Não me sinto culpada pela foto. — Ela vira o rosto para mim, os olhos arregalados e as bochechas molhadas de lágrimas. — Me sinto culpada pelo acidente. A culpa é minha, tia Beth.

— Não é, não. Como é que seria culpa sua?

— O papai ficou superpreocupado, com medo da foto acabar vazando. Não parava de falar que, quando uma foto cai na internet, já era, nunca mais sai. Ele não gostou muito da ideia de dar dinheiro, mas eles acharam melhor fazer isso pra resolver o problema de uma vez. Eu tinha que ter deixado ela mandar pra todos os meus amigos. Se fosse agora, eu não estaria nem aí se o mundo inteiro me visse pelada. — Lembro daquele dia no vestiário depois da primeira competição dela, quando Polly estava toda frenética. Ela mexe nos cadarços do tênis. — Era pra lá que eles estavam indo, aquela sexta-feira. Estavam indo se encontrar com ela. Por isso que a culpa é minha.

Minha mente tenta acompanhar o que estou ouvindo. Me viro para dar uma olhada em Ted, que está parado na frente de uma mulher comendo um sanduíche. Acho que entendo, pelo menos em parte, o que Polly está dizendo, mas acho muito improvável Emmy e Doug terem ido confrontar uma mulher aleatória cara a cara para entregar cem libras.

— Eles te disseram mesmo que iam pra lá?

— Não, disseram que iam pra reunião da hipoteca, a mesma coisa que falaram pra vocês, mas... — Ela pega o celular e dá uns cliques até encontrar o que estava procurando, depois me entrega o aparelho. É uma mensagem de Emmy.

Não esquenta a cabeça com a foto, meu amor. Estamos resolvendo tudo, nem pensa mais nisso. Vamos levar uns docinhos e pipoca pra mais tarde. Te amo, beijos. Mamãe

Olho a hora que a mensagem foi enviada: trinta minutos antes do acidente. Penso em minha irmã e Doug numa missão para proteger a filha.

— Não deixa de ser só um acidente terrível, Pol.

— Mas o papai não teria morrido se não fosse por mim! No início, fiquei achando que talvez eu tivesse entendido errado. Eu queria estar errada. Mas aí achei aquela carta que dizia que a reunião da hipoteca tinha sido remarcada para outro dia.

— Aí você escondeu a carta...

— Entrei em pânico. A vovó estava insistindo pro vovô guardar toda a papelada numa pasta, aí corri pra enfiar o envelope naquela gaveta que ninguém nunca usa. Eu ia tirar depois, mas a gaveta acabou emperrando. Até você chegar com a porcaria daquela espátula.

— Por que você não me contou tudo isso na hora?

— Não consegui. Assim que descobri que eles mentiram sobre o lugar pra onde estavam indo só pra livrar minha barra, fiquei sem ar. Não consegui tirar isso da cabeça nem por um minuto, mas não queria dizer em voz alta porque aí sim ia ser verdade. Por mais que eu saiba que é verdade. Só queria que tudo isso fosse embora.

De uma hora para a outra, a Polly com quem tenho convivido e me preocupado nos últimos seis meses começa a fazer mais sentido. A raiva, o desempenho na escola e o ranço sempre que alguém tentava dizer que seu pai sentia orgulho dela. Polly anda se torturando tanto pelo papel que desempenhou no destino dos pais naquele dia, mesmo que *não* tenha sido culpa dela, que não chegou nem a ter tempo de viver o luto. Até hoje, quando teve que lidar com um pote cheio de memórias.

— Presta atenção, Pol. — Toco sua perna. — O acidente, independentemente de aonde seus pais estavam indo, *não é* culpa sua.

— Queria que eles não tivessem ido. Eu faria qualquer coisa. Sinto tanto a falta deles.

— Eu sei. Nada que eu diga vai tornar a perda do seu pai mais fácil. Mas sua mãe ainda está aqui. Até agora ela desafiou todas as probabilidades, e precisamos ter fé de que ela vai continuar desafiando um pouquinho mais. A gente é meio que um time agora, embora você tenha dado azar em cair na mesma equipe da sua tia sem noção.

Polly sorri, e é como se eu estivesse vendo o sol.

— Você não é *sem noção*.

Arqueio a sobrancelha.

— Sou meio sem noção, sim. Mas prometo me esforçar nas minhas funções, tipo fazer compras e lavar roupa, se você prometer não ficar quebrando a cabeça com todas essas coisas sozinha.

Ela assente.

— Me desculpa, tá? Mesmo. Por ter sido um pé no saco. — Ela olha para o outro lado. — Tia, cadê o Ted?

Me viro na direção onde ele está brincando.

— Perturbando a moça que está comendo sanduíche. — Mas, quando procuro a camiseta vermelha do meu sobrinho, não vejo ninguém. — Ai, meu Deus, ele estava bem ali. Não faz nem um minuto. — Será que não passou mesmo nem um minuto desde que o vi? Acabei me distraindo conversando com Polly. Passou mais tempo do que me dei conta? É hora do almoço agora, e tem muito mais gente aqui na praia do que quando chegamos. À nossa volta tem vários moradores que se afastaram de suas barraquinhas e mesas, o que dificulta identificar uma cabeça de cachos loiros. Não tem como ele ter ido tão longe. Sinto um pânico incontrolável, o tipo de pânico que nenhum *inspira por quatro e expira por oito* consegue resolver.

Polly começa a chamar pelo irmão, ziguezagueando por entre os banhistas da hora do almoço em direção ao ponto onde o vimos pela última vez. Continuo no mesmo lugar, como se tivesse criado raízes, olhando para todos os lados e o mais distante que consigo, rezando para Ted estar por perto e só não estarmos conseguindo enxergá-lo, embora não acredite de verdade que a praia esteja tão lotada assim a ponto de ele ter conseguido se camuflar desse jeito. E se alguém o tiver levado embora?

A gente vive escutando esses casos terríveis. Sobre como acontece num piscar de olhos. Qual a hora certa para pedir ajuda dizendo que ele foi sequestrado? Ou se afogou? Tenho quase certeza de que Ted não foi em direção ao mar porque estava atrás de nós, na parte de cima da praia, e eu o teria visto passando. Né? Mas e se eu não tiver visto? E se ele ficou com vontade de ir remar? Daria tempo? Só se tiver sido muito rápido. Mas não é impossível.

Polly está perguntando às pessoas se viram um garoto loiro de camiseta vermelha. Sua redinha de pesca está jogada aos meus pés, mas não tem nenhum sinal do balde e da pá. Ele deve ter levado essas coisas junto quando se afastou daqui. O som suave das ondas quebrando, das gaivotas e das risadas alheias não é mais relaxante. *Cadê ele?*

Polly volta correndo, acenando para chamar minha atenção.

— Alguém disse que viu o Ted — ela diz, ofegante, as mãos nos joelhos. — Ele estava com uma mulher de blusa azul, andando pela praia.

— Quê? Quando? Faz quanto tempo? — Aquela mulher comendo sanduíche estava de blusa azul? Talvez. Eu não prestei muita atenção.

Polly está prestes a chorar.

— Não vejo os dois em lugar nenhum. E se essa moça de blusa azul pegou o Ted e colocou ele no carro?

— Existem mais pessoas boas do que ruins, Pol — eu a lembro, tentando muito acreditar nisso. Seguimos correndo o mais rápido possível pela areia, nós duas desesperadas. Eu devia chamar a polícia. Chego a digitar o número no celular, mas, bem na hora que passamos correndo em frente a um posto de observação, um salva-vidas no fim da adolescência nos chama, perguntando se estamos bem.

— Não, perdi meu sobrinho, Ted. Ele tem quatro anos. Está de camiseta vermelha e bermuda azul-marinho, tem o cabelo loiro e cacheado. — Indico para ele o lugar onde estávamos sentadas, nossos vários castelos de areia agora sendo atacados por outras crianças. — Ele estava lá coisa de cinco minutos atrás. Virei as costas por um segundo e aí...

O rapaz me interrompe.

— Você disse camiseta vermelha?

— Sim! Vocês encontraram ele? Por favor, meu Deus, diz que encontraram.

— Não tenho certeza, me dá um minuto. — Ele dá um passo atrás e fala baixinho no rádio comunicador antes de gesticular com a palma da mão para nós duas ficarmos onde estamos. — Uma pessoa está vindo aqui falar com vocês.

— Quem? Cadê o Ted? Ele se machucou? — Estou com vontade de vomitar. — Por favor, só me diz se ele está bem.

— Olha lá ele! — Polly aponta em direção à praia. Olho para onde ela está apontando e, embora esteja bem longe, não tenho dúvida nenhuma de que é Ted, de mãos dadas com uma policial.

— Graças a Deus! — Caio de joelhos, sentindo uma onda de alívio. Não paro de tremer, com os olhos fixos em Ted e na escolta policial que o acompanha. Tem uma outra mulher ao lado deles, usando uma blusa azul. É a mulher do sanduíche. O que está acontecendo?

Ted soltou a mão da policial e está correndo em nossa direção. A policial fala alguma coisa no rádio comunicador e, quando se aproxima de nós, diz alguma coisa para a moça de azul, que confirma com a cabeça, como se estivesse respondendo a uma pergunta.

— Olha, tia Beth, é a polícia! — Ted parece animado em nos ver e claramente não ficou tão traumatizado quanto nós pelo curto período separados.

A policial se agacha na altura dele e pergunta, carinhosa:

— Ei, Ted, quem são essas duas, hein?

— Tia Beth e Polly. — Ele infla o peito, orgulhoso.

— Sou irmã dele. — Polly o pega no colo e o abraça, escondendo o rosto em seu cabelo.

— E o Ted veio até a praia com vocês hoje? — A policial está sorrindo, mas ainda agindo com um pouco de cautela.

Seguro a mão de Ted.

— Ele veio comigo. Os dois vieram. Ele estava brincando bem atrás da gente. A última coisa que lembro é de virar e ver o Ted olhando pra essa moça que só queria almoçar em paz. Ele não é muito bom em respeitar o espaço das pessoas, não quando tem comida envolvida. Quando fomos olhar ao redor de novo, ele tinha sumido.

A moça do sanduíche e da blusa azul fica totalmente constrangida.

— Meu Deus, me desculpe. Ele começou a conversar comigo e parecia estar sozinho. Olhei ao redor pela praia, mas acho que vocês deviam estar de costas pra gente naquele momento, então não pensei que estivessem com ele. Eu perguntei... — Ela baixa o tom de voz. — Perguntei onde estavam o papai e a mamãe dele, mas ele começou a chorar, dizendo que não sabia onde estava o papai e que a mamãe estava cansada. Imaginei que estivesse perdido. Nem passou pela minha cabeça que pudesse estar aqui com alguém além dos pais.

Meu coração ainda está batendo mais rápido do que deveria. Eu me sinto péssima.

— Polly, por que você não ajuda o Ted a construir mais uns castelos de areia antes da gente voltar pra casa? — Ela assente e leva o irmão para junto da rede e da toalha que abandonamos agora há pouco. — Não acredito que perdi ele de vista desse jeito.

A policial abre um sorriso empático.

— Acontece *bastante* aqui na praia, acredite. Acho que nesse caso o problema foi o mal-entendido a respeito de com quem o Ted estava.

— Eu sei, mas não cheguei nem a ver meu sobrinho sair andando com uma desconhecida. Ela podia ser qualquer um... sem querer ofender. — Sorrio para a moça do sanduíche. — O Ted chorou quando você perguntou sobre os pais dele porque os dois sofreram um acidente sério de carro. O pai faleceu, e a mãe, minha irmã, ainda está no hospital.

A policial assente.

— Minha ficha caiu quando você mencionou os nomes Ted e Polly. Obviamente, como força policial, ficamos arrasados com o que aconteceu com a sua família.

— "Onde estão seu papai e sua mamãe" é uma pergunta complicada pro Ted. Ele deve ter achado que você queria saber de modo geral, em vez de onde eles estavam aqui na praia. Fico feliz por ter pessoas boas protegendo ele enquanto eu faço tudo errado. — Agradeço mais uma vez às duas antes de ir até Polly e Ted, que estão profundamente concentrados escrevendo na areia com gravetos. Me sento ao lado deles, me esforçando muito para não chorar.

— A Polly fez meu nome, tia Beth! — Ted aponta para as letras. — Tá escrito Ted!

Abro o maior sorriso que consigo, que não é lá grande coisa, sem conseguir parar de pensar que neste momento tudo poderia estar muito pior. Minha mãe vai pirar quando descobrir que Ted se perdeu. Normalmente, posso contar com meu pai para acalmá-la, mas não tenho certeza se dessa vez ele vai sequer tentar. É diferente de não estender a roupa lavada ou mandar mal na cozinha. Isso é sério. Estou há seis meses tentando provar que estou à altura dessa tarefa, mas, até agora, tudo o que consegui foi provar que não estou.

Polly fala mais comigo no carro a caminho de casa do que em todas as últimas semanas. Dá para sentir que nossa conversa tirou um peso de seus ombros, e, apesar da confusão com Ted, fico feliz. Por outro lado, me sinto mais pesada do que antes de sairmos hoje de manhã, mas ela não tem culpa disso.

Quando viro no ponto de ônibus, vejo o carro dos meus pais estacionado na frente da casa de Emmy. *Que maravilha*. Significa que vou precisar enfrentar logo de cara a bronca pelo que aconteceu na praia. Cheguei a pensar em pedir a Polly para guardar segredo e não contar nada sobre o sumiço de Ted (em troca de eu não mencionar a foto, algo bem compreensível de ela não querer ter de explicar aos avós), mas sei que não posso fazer isso. Não porque seria errado — mesmo que seja —, mas porque não existe a menor possibilidade de Ted não mencionar sua empolgação com a policial e o rádio comunicador (e não estou preparada para me rebaixar a ponto de pedir a uma criança de quatro anos que guarde um segredo só para eu sair bem na fita).

Minha mãe está esperando na entrada de casa. Ted cochilou, então o tiro com cuidado da cadeirinha e o levo até ela. Está cheio de areia no rosto e no capuz.

— Aí está você — ela diz, franzindo a testa ao ver Polly e, logo depois, se virando para avisar a alguém lá dentro, na cozinha. — Ela chegou.

Escuto vozes. Com quem ela está falando? Não estão só ela e meu pai aqui? Talvez o oficial de família também tenha vindo. Mas como é que meus pais saberiam disso?

— Não sabia que vocês viriam... — começo, mas ela me interrompe enquanto pega Ted do meu colo.

— Seu chefe está aqui — ela sibila.

— Quê? *Por quê?* — Tem como esse dia piorar?

— Vou cuidar do Ted. E, enquanto isso, Polly, pode ir me contando por que não foi à escola.

Caminho lentamente até a cozinha, tentando entender por qual motivo Malcolm está na minha casa, que nem é minha casa, no meu dia de folga. Eu o encontro sentado à mesa, tomando chá com meu pai. Malcolm já está passando dos limites, é isso que está acontecendo. Enchendo meu saco.

— Beth, onde você estava? — Meu pai olha o relógio. — Malcolm está há horas tentando falar com você. Ele foi lá em casa, já que é o endereço do seu registro, depois viemos pra cá porque pensamos que você estaria aqui. — Ele percebe a presença de Polly. — Por que você...? Nada, deixa pra lá.

— A gente foi à praia — respondo. Se estou soando na defensiva, é porque estou mesmo. Na defensiva e confusa com por que toda essa cena parece o início de uma bronca, sendo que ainda nem contei a coisa que vai de fato me custar uma bronca. Por um instante irracional, me convenço de que alguém, talvez a polícia, chegou antes de mim e contou tudo sobre Ted ter se perdido na praia. Mas aí lembro que meus dramas familiares não teriam nada a ver com a Hexworthy Consultoria Financeira. — O que está acontecendo?

Malcolm parece incomodado. Não consigo imaginar nenhum dos negócios em andamento causando problemas em um nível que corresponda à preocupação que vejo estampada no rosto dele.

— Beth, você acionou o alarme ontem à noite antes de sair? — ele pergunta, com uma voz diferente do normal. Não consigo dizer se está aflito ou furioso. Talvez as duas coisas.

— Não?

Malcolm solta um gemido, como se estivesse com uma dor de estômago fortíssima, e fico ali de boca aberta olhando para ele.

Quando ele volta a falar, seu tom é entrecortado, as palavras saindo por entre os dentes:

— Eu pedi pra você acionar antes de sair.

— Quando? Nem sei ativar aquilo.

— Quando eu estava te explicando sobre a videochamada. Anotei em dois post-its, que grudei na sua mesa. Falei que um tinha o código de discagem da reunião e o outro, o código do alarme. Você disse "Certo". Depois, te mandei um e-mail com as estatísticas de venda e acrescentei uma OBS sobre o alarme. — Ele pega o celular para me mostrar o e-mail enviado ao mesmo tempo em que sacode a tela para o meu pai. Papai assente, e quero gritar com ele por estar concordando.

Aquele pânico que tinha acabado de diminuir assim que saímos da praia voltou com força total. Vai ser um milagre se eu não tiver um ataque cardíaco antes do meu próximo aniversário. Dou uma espiada no celular de Malcolm, rolando a tela para ler o e-mail. Lembro de ele ter me falado sobre o código da reunião, mas não sobre o alarme. Lembro da nossa conversa, de como eu estava concentrada na tela do computador e no acordo que havia sido recusado pela análise de crédito.

— Não te escutei dizendo nada sobre o alarme. A OBS no e-mail está em letra minúscula. Até o título do e-mail é "Reunião". Por que não colocou "Reunião e Alarme"? Eu não acionei alarme nenhum. Não ouvi você me pedindo isso. Acho que não pediu, não. — Estou gaguejando. É injusto ele me colocar nessa saia justa, fora do escritório e na frente do meu pai.

— Eu anotei o código do alarme em um post-it. Te lembrei no e-mail — ele diz, aumentando um pouco o tom de voz. — Alguém invadiu a sala.

Eu arquejo.

— Quê? — pergunto, embora o tenha escutado perfeitamente bem.

— Entraram e ninguém ficou sabendo, porque o alarme não tinha sido acionado.

— Levaram...?

Malcolm nega.

— Não muita coisa, mas a questão não é o que levaram, Beth. É o fato de terem conseguido entrar, de terem ficado zanzando pelo escritório sem o alarme ter sido acionado. Sei que a gente tem uma política de manter a mesa limpa para proteger dados confidenciais, mas... — Ele põe as mãos na cabeça.

Me lembro do jeito como deixei minha mesa, com arquivos em todas as bandejas e um bloco de notas ao lado do teclado cheio de nomes de clientes e números de telefone rabiscados. Me lembro vagamente de ter assistido a um vídeo de treinamento sobre manter a mesa limpa, em que uma mulher de terninho andava por um escritório cenográfico falando com a expressão bem séria sobre os riscos de deixar informações pessoais à mostra. Fiquei de saco cheio na metade e comecei a mandar memes para Jory. Ele me respondeu com um meme de David Brent que me fez dar uma gargalhada: eu tinha contado a ele que Malcolm tinha um quê de Brent. Não tem a menor graça agora.

— Foi claramente um mal-entendido. — Meu pai se levanta para esquentar novamente a chaleira. — Se a Beth disse que não sabia que você tinha pedido pra acionar o alarme, então ela não sabia que você tinha pedido pra acionar o alarme. Quer mais chá?

Malcolm faz um gesto de recusa.

— Mas eu pedi, acontece que sua filha simplesmente não escutou. E agora é provável que estejamos envolvidos em muitos problemas. — Ele se levanta.

— Me desculpa — eu digo. — Não ouvi você me falando sobre o alarme porque estava concentrada na resposta da análise de crédito daquele acordo.

Malcolm estreita os olhos.

— Você não se perguntou sobre o alarme? Nem passou pela sua cabeça quando *você*, a última pessoa no escritório, a única que ficou trabalhando até mais tarde, saiu? Que talvez existisse alguma responsabilidade atrelada a você sair do prédio?

Faço que não.

— Todos nós temos cartões pra entrar e sair, então sei que as portas se trancam automaticamente. Um alarme não passou pela minha cabeça. O que vai acontecer agora, com esse arrombamento?

Ele pega o paletó e o pendura no braço.

— A polícia vai conferir as gravações das câmeras de vigilância e, enquanto isso, tudo que a gente pode fazer é rezar pra que ninguém tenha bisbilhotado nada durante a invasão. Parece que a mesa mais comprometedora era a sua.

Me encolho. Não tenho muito o que dizer sobre isso.

— Tem algo que eu possa fazer?

— Na verdade, não. Só vim até aqui porque estava na expectativa de você ter acionado o alarme e que ele só não tivesse disparado por alguma questão técnica. Eu não incomodaria você no seu dia de folga se não fosse urgente. — Malcolm olha para o meu pai. — Peço desculpas pelo inconveniente, sr. Pascoe.

Minha nuca está quente e formigando, da mesma forma que aconteceu após o funeral de Doug, quando pensei estar à beira de um ataque de pânico. Já faz um tempo que a pressão das responsabilidades vem aumentando, mas hoje foi a prova de que não posso confiar em mim mesma para dar conta de tudo. Não estou pronta. E se da próxima vez eu fizer algo pior do que esquecer de acionar um alarme? Pior do que perder Ted? Estou seguindo em frente, iludindo a mim mesma de que está tudo ok, mas não tem nada ok, não é? Nada disso é ok.

Sigo Malcolm até a porta, sentindo minhas palmas úmidas.

— Te vejo no escritório amanhã, Beth.

— Não. — Sinto minha pulsação nos ouvidos. Estraguei tudo.

Ele me encara.

— Não?

— Não posso. — Estou tremendo.

— Não pode trabalhar amanhã ou...? — Um silêncio desconfortável preenche o espaço entre nós dois.

— Não sei.

— Entendi. Bom, não tenho como administrar uma empresa com base em *não sei*. Preciso que você me avise, no máximo até segunda-feira, o que decidiu. Se eu não tiver notícias suas, vou ser obrigado a anunciar sua vaga. Não posso ficar muito tempo sem um assistente, você sabe.

— Eu sei. Sinto muito. — Quando fecho a porta, minha mãe aparece. É óbvio que ela escutou a conversa.

— E aquilo de não desistir? — ela diz. — Ah, Beth. *Por quê?*

— Porque eu desisto das coisas — respondo. — *Quando o bicho pega, a Beth sai correndo.* Não é o que você diz? Você tem razão.

— Eu não... — Ela parece desconcertada com as próprias palavras sendo citadas de volta. — Mas você estava indo tão bem nesse emprego.

— Não — rebato. — Não estava. Eu não estava dando conta, e agora por culpa minha o escritório foi invadido.

— Mas não precisa se demitir por causa disso. Com sorte, a polícia consegue resolver.

— Vovó, eu vi a polícia! — Ted vem correndo até nós.

— Que legal, querido. — Minha mãe bagunça seu cabelo e abre um sorriso. — Vamos fazer seu almoço?

— A policial era menina, e apareceu quando a tia Beth e a Polly tavam longe.

O sorriso da minha mãe desaparece, e ela lança um olhar primeiro para Polly e depois para mim.

— O que ele quer dizer com "tavam longe"?

Sinto que estou ficando com dor de cabeça e pressiono a ponte do nariz, minhas mãos ainda tremendo.

— Aconteceu meio que um incidente na praia. Eu ia contar pra vocês, só que o Malcolm...

— Não foi culpa da tia Beth — diz Polly. — Num segundo ele estava lá, e aí...

— Posso comer enroladinho de queijo? — Ted está dando pulinhos. Minha mãe o pega no colo, beija sua cabeça e o leva para a cozinha, lançando um olhar que não consigo ver, mas imagino bem qual seja, para meu pai.

— Mãe? — eu a chamo.

— Por favor, podemos conversar sobre isso depois, Beth? São quase duas da tarde e o Ted ainda nem almoçou.

— Mas...

— Mais tarde. Ele precisa comer.

• 267 •

27

É sexta-feira à noite e estou assistindo bobagem na televisão numa casa que não é minha, sem sequer a presença das pessoas de quem fiquei responsável por tomar conta. Já faz um tempo que quero um pouco de espaço, mas não era assim que estava imaginando. Não parece um momento de autocuidado e relaxamento, muito menos o momento sem fazer nada que eu tinha em mente quando sonhei com uma noite de folga. Parece solitário.

Brinco com as patinhas amarelas do cachorro de pelúcia de Ted que estava enfiado entre as almofadas do sofá. Minha mãe levou as crianças para a casa dela "por alguns dias" na quarta-feira à noite. Não houve uma conversa sobre isso, e preferi não discutir. Polly e Ted estão melhor lá. Não faço ideia de quanto tempo dura "alguns dias" e não quis perguntar. Polly estava relutante em ir embora, mas apoiei meus pais e falei que ela precisava ir. Ted ficou animado com a ideia de uma festa do pijama na casa da vovó, mas achou que eu também iria. "Você pode dormir do meu lado, tia Beth!", ele disse, enquanto minha mãe o guiava até o carro. "A gente pode ficar acordado até umas setenta horas da noite."

"Eu ia amar, mas preciso ficar aqui para terminar uns trabalhos. Mas muito em breve a gente se vê", respondi, acenando para meu sobrinho e para o sr. Trombeta antes de fechar a porta e chorar por uma hora no chão do corredor. Durante esses dois dias que eles estão fora de casa, não fiz quase nada além de ficar sentada aqui no sofá, com a televisão ligada mas sem prestar atenção e atualizando o feed no celular, a cabeça longe.

Não tenho nem como me afundar no trabalho, porque acho que talvez eu tenha me demitido, embora, de qualquer maneira, ainda não tenha enviado um e-mail confirmando isso. Até meu livro está me punindo, um lembrete de ter decepcionado Albert sempre que o vejo largado perto da geladeira. Consigo escutar o som da televisão dele através da parede, e o imagino sentado no sofá marrom com suas pantufas marrons. Não acho que seja filme de faroeste essa noite, porque as explosões repentinas de barulho soam mais como risadas ensaiadas que tiros.

Nesses dois dias, minha mãe me ligou para saber como eu estava e meu pai mandou uma mensagem dizendo que eu devia ficar com Polly e Ted na casa deles. Respondi dizendo que estava bem aqui, ainda que não esteja: não tenho forças para enfrentar a cara de decepção de todos eles. Minha mãe não falou muita coisa sobre Ted ter se perdido, e, de certa maneira, seu silêncio é pior do que quando ela joga tudo na minha cara de uma vez.

Fico repassando mentalmente os eventos da semana. Sair do escritório mais tarde na terça-feira e não acionar o alarme. Albert de gravata-borboleta, esperando por mim no restaurante por uma hora e depois me dizendo que gostaria que as coisas voltassem a ser como antes. Ted desaparecendo e sendo devolvido pela polícia. O fato de que tudo podia ter sido muito, muito pior. Também me lembrei, após ver Polly marcada numa foto de Rosie no Facebook, que ainda não contei à mãe dela que a encontrei perambulando na estrada principal com Polly enquanto as duas deviam estar na aula de natação. Quando deixei Rosie em casa, minha intenção era contar no mesmo dia, mas estava com tanta pressa de falar com Albert e me explicar que acabei deixando para depois, e agora... bom, agora não sei se tenho energia suficiente para contar à mãe dela e admitir que lidei com a situação do jeito errado, assim como fiz com todas as outras coisas.

A última coisa em que consigo pensar é comida, então não me alimentei o dia inteiro e agora sinto minha barriga roncando. Coloco duas fatias de pão na torradeira e pego um pote de pasta de chocolate. Penso nas noites de sexta-feira antes do acidente, quase todas com Jory no bar. Me pergunto se ele está com Sadie agora.

Ouço o tique-taque do relógio enquanto como a torrada. São cerca de dois tiques entre cada gotejar da torneira da cozinha. *Tique, taque, gota*. Na bancada tem uma pilha de correspondências que eu devia ter entregado ao meu pai para ele poder checar não só a papelada de Emmy e Doug, mas também se as contas da casa estão em dia. Olho para o relógio. *Tique, taque, gota*. A noite só está começando, então daria para levar os envelopes para o meu pai agora. Já estou mesmo com saudade das crianças, e seria uma ótima desculpa para dar uma passada por lá e abraçar Ted. Mas me lembro do olhar da minha mãe quando ficou sabendo que Ted havia se perdido. Da sua expressão que parecia dizer, como se fosse um presságio: "Sabia que ia dar nisso". Talvez eu possa só dar uma olhada na correspondência antes de decidir o que fazer. Vai que é tudo lixo.

Abro a carta no topo da pilha. É para Emmy, informando que ela foi pré-aprovada para um cartão de crédito com limite de cinco mil libras. Jogo o envelope na "pilha do lixo". Mas... *cinco mil*. Acho que nunca recebi uma correspondência dessas, com certeza não desde aquele pequeno contratempo para pagar minha conta de telefone ano passado.

Dou uma limpada com a mão nas migalhas de torrada na mesa e abro a segunda carta. É do dentista de Doug, para lembrar de uma consulta que ele havia marcado. Sorrio com tristeza para a foto na geladeira de Ted e seu pai, os dois olhando de lado para a câmera.

— Você tinha dentes lindos, Doug — eu digo. Adiciono a correspondência à pilha do meu pai.

A terceira carta vem no envelope de um hotel-spa chique. Eu abro, esperando dar de cara com uma propaganda genérica informando sobre uma oferta especial. Me surpreendo ao encontrar uma carta impressa e endereçada a Emmy e Doug.

Prezados sr. e sra. Lander,

Apesar de inúmeras tentativas nos últimos meses, tanto por e-mail quanto pelo número de celular fornecido, não conseguimos entrar em contato com os senhores, por isso estamos fazendo uma última tentativa. Caso tenham mudado de ideia e não desejem mais explorar o que o Eagle Park tem a oferecer, basta informar e retiraremos os senhores de nossa lista. Caso ainda desejem um horário com Sandrine, ainda temos várias datas disponíveis entre setembro e outubro, embora a previsão seja que logo se esgotem.

Atenciosamente,

Elena McCarthy, assistente de eventos

Estranho. Fico me perguntando se Emmy ganhou um sorteio para um chá da tarde ou algo assim e não conseguiu avisar ao hotel que não poderia mais comparecer. Só que a carta diz "horário"... e horário não passa a ideia de que ela tenha ganhado um prêmio.

Estou prestes a colocar a carta na pilha do meu pai quando me detenho. Não é o tipo de tarefa que exige as habilidades de um testamenteiro — um e-mail ou telefonema já resolveria —, e também não é como se eu tivesse muita coisa para fazer. Disco o número informado e já estou me preparando para deixar uma mensagem na caixa postal quando uma mulher atende.

— Spa e Hotel Eagle Park, Elena falando, posso ajudar?

Dou mais uma olhada no rodapé da carta.

— Ah, oi, Elena... hum, pode, sim. Recentemente você escreveu pra minha irmã e pro marido dela sobre conseguir um horário. Emmy e Doug Lander?

— A senhora deseja remarcar?

— Não. Na verdade... — Volto o olhar para a foto de Doug e Ted na geladeira. — Meu cunhado faleceu no início do ano.

— Meu Deus, eu *sinto muito*. Que horrível. Peço desculpas se a carta causou algum transtorno. É claro que vou atualizar nossos cadastros.

— Só estou ligando para informar o porquê deles não terem entrado em contato.

— Obrigada. A Sandrine fica muito ocupada nessa época do ano, todo mundo quer dar uma olhadinha no espaço pra ter uma ideia de como vão ser as fotos do grande dia, então provavelmente ela só queria garantir que eles não ficassem decepcionados caso todas as datas fossem reservadas.

Fotos do grande dia. Expiro lentamente. Emmy e Doug estavam considerando o Eagle Park para sua festa de casamento. A grande celebração que eles sempre quiseram ter. Olho para a gravura no topo da carta, um amplo caminho de pedra e uma fonte cercada por pavões. É típico da minha irmã pedir folhetos e começar a planejar as coisas com anos de antecedência, só estou surpresa por ela nunca ter tocado no assunto. Por outro lado, essa não é a única coisa que Emmy deixou de mencionar.

— Que estranho — comenta Elena, como se estivesse pensando em voz alta.

— O que foi? — pergunto, levando meu prato até a pia.

— Aqui diz que Sandrine falou com sua irmã no dia anterior ao horário marcado e que estava certo que os dois iriam comparecer. Acho que foi por isso que ela continuou tentando contato.

— Sério? A Emmy não fala uma palavra pra ninguém, literalmente, desde março.

— Março, isso mesmo. Sexta-feira, dia 15 de março. Peço desculpas novamente, atualizei a lista de casamento e...

Não escuto o restante do que Elena diz. Em vez disso, repasso a data na cabeça: *sexta-feira, 15 de março*. Desligo, e, antes que eu consiga processar as novas informações, meu celular toca. *Mamãe e Papai Casa.*

— Oi — atendo.

— Oi, querida. — É minha mãe. — Tá ocupada?

— Não, mas comecei a olhar umas correspondências da Emmy e do Doug e achei...

— Mas você não vai sair nem nada assim, né?

— Pra onde eu iria, mãe? — *E com quem?*

— Certo. Ótimo. Que bom. — Sua voz está estranha. — Tem como você dar uma passada aqui? Tipo agora? — Escuto um som de choro no fundo.

— Tá tudo bem aí?

Minha mãe suspira.

— É o Ted — ela explica. — Ele ficou meio agitado e não está querendo dormir. O problema é que... — Suspira outra vez. — Ele está querendo você.

28

— Fala pra ele que estou a caminho. Ele está com vários bichinhos de pelúcia?

— Só o sr. Trombeta — diz minha mãe. — Ele não pediu nenhum outro.

— Sr. Trombeta é o que o Ted gosta de ficar abraçado, mas ele costuma ficar com um monte de bichinhos em volta da cabeça — explico.

— Desde quando?

— Sei lá, mas ele gosta. Eu tinha que ter te dado a foto também. Nem pensei nisso.

— Que foto? — Ela soa cada vez mais frustrada. Se afasta do telefone, e a ouço dizer: — Tia Beth tá vindo. — O pranto de Ted diminui até virar um choramingo.

— Da Emmy e do Doug. Na verdade, nem precisa ser a que a gente usa aqui, pode ser qualquer foto deles. O Ted gosta de dar boa-noitinha pros dois. E pro Coliseu também, na verdade, mas isso é menos importante. Talvez você possa tentar uma foto.

— Ele está assistindo *Toy Story* com a Polly agora. Posso esperar, já que você está vindo. — Ela abaixa a voz. — Ele teve um ataque de birra agora há pouco, Beth. Foi uma luta minha e do seu pai pra conseguir acalmar o menino. Nunca tinha visto o Ted desse jeito.

Eu já, penso, mas não falo. Em qualquer outra circunstância, eu adoraria dizer à minha mãe que *eu avisei*, que já precisei lidar com a mesma coisa, mas o que eu preferiria mesmo era que Ted não estivesse chateado de forma alguma.

— Não demoro.

* * *

Quando estaciono na casa dos meus pais, Ted está olhando pela janela. Dou um tchauzinho, e ele sorri para mim.

— Ele se acalmou? — Jogo o casaco no banco do saguão de entrada. Ted sai correndo da sala e se agarra à minha perna.

— Ele está bem agora. — Minha mãe nem me olha nos olhos.

— Ah, que bom então. — Tiro o tênis e pego Ted no colo para um abraço. — Quer que eu te leve lá em cima e te cubra com o cobertor? Você não tá dormindo no quarto da tia Beth de novo, tá? — Faço para ele minha melhor expressão de raiva fingida, e Ted cai na risada.

— Eu tô! Tô dormindo na sua cama — ele responde.

— O quê? Dormindo na *minha* cama? Seu malandro. Vamos conversar sobre isso — digo, fazendo cosquinha no sovaco dele até Ted começar a gargalhar e se contorcer tanto que fica difícil segurá-lo. Já estou meio que esperando minha mãe começar a dar suas recomendações de sempre sobre o cuidado na hora de cobri-lo para dormir, mas ela fica em silêncio. Já passou da hora de Ted estar na cama. Meu pai sai da cozinha para ver o motivo de tantas risadas.

Ele dá um beijo na cabeça de Ted.

— Boa noite, campeão.

— Vovô, hoje a tia Beth vai dormir comigo — ele diz. Não era exatamente o que eu estava planejando. Meu pai me olha com curiosidade.

— Eu não... Eu não tinha planejado ficar — explico.

— Mas pode muito bem ficar, já que está aqui — minha mãe diz. — Não tem problema você não ter trazido uma mala. Suas coisas todas estão aqui. Ainda é o seu quarto...

Não parece o meu quarto. Sendo bem honesta, não sinto nem mais que aqui é a minha casa, o que é estranho, porque também não tenho certeza se me sinto em casa no endereço de Emmy e Doug. Definitivamente não sem Polly e Ted lá dentro.

— Você fica com o sr. Meias e eu fico com o sr. Trombeta — Ted diz. O sr. Meias é o único ursinho de pelúcia que tenho desde criança e que ainda deixo ao lado da cama.

— Bom, não dá pra recusar uma festa do pijama com o sr. Meias, né? — Olho para os meus pais. — Desço daqui a pouco. De qualquer forma, preciso conversar com vocês sobre uma coisa.

— Tá certo, querida — meu pai responde. — Coloco a chaleira no fogo? Ou é uma daquelas conversas "vinho pra vocês e uísque pra mim"?

Estou prestes a comentar que não negaria a segunda opção quando minha mãe toma a iniciativa. Ela parece exausta.

— Vinho, Jim. Deixa que eu pego as taças.

Ted adormece em poucos minutos. Eu já estava quase pegando uma das fotos que ficam no corredor para o nosso ritual noturno, mas, após colocá-lo na cama com o sr. Trombeta e o sr. Meias, ele enfiou o polegar na boca e começou a ressonar. Depois de tirar com cuidado meu braço, que estava por baixo dele, saio do quarto e dou de cara com Polly, parada no patamar da escada esperando por mim. Ela me leva até o quarto que era da Emmy, mas que pelos últimos quinze anos tem funcionado como quarto de hóspedes/escritório/academia (com uma bicicleta ergométrica que acredito ser mais velha do que eu).

— Calma, Pol. Que pressa é essa?

— Meus pais não se encontraram com aquela mulher — ela diz. — Por causa da história do celular.

— Não se encontraram... eu sei. — Franzo a testa quando ela fecha a porta do quarto. — Peraí, como você sabe disso?

— Como assim, como eu sei disso? Como *você* sabe disso? — Ela chacoalha a cabeça. — Não importa. Tenho certeza de que eles não chegaram a se encontrar com a mulher que me pediu dinheiro. Eu mandei uma mensagem pra ela.

— Bom, isso foi impensado.

Polly começa a falar quase sussurrando, mas bem rápido:

— Depois que a gente conversou na praia, decidi que precisava ter certeza se era pra lá que eles estavam indo. Desbloqueei a mulher que causou todo esse estresse e mandei uma mensagem. Ela disse que nunca iria enviar aquela foto pros meus amigos, mas que, quando falei que podia arranjar o dinheiro, ela não me disse pra parar porque realmente estava precisando da grana. Acho que ela estava desesperada.

— Parece uma pessoa encantadora.

— Mas aí ela ficou sabendo do acidente pelo jornal. Reconheceu o nome. Na verdade, ela tentou me mandar uma mensagem dizendo que não iria fazer nenhuma maldade com a foto, mas não conseguiu porque eu tinha bloqueado ela, como a mamãe me mandou fazer. Meus pais nunca tiveram a intenção de se encontrar pessoalmente com ela.

— Mas e a mensagem que sua mãe mandou dizendo que estava tudo resolvido?

— Então, eles deram dinheiro pra ela. O papai fez uma transferência pelo Paypal. Cem libras pra ela deletar a foto e nunca compartilhar com ninguém.

— Mas que m...

— Ela devolveu! Ela depositou o dinheiro de volta.

— Mas você não está confiando nela agora, né? Ela pode ter salvado e feito cópias dessa foto. Ela ainda pode compartilhar.

Polly balança a cabeça.

— Não ligo! Você não está entendendo, eu não me importo mais com isso. A foto não é nada, não é isso que há meses anda me fazendo mal.

— Eu sei. — Dá para ver o alívio no rosto de Polly por saber que não era para lá que eles estavam indo quando sofreram o acidente. Por perceber que ela não teve culpa de nada, apesar de ter pensado o contrário todo esse tempo.

Ela franze a testa.

— Mas ainda tem uma coisa que não entendi, tia Beth. Eu escondi aquela carta sobre a hipoteca porque vi que a data não batia, e foi aí que me dei conta, ou achei que tivesse me dado conta, que eles *tinham dito* que iam pra reunião só pra encobrir que estavam indo resolver meu problema. Mas, se eles nunca tiveram a intenção de se encontrar com a moça do celular e também não estavam indo pro compromisso da hipoteca, então pra *onde* eles foram? Você sabe, né?

Faço que sim com a cabeça.

— Sei, e é sobre isso que preciso conversar com os seus avós. Eles estão esperando lá embaixo. Pra ser sincera, eu venho evitando uma conversa com a sua avó. Ela não anda muito satisfeita comigo.

Polly faz uma careta.

— Acho que ela está meio chateada por a gente ter perdido o Ted.

— Não, não tem "a gente" aqui, sou eu a responsável por isso. Sou responsável por vocês dois. E estou pensando em abrir o jogo com meus pais sobre o resto.

— Que resto?

— Sei que você não quer mencionar o celular e o lance da foto, e talvez a gente nem precise fazer isso, mas, quanto às outras questões, acho que já está na hora de pôr as cartas na mesa. Não tenho feito um bom trabalho em cuidar de você, do Ted, do meu emprego e da casa, e não posso mais continuar fingindo que estou dando conta de tudo. Estou cansada de enrolar seus avós dizendo que está tudo bem, e, de qualquer maneira, não tem sentido tentar fazer isso agora. Fui desmascarada.

Polly dá um passo à frente, e tenho a impressão de que vai estender a mão para a maçaneta da porta, mas, em vez disso, ela me puxa para um abraço.

— Sei que a vovó tá chateada com você e que você não é muito organizada nem muito boa com aspiradores, mas acho que você tem feito um ótimo trabalho.

— Na verdade, o problema do aspirador *não foi* minha culpa. — Eu a aperto. — Vamos lá encarar a fera.

Descemos as escadas juntas, como se estivéssemos na linha de frente de uma batalha. Minha mãe me entrega uma taça de vinho tinto, e me sento à mesa de jantar. Polly puxa uma cadeira ao meu lado e apoia brevemente a cabeça no meu ombro enquanto meus pais se entreolham — e dessa vez, só para variar, o olhar que eles trocam não é um que reconheço.

Nós quatro sentados à mesa desse jeito, sem nenhuma comida, dá um ar de reunião, e, como em toda boa reunião, alguém precisa dar o primeiro passo.

— Eu descobri pra onde a Emmy e o Doug estavam indo no dia 15 de março — digo. — Eles não tinham uma reunião sobre a hipoteca.

Foram visitar o Spa e Hotel Eagle Park. — Três rostos confusos me encaram. Meu pai murmura "Eagle Park" várias vezes, como se talvez, se continuar repetindo, de uma hora para a outra se lembre de onde conhece o nome. — Eles estavam pensando em fazer a festa de casamento no hotel.

— Ah. — Polly morde o lábio.

— Não brinca — papai diz.

— Fazer a festa de casamento no hotel — minha mãe sussurra.

Ficamos digerindo a ideia por um tempo, então pego meu celular para mostrar a eles algumas fotos no site do Eagle Park.

— Bem chique, né?

Meu pai olha mais de perto para uma das imagens do pacote de casamento.

— Odeio esses rapapés pequenininhos.

— *Canapés* — minha mãe o corrige.

— Dá na mesma, amor. Não tem nada pior do que comer em pé, fazendo malabarismo pra segurar a bebida ao mesmo tempo. É muito estressante. — Quando ela resmunga, ele acrescenta: — E não pense que eu não comentaria isso com a Emmy e o Doug, porque comentaria, sim. — Polly e eu concordamos. Ele comentaria.

— Não acredito que estavam indo pra lá — ela diz. — Isso explica aquela carta com a data esquisita que você encontrou. — Polly se remexe na cadeira ao meu lado. — Preciso admitir que fico um pouco triste por eles não terem me contado que estavam procurando um local para o casamento. Eu daria *várias* ótimas ideias. Eu teria sido muito útil.

Meu pai evita me olhar nos olhos, e dou um longo gole no vinho, entendendo na mesma hora por que Emmy e Doug podem ter preferido manter pelo menos a primeira visita ao local só para eles.

— Olha, mãe, tenho certeza de que avisaram a eles na ligação que só são permitidas duas pessoas por visita. Talvez eles quisessem fazer uma surpresa quando tudo já estivesse reservado.

Minha mãe assente, parecendo triste.

— Imagino que tenha sido isso. Acho que faz mais sentido.

— Então... — Pigarreio. Estou sentindo uma atmosfera de confissão essa noite, e estou mais do que pronta para ir com tudo. — A gente vai conversar sobre todo o resto? Andei pensando muito desde que... bom, desde que o Ted se perdeu e eu possivelmente me demiti.

Minha mãe olha para mim e depois para Polly.

— Você não acha que essa é uma conversa só pros adultos?

— Não. — Balanço a cabeça. — Acho que a Polly devia estar presente. Se estiver tudo bem pra você, claro. Ela entende muito mais do que a gente imagina.

— Ok. — Minha mãe olha para o meu pai. — A gente também andou pensando bastante. Seu pai falou uma coisa ontem à noite que eu não consigo tirar da cabeça.

— Falei? — Ele parece tão surpreso quanto nós. — O que eu falei?

— Você falou que eu nem sempre entendo o jeito como a Beth faz as coisas, porque ela faz de uma maneira diferente de mim. E... — Ela mexe em sua aliança de casamento. — Diferente de como a Emmy faria também. Mas que ficar chamando atenção para o fato de que nós duas fazemos as coisas de um jeito diferente nem sempre é útil.

— Muito sensato, vovô — Polly comenta, e meu pai dá uma piscadinha para ela.

Minha mãe enche minha taça e depois se serve.

— Às vezes, acho você desconcertante, querida. — *Desconcertante*. — E, como ando tão ocupada me preocupando com o jeito como você lida com todas as coisas pequenas, como fazer faxina e passar roupa, não tenho prestado atenção nas coisas grandes. Meu cérebro sempre vê o que precisa ser feito e tenta consertar, só isso. Tenho pegado pesado com você, sem querer. Seu pai abriu meus olhos.

Ele ainda parece surpreso com sua contribuição. Penso em todas as ocasiões nos últimos meses em que me senti atacada pelas críticas da minha mãe. Nunca passou pela minha cabeça que manter um certo padrão de limpeza, alimentação e organização pudesse ser só o jeito dela de lidar com tudo o que anda acontecendo.

Ela está começando a ficar com as bochechas coradas.

— Quando o Ted pediu por você hoje à noite e você começou a me contar todas as coisas que costuma fazer pra deixar ele mais calmo... eu não tinha prestado atenção em nada disso, não tinha... — Ela encara

• 279 •

meu pai. — Foi só eu falar que a tia Beth estava vindo que ele ficou mais tranquilo. Não foi, Jim?

Meu pai assente.

— Foi mesmo. — Ouvir isso é um bálsamo para o meu coração.

— E eu devia ter te ajudado mais — minha mãe continua. — Não só com tortas de forno e caronas pra aula de natação. Quero dizer ajudar com essas coisas grandes também. Me desculpa. Você precisava de mais apoio.

Agora me sinto mal por ela estar se sentindo mal.

— Bom, então, eu e a Polly temos algumas coisas pra contar. Né, Pol?

— Não — Polly responde, mas arqueio as sobrancelhas e ela levanta as mãos. — Tá bom, tá bom. Mas quero que vocês saibam que a tia Beth não tem culpa de nada.

— Nada o quê? — Mamãe baixou sua taça e está nos olhando com um ar preocupado.

— Eu menti, falei que ia pra uma festa do pijama na casa da Rosie e fui pra uma festa de verdade. Mas não teve drogas nem sexo com alunos do ensino médio. — Polly olha para o avô, que se engasga no meio de um gole de uísque. Eu a encorajo a seguir em frente. É melhor colocar tudo para fora de uma vez. — E me meti em alguns problemas na escola. Todas as minhas notas despencaram, e eu invadi o e-mail da tia Beth pra impedir que ela recebesse as mensagens da sra. Sandford sobre isso.

Minha mãe está balançando a cabeça.

— Mas vocês duas disseram que tinha ido tudo bem na reunião de pais.

Polly continua:

— Ando faltando na natação. A tia Beth me pegou com a Rosie na beira da estrada no dia em que esqueceu o jantar com Albert. Tem sido um pesadelo morar comigo, vovó. Mas não vou mais ser assim. Sei que você não acredita, mas é verdade.

Minha mãe franze a testa.

— Você está indo mal na escola? — Polly assente. — E andou mentindo sobre os lugares que vai? — Ela confirma com a cabeça de novo. — Mas, Beth… você não contou nada disso pra gente. Por que diabos não contou?

— Porque eu queria resolver tudo sozinha. E, sendo bem honesta... — Faço uma pausa. — Porque eu sabia que, se contasse, só provaria que você tinha razão. Que eu não sou capaz de ser a guardiã da Polly e do Ted. Que a Emmy e o Doug erraram em ter me escolhido.

— Ah, Beth — mamãe diz, os olhos cheios de lágrimas. — Não é isso que eu penso.

— Não?

— Não!

— Porque eu venho me esforçando mesmo, sabe? — Sinto meus olhos lacrimejarem. — Só que é coisa demais, e tudo de uma vez. Mas não significa que não quero fazer. Eu quero. Sei que tenho um histórico de desistir das coisas. Mas não é o que vai acontecer dessa vez. Dessa vez eu não vou pra lugar nenhum.

— Bem, isso é música pros nossos ouvidos, querida. — Meu pai estende o braço por cima da mesa e aperta minha mão, depois a de Polly. — Sabia que na verdade vocês duas são bem parecidas?

Polly sorri.

— Sim. Só que a tia Beth *com certeza* teria transado na festa.

— Polly! — exclamo, mas estou rindo, todos nós estamos, e parece uma forma de cura.

— Quer café, pai? — Amarro o cinto do roupão ao entrar na cozinha.

— Sim, por favor, querida. — Ele está massageando as têmporas.

— E um paracetamol? — Deslizo a caixinha sobre a bancada na direção dele.

— Também, por favor. Acho que estou ficando doente. — Ele tira dois comprimidos e damos risada. É uma piada antiga de família.

Me saí bem, considerando as duas garrafas de vinho tinto que minha mãe e eu entornamos. Meus olhos parecem estar demorando mais do que o normal para focar na chaleira e ainda estou sentindo gosto de malbec na boca, apesar de eu já estar no segundo café do dia, mas pelo menos não estou passando mal.

— A mamãe já acordou? — pergunto.

Meu pai olha para o relógio acima do balcão.

— São quase nove horas, Beth. O papa é católico?

— Boa. — Nunca vi minha mãe perdendo a hora. Mesmo de ressaca (que ela nunca admitiria estar sentindo), ela se levanta e dá um jeito de ficar pronta para enfrentar o dia.

— Ela levou o Ted pra passear no mercado — ele diz. — Parece que estava precisando de uns ingredientes.

— Ah, que bom. Como ela estava hoje de manhã? — Levo nossos cafés para a mesa.

— Em que sentido?

— Ah, você sabe, depois de tudo que a gente conversou ontem à noite.

— Acho que ela está aliviada — ele responde. — Nós dois estamos.

— Eu também. — Pego uma banana na fruteira e descasco. — A Polly vai com vocês pro hospital hoje à tarde? Eu não me importo de ir caso a mamãe e você prefiram fazer outra coisa.

Ele ergue os olhos do suplemento esportivo.

— Acho que eu e sua mãe vamos hoje e levamos o Ted junto. Sua mãe ficou com aquilo do casamento no Eagle Park na cabeça. Quer ver a Emmy. E hoje cedo o Ted falou que também quer ir. Quando a Polly acordar a gente vê o que ela prefere fazer. Você quer vir junto? A família toda?

— Vou ficar em casa, se não tiver problema. — Os quatro já formam dois pares de visitantes para entrar, vou amanhã.

Meu pai assente.

— Por que você não fala com o Jory pra ver se ele está livre hoje?

— Hummm — respondo, com a boca cheia de banana, e ele ri. — Qual a graça?

— Não consigo entender vocês dois. Foram unha e carne por anos, agora mal se falam só porque ele está namorando, mesmo você não querendo namorar com ele. Entendi direitinho?

— Não. E sim. Não somos mais unha e carne, disso pode ter certeza. Na verdade a gente é bem o oposto disso, seja lá qual for. Cabelo e... sei lá, não consigo pensar em nada.

— Puxa, que pena. Sei que estou velho e não entendo o mundo moderno e essa dependência de vocês por mensagens de WhatsIpp...

— *WhatsApp*.

— WhatsQualquerCoisa. Mas *por que* exatamente vocês não podem continuar amigos?

— É complicado.

— Será que é mesmo? Se vocês não podem continuar amigos porque são mais que amigos, então...

— O Jory está com a Sadie agora, pai. Ele deixou bem claro que está feliz com ela. E fico feliz que ele esteja feliz. Só estou com saudade do meu amigo.

— Então fala pra ele. Vê se o Jory está livre hoje à tarde.

Torço o nariz.

— Acho que preciso só colocar as roupas pra lavar antes.

Meu pai olha atrás da cortina e depois espia embaixo da mesa.

— Nem sinal.

— Do quê?

— Estou procurando a minha filha mais nova, ela tem a mesma altura e o mesmo cabelo que você, mas nunca iria passar o dia fazendo tarefas domésticas por vontade própria.

Reviro os olhos. De qualquer maneira, tenho algo mais importante para fazer hoje do que lavar roupa suja, e não envolve a terrível agonia de mandar uma mensagem para Jory, que sabe o que sinto por ele e obviamente não sente o mesmo. Só preciso que mamãe e Ted voltem com um pouco de açúcar refinado.

Fiquei de olho nas cortinas e não percebi movimento nenhum, então levo um susto quando ouço o barulho da corrente e a porta se abre. Ele sempre dá uma espiadinha antes de abrir.

— Beth. — Ele parece tão surpreso quanto eu em me ver.

— Oi. — Eu tinha planejado várias coisas para dizer nesse momento, mas agora tudo parece esquisito.

— Quer entrar? — Albert gesticula para o corredor atrás dele.

— Sim, por favor, mas só se você não for se incomodar.

Ele se afasta para me deixar entrar, e seguimos até a sala. Já estava começando a sentir falta dos cinquenta tons de marrom. Ponho a forma de bolo da minha mãe na mesinha de centro.

— É pra você, Albert.

— Pra mim?

— Uma oferta de paz.

Ele tira a tampa, e um sorriso se insinua nos cantos de sua boca. Um pequeno, mas inconfundível sorriso.

— Tortinhas crocantes. Como você sabia?

— Você mencionou quando conversamos sobre a Mavis. Provavelmente essas aí não vão chegar nem aos pés das dela, e confesso que tive muita ajuda pra fazer.

— Foi você quem fez? É muita gentileza da sua parte.

— Sendo bem honesta, minha mãe fez, eu só fiquei em volta dela sem conseguir me encaixar direito, tentando impedir o Ted de comer massa crua. Ele também amou as cerejinhas de glacê. — Me sento na beirada do sofá enquanto Albert prepara o chá. Quando ele traz as coisas, e enquanto está ocupado escolhendo qual tortinha crocante comer, respiro fundo. — Albert, sinto muito pelo nosso encontro do clube do livro.

Ele posiciona a tortinha cuidadosamente ao lado da xícara e do pires.

— Você já pediu desculpa.

— Eu sei. Só queria que você soubesse como me senti e ainda estou me sentindo mal com isso.

Albert baixa os olhos em direção à xícara.

— Fazia muito tempo que eu não saía pra jantar.

— Eu sei, me desculpa mesmo. Eu ainda adoraria jantar com você algum dia, mas sei que você não quer e entendo o porquê. Eu também não ia querer remarcar um jantar comigo.

Ele balança a cabeça.

— Foi humilhante quando você não apareceu. As moças do restaurante foram muito gentis, mas me senti um velho idiota. Como se fosse ridículo pensar que poderia ter uma noite fora sem a minha Mavis. Estou muito melhor aqui com minhas refeições congeladas e minha televisão.

— Por favor, não fala isso. Se você tivesse marcado de jantar com alguém mais confiável do que eu, o que é literalmente qualquer pessoa, entenderia que ainda pode se divertir fazendo essas coisas. Eu te decepcionei. Sinto muito, de verdade.

— Você tinha coisa demais para se preocupar, e eu acabei exagerando. Estava só sentindo pena de mim mesmo. Essas tortas estão uma delícia. Mavis ia adorar a proporção generosa entre glacê e massa.

— Ah, que bom. Vou falar pra minha mãe. Eles foram pro hospital visitar a Emmy hoje. — Atualizo Albert sobre os eventos, revelações e reconciliações dos últimos dias, deixando de fora só a parte sobre a foto de Polly caindo em mãos erradas, porque acho que o conceito de enviar nudes para pessoas com quem você não necessariamente está em um relacionamento iria dar um curto-circuito na cabeça dele. Conto que nessa última semana decepcionei todo mundo de uma forma ou de outra, não apenas ele, para de jeito nenhum Albert levar isso para o lado pessoal.

— Você devia ir trabalhar na segunda-feira — ele diz. — Meter a cara, por assim dizer. Você não decepcionou todo mundo do jeito que está dizendo, mas corre o risco de se decepcionar caso não dê outra chance a você mesma.

Lá no fundo, sei que ele está certo. A conversa com meus pais ontem à noite me deixou menos assustada de assumir as minhas responsabilidades, e, agora que admiti não ser capaz de dar conta de tudo, sei que eles vão ajudar.

— Vou enviar um e-mail pro Malcolm — respondo. — Sabia que você é um poço de sabedoria e que está rapidinho se tornando meu amigo favorito, Albert? Pontos extras por sempre enxergar o melhor em mim, mesmo quando sou uma idiota.

— Aquele rapaz gentil, Jonty, da van, também enxerga o melhor em você.

— Jory — corrijo, embora suspeite de que a essa altura Albert já saiba disso e esteja só pegando no meu pé. — Por que você diz isso?

— É nítido que ele se importa muito com você.

— Você acha?

— É fácil ver que ele está apaixonado, querida. Claro como o dia.

— Mas não por mim... Ele tem namorada. — *E eu dei a ele a chance de me escolher no lugar dela.* A rejeição do bilhete-fotografia é humilhante demais para ser compartilhada.

— Se você diz...

— Como assim, se eu digo? Ele tem namorada. E, de qualquer forma, eu mesma ando trocando mensagens com outra pessoa. — É verdade, ando mesmo, mas sei que Albert vai acabar achando que a situação é mais séria do que parece.

— Ah, entendi. Isso é bom. O treinador de natação? Meu Deus, que intrometido. É só que o Ted mencionou o nome dele. Vocês mandam essas caras pequenininhas um pro outro?

— Emojis? Hum, é. Às vezes.

— Que amor. E você gosta dele, né?

— Gosto, ele é legal.

— Tão legal quanto Jory?

Bem direto ao ponto esse meu amigo Albert.

— Diferente do Jory.

— Entendi. — Albert empilha os pires e pega a bandeja. — Eu estava cortejando outra moça antes de conhecer Mavis.

— É mesmo?

— Pois é. Lily. Ela era um amor.

— E o que aconteceu? — Imagino um jovem Albert de coração partido, lamentando o fim de seu primeiro amor.

— Mavis aconteceu. Eu estava apaixonado por Lily, ou pelo menos pensei que estava, mas com Mavis era diferente. Como se a gente se conhecesse desde sempre. Foi cruel contar pra Lily que eu não ia poder voltar a vê-la, mas teria sido mais cruel ainda continuar cortejando a moça quando meu coração pertencia a outra pessoa.

— Mas não é assim com o Jory — eu digo. — A gente era melhor amigo muito antes de eu começar a ter namorados e ele começar a ter namoradas. Não sou nova na cena. Sempre estive lá.
— E acho que é por isso que você está onde está, querida.
— Como assim?
Albert se levanta e começa a voltar para a cozinha.
— Porque sempre se teve muita coisa a perder nessa história.

29

Estou entrando no estacionamento do hospital quando recebo uma ligação de Polly. Deve ser hora do almoço na escola. Atendo no viva-voz.

— Oi, Pol. O que foi?

— Nada. Tem uma caneta aí perto? — Escuto o burburinho dos adolescentes ao fundo.

— Não *nesse segundo*, eu tô estacionando o carro.

— Ai, meu Deus. Que o para-choque novo da mamãe descanse em paz.

— Como é que é?

— Sério, acho que eu saberia manobrar melhor do que você, e olha que nunca nem dirigi um carro. Na real acho que até o Ted saberia.

— Que calúnia. Quero informar que esse carro é bem grande. E que as vagas de estacionamento são pequenas demais para os veículos modernos. E que naquele dia a cerca apareceu do nada.

— O vovô falou que aquilo lá nem era uma vaga e que basicamente você deu ré em cima de um arbusto.

Começo a rir.

— É mesmo? Bom, hoje você não precisa se preocupar, porque encontrei uma vaga fácil que dá pra entrar de frente. — Desligo o motor. — Certo, pra que eu preciso de uma caneta? — Polly está dizendo alguma coisa para as amigas. Algo como um "Podem ir na frente, já encontro vocês".

— Ah, claro, desculpa. Então, pensei em outra coisa para o pote de memórias do Ted. Uma lembrança do papai. Não queria que a gente esquecesse. Com certeza o Ted ainda lembra, porque um dia desses conversamos sobre isso.

Ah, Polly.

— Bem pensado. Mas não preciso de caneta. Só faz uma anotação sobre isso e a gente escreve junto com o Ted no fim de semana. Se você quiser, claro.

— Eu ia gostar. — Ela baixa o tom de voz. — É sobre Cutuca e Cosquinha.

— Cumbuca e Cosquinha?

— Cutuca. — Ela ri. — O papai fazia essa brincadeira... Na verdade, quer saber? Eu tenho um vídeo disso. Vou te mandar.

— Manda, por favor. Mas você tá legal? Está tudo bem na escola?

— Tudo certo. Mas tenho que ir agora, a Rosie está esperando pra...

— Porque posso confirmar se é verdade. Eu tenho um aplicativo e não tenho medo de usar. — Embora provavelmente devesse ter medo. Marquei Polly como ausente no aplicativo da escola durante três dias na semana passada, mesmo ela estando lá.

— Dá um beijo na mamãe por mim. Diz pra ela que eu a amo.

— Claro, pode deixar. Te vejo mais tarde.

Depois que saio para pegar o bilhete de estacionamento, o homem esperando atrás de mim na fila do guichê parece me olhar duas vezes quando passo por ele, mas me convenço de que é coisa da minha cabeça. Mas quando subo as escadas para o andar da ala Bracken e *na mesma hora* Keisha começa a rir, percebo que não é coisa da minha cabeça.

— Por que você está me olhando assim? Tem alguma coisa na minha cara?

— Tem, literalmente. — Ela aponta para a minha testa e se aproxima para poder olhar melhor. — Parece um porco ou algo assim.

— Ai, putz. Me esqueci disso. — É um dos adesivos de Ted. Às vezes, quando estou cansada, brincamos de médico e eu sou a paciente (não é um papel negociável)... então deixo Ted enrolar curativos nas minhas pernas e colar coisas no meu rosto em troca do luxo que eu antes subestimava de poder ficar deitada no meio do dia. Quando o deixei na casa dos meus pais para vir ao hospital, minha mãe estava no jardim esperando pela gente, então não cheguei nem a descer do carro e obviamente não passei por nenhum espelho desde que escovei os dentes hoje de manhã. Arranco o adesivo e olho para ele.

— Peppa Pig? — Keisha pergunta.
— Chloe — respondo. — A prima da Peppa.
— Certo. — Ela sorri. — Acho que a dra. Hargreaves quer trocar uma palavrinha com você hoje.
— Ah, é? Por que, o que aconteceu?
— Nada de ruim, não se preocupa.
— Então é uma coisa boa?
— Não sei. — Parece que Keisha sabe, sim, mas não vai me contar. — Espera pra ver o que ela vai dizer, que tal?

Tem flores ao lado da cama de Emmy e um cartão de Kate:

Já chega dessa soneca enorme, Em, preciso da minha parceira de parquinhos de volta. A mãe do Reuben continua tentando falar comigo sobre as novas ideias que teve para abrir um negócio. Ela está em dúvida entre quadros de placenta e porta-copos de placenta. Me salva.

— Ela é um amor, essa Kate. — Dou dois beijos na bochecha de Emmy. — O segundo beijo é da Polly. Devo ir direto pras notícias do dia? A principal boa notícia do nosso boletim é uma disputa entre o Ted ter conseguido passar duas noites consecutivas com a fralda seca e eu ter conseguido tirar o lixo a tempo *inclusive* pra também tirar o lixo de Albert.

Emmy parece estar no meio de um sonho vívido. Sua testa está levemente franzida, e de vez em quando as pálpebras se contraem. Aperto sua mão e continuo:

— Provavelmente a principal má notícia do dia é que fiquei horas com um adesivo colado na testa antes de me dar conta e, como se não bastasse, ainda consegui explicar pra Keisha que era a Chloe e não a Peppa só pela cor do vestido. Foi isso que a vida se tornou. Ah, e tenho trocado mensagens com Greg. Tem muita coisa pra gostar no Greg... De verdade, Em, ele é tipo um daqueles pôsteres que vinham junto nas revistas de famosos, *além* de ser muito legal e engraçado. Só que... bom, você sabe. É complicado. Não consigo passar uma borracha no que sinto pelo Jory.

Polly me enviou um vídeo, e dou play, ficando imediatamente paralisada ao ouvir a voz de Doug. Ele está ajoelhado no chão da sala de estar, com Ted à sua frente.

— Dá oi pros meus amiguinhos — Doug fala, encarando a pessoa que está filmando. Quando ela começa a rir, percebo que é Emmy. Doug ergue um dedo indicador e o move na direção de Ted. — Esse aqui é o Cutuca. Dá oi pro Cutuca.

— Oi, Cutuca — Ted responde, já fora de si de tantas risadinhas.

— E esse... — Doug mostra o outro indicador — é o Cosquinha. Dá oi pro Cosquinha. Ele vai ficar triste se você não der oi.

Ted está rindo tanto que mal consegue falar, mas arruma um jeito de dizer:

— Oi, Cosquinha.

Por trás da câmera Emmy segura o riso, e sorrio em meio às lágrimas enquanto fico assistindo Doug cutucando Ted de brincadeira com o "Cutuca" antes de alcançar as axilas do filho com o "Cosquinha". O vídeo termina, e encaro meu celular. É a coisa mais feliz e triste que vejo em um bom tempo.

— Pode dar play de novo? — A dra. Hargreaves surge ao meu lado, me fazendo dar um pulo. — Desculpa, Beth, não queria te assustar.

— Não, tudo bem. Não percebi que você estava aqui. — Dou play no vídeo.

— Pode aumentar o volume?

Assinto, aumentando o som e inclinando a tela para a médica. Mas a dra. Hargreaves não está olhando para o meu celular, está olhando para a minha irmã.

— O que foi?

— Você viu os olhos ou a boca da Emmy se mexerem hoje durante a visita?

— A pálpebra dela deu uma tremidinha. E na semana passada minha mãe falou que a Emmy deu um sorriso e depois voltou ao normal. Mas você explicou que esses movimentos são involuntários.

— Dá play no vídeo de novo.

Faço o que ela me pede, sentindo uma vibração inconfundível de expectativa no peito.

— O que está acontecendo?

— Observamos mais movimentos nessa semana, e, ao contrário de antes, quando tudo parecia aleatório, parece que agora a Emmy está respondendo a certos estímulos.

— Ai, meu Deus, isso é incrível. Então você quer dizer que ela pode escutar a gente? — Presto atenção no rosto da dra. Hargreaves, sem querer me precipitar, mas dessa vez acredito que não seja o caso.

— Como enfatizamos desde o início, é impossível prever quanto tempo exatamente vai durar um coma, se um paciente vai se recuperar e, *caso se recupere*, como vai ser essa recuperação. Mas seguimos monitorando Emmy, e definitivamente houve uma melhora com relação à pontuação da sua irmã na escala. Ela ganhou dois pontos desde o mês passado.

— Você acha que ela vai acordar? — Minha voz se tornou um sussurro.

— Ainda não tem como dizer, mas, se antes Emmy estava no que chamamos de estado vegetativo, fico satisfeita de ver que ela vem dando passinhos em direção ao que chamamos de *estado minimamente consciente*. Sou sempre cautelosa em dar boas notícias, como você sabe, mas estou bem otimista e acho que passar vídeos como esse e continuar conversando com ela são coisas que podem ajudar mais ainda.

— Não sei nem o que dizer. — Estou lutando contra as lágrimas.

— Continue fazendo o que você faz, Beth. Continue tendo fé. Vou deixar vocês sozinhas.

Quando ela sai, choro e abraço minha irmã, depois dou play no vídeo novamente antes de voltar para o carro e ligar para minha mãe. Peço a ela para chamar meu pai e colocar no viva-voz — o que leva um tempo absurdo e frustrante, já que em vez disso ela fica me colocando no mudo — e repito, o melhor que consigo, tudo que a dra. Hargreaves acabou de dizer. *Pontuação melhorada. Um passo do estado vegetativo pra o estado minimamente consciente. Bem otimista. Continue tendo fé.*

— Não acredito. — Dá para perceber que minha mãe está chocada.

— Que notícia mais maravilhosa — diz meu pai. — Sua mãe e eu vamos visitar a Emmy amanhã de manhã. O que acha da gente fazer alguma coisa hoje à noite, todos nós? Sei que são pequenos passos, mas é importante comemorar...

— *As pequenas vitórias* — mamãe e eu dizemos em coro.

— Exato. Você vai pro escritório, Beth? — meu pai pergunta.

— Não. Malcolm vai me ligar, então vou atender lá na casa da Emmy, que é mais silencioso. Mas vou praí logo depois. Podemos jantar na casa de vocês? Não comprei muita comida e...

— Não é do seu feitio, querida — minha mãe comenta.

— Blá, blá, blá, amo vocês, até mais.

Quando Malcolm liga, parece estar cansado. E, embora eu tente puxar assunto sobre a chuva que está para cair, ele vai direto ao ponto:

— Beth, realmente preciso que você volte ao trabalho.

— Ah.

— Se você quiser voltar, claro.

— Quero! Nossa, é que eu não estava esperando... — Ando de um lado para o outro. — Eu não sabia se, você sabe, depois do que aconteceu com o alarme... Fiquei na defensiva quando você veio aqui em casa, mas você tinha razão, eu devia ter acionado. E isso acabou te causando todo esse estresse.

— Não, eu que devia ter feito aquela reunião. E, sim, o alarme não foi acionado, mas eu já estava esperando coisa demais de você. Agora que você não está aqui, percebi quanto trabalho estava nas suas costas. Volta, por favor. Se estou soando desesperado, é porque estou mesmo. Você é eficiente gerenciando minha carga de trabalho, é boa com os clientes *e ainda por cima* sabe passar a perna na análise de crédito. Eu não consigo fazer isso. Sempre termina em bate-boca.

Abro um sorriso, aproveitando esse momento inesperado do meu chefe se rastejando aos meus pés.

— Eu volto. Mas preciso maneirar suas expectativas antes. Não quero trabalhar até tarde nem ficar conferindo e-mails de trabalho quando estiver de folga. Enquanto estiver aí, vou dar duro, mas não vou trabalhar mais do que as horas que combinamos, porque tenho outras tarefas importantes. — Olho ao redor da sala em direção aos brinquedos de Ted, às roupas de Polly e aos vasos de planta da minha irmã perto do pote onde estamos mantendo a salvo as memórias sobre Doug. — Aqui em casa.

NOVEMBRO

30

— Não tem como ser pior que a última vez — digo, desligando o motor e me virando para Polly.

Ela franze o nariz.

— Acho que você precisa melhorar um pouco os seus discursos motivacionais.

— Mas eu tô certa, não tô?

— É, acho que sim.

— Então você está pronta?

— Não.

— Vamos. A gente vai estar lá em cima torcendo superalto. Sei que você odeia esse tipo de conversa, mas seu pai ficaria muito orgulhoso de você. E sua mãe também vai ficar.

Ela desafivela o cinto de segurança.

— Ok. Vamos nessa.

— Dois segundos. — Pego meu batom no pequeno compartimento ao lado do câmbio e baixo o retrovisor para passar um pouco.

Flagro Ted me olhando de um jeito esquisito da cadeirinha.

— Posso ganhar um giz de cera também?

— Não é giz de cera, é batom. E batom é coisa de adulto.

— Você tem que dividir. — Ele agita o dedo na minha direção. — Revezar o brinquedo.

— Eu dividiria se fosse um giz de cera, mas não é um giz de cera. — Ted faz beicinho, e faço uma careta até ele cair na risada.

★★★

Fiz a burrada de colocar nossas bolsas bem ao lado da máquina de venda automática, e agora Ted está pressionando o rosto na superfície. Eu o levo até meus pais e, no caminho, Greg e eu nos cruzamos. Ele parece nervoso. É uma noite importante para a equipe.

— Boa sorte — digo.

— Obrigado. — Ele toca meu ombro com carinho, e percebo, com o canto do olho, meus pais observando. Apesar de fingirem que não, está na cara que os dois estão desesperados para eu arrumar alguém. — Como a Polly está?

— Bem — respondo. — Nervosa, claro, mas completamente diferente da última vez. Pode ficar tranquilo.

— Ok. Melhor eu ir pra área da piscina.

— Show de bola. — *Show de bola?*

— Tia Beth passou giz de cera na cara. — Ted aponta para meus lábios. — Lá no carro. Mas ela não quis dividir.

Greg dá risada.

— Ah, foi? Bom, ficou bonito.

Empurro Ted na direção dos avós.

— Valeu mesmo, amigão — eu digo.

Meus pais estão muito concentrados em não olhar para mim, seus olhos fixos na piscina perfeitamente imóvel, já que ninguém entrou ainda.

— Ah, oi, querida, não tinha te visto aí. — Minha mãe me dá um beijo na bochecha. Mau pai se junta a ela e finge surpresa com nossa chegada. Reviro os olhos.

— Vocês sabem que mentem muito mal, né? Ela já apareceu?

— Tá ali. — Meu pai aponta para os bancos na parte dos fundos da área da piscina. Os nadadores parecem todos iguais com as toucas e os óculos de proteção na cabeça, mas reconheço o traje azul-marinho de Polly com a listra lateral verde-néon desde que passei um tempo olhando para ele enquanto ela ia de um lado para o outro, nua, pelo vestiário. Observo o rosto de minha sobrinha o melhor que posso de tão longe. Ela parece nervosa, mas está conversando com seus colegas de time, um comportamento bem diferente da última vez.

Enquanto esperamos a primeira bateria dar a largada, dou uma olhada no meu celular e vejo que recebi uma mensagem.

ESPERO QUE DÊ TUDO CERTO NA COMPETÇIÃO NÃO SEI APAGAR E ESCREVI COMPETIÇÃO ERRADO BEIJOS ALBERT

Passei a gostar muito das mensagens berrantes de Albert. Fico imaginando quanto tempo ele leva digitando cada uma. Estou no meio de uma resposta para agradecer e dizer a ele que deveríamos bater um papo no jardim novamente quando surge uma notificação do Facebook informando que recebi uma solicitação de amizade. Sadie Grace.

Encaro a tela. *Sadie Grace*. Ela não usa o sobrenome porque não quer que os alunos a encontrem. Jory faz o mesmo, embora o dele seja simplesmente Jory C, já que ele sabe que as pessoas (eu) iriam tirar sarro de Jory Colin. Eu já sabia que ela estava no Facebook como Sadie Grace porque fui lá fuçar, mas não faço ideia de por que me adicionaria como amiga. Fico em pânico com a ideia de, de alguma maneira, ter deixado evidências da minha bisbilhotice digital. Pairo o dedo sobre os botões Aceitar e Recusar. Não quero ser amiga dela, mas também não quero que Sadie saiba que não quero ser amiga dela. *Por que* eu não aceitaria? Clico em Aceitar e guardo o aparelho de volta no bolso, voltando a me concentrar no zumbido crescente ao redor da piscina.

Polly disputa primeiro o medley individual e se sai bem, ficando em segundo lugar. Nós comemoramos, aplaudimos e batemos os pés, e preciso me segurar para não cair no choro de novo, o que parece estar se tornando um hábito ultimamente. Depois disso ocorrem algumas baterias das quais ela não participa, o que é ótimo, já que tenho que levar Ted ao banheiro. Quando voltamos, as expectativas estão todas no revezamento medley misto de duzentos metros, aquele que deu completamente errado da última vez. O menino que geralmente fecha a bateria da equipe, cujo pai Ted chamou de *jararaca*, está no meio de uma conversa séria com Greg.

— Ele está apontando pra perna — minha mãe comenta, se dirigindo ao pai do garoto. — É um problema na perna?

O homem assente, sincero.

— Falei pra ele deixar de lado o nado peito. Sempre dá problema. É o joelho clássico de nadador. Ele não vai conseguir. Depois de todos aqueles treinos. — Agora Greg está conversando com Polly, que está de cabeça baixa. Percebo um monte de gestos em direção aos blocos iniciais, os dois assentindo como se estivessem concordando com alguma coisa. — Ele vai colocar sua garota por último. Espero que ela não resolva ter um daqueles faniquitos.

Sinto meu pai ficando tenso ao meu lado, e aperto seu braço.

— Na verdade, da última vez ela não estava se sentindo bem — respondo. — Mas está super em forma agora.

A testa de Polly está franzida, e, por um momento, me preocupo que ela esteja se sentindo sobrecarregada novamente. Mas uma onda de alívio toma conta de mim quando ela olha em nossa direção e faz um joinha. Está na hora.

O primeiro reserva do time, que de jeito nenhum estava esperando participar da competição, vai primeiro. Deve começar com nado costas. O pai do Joelho de Nadador está resmungando que o reserva é muito lento e que é melhor tirá-lo logo da frente para os outros conseguirem compensar. O nado costas de Polly é forte, mas, se ela for a última, vai precisar fazer o nado crawl. É muita pressão.

— Vamos lá, rapaz — meu pai murmura quando dão a largada. Nosso substituto tem menos força que os outros três nadadores na hora de se projetar para a frente, mas não está muito atrasado na hora de retornar, e nossa nadadora de peito fica apenas alguns segundos atrás dos outros competidores que mergulham. Ela vai bem e fica cabeça a cabeça no fim da segunda volta. Mas o nado borboleta do nosso terceiro competidor é mais fraco que o dos adversários, e já estamos bem para trás quando Polly se posiciona na plataforma, esperando para saltar. Os outros nadadores já estão alguns metros à frente quando ela mergulha por cima do sr. Borboleta, mas Polly é rápida: parece espirrar menos água que os outros, suas braçadas são menos frenéticas e, de alguma forma, mais amplas que as dos competidores. A diferença começa a diminuir. Meu coração está batendo tão depressa que começo a gritar:

— Vai, Polly!

Até minha mãe, que é ferozmente contra "fazer um circo", está pulando sem parar. Ted tapa os ouvidos e franze a testa por causa da gritaria. Assim que Polly faz a curva na parte rasa, já ultrapassou dois de seus adversários, mas ainda tem um longo caminho a percorrer até alcançar a garota na liderança.

— Não tem distância suficiente pra ela conseguir compensar o tempo, não vai dar. — Meu pai está tão inclinado para a frente que, por um momento, tenho a impressão de que vai acabar caindo.

Ela se aproxima... e chega mais perto... até que só resta uma braçada de distância. Elas acabaram de passar sob as bandeiras, agora faltam menos de cinco metros. *Vamos lá, Pol.*

Estão tão próximas das braçadas finais que não consigo entender o que está acontecendo. Está todo mundo confuso ao meu redor. Encaramos as quatro figuras de touca que se agarram à borda da piscina, os olhos aparecendo por baixo dos óculos de proteção enquanto procuram os rostos ao lado, esperando por uma confirmação positiva ou negativa. De repente ecoa um barulho ensurdecedor, e me dou conta do resultado assim que vejo Greg e os outros nadadores da equipe de Polly correndo na direção dela com os braços erguidos.

— Ela conseguiu! — O pai que alguns minutos atrás estava preocupado com Polly ter outro faniquito dá tapinhas no ombro do meu pai. — Que etapa final maravilhosa. Alto nível.

Quando Polly sai da piscina, ela se vira e olha em nossa direção. Meu coração está explodindo de orgulho. Ela realmente conseguiu.

Evito a mensagem que Sadie me mandou no Facebook até que Ted esteja na cama e Polly entre no banho. Foi uma noite boa, um ponto alto no que parecia uma sucessão de derrotas, e não estou preparada para deixar algo estragar essa sensação. Talvez fosse melhor nem ler. Ponho o celular no colo e ligo a televisão, me iludindo por dez minutos ao fingir que estou assistindo a seja lá qual for o drama que está passando. Não adianta. Abro a mensagem.

Oi, Beth.
Espero que esteja bem. Desculpa te mandar mensagem assim do nada, mas queria saber se a gente pode conversar um pouco.
Sadie

Ai, meu Deus, o que isso significa? Conversar sobre o quê? Por que ela me enviou uma mensagem pedindo para conversar e não mandou logo *o assunto que queria conversar*? Digito cuidadosamente uma resposta, apagando e mudando as palavras pelo menos três vezes.

Oi, Sadie.
Claro. Adoraria bater um papo. Como posso te ajudar?
Beijo, Beth

Pego uma bebida e, quando volto para o sofá, vejo que ela está digitando. O barulhinho da notificação me indica que ela respondeu.

Tudo bem pra você se for pessoalmente? Beijo

Uma conversa cara a cara com Sadie é algo digno de um pesadelo. Quero responder "não, obrigada", mas ao mesmo tempo também quero ouvir o que ela tem a dizer.

Claro. Você quer vir aqui? Tô em casa agora, ou então podemos marcar pro fim de semana.

Nova mensagem:

Chego aí em meia hora.

Estou com uma sensação estranha na barriga, como se Sadie tivesse descoberto alguma coisa e estivesse vindo aqui para jogar tudo na minha cara. Sou obrigada a me dar um chacoalhão mental. Não tem como ela vir aqui jogar qualquer coisa na minha cara. Eu não fiz nada. Levo dez minutos para conseguir me levantar do sofá e, de repente, estou em pânico, voando de um lado para o outro, enfiando brinquedos de volta nas cestas e afofando as almofadas. Nunca na vida afofei almofadas, mas, por algum motivo, essa parece ser uma ocasião digna disso. Demoro mais dez minutos para decidir se troco o pijama e, no fim, decido continuar com ele — porque não quero que pareça que estou tentando impressioná-la —, mas coloco um suéter por cima, penteio o cabelo e belisco as bochechas para parecer menos cansada (porque estou, sim, tentando impressioná-la). Quando ouço Polly saindo do banho, a chamo para avisar que Sadie está a caminho. Ela se inclina sobre o corrimão, ainda de toalha, e diz:

— A srta. Greenaway tá vindo pra *cá*? Nossa, que esquisito. Não se preocupa, vou ficar aqui em cima.

Trinta minutos depois, estou roendo a unha do polegar de tão ansiosa quando escuto uma batida suave na porta, e me forço a contar até dez antes de abrir para Sadie não perceber que eu estava a ponto de explodir enquanto a esperava chegar.

— Oi, pode entrar. — Abro a porta e dou um passo atrás. — Quer que eu guarde seu casaco?

— Ah, obrigada. — Ela tira o sobretudo caramelo e o entrega para mim. É de uma loja chique, tamanho P. Definitivamente o casaco de uma mulher adulta. Aposto que só é lavado a seco.

Penduro o casaco no cabideiro, que já está abarrotado com as coisas de Ted e Polly.

— Quer beber alguma coisa? Chá? Café? Ou vinho? Tenho um vinho branco legal na geladeira. Também tenho tinto em algum lugar. Se bem que talvez você prefira não tomar vinho se estiver dirigindo. Imagino que esteja dirigindo. Você veio dirigindo? — *Cala a boca, Beth.*

Ela me acompanha até a sala de estar.

— Uma taça de vinho seria ótimo, obrigada. Qualquer um que já esteja aberto, não se preocupa. Não vou dirigir, vou andando pra casa do Jory daqui a pouco.

— Então você vai ficar por lá? — *Por que eu perguntei isso?* — Desculpa, pergunta idiota, claro que vai, é por isso que você pode tomar vinho. Ele sabe? Quer dizer, que você está aqui?

— Não.

— Ah, ok. Bom, fica à vontade. — Aponto para o sofá e Sadie se senta, apoiando as costas em duas almofadas bastante fofas.

Quando volto com a garrafa de vinho branco e duas taças, ela está observando uma foto de Emmy, Doug, Polly e Ted.

— Que foto bonita. Como a Emmy está? O Jory disse que ultimamente ela anda dando alguns sinais promissores de melhora.

Estranho. Não dei nenhuma atualização recente de Emmy para Jory, mas talvez ele ande conversando com a minha mãe.

— É. Ela está bem, obrigada. — Entrego a taça para Sadie e depois me sento de pernas cruzadas na ponta oposta do sofá. — Quer dizer, ela não está *bem*, essa provavelmente é a palavra errada. Mas ela vem dando, sim, alguns indícios significativos de melhora. Todos pequenos, mas pra gente parecem enormes.

— Eu imagino. Vocês tiveram um ano tão difícil, não sei como você conseguiu lidar com a situação. — Ela faz uma pausa. — Desculpa por atrapalhar sua noite, Beth, eu só... — Mantenho os olhos fixos em Sadie enquanto tomo um gole de vinho. — Queria te perguntar uma coisa. E você não me deve resposta nenhuma, sei disso, mas te agradeceria muito se pudesse responder.

— Ok. Pode perguntar.

— É sobre o Jory. Bom, mais especificamente sobre você e o Jory. — *Ai, meu Deus.* — E sobre por que vocês não estão mais se falando.

— Mas a gente tá se falando! — eu digo. A afirmação sai apressada e num tom de voz estridente.

— Certo. É a mesma coisa que ele me diz.

— Bom, então é isso. — De repente sinto minha garganta ficando muito seca.

— Mas eu sei como vocês eram próximos, quanto costumavam se ver, conversar e passar o dia todo trocando mensagens. Isso sem contar todas aquelas noitadas famosas que vocês tinham. — É coisa da minha cabeça ou ela desviou o olhar quando falou "noitadas famosas"? *Com certeza* Jory não mostrou aquela foto para ela, né? Ai, Jesus, o bilhete. Não, ele não faria uma coisa dessa. — E agora vocês não se encontram nem ligam um para o outro, e mesmo assim ele ainda fala de você o tempo inteiro. Literalmente o tempo *inteiro*. Então pra mim não faz sentido vocês não estarem mais se vendo. Sei que você organizou aquele passeio com o Ted no bosque, que o Jory amou, mas, quando sugeri sairmos os três pra tomar alguma coisa, ou mesmo só vocês dois pra colocarem o papo em dia, ele me disse que você não ia querer. O que é meio estranho, não acha? Por que você não ia querer?

— Ando com muita coisa pra fazer — justifico. — Nesse momento, não tenho tempo mesmo pra sair e tomar alguma coisa. Preciso sempre pensar na Polly e no Ted.

— Mas com certeza ele podia vir aqui, que nem eu estou fazendo agora. Ou vocês podiam conversar com mais frequência pelo FaceTime, como faziam antes. O problema, Beth, é que o que está me deixando confusa não é só o fato de vocês não estarem se vendo. Tem outra coisa me incomodando. — Ela baixa os olhos. — O Jory é meio arredio quando fala de você.

— Como assim, arredio?

— Teve um sábado à noite em que a gente saiu pra jantar e a cada cinco minutos o celular do Jory apitava. — Aquele dia depois da festa de aniversário de Ted. As mensagens. Será que ela leu? Sinto que estou ficando vermelha. — Outras pessoas também me disseram algumas coisas. Sobre vocês dois. Nada de mais, só um comentário esquisito aqui e ali sobre rolar entre vocês mais do que só amizade. E aí, naquela noite, depois de beber um pouco e tomar coragem, perguntei diretamente ao Jory se tinha alguma coisa rolando. Ele ficou muito na defensiva, e ele nunca fica na defensiva, mas com certeza foi defensivo dessa vez. Falou que eu estava obcecada por você, e aí acabamos discutindo no restaurante porque o humor dele mudou completamente. De verdade, ele ficou *estranho demais* depois de ler suas mensagens.

— Sadie, eu...

— Não quero te deixar desconfortável nem me intrometer numa amizade que já existia muito antes de eu entrar em cena. Só sei que não tenho como me envolver mais ainda numa relação com alguém que pode ter sentimentos por outra pessoa.

Meu coração está batendo tão rápido que fico surpresa por ela não conseguir ouvir.

— Somos melhores amigos há vinte anos, só isso. É muita história.

— Eu sei, e é por isso que faz ainda menos sentido vocês não estarem mais se vendo. — Sadie observa bem meu rosto. — Você não gostaria de recriar algumas daquelas idas ao bar?

— Não tem nada rolando entre a gente, não desse jeito — respondo, porque é verdade. — Eu não devia ter enchido o Jory de mensagens naquela noite. Eu estava passando por maus bocados aqui em casa. Desculpa por ter causado um mal-estar.

Sadie assente devagar, como se tentasse assimilar tudo.

— Então eu somei dois mais dois e deu cinco, né.

Faço que sim com a cabeça.

— É, e, além do mais, também estou saindo com outra pessoa. — *Por que contei isso para ela?* — Ainda está bem no início.

— Ah. — Ela parece surpresa. De um jeito bom. — Que ótimo. Eu não percebi... Me sinto ridícula agora.

— Você não é ridícula. Foi um ano maluco, e é uma pena eu e o Jory não estarmos mais com tanto tempo um pro outro, mas não é o que você está pensando.

Ficamos conversando até Sadie terminar sua taça de vinho. A situação toda é meio bizarra, mas não totalmente desagradável. Ela recusa a segunda taça, porque Jory está esperando por ela na casa dele, e diz que não vai contar a Jory que deu uma passada aqui; não tem necessidade, já que simplesmente confirmei o que ele já tinha dito antes: não tem nada com que se preocupar.

— Fico feliz por termos conversado. — Ela pega seu casaco caro. — O Jory disse que eu estava procurando pelo em ovo, e não quero que ele fique pensando que agi pelas costas dele investigando mais ainda a situação. Tá tudo bem, né? Ou você acha que eu devia contar? Você vai contar pra ele?

Balanço a cabeça.

— Não vou falar nada.

— Ok. Que bom. Obrigada, Beth. Espero que dê tudo certo pra você e o Greg também.

— Obrigada. Espera, como você...? — Não me lembro de ter mencionado com quem eu estava saindo. Se é que dá para chamar isso de "sair".

Sadie leva a mão aos lábios.

— Eu e minha boca grande. Foi o Jory quem me contou. — Ela me olha, tímida. — Durante a nossa discussão na mesa de jantar. Quando perdi a cabeça por conta das suas mensagens, ele me contou que você estava saindo com o Greg. Achei que só estivesse inventando pra poder me despistar. Acho que estou soando igual uma maluca. Não costumo ser assim, eu juro. Boa noite, Beth.

— Boa noite.

Quando Sadie vai embora, volto para o sofá e encaro a televisão. Após assistir à metade da previsão do tempo, desligo o aparelho de vez e levo as taças para a cozinha. Imagino Sadie batendo à porta de Jory, feliz por não existir nada além do que ela já sabia sobre a melhor amiga dele. Eu também devia estar aliviada, sabendo que não vou precisar me esconder atrás da moita caso a encontre no futuro, mas não consigo tirar da cabeça o fato de Jory ter contado a ela que estou saindo com alguém. Baseado *em que* exatamente? A única vez que ele ficou cara a cara com Greg foi naquela manhã depois do aniversário de Ted — a manhã após o jantar —, então como é que poderia ter mencionado Greg antes disso? Não faz sentido. E Sadie mencionou duas vezes as antigas idas ao bar de Beth-e-Jory *e* perguntou se eu tinha certeza sobre não querer recriar uma delas. Será que essa escolha de palavras foi mera coincidência?

Talvez não tenha importância quem disse o quê. Afinal Jory deixou bem claro quem ele quer. É por isso que ela está lá com ele e eu estou aqui, na cozinha da minha irmã, lavando taças de vinho e ponderando sobre como anos evitando dizer algo que pudesse me fazer perder meu melhor amigo acabaram me fazendo perdê-lo de qualquer maneira.

31

O vento está soprando por trás de nós, e meu cabelo voa sobre meu rosto e minha boca. Tateio meus bolsos atrás de um elástico, sem sucesso, e, quando olho para o BMW de Greg, penso em quais seriam as chances de ele ter um prendedor de cabelo no porta-luvas. Concluo que são baixas.

Ele aponta em direção a uma área um pouco mais adiante na praia coberta de seixos.

— O vento está mais forte, né? Se a gente sentar ali, fica um pouco mais protegido. Desculpa, não achei que fosse ventar desse jeito.

Sorrio.

— Tudo bem. Ali fica ótimo.

Depois de deixar nossas coisas no chão, Greg pega uma garrafa térmica e um pacotinho de marshmallows.

— Chocolate quente?

— Por que não, né? — Não sou muito fã de marshmallows, mas não parece o momento certo de dizer isso depois que Greg teve todo esse trabalho. Ele olha para mim enquanto nos serve duas canecas.

— Você está linda, por sinal. Isso aí é giz de cera?

— É, sim. Adoro pintar o rosto antes de ir à praia num dia de ventania tipo furacão.

Greg se encolhe.

— Tá com frio? Eu trouxe um cobertor.

— Não, tô legal. Desculpa, prometo que não sou uma daquelas mulheres que só saem de casa se estiver fazendo sol. — Estendo a mão para pegar o chocolate quente, meus dedos encostando nos de Greg enquanto ele me passa a caneca.

— Sei que não é. Quando te convidei pra tomar alguma coisa, eu tinha pensado numa bebida de verdade.

— Desculpa, é que fica complicado com as crianças e tudo o mais.

— Para de pedir desculpa. — Ele está remexendo na mochila. — Pelo amor de Deus. Esqueci as colheres. Pro marshmallow.

— Que pesadelo — comento. — Bom, agora esse encontro já era.

Ele ri.

— Não precisa tirar onda, Pascoe. Sabia que seu deboche me deixava intimidado? — Nossos olhares se encontram por um momento. Greg, quase saindo voando pelo vento e segurando chocolate quente... que visão.

— É mesmo? Quando?

— Naquela época no clube de natação. Você era ótima em ficar tirando sarro e, sei lá, as outras garotas não faziam isso.

— Talvez eu exagerasse com as provocações. Desculpa se foi o caso. Provavelmente era só meu jeito de flertar com você. "Trate os homens mal" e esse tipo de coisa.

— Bom, o Greg de 2002 com certeza estava interessado. Fiquei arrasado quando você desistiu.

— Claro que ficou. Meu nado costas era incrível. Devo admitir que ver a Polly na piscina fez eu me arrepender de ter jogado a toalha. Sempre fui rápida em largar mão das coisas assim que tudo ficava difícil ou um pouco mais sério. Na verdade, não é um traço de personalidade do qual me orgulho.

— Besteira. Você está se cobrando demais.

— É o que o Jory diz. — *Por que eu falei isso?* Percebo um movimento diferente na expressão de Greg quando toco no nome de Jory. É coisa pequena, só torceu a boca, mas não dá para negar que o clima muda. *Beth, sua idiota.*

— Ah... estamos mesmo em 2002.

Faço uma careta.

— Desculpa.

— Por que você está pedindo desculpas?

— Não sei. — Porque toquei no nome de Jory e agora as coisas ficaram esquisitas.

Greg me olha com curiosidade.

— Sempre achei que vocês já estariam casados a essa altura. Você e o velho Clarke.

— Tá bom! Pouco provável. — Meu *tá bom!* sai exagerado demais, e Greg arqueia as sobrancelhas.

— Sério? Você sabe que ele me odeia só porque eu gosto de você.

— Ele não te *odeia*. — Baixo minha xícara de chocolate quente. — Ele não te conhece.

— Bom, ele sempre foi muito evasivo comigo, é o que estou dizendo.

— Certo. — Não é típico de Jory ser evasivo com ninguém, mas não dá para discutir que a maneira como ele estava olhando para Greg na soleira da porta não era exatamente amigável. — Bom, a gente não está aqui pra falar do Jory.

Um silêncio constrangedor toma conta, e Greg joga o resto de seu chocolate quente com marshmallow sobre as pedras.

— Quer dar uma caminhada?

Juntamos nossas coisas e vamos em direção ao mar. O vento diminuiu, mas a água está cinza e agitada, como naquele dia em que Jory e eu demos nosso mergulho espontâneo. Olho de lado para Greg, que está fechando o zíper da mochila após guardar a garrafa de chocolate quente. Ele é um cara legal. Merece sair com alguém que fique ao seu lado numa praia bonita sem pensar em outra pessoa.

— Olha, Greg... sobre hoje...

Ele ergue a mão.

— Não precisamos falar sobre isso, de verdade. É nosso primeiro encontro, e um encontro diurno ainda por cima. Eu gosto mesmo de você, Beth, mas você não me deve um daqueles discursos de "O problema não é você, sou eu".

— Não, eu sei. Mas, só pra constar, o problema não é mesmo você. Também gosto de você. Te acho divertido e preciso dizer que você ficou musculoso desde a época da escola. Tipo, *bem* musculoso. Tem muita coisa aí pra gostar.

— Obrigado. Estou emocionado com a avaliação do meu físico, óbvio. Mas, infelizmente, os músculos não vão ser suficientes, né?

Nego com a cabeça.

— Você tem razão, este é só o nosso primeiro encontro, mas, mesmo assim, andamos trocando muitas mensagens, né? Me desculpa, mesmo, se te fiz criar expectativas. Estou gostando de te conhecer melhor. É só que... — Suspiro. — É complicado.

— Será? Não tenho certeza se é tão complicado quanto você imagina. — Greg me encara. — Ah, *qual é*, Beth. O Clarke é louco por você. Sempre foi. E ele é um cara de muita sorte, porque você também é louca por ele, né?

Encaro o horizonte. Meus sentimentos por Jory — os verdadeiros sentimentos — vêm se insinuando e se tornando familiares há muito tempo e, agora, estão cristalinos, como se eu tivesse reajustado o foco numa lente embaçada. Mas agora já era, porque, apesar de eu ter dado a entender de um jeito bem explícito que gostaria de ser mais do que amiga de Jory, ele está com Sadie.

Greg pega uma pedrinha e a atira no mar. Quando se abaixa para pegar mais uma, faço o mesmo, até estarmos os dois num ritmo de atirar pedrinhas e observar a água espirrando.

— Qualquer mulher teria sorte de namorar você, Greg, pode ter certeza.

— Só você que não.

— Eu não. Me desculpa.

— Tudo bem. Já estou bem grandinho. Não vou chorar que nem quando você saiu do time de natação.

— Você não chorou. — Reviro uma pedrinha entre os dedos. — Me diz que você não chorou.

— Hum, tá legal... não chorei, não. E, se por acaso caiu alguma lágrima do meu olho, foi só porque eu sabia que sua saída atrapalharia nosso tempo no revezamento misto de duzentos metros medley. Que filha da mãe.

Dou risada, e é difícil não me sentir meio triste. Estava mesmo gostando da ideia de Greg e eu acabarmos virando alguma coisa. O problema é que tem uma outra ideia de que gosto mais.

DEZEMBRO

32

Só falta verificar mais dois acordos de Malcolm e então termino o expediente da semana. Infelizmente, ele cometeu um erro no primeiro acordo. Olho o relógio.

— Malcolm, se eu almoçar aqui na mesa pra terminar esses dois, posso sair um pouco mais cedo hoje? — Seguro a página com o gráfico e aponto a caneta para o zero extra que meu chefe acrescentou. — Tem um erro aqui.

— Ah, droga. Desculpa, Beth. E sim, pode sair um pouco mais cedo se precisar. Planos empolgantes?

— O nascimento do menino Jesus. — Digito o valor correto no meu computador. — Contado por crianças de três e quatro anos.

— Certo. Quer que eu faça um café pra gente?

Faço um joinha com o dedo.

— Seria ótimo.

Quando termino o penúltimo acordo e o café, dou uma olhada no celular. Três novas mensagens: Kate, Albert e Polly. Abro todas na ordem.

Nova mensagem: Kate
A Leila tem uma auréola dourada que o Ted pode usar hoje, se você ainda estiver precisando. Eu amo peças de Natal. E, sim, vai ser ótimo visitar a Emmy hoje, beijos

Nova mensagem: Albert
OI BETH É O ALBERT UM PACOTE GRANDE CHEGOU PARA VOCÊ O ENTREGADOR TIROU UMA FOTO DOS MEUS CHINELOS NÃO SEI O QUE É ISSO NÃO PRECISA TER PRESSA DE PEGAR

Nova mensagem: Polly
Ei, a avó da Rosie falou que uma garçonete contou pra ela que outra garçonete contou pra ela que o sr. Clarke e a srta. Greenaway terminaram… só pra você saber, mesmo que "não se importe". Te vejo mais tarde. Beijo, P

Encaro a mensagem de Polly. *O sr. Clarke e a srta. Greenaway terminaram.* O que isso quer dizer? Será que…? Não. Se o término deles tivesse de alguma maneira sido influenciado por mim, eu não ficaria sabendo disso por fofocas de segunda mão. Jory teria me contado. E ele não contou.

O salão da igreja está lotado, e, pela primeira vez, agradeço a insistência da minha mãe em chegar obscenamente cedo para pegar os melhores lugares. Polly e eu nos sentamos nas cadeiras que ela reservou para a gente na segunda fila.

Meu pai estende a mão, sorrindo, segurando um pedaço de papel dobrado com musiquinhas de Natal.

— Sua mãe estava na primeira fila, até ser expulsa por uma moça dizendo que a primeira fila era só pros atores. *Os atores!* Todos têm menos de cinco anos.

— Shhhh, Jim. — Minha mãe balança a cabeça, mas também está rindo. Sorrio para eles, mas o gesto não deve ser muito convincente, porque ela me olha de lado. — Tudo bem, querida?

— Tudo, sim. — Olho em volta para o mar de pais, os olhos da minha mãe ainda fixos em mim. — É só que… você sabe. É triste a Emmy e o Doug não estarem aqui.

Ela assente.

— O Doug adorava essas coisas, né? Sempre tirava a tarde de folga. — Ela aperta meu braço. — Mas *nós* estamos aqui pra ver o Ted hoje, é isso que importa.

Minha mãe está certa. Acima de tudo, Emmy e Doug estariam preocupados com o bem-estar das crianças, e, cá entre nós, não estamos indo tão mal nesse quesito.

— Tá no silencioso? — Polly aponta para o meu celular. — Seria legal evitar uma repetição da reunião de pais...

— Ai, meu Deus, não. — Coloco no silencioso e, em seguida, olho para o palco. Nenhum sinal de crianças fantasiadas ainda, então talvez dê tempo de enviar a mensagem que passei as últimas duas horas desenvolvendo na cabeça. Me aproximo de Polly. — Aquilo que você ouviu sobre o Jory e a Sadie. Quão confiável é a sua fonte?

Polly dá de ombros.

— Fofocas de garçonete são bem confiáveis. E o Jory anda meio abatido sempre que passo por ele no corredor. Bem assim. — Polly faz sua melhor imitação de um rosto cabisbaixo. — Você vai dar em cima dele agora, né?

Dou um tapinha na perna dela.

— Não, não vou *dar em cima* do Jory. Só vou mandar uma mensagem pra ver se ele está bem.

— Quem você está paquerando, querida? — De repente, minha mãe está com o rosto colado ao meu, e o do meu pai bem atrás do dela.

— *Ninguém.* Que inferno.

— O Jory e a Sadie terminaram — explica Polly. — E a tia Beth vai estar lá pra tirar a barriga da miséria. Pra correr pro abraço.

— Correr pra onde? — meu pai pergunta.

— Pelo amor de Deus. — Balanço a cabeça para eles e termino de escrever minha mensagem.

> Fiquei sabendo de você e S. Espero que esteja bem. Só queria dizer que tô sempre aqui se quiser conversar. Entendo que as coisas estejam meio estranhas depois do que escrevi naquele bilhete, mas, deixando

meu ego ferido de lado, ainda espero que a gente possa continuar amigos. Adoraria te ver em breve.
Beijo, B

Um silêncio inesperado me diz que a peça está para começar, e clico no botão de enviar. Uma a uma, as crianças da creche assumem seus lugares no palco. Estico o pescoço para tentar encontrar Ted e, quando o encontro, sinto um sorriso se espalhando no meu rosto. Ele está usando o que parece ser uma fronha com enfeites nas bordas e a auréola emprestada de Kate. Presto mais atenção. É mesmo uma fronha com enfeites nas bordas. Quando nos vê, Ted dá pulinhos e grita: "Sou um anjo!" Acenamos de volta, radiantes, e, com o canto do olho, flagro meu pai passando um lenço para a minha mãe.

Quando as crianças começam a cantar músicas de Natal, uma boneca pelada é retirada de baixo da manjedoura e envolta em musselina. José perde a hora do parto porque precisava fazer xixi. Acontece uma troca apressada de presentes entre os Reis Magos — sendo "trago-vos um Frankenstein" o ponto alto do momento — e então é hora de cantar a última música e fazer uma reverência em grupo. São os dez minutos mais caóticos e brilhantes que já presenciei na vida, e, quando os anjinhos dão um passo à frente, ficamos de pé e batemos palmas, todos com lágrimas nos olhos. Quando eu for visitar Emmy amanhã, vou contar tudo sobre como Ted deixou ela e Doug orgulhosos. Isso sem contar a vovó, o vovô, a irmã e especialmente a tia Beth. Todos nós, incrivelmente orgulhosos.

Ted, ainda usando a fronha e a auréola, volta para casa no carro dos avós para eu poder dar um pulo na casa de Albert e pegar a encomenda sem nenhum olhinho enxerido. Um pacote grande significa que a compra que fiz na loja de brinquedos para o Natal já chegou.

O trânsito está congestionado por conta de um trator na estrada para St Newth, e, enquanto avanço centímetro por centímetro com o carro, recebo uma resposta de Jory. Meu celular está sincronizado com o sistema de áudio do carro, e a notificação é lida em voz alta, seguida por uma pergunta em um tom de voz robótico:

— *Você tem uma nova mensagem de Jory. Gostaria de ler?*

Bato os dedos na borda do volante, sem ter certeza se estou pronta para ouvir sua resposta. Foda-se.

— Sim.

Há uma pausa.

— *Que bilhete?*

O que ele quer dizer com *que bilhete*? O bilhete, Jory. *O bilhete*. A voz robótica ainda não parou de falar.

— *Deseja ouvir a mensagem novamente?*

— Sim.

Outra pausa.

— *Que bilhete?*

Aperto o botão do comando de voz.

— Ligar para Jory.

— *Chamando Jory.*

Ele atende após dois toques.

— Oi.

— Como assim, que bilhete? Você sabe que bilhete. A não ser que esteja perguntando porque prefere que a gente finja que esse bilhete nunca existiu, e nesse caso eu até entendo, mas...

Ele me interrompe:

— Beth, não tenho ideia do que você está falando.

— O bilhete que escrevi no verso daquela foto. — O trator estaciona, deixando a fila de carros passar, e volto a me mover.

— Que foto?

Ele só pode estar de brincadeira.

— Aquela foto nossa, que eu estou com aquele boné idiota. A foto que tiraram da gente *naquela* noite...

— Eu sei que foto é essa, Beth. Tem anos que não vejo ela.

— Mas eu enfiei na caixinha de correio da sua porta. Escrevi um bilhete no verso.

— Quando?

— Não sei. Faz séculos. Quer dizer, sei, sim, foi logo depois que você trouxe o presente do Ted.

— Merda. O que tinha no bilhete?

— Umas coisas. Sobre você e eu.

— Coisas?

— É, *coisas*. Você não viu mesmo?

— Não. — Jory solta o ar devagar. — Mas tenho a sensação de que a Sadie encontrou. Sabia que ela tinha visto ou ouvido alguma coisa.

— Ai, meu Deus. Também acho que ela encontrou.

— Como assim?

— Ela foi lá em casa falar comigo. Me questionar sobre nós dois. Ela não queria que você soubesse que a gente tinha conversado, então prometi não falar nada. — Eu estava com pena de Sadie, mas isso significa que ela encontrou o bilhete antes de Jory e se certificou de que ele não o recebesse.

— Tá, mas o que estava escrito no bilhete?

Solto um gemido.

— Por favor, não me faz falar em voz alta.

— Posso pelo menos ter uma ideia? — Percebo que ele está sorrindo.

— Estava escrito que eu continuo pensando naquela noite o tempo todo.

Ele pigarreia.

— Que interessante. Eu também.

— Sério? — Estaciono na frente da casa de Albert, e minhas pernas estão tremendo.

— Com certeza. A pior nevasca dos últimos anos.

Nós dois caímos na risada, e, embora eu ainda não saiba o que tudo isso vai significar, acho que pelo menos recuperei meu melhor amigo.

Albert está reencenando o momento em que o entregador tirou uma foto de seus chinelos.

— E aí ele disse: "Se afasta, por favor". Assim mesmo! Você viu? — Ele me espia por cima dos óculos.

— Vi o quê? — Ainda estou tentando digerir o fato de que Jory não recebeu meu bilhete. Ele não ignorou o que escrevi. Ele simplesmente não sabia.

— A foto dos meus chinelos. — Albert aponta de novo para os pés.

— Ah. Não. Mas provavelmente está em algum site, caso eu queira rastrear a entrega.

— Fascinante. — Ele desliza a caixa para mim. — É bem pesada.

— Presentes de Natal — explico. — Do Ted.

— Que amor. Como foi a peça dele?

— Hum? — Sadie deve ter escondido a foto. Ou jogado fora. Consigo imaginá-la ateando fogo na fotografia.

— A peça do Ted. Está tudo bem, Beth?

— Desculpa, o dia foi uma correria.

— Parece que uma xícara de chá cairia bem. Posso colocar a chaleira no fogo?

— Claro. Mas só se você tiver certeza de que não estou incomodando. — Albert abre a porta, e passo pela caixa de brinquedos de Ted. — Só não posso ficar muito. Prometi assistir *Operação presente* com o Ted.

— Tudo bem, querida.

Ele vai até a cozinha e o acompanho, dando uma olhada nos e-mails do dia no celular até encontrar a notificação de entrega da encomenda. Quando encontro, clico na imagem. Sem dúvida é um close dos pés de Albert com chinelos e meias. Viro o aparelho para ele também poder ver e sufoco uma risadinha quando ele arregala os olhos, maravilhado.

— Meus chinelos estão na internet, Beth. Quem iria imaginar?

Depois que Albert serve o chá, resumo para ele minha conversa com Jory. Ele escuta com atenção, depois fica em silêncio por um tempo antes de se inclinar para frente em seu sofá marrom.

— Queria que você já tivesse me contado sobre esse bilhete. Eu teria te dito que ele não leu.

Dou risada.

— Com todo respeito, Albert, mas conversar sobre como não estragar o gramado com as rodas da van provavelmente não faz de você o maior confidente do Jory.

— Claro que não. Mas já nos encontramos um pouco mais do que isso.

— Pelo bairro? — Sei que Albert topa com Jory de vez em quando no mercado.

Ele nega com a cabeça.

— Ele tem vindo aqui.

— *Aqui?* Por quê? Quando?

— Depois da escola, nos dias em que ele sabe que você ainda está no trabalho. Me desculpa, parece espionagem falando desse jeito.

— Mas por que ele viria até aqui?

— Pra ver como você estava. Eu realmente nunca entendi por que vocês se desentenderam, mesmo os dois insistindo que isso nunca aconteceu, mas aqui estava ele, na minha porta, pedindo pra eu não te contar que ele tinha vindo aqui. — Albert faz uma careta. — Verdade seja dita, talvez eu tenha um dedo nessa história, Beth. Um dia falei pra ele que não entendia por que vocês não podiam continuar amigos se os dois estavam cortejando outras pessoas.

— Mas eu não estava...

— Não, agora eu sei disso. Mas o Ted falou que você estava trocando mensagens com o treinador da Polly, e, na minha época, isso contaria como uma paquera. Sinto muito se eu disse a coisa errada. Esperava que as coisas dessem certo entre vocês. Foi por isso que te contei sobre Mavis e Lily. Quando Jory me falou de Sadie, não tive dúvidas de que ela era a Lily e você a Mavis da história dele.

Meu cérebro está se esforçando para conseguir acompanhá-lo. Lembro de Sadie me contando que Jory *falou para ela* sobre eu estar saindo com Greg, apesar de ele não ter encontrado Greg na soleira da porta até o dia seguinte. E do comentário que ela fez sobre a melhora de Emmy, mesmo que eu não tivesse falado com Jory sobre Emmy naquela semana. Era como se ele estivesse conseguindo informações atualizadas de alguma outra fonte. E estava mesmo. Só que eu nunca imaginaria que ele viria até aqui e, depois de um dia cheio de aula, encontraria tempo para tomar chá com Albert e ver como eu estava.

— É muita coisa pra assimilar. Eu também queria que as coisas dessem certo entre a gente. Foi por isso que escrevi aquele bilhete.

— Mas ele não leu, certo?

— Não. Mas acho que a Sadie leu.

— Ah. E o que o jovem Jory disse agora que você contou o que estava escrito no bilhete? — Albert abre um sorrisinho malicioso, e sorrio de volta porque sei o que ele está tentando fazer.

— Não contei. Quer dizer, *contei* mais ou menos.

— Bom, ele é um sujeito esperto, mas não sabe ler mentes, querida. Talvez esteja na hora de pôr as cartas na mesa. — Ele coloca a xícara no pires. — Agora, me mostra de novo aquela foto dos meus chinelos na internet.

33

Tem dois potes de chocolate abertos no balcão das enfermeiras e uma canção de Natal tocando em um rádio em algum lugar na enfermaria. Na semana passada, após outra conversa sobre o progresso da minha irmã com a dra. Hargreaves, disseram que hoje todos nós poderíamos visitar Emmy juntos. É uma pequena mudança, mas já foi o suficiente para elevar nosso ânimo. Ainda é estranho passar a manhã na ala Bracken em vez de seguir nossas tradições matinais de Natal em casa, mas, mesmo se estivéssemos em casa, nada poderia ser normal sem a presença de Emmy e Doug.

— Olha como vocês estão animados. — Keisha abre um sorriso acolhedor para a gente quando passamos por ela em nosso caminho até Emmy. — Lindo suéter, Jim.

Meu pai sorri, orgulhoso, e baixa o olhar para seu suéter de Fair Isle, que não é exatamente um suéter de Natal, mas cujo vermelho e dourado da estampa, junto com o chapéu natalino de papel que Ted insistiu que usássemos, o faz parecer digno da data. Polly está usando a maquiagem nova que ganhou de Rosie e que a faz parecer ter dezenove anos. Está segurando seu chapéu de papel e prometendo a Ted que o coloca na cabeça "daqui a pouco".

— O Papai Noel veio na minha casa — diz Ted. — Quando eu tava dormindo.

— Não acredito! — responde Keisha, tapando a boca em um gesto de surpresa. — Bom, você deve ter sido um menino muito bonzinho esse ano então.

O chapéu da minha mãe fica caindo por cima dos olhos, e ela o endireita com uma mão, a outra segurando uma sacola cheia de presentes para Emmy.

— Feliz Natal, Keisha, querida — ela diz. — Você vai jantar em casa, depois do plantão?

Keisha nega com a cabeça.

— Não, hoje não. Vamos comemorar amanhã lá em casa. Vai ser um verdadeiro dia de Natal, com presentes, jantar, brincadeiras e tudo o mais. Só que um dia depois de todo mundo. — Ela acena para nós e continua sua ronda, cantarolando enquanto caminha.

Por um tempo, parece meio pomposo demais nós cinco aglomerados ao redor da cama de Emmy. Estamos acostumados a vê-la em turnos, cada um com seu jeito de passar o tempo ao lado dela. De repente, parece idiota aparecer com roupas elegantes e chapéus de papel, trazendo presentes como se estivéssemos na porta da casa de um parente que está preparando o almoço de Natal, e não com alguém que segue dormindo pela maior parte do ano. Felizmente, Ted não está constrangido em usar seu suéter de boneco de neve e o broche de árvore de Natal que acende e toca "Jingle Bells" sempre que é pressionado. Ele sobe na beirada da cama da mãe e começa a cantar junto com a melodia robótica do broche:

— Jingle bells, Jingle bells, acabou o papel. Não faz mal, não faz mal, limpa com jorna-aaal!

Meu pai olha de Ted para Polly e de volta para Ted. Polly pigarreia e aponta para mim.

— Ah, Beth. — Minha mãe balança a cabeça. — Por que precisa ser tudo tão vulgar?

— Papel higiênico não é vulgar, mãe. Além do mais, pelo tipo de música que a Polly escuta, não vai demorar muito pro Ted aprender coisa pior.

— Você não está ouvindo aquele tal de "R e B", né, querida? — Meu pai cutuca Polly com carinho. — Sua tia Beth costumava ouvir umas músicas horríveis. Sua mãe tinha um gosto musical muito mais refinado na sua idade.

— Na verdade, acho que você consideraria o gosto musical da Emmy extremamente careta. — Vou até a cama e toco a mão de Emmy. — E você sabe que eu diria isso mesmo se você estivesse acordada. Me sinto orgulhosa de ter o álbum das Mis-Teeq e ainda saber de cor todos os raps de Alesha Dixon? Não. Mas é bem menos trágico do que seu amor pelos Steps e o fato de que você realmente pensou que ia se casar com o Lee. — Procuro no Google uma foto de Lee para mostrar a Polly.

Ela faz uma careta.

— Eca.

— *Tragedy!* — Giro as mãos em volta da orelha, e Polly fica tão horrorizada com meus movimentos de dança que acabo rindo. E me sentindo velha. Mas não tão velha quanto Lee dos Steps. Mês que vem ele faz quarenta e cinco anos.

— Vamos aos presentes? — Minha mãe aponta para a sacola e baixa a voz. — Como a gente vai fazer isso?

Estendo a mão e pego o primeiro presente.

— Acho que a gente vai se revezando e abrindo pra ela. Isso se você não se importar, Em. Fica à vontade pra mexer os dedos das mãos ou dos pés se quiser reclamar, e a gente te deixa abrir sozinha. — Estou brincando, mas todos nós olhamos para seus dedos. Não tem nenhum sinal de movimento, mas o sono dela parece mais leve hoje, como se Emmy estivesse cochilando e a qualquer momento pudesse bocejar e se espreguiçar. Queria muito que ela fizesse isso.

Começamos a nos revezar para desembrulhar os presentes e ler os cartões. Polly abre uma pintura que Ted fez na creche, que foi emoldurada. Papai desembrulha a última edição da revista favorita de Emmy e conta que eles fizeram uma assinatura de um ano para que possam ler a revista em voz alta quando estiverem aqui. Ted (com uma ajudinha de Polly) desembrulha o presente da irmã, uma delicada lanterna de vidro colorido com uma portinha que se abre para revelar um suporte para velas. Polly explica que a mãe tinha mencionado a lanterna durante um de seus últimos passeios por Bude antes do acidente. Todos nós sentimos falta de bater perna com Emmy. Estou segurando firme até desembrulhar um roupão macio, azul-claro com nuvens brancas, um presente da minha mãe. O cartão diz: *Algo aconchegante para ajudá-la a se sentir em casa quando estiver melhor. Com amor, mamãe.* Não sei o que acontece especificamente nesse presente, talvez a ideia da minha mãe escrevendo um bilhete para uma filha que não consegue ler, ou talvez o fato de eu estar segurando no colo um presente em que consigo imaginar minha irmã com tanta clareza, mas assim que leio o cartão fico de coração partido. Quando nos despedimos, desejando feliz Natal e dando beijos na bochecha de Emmy antes de ir embora, todos nós — com exceção de Ted — estamos chorando. Ted não percebe a choradeira porque Keisha o surpreende na saída e o deixa escolher três barras de chocolate e três bombons.

Observo como meus pais se abraçam enquanto caminhamos na direção do estacionamento, como os dois formam uma unidade, uma equipe. Penso em Emmy e Doug, em como eles deviam ter tido a chance de envelhecer juntos até serem avós na casa dos sessenta, setenta anos ou mais. Penso também em mim mesma daqui a trinta anos — ou mais, talvez quando eu tiver a idade de Albert — e me pergunto se terei alguém em quem me apoiar, ou mesmo alguém de quem sentirei falta de me apoiar. Por um bom tempo foi difícil pensar em algo assim, mas os desdobramentos recentes, junto com o brilho aconchegante que o Natal traz, estão tornando mais fácil visualizar essa ideia. Pego meu celular no bolso e sorrio quando leio a mensagem na tela.

— Do que você está rindo? — Meu pai espia por cima do meu ombro.
— Não estou rindo — respondo. Mas estou.

A cozinha de Emmy e Doug é como uma sauna a vapor, o calor do forno e das panelas no fogão deixando as janelas embaçadas. Abro a porta dos fundos para deixar entrar um pouco de ar fresco e pego a garrafa de prosecco que minha mãe deixou no quintal para gelar. Nós a provocamos por deixar as bebidas e as latas de refrigerante do lado de fora para abrir espaço na geladeira, mas o prosecco parece tão gelado quanto de costume.

Como sempre, minha mãe está comandando o navio com pulso firme, e o restante de nós está só atrapalhando seus preparativos ao perguntar se ela quer ajuda. Meu pai estava lavando e secando a louça numa tentativa de adiantar as coisas, mas de vez em quando ela gritava "Ainda estou usando isso, Jim!" e jogava o pano de prato nele, irritada, então ele acabou desistindo e, em vez disso, começou a montar um dos novos conjuntos de Lego de Ted.

Minha mãe grita da cozinha:

— Seu convidado ainda vem, Beth?

— *Vem*. Como eu já disse três vezes.

Meu pai ergue os olhos da barraquinha de sorvete de Lego que está construindo. A montagem está demorando mais do que deveria porque Ted não para de arrancar os blocos.

— Sua tia está fazendo mistério com esse convidado dela, né? — Ele pisca para Polly.

Minha sobrinha assente.

— Aposto meu dinheiro no treinador Draper, o que vai ser *muito cringe*.

— Eu queria que fosse o Jory — meu pai comenta, procurando alguma pista no meu rosto.

— O Jory vai passar o Natal fora — digo, sem conseguir esconder a frustração. Ele aceitou fazer companhia à mãe nas férias de fim de ano até a casa da tia quando estava ansioso para fugir de St Newth. Agora ele não está mais tão ansioso assim para se afastar da cidade, mas não tinha como decepcionar a mãe.

— Então quem é? Se for o treinador Draper... — Polly pega outro chocolate.

— *Greg*. Você pode chamar ele de Greg quando não estiver na natação.

— Tanto faz. Se for mesmo o treinador, não quero ficar sentada do lado dele porque provavelmente ele vai começar a falar sobre nado costas.

— Bom, não é o Greg, então não precisa se preocupar com nenhuma conversa sobre natação. — Mandei uma mensagem para Greg desejando feliz Natal, e ele respondeu com o mesmo. Ainda vamos nos ver nos treinos de Polly, e quero que sejamos amigos.

Escuto minha mãe bufando da cozinha quando ela começa a ficar meio desbaratinada. Geralmente sua agitação significa que os últimos pratos já estão no forno e que ela está pensando em como vai pôr tudo à mesa. Aparentemente, essa é a parte mais estressante. Não sei dizer porque nunca preparei um assado para jantar ou qualquer refeição que envolvesse tempos de cozimento anotados num caderninho, mas acredito na palavra dela. Como esperado, nossas instruções chegam por meio de um berro urgente vindo do outro lado da mesa.

— Jim, pode fatiar o peru, por favor? E, Beth, começa a colocar a mesa. *Com capricho*. Não vai largar os talheres no meio do prato como você sempre faz. Pega os copos bonitos.

— Sim, chef! — dizemos em uníssono e caímos na risada quando ela nos xinga, um sinal claro de que mamãe está no pico de seu estresse culinário.

— E ele está vindo mesmo, esse seu convidado misterioso? Porque eu vou ficar chateada se tiver feito comida demais.

— Sim, seria terrível ter comida sobrando.

Acabei de pôr a mesa quando ouço uma batida na porta.

— Deixa que eu atendo! — Polly esbarra em mim para chegar primeiro.

— Sua pestinha — digo a ela, e Polly se vira para mostrar a língua.

— Ele chegou? — Meu pai se levanta, colocando a barraquinha de sorvete de Lego na mesa de centro antes que Ted possa sentar ou pisar nela. — Ou ela, claro.

Aliso meu vestido.

— Parece que sim.

Meus pais ficam parados atrás de mim, os olhos fixos na porta da sala. Quando nosso convidado entra, mostra que se esforçou mais do que todos nós juntos: está usando uma camisa elegante por baixo de um colete de tricô com estampa de rena e trenó. É o suéter natalino mais ridículo e genial que já vi.

— Não estou atrasado, né? Espero não ter perdido suas famosas batatas assadas, Moira.

Minha mãe se esforça para esconder a surpresa, mas, apesar de seu sorriso, percebo que ela ficou meio frustrada ao ver que meu acompanhante gato para a ceia de Natal é um senhor de oitenta e três anos.

— Bom te ver, Albert. Tem bastante batata assada, não se preocupa. Fica à vontade.

O jantar está ótimo, e fico grata por Albert ter vindo. Todos nós ficamos. Ele traz uma dinâmica diferente para a ocasião, tornando tudo mais fácil do que teria sido caso seguíssemos nosso arranjo de sempre, só que sem a presença de Emmy e Doug. Antes de comer, fazemos um brinde aos dois e, durante a refeição, Polly nos conta sobre o ano em que Emmy comprou um hidratante facial chique para Doug, sem perceber que era, na verdade, um bronzeador gradual. Ele havia usado um monte e, na véspera do Ano-Novo, estava laranja igual a um Oompa-Loompa. É engraçado e triste ao mesmo tempo.

Quando acompanho Albert até a porta da casa dele (insisto nisso porque fico preocupada que suas pernas fiquem ainda mais bambas depois de tomar quatro taças de espumante), ele põe a mão no meu ombro.

— Obrigado. Hoje foi ótimo, de verdade.

Eu o surpreendo com um abraço.

— O prazer foi meu. Odiei pensar em você passando a noite de hoje sozinho enquanto comíamos um banquete na casa ao lado. E você é uma companhia maravilhosa, então nunca pense que isso é um ato de caridade. Foi mais fácil com você aqui hoje do que seria caso não tivesse vindo, então você que acabou fazendo um favor pra gente.

Ele concorda com a cabeça.

— Costumo odiar o Natal. No ano passado, passei o dia todo assistindo a filmes de faroeste e fui pra cama cedo pra que acabasse logo. Sua irmã me convida pra vir todos os anos, sabia?

— Não — respondo. — Não fazia ideia. Então por que você nunca...?

— Não queria admitir que estava solitário. E isolado. E todas aquelas outras coisas que você vê nos anúncios de voluntários ligando pra idosos que não têm família. Nunca quis me tornar uma dessas pessoas. Eu só queria que nunca fosse Natal. Não é tão solitário nos outros dias do ano.

— Bom, vou precisar dizer a Emmy que meu convite pra ceia foi mais convincente que o dela, só pra você saber. Não é sempre que posso contar vantagem sobre a minha irmã, então tenho que aproveitar ao máximo quando essas raras ocasiões acontecem.

Albert ri.

— Você sabe que não é tão diferente da sua irmã. Tudo bem, fala mais alto e é um pouco mais... — ele escolhe a próxima palavra com cuidado — ... *caótica*. Mas tem um bom coração, assim como o dela. E você tem personalidade. Não pensou que foi coincidência eu ter escolhido livros sobre mulheres fortes pro nosso clube, né?

Balanço a cabeça.

— Pensei que eles te faziam lembrar de Mavis. — Percebo que com isso ele estava tentando me botar para cima. — Posso te falar uma coisa? — Me afasto da varanda, dando uma olhada para ver se minha mãe não nos seguiu.

— Contanto que não seja outro pedido de desculpas pela noite do clube do livro de semanas atrás.

— Não, não é isso. Mas ainda estou muito constrangida, então me perdoa. É sobre a Emmy. — Hesito, me perguntando se deveria falar uma coisa dessas em voz alta. Albert assente, me encorajando a continuar. — Passei muito tempo com medo dela nunca mais voltar. De que não houvesse recuperação. E sei que meus pais e a Polly sentiram o mesmo. Por um bom tempo esse foi o nosso maior medo. Só que recentemente recebemos a notícia de que a Emmy vem dando indícios de que no fim das contas pode sim dar a volta por cima, e agora, às vezes, antes de dormir, fico lá deitada, preocupada com o que minha irmã vai pensar caso volte. Se vou ter feito um bom trabalho segurando as pontas. E, mesmo sabendo que fiz tudo errado várias vezes ao longo do ano, também sei que ela ficaria muito emocionada por termos ficado amigos. Então, seja lá o que aconteça, espero que você venha pra ceia de Natal ano que vem. E insisto que vá até a casa dos meus pais para comemorar o Ano-Novo.

— Talvez eu esteja ocupado lavando o cabelo — ele diz, os olhos cheios de lágrimas. — Mas vou ver o que consigo fazer.

— Ótimo. Agora coloca um faroeste na televisão e vai se acomodar, seu velhote.

— Entendido. — Albert entra em seu corredor cor de biscoito e se vira para me olhar. — Acho que a sua irmã ficaria impressionada com quão longe você chegou, Beth. Sei que foi um ano extremamente difícil, mas... espero que não seja inapropriado da minha parte dizer isso, também acho que pode ter sido uma mudança de página pra você.

Não sei bem o que responder, então assinto e volto para casa. Ted está na janela, iluminado pelas luzinhas da árvore de Natal, e, quando me vê, acena e gesticula com entusiasmo para seu helicóptero novinho em folha em que o avô acabou de colocar pilha, ansioso por exibi-lo para todo mundo. Faço um "Uau!" silencioso e ele abre um sorriso que me faz sentir um quentinho no coração. É raro eu aceitar um elogio ou uma parabenização, mas acho que talvez Albert tenha razão. Percorri *mesmo* um longo caminho desde o dia do acidente. A Beth daquela manhã teria orgulho da Beth de hoje. E acho que minha irmã e Doug também. Espero que sim, pelo menos.

34

É muito difícil saber o que vestir para uma festa de Réveillon que não é exatamente uma festa, mas uma reunião de pessoas. Passo os olhos pelas opções. Estamos na casa da minha mãe, e fui beneficiada com o luxo de poder passar uma hora inteira sozinha me arrumando, uma cortesia do meu pai, que está assistindo a *Paddington* com Ted, mas até agora tudo que fiz foi ficar parada por dez minutos na frente do guarda-roupa aberto.

Foi uma semana estranha. O limbo entre o Natal e o Ano-Novo é, na melhor das hipóteses, um período estranho, e senti algo próximo a um ataque de pânico no dia seguinte ao Natal. Uma coisa tão boba, mas, de repente, fiquei apavorada em saber que estamos deixando um ano para trás e começando outro sem Doug e com Emmy ainda no hospital. Não sei se estou pronta para deixar para trás o ano em que Doug esteve vivo. A partir de amanhã, será "o acidente que aconteceu no ano passado". Isso coloca uma distância maior entre o agora e o antes. Não sei se estou pronta para mais distância. Não sei o que isso vai significar. Ao mesmo tempo, sempre adorei a promessa de um ano novinho em folha, e há muita esperança neste que está por vir.

Descartei os vestidos e as saias mais brilhantes: chiques demais para uma noite em que não vou sair do jardim dos meus pais. Escolho uma minissaia preta de couro e um top esmeralda tomara que caia, que combino com meia-calça e argolas de ouro. Decido me maquiar, já que tenho tempo e porque me sinto bem passando um pouco de base no rosto para suavizar as linhas de expressão que com certeza multiplicaram ao redor dos meus olhos ao longo do ano.

Ted vai dormir comigo hoje à noite, então tiro seu pijama da bolsa. Polly ficou no quarto de hóspedes, o antigo quarto da mãe dela, e bato em sua porta antes de descer.

— Tudo bem aí, Pol?

— Tudo. A Rosie tá vindo pra cá. Será que a gente pode tomar um pouco de vinho?

Ponho a mão no quadril.

— *Vinho*? Com catorze anos? De jeito nenhum.

Ela estreita os olhos.

— Mas você disse que talvez...

Ergo o indicador.

— Vocês não vão tomar vinho, mas eu *comprei, sim*, umas garrafinhas com baixo teor alcoólico. Vou ligar pra Suzy daqui a pouco e ver se por ela tudo bem a Rosie beber uma ou duas. Se, e somente se, ela deixar, aí vocês podem beber.

— Mas você tem mesmo que ligar pra ela? — Polly faz sua melhor expressão de cachorrinho abandonado.

— Tenho. Isso se chama ser responsável. É uma coisa nova pra mim, admito, mas é melhor começar o ano com o pé direito. Não vamos esquecer o que aconteceu daquela vez que você me pediu pra mandar mensagem em vez de telefonar. E, além do mais, eu gosto da Suzy. E com certeza sua mãe ligaria.

Polly sorri.

— Não, não ligaria. Ela prepararia vodca com limão usando 99% de limonada e nos deixaria experimentar. Ainda que seja basicamente a mesma coisa daquelas latas de bebida que dá pra comprar sendo menor de idade.

— Meu Deus, tem razão, ela faria isso.

Polly está analisando minha roupa.

— Você está bonita. O Albert vai vir de novo?

— Por incrível que pareça, sim.

— Ah, legal. Mas, sério, você tá de brinco e usando perfume, então deve estar esperando outra pessoa. Quem é?
— Ainda não tenho certeza.
— Interessante.
— Vamos descobrir, né?

Quando minha mãe não está olhando, mudo a playlist de Clássicos dos Anos 80 para Festas porque, de verdade, "Total Eclipse of the Heart" não está ajudando no clima da ocasião.
— Quer mais um drinque, Mary? — Minha mãe convidou a maior parte do Instituto Feminino, e elas certamente sabem como entornar uma taça ou duas.
— Ahhh, só mais um dedinho, querida. — Encho o copo, e ela não reclama.
Polly e Rosie estão na sala bebendo Smirnoff Ice e ouvindo Drake no celular de Rosie. Suzy ficou feliz de eu ter ligado e disse que um pouquinho de teor alcoólico não faria mal. Já mamãe me chamou de lado e me disse que tem medo de que as Smirnoffs possam ser uma porta de entrada para as drogas, mas expliquei para ela a minha opinião de que duas garotas bebendo um pouquinho na noite de Ano-Novo, seguras na casa da avó de uma delas, não significa que estamos dando corda para uma dependência de entorpecentes. Também falei que, na idade de Polly, eu e Emmy estávamos dando uns pegas em garotos nas arquibancadas da quadra de futebol; foi então que minha mãe tapou os ouvidos e foi dar uma olhada nos canapés. Meu pai ainda não está confortável com a ideia dos canapés, por isso, segundo ele, vai comê-los num prato usando garfo e faca.
Albert chegou às oito e meia, de gravata-borboleta. Me pergunto se é a mesma que ele usou aquele dia para o jantar que nunca aconteceu. Fiquei preocupada que fosse pedir muito a Albert que viesse até aqui, longe do conforto de saber que sua casa está bem ao lado para poder se esconder, mas Mary e companhia parecem tê-lo colocado entre elas de bom grado, e, da última vez que olhei, ele estava jogando cartas na sala de jantar.

A noite está indo bem. Ted está perambulando e fazendo muito barulho, e no momento está perturbando Kate e Leila. Parece que meus pais estão relaxados. Mas no momento em que vou lavar alguns copos me sinto subitamente sobrecarregada e levemente culpada por Emmy estar sozinha no hospital. Por não estarmos passando essa noite lá com ela. Por Doug ter morrido e nós estarmos brindando ao ano novo como se fosse uma comemoração. Parece errado. Estou enxugando as lágrimas com um pano de prato quando percebo que não estou sozinha.

— Sei que essa música da Kylie é ruim, mas não *tão* ruim assim.

— Jory — eu digo, embora soe mais como um arquejo.

Ele me dá um beijo na bochecha.

— Você está bem?

— Não acredito. — Estou meio rindo, meio chorando agora. — Eu passei iluminador e tudo.

Ele pega um abridor de garrafas ao meu lado e tira a tampinha de uma cerveja.

— Não entendi.

— Eu me arrumei — explico, apontando para o meu rosto, que agora está inchado e provavelmente cheio de rímel borrado. — Queria parecer elegante, só pra variar.

Jory ri.

— Elegante, é?

— E aí você aparece e eu tô parecendo um cachorro molhado.

— Meu tipo favorito de cachorro — ele comenta.

— Beth, tem mais desse rosé? — Mary entra na cozinha. — Ah, oi, Jory, querido, não sabia que você estava aqui.

Passo a garrafa inteira de rosé para ela.

— É toda sua. O Albert está bem?

— Está se divertindo bastante. Começaram a jogar mexe-mexe agora, Beryl chegou até a apostar um pouco de dinheiro. É tudo brincadeira por enquanto. Vou deixar vocês dois em paz. — Ela pisca, depois esbarra no batente da porta ao sair.

Ficamos os dois em silêncio por um instante. Temos conversado ao telefone e trocado mensagens todos os dias desde que ele viajou, mas essa é a primeira vez que nos vemos desde que contei sobre o bilhete. Esse suspense está me matando.

— Escuta, Jor...

— O Ted quer beber alguma coisa. — Meu pai entra apressado na cozinha e enche um copo. — Acho que ele comeu muita jujuba, porque não para quieto no lugar. Você acha que foi jujuba demais? Será que é melhor dar outra coisa pra ele?

— Ele tá muito cansado — explico. — Não achei que fosse ficar acordado até meia-noite, mas não acho que ele vai dormir agora, não depois de ver a agitação toda que está aqui embaixo. Mas com certeza é melhor ele parar de comer doce, talvez só um leite morninho pra acalmar um pouco. Quer que eu fique com ele?

— Não, deixa comigo. Ele pode me ajudar com a música lá fora. É bom te ver, filho. — Ele aperta o ombro de Jory.

— Bom te ver também. Tá parecendo um galã com essa camisa, Jim. — Jory espera até meu pai estar fora do alcance. — Como o mundo gira, hein?

— Como assim?

— Seu pai te pedindo conselhos sobre o que fazer com o Ted.

— Ah, sim... É, parece que sim. — Eu não tinha pensado nas coisas por esse ângulo, mas acho que Jory tem razão. — Mas eles ainda não confiam em mim pra cuidar das lixeiras. Nem pra cozinhar nada que vá além do meu repertório de três receitas.

— Você sabe *três* receitas agora? Vai em frente, do que estamos falando aqui?

— Bom, macarrão ao pesto, óbvio. E chilli, que faço com molho de caixinha, mas minha mãe não sabe, e burrito.

— Caramba. Nunca pensei que veria esse dia chegando.

— É, nem eu. — Sorrimos um para o outro. — Estou muito feliz por você ter voltado hoje.

— Eu também. — Jory repuxa o rótulo de sua garrafa de cerveja. — Encontrei o Albert enquanto entrava. Perguntei se ele achava que Você Sabe Quem estaria aqui.

— O Voldemort?

— Engraçadinha. O Mister Músculo.

Dou risada.

— Ah, certo, entendi. Não, o Greg não vem. E você já sabia que ele não vinha, então deixa de ser besta.

— Acho que o Albert pode ter superestimado o que estava acontecendo entre vocês.

— Bom, é o perigo de contratar alguém de oitenta anos como informante. Você já recebeu alguma mensagem dele?

Jory ri e pega o celular, abrindo uma inconfundível conversa com Albert, escrita toda em letras maiúsculas.

— O cara é uma lenda — ele diz.

— Uma lenda — repito e olho pela janela. — Quer ficar ali fora no jardim um pouco? Meu pai acendeu a fogueira.

Ele franze a testa.

— Não trouxe casaco. É melhor eu dar um pulo lá do outro lado da rua e pegar um.

— Ah, não esquenta, meu sobretudo ainda está na casa da Emmy e do Doug, então vou ter que pegar um casaco do meu pai emprestado. Pego um pra você também.

— Desde quando você tem um sobretudo? — Ele me segue até a área de serviço.

— Eu entendo muito de casacos agora. Ontem mesmo falei pra Polly sobre a diferença entre colocar o casaco antes e depois de sair no frio. — Pego dois agasalhos do meu pai. — Você quer o verde, que te deixa parecendo um apresentador de telejornal, ou o marrom, que te deixa parecendo um observador de pássaros?

Jory escolhe o marrom. Ele é mais alto que meu pai, então as mangas ficam meio curtas. Visto o verde, que é comprido no corpo e chega até a barra da minha saia, dando a impressão de que estou usando moletom e meia-calça como look de Ano-Novo. Faço uma pose.

— Acho que está complementando superbem o meu visual.

— Na verdade, não ficou ruim. — Jory fecha o zíper. — Tô ansioso pra ver que sapatos você vai usar. — Ele aponta para os calçados de jardinagem da minha mãe, que estão ao lado da porta dos fundos. — Se for aquele Crocs ali, acho que vou ter que ir embora.

Me inclino por cima de Jory para pegar galochas. Sinto minha saia subindo por baixo do elástico do casaco, mas me curvo ainda mais para conseguir pegar as botas.

— Jesus Cristo, Beth.

— Que foi?

— Você sabe o que foi. Parece errado de mil formas olhar pra você desse jeito enquanto estou aqui usando o casaco do seu pai.

Arqueio as sobrancelhas, mas não digo nada. Passamos quase duas décadas provocando um ao outro só na amizade, e às vezes essas provocações se tornavam flertes, mas, além daquela noite, isso foi tudo o que aconteceu. Hoje, após as revelações das últimas semanas e agora finalmente sozinhos num cômodo apertado, as coisas parecem diferentes. Como se nossos limites de sempre já tivessem sido ultrapassados.

Calço as galochas e saímos para o jardim. Polly e eu mandamos bem no trabalho aqui mais cedo. Não parecia grande coisa durante o dia, mas os pisca-piscas que penduramos nas cercas e enrolamos nos galhos nus da macieira deixaram o jardim brilhando. Meu pai acendeu uma fogueira no galão de metal que costuma usar para queimar o lixo do jardim e, no quintal, puxou uma extensão do galpão e conectou um alto-falante. Mas ele não sabe como fazer a música tocar, por isso Polly e Rosie estão sentadas de pernas cruzadas em um cobertor, montando uma playlist no celular com a ajuda de Ted. Infelizmente para elas, Ted tem uma longa lista de exigências musicais, então as duas precisam ficar alternando entre canções infantis e músicas de adolescente. É um belo contraste quando Billie Eilish dá lugar à música tema de um desenho animado. Não conto para Polly que prefiro essa última.

Ted vem correndo, envolvendo minhas pernas com as mãos.

— Tia Beth, faz a dancinha engraçada!

— Sem chance. — Quando Ted faz beicinho, acrescento: — Mas com certeza vou fazer *mais tarde*. — Só preciso rezar para que ele esqueça até lá.

Jory empurra meu ombro de leve com o dele.

— Burritos, sobretudos, dancinhas engraçadas... Estou começando a achar que não te conheço mais.

— Ah, sei não. Eu diria que você me conhece muito bem. — Chamo Polly. — Pol, posso deixar o Ted com você um segundo? — Ele vai se sentar no colo da irmã, enumerando mais musiquinhas da creche que deseja ver na playlist da festa. Ela faz um joinha para mim, e, enquanto afasto Jory da pista de dança improvisada, consigo ouvi-la dizendo a Ted que ele pode colocar "Meu pintinho amarelinho" logo depois de Drake. Conduzo Jory para além da macieira até nos acomodarmos do outro lado da casa, onde a música está mais baixa.

— Droga. Eu devia ter trazido vinho pra gente.

— Quer que eu vá pegar um pouco? — Ele aponta para a casa.

— Não — respondo, com uma intensidade que nos pega de surpresa. — Desculpa, é só que, se você voltar lá, vai ser parado por Mary, ou Albert, ou a minha mãe, ou o cachorro do vizinho, e aí a Polly vai me dizer que o Ted precisa fazer cocô. Alguma coisa vai nos impedir de ter um momento pra conversar. Vamos deixar o vinho pra lá. A gente pode pegar bebidas mais tarde.

— Tudo bem, então vamos conversar. — Jory se senta encostado no canteiro de madeira que meu pai construiu, e me acomodo ao seu lado.

— Não sei bem por onde começar — eu digo.

Jory encara os próprios All Star, os mesmos de sempre.

— Eu li seu bilhete. A Sadie deixou numa sacola com algumas outras coisas que ela devolveu, por mais que eu nunca tenha perguntado se ela estava com a foto.

— Putz. Me sinto mal por ela ter lido. E pelo bilhete ter colaborado com o término de vocês.

— Não precisa se sentir tão mal. A gente teria terminado de qualquer jeito.

— É mesmo?

— Ah, Beth. *Beth, Beth, Beth, Beth, Beth.* — Ele bate com a palma da mão na cabeça a cada "Beth", depois dobra os joelhos em minha direção e coloca a mão ao lado da minha, nossos mindinhos se tocando. — Esse namoro estava condenado desde o instante em que ela percebeu que eu curtia outra pessoa.

Dou risada.

— Desculpa, sei que é uma conversa séria, mas o jeito que você fala "curtir" me lembra a época em que a gente ficava falando sobre os nossos paquerinhas no ônibus da escola, ouvindo música no seu walkman.

— *Você* falava sobre os seus paquerinhas. — Jory olha para trás, na direção da casa. — Eu odiava quando você me contava de quem estava gostando no ônibus.

— Quê? Não, mentira. Você também me contava das garotas que você gostava. Aquela Kimberly Williams, por exemplo.

Jory balança a cabeça.

— Nunca gostei da Kimberly Williams, não pra valer. Quer dizer, ela era legal, mas eu não estava interessado de verdade. Eu só dizia que gostava dela, porque senão a conversa sobre paqueras seria uma via de mão única. E você tinha uma lista e tanto.

— Eu tinha treze anos, por aí. Claro que eu tinha uma lista e tanto.

— Bom, eu não tinha. Eu só gostava de você.

De repente, estou superfocada no meu mindinho encostado no dele, como se houvesse uma carga invisível de energia entre nós.

— Você nunca me disse isso.

— Eu tentei. Tentei várias vezes naquela época. Mas era tão óbvio que você tinha me colocado na *friendzone* que parecia inútil tentar. Eu sempre desistia de contar como me sentia, geralmente depois que você falava para alguém que me considerava um irmão. À medida que fomos ficando mais velhos, tiveram momentos que cheguei a pensar que você estava começando a sentir o mesmo, mas, vamos ser honestos, isso acontecia mais quando você enchia a cara ou estava de ressaca. Sei que ficamos fazendo piada sobre o Inverno de 2015, mas nós dois fomos tão claros depois do que aconteceu, ou quase, ou meio aconteceu, dizendo que aquilo não devia ter acontecido, que fiquei com medo de te falar a verdade. Eu não queria perder você como amiga. Isso era mais importante que tudo.

— Eu também não queria perder você. — Agora estamos sentados o mais perto possível, mas ainda sem olhar um para o outro. Em vez disso, encaro a lua.

— Eu nunca soube o que você sentia. — A voz de Jory é calma. É uma afirmação, não uma pergunta, mas acho que ele merece uma resposta.

— Então pergunta agora. Pergunta o que eu sinto.

Ele nega.

— Não consigo.

Apoio a cabeça em seu ombro.

— Bom, então vou te dar umas pistas. O que você diria se eu te contasse que fucei seu perfil nas redes sociais todos os dias e que era quase uma tortura ver a foto da Sadie usando seu casaco?

Ele encosta a cabeça na minha.

— Eu diria que você estava fora de si.

— E o que você diria se eu te contasse que, depois de pensar que você tinha ignorado meu bilhete e escolhido a Sadie em vez de mim, tentei me forçar a sentir algo pelo Greg? Mas que, quando ele me deu uma xícara de chocolate quente e os dedos dele encostaram nos meus, eu não senti nada?

— Eu diria que odeio pensar nos dedos dele encostando em você.

Dou risada.

— Antes do acidente, eu tinha meus encontros, Jor. Eu me arrumava, sorria e às vezes o cara era até gatinho. Nem sempre. Não vamos esquecer aquele que disse ter vinte e nove anos quando era óbvio que já estava chegando nos cinquenta.

— Ou aquele que te mandou uma foto do pau enquanto você ainda estava jantando.

— Ou esse. Mas, mesmo quando eles cumpriam todos os requisitos, ainda pareciam meio sem graça. E não estou me referindo aos pintos.

Jory ergue a cabeça.

— Ouviu alguma coisa?

Escuto um pigarro, e minha mãe aparece, espiando por trás da parede.

— Ah, graças a Deus. Não sabia que vocês estavam aqui, pensei que alguém pudesse ter pulado o portão. Desculpa por... — ela alterna o olhar entre nós dois — interromper.

— Por que alguém ia invadir nossa festinha de Ano-Novo no jardim?

— Bom, você sabe como são os jovens hoje em dia.

Ted chega correndo e sobe no meu colo.

— Te achei!

— Eu não estava me escondendo.

— Vovô disse que tava.

— Certo — respondo baixinho.

— É quase meia-noite! — Ted exclama.

— Já passou da sua hora de dormir.

— A gente pode contar até dez. A Polly tem uma música chamada "O meu asno velho".

— "Adeus, ano velho." — Minha mãe faz carinho no cabelo de Ted. — Ele está com dificuldade pra entender o conceito de contagem regressiva porque a gente conta os números ao contrário, e parece que ele acha que "três, dois, um" é só para aquela brincadeira de foguete que você faz com ele no balanço ou algo assim. De qualquer forma, acho que vamos ter que contar pra frente mesmo. Vocês dois vêm?

— Já tá na hora? — Tiro o celular do bolso. Faltam dez minutos. Me levanto e vou atrás de Ted, murmurando desculpas para Jory.

— Tudo bem — ele diz, ficando de pé e nos acompanhando de volta ao quintal. Todo mundo se reuniu do lado de fora, e passo o braço ao redor de Polly.

— A gente vai mesmo contar de zero a dez? — pergunto.

— Vovó disse que sim, por causa do Ted. E depois preciso colocar "Adeus, ano velho" pra tocar. É muita pressão.

— Tenho certeza que não é nada com que você não possa lidar. Você foi ótima esse ano. Seus pais estariam muito orgulhosos de você, e não ouse me dizer o contrário. Também estou orgulhosa de você. — Não espero Polly me responder; em vez disso, vou para junto de Albert, que também parece ter pegado um casaco emprestado com o meu pai.

— Achei que Mary pudesse ter te sequestrado. Feliz Ano-Novo, Albert.

— Feliz Ano-Novo, Beth. Espero que o próximo ano traga um pouco de felicidade pra sua família linda. Vocês merecem.

— Obrigada. E obrigada por ter sido um amigo tão bom pra mim nesse último ano.

Ele assente. Meu pai bate no copo com uma colher, e todos os olhares se voltam para ele. Papai explica que não vai fazer um discurso, que apenas gostaria que parássemos um instante para brindar a quem não pôde estar presente. Não há um único olho seco no jardim quando erguemos nossas taças e dizemos: "A Emmy e Doug".

Olho ao redor, para nossa família e nossos amigos. Meus pais começaram a dançar coladinhos no meio do quintal, os dois emocionados e um pouco alegres demais por causa do vinho. Polly e Rosie estão ensaiando a coreografia de um vídeo que viralizou, com Ted logo atrás, tentando copiar os passos. Albert está parado no meio de três senhoras do Instituto, e pisca para mim quando nossos olhares se encontram.

Tem tanta coisa boa aqui. Temos um vazio enorme em forma de Doug nas nossas vidas, e, por enquanto, também estamos navegando em uma cratera na forma de Emmy. Mas existe uma riqueza de vida, amizade e esperança sendo construída entre as arestas de toda essa dor e preocupação. Sem sombra de dúvida esse foi o pior ano da minha vida, mas foi também o que mudou minha vida, e nem todas as partes foram ruins.

Sinto uma mão nas minhas costas, e sorrio quando me deparo com um agasalho marrom.

— Você queria que eu fosse honesta — falo para ele —, então lá vai. Eu não penso em você como irmão. Acho que talvez em algum ponto já tenha pensado, sim, ou disse a mim mesma que pensava, mas as coisas que eu ando imaginando recentemente com você seriam ilegais se a gente fosse irmãos.

Jory ri.

— É mesmo?

— Eu te acho gostoso, tipo, *muito* gostoso. Mas sinto te informar que perdeu alguns pontos no quesito sensualidade por estar vestido igual ao meu pai.

Ele continua com a mão na minha lombar, e move a outra até entrelaçar as duas nas minhas costas. Consigo sentir meus pais nos olhando, mas não ligo. Jory aproxima o rosto do meu.

— Prometo que não vou mais me vestir como um observador de pássaros. E, na verdade, também tenho uma coisa pra te dizer. Não vou falar que te acho gostosa, ainda que, por mais estranho que pareça, essa combinação de casaco e meia-calça tenha me excitado um pouco, mas não é isso que eu quero dizer. O que eu quero te falar é que você é a melhor pessoa que eu já conheci, sem exceção, e que eu te amo. Sempre te amei.

Sinto um sorriso se formar na minha boca e se espalhar até minhas orelhas.

— Desculpa, não ouvi a última parte.

Polly acena com a cabeça para o meu pai, que grita que já está quase na hora da contagem regressiva e nos lembra que este ano vamos precisar fazer uma contagem progressiva em vez de regressiva. Ele pega Ted no colo e ergue a mão.

Zero.

Jory encosta a boca na minha orelha, e todos os pelos do meu corpo se arrepiam.

Um.

— Eu *disse* que te amo.

Dois.

— Bom saber, obrigada.

Três.

— E pensei que talvez eu pudesse te levar pra sair.

Quatro.

— Como sua melhor amiga...?

Cinco.

Ele balança a cabeça.

— Um encontro. Contrariando as regras. Ao melhor estilo Inverno de 2015.

Seis.

Pressiono meu corpo contra o dele.

— Definitivamente não como irmão, né?

Sete.

— Definitivamente não.

Oito.

Toco em seu rosto, e não consigo evitar uma risadinha. Parece algo proibido, cruzar uma linha que sempre dissemos que jamais cruzaríamos, e é nada menos que absurdo fazer isso no jardim dos meus pais depois de todo esse tempo. Beijo seu lábio inferior.

— Eu também te amo.

Nove.

Uma onda percorre meu corpo inteiro quando Jory me beija de volta.

Dez.

— Feliz Ano-Novo, Beth.

Escuto gritos de comemoração ao nosso lado — não sei se pelo ano novo ou por nós dois. Talvez sejam ambas as coisas. Passo os braços em volta do pescoço de Jory enquanto uma versão de "Adeus, ano velho" na gaita de foles começa a tocar no alto-falante. Ted está gritando porque queria que todo mundo contasse até quarenta e sete e porque não gosta desse tal "O meu asno velho". O avô começa a girá-lo no ar até suas lamúrias se transformarem em gargalhadas. As estrelas lá no alto brilham como se fossem purpurina, então inclino o rosto para cima e faço que sim com a cabeça. Espero que Doug saiba, de alguma forma e de algum lugar, como sentimos sua falta.

Não consigo mais ignorar a esperança que sinto toda vez que penso na minha irmã. No ano que vem, quando estivermos sob esse céu estrelado, Emmy também estará aqui. Não tenho como saber se ela vai estar mesmo — não com certeza —, mas a esperança está cedendo espaço para a crença, e a crença vem se tornando mais forte a cada dia. Emmy vai ficar insuportável de tanto "eu te avisei" quando souber de mim e Jory, e estou mais do que preparada para isso.

Olho para Polly, que está sorrindo em nossa direção. Quando me flagra olhando para ela, enfia um dedo na boca e finge estar vomitando.

Descanso a cabeça no peito de Jory.

— Feliz Ano-Novo.

Agradecimentos

Em primeiro lugar, gostaria de agradecer aos meus estupendos editores, Frankie Gray e Imogen Nelson. Receber o feedback de vocês em todas as etapas foi um imenso privilégio, e sou *muito* grata por toda a ajuda e o trabalho duro. Agradeço à minha agente, Hannah Ferguson, por, antes de qualquer coisa, ter me ajudado a dar o salto rumo à ficção. Posso ter subestimado o tamanho do salto, mas estou bem feliz de termos feito isso. Também gostaria de agradecer a todos os membros do time Transworld que se envolveram no design, no marketing e na torcida pelo meu livro (a Carlsberg não trabalha com publicação, mas se trabalhasse...) e à minha preparadora, Mari Roberts, por ter feito o manuscrito brilhar.

Ao meu querido pai, sou grata por todo o encorajamento e pelos conselhos. Você sempre foi o maior defensor da minha escrita, e nunca vou me esquecer do dia em que te contei o enredo inteiro, nem do dia em que recebi uma carta com os seus comentários escritos à mão sobre o segundo rascunho. Eu sabia que ia ser útil você estar aposentado. Tina, Ena e Andrew — obrigada, também, pelo apoio contínuo, pelo amor e pelo maior presente de todos: cuidar das crianças!

Para velhos e novos amigos, das mães da escolinha aos colegas autores, obrigada por todos os incentivos ao longo do caminho. Menções honrosas para Jayde, Beth (a Beth original), Emma e para a MINHA GALERA (vocês sabem quem são). Katie Marsh, obrigada por me mandar mensagens como CONTINUE ESCREVENDO na hora certa e por me tranquilizar dizendo que tudo ia dar certo, mesmo no dia em que te mandei uma mensagem avisando que havia escrito uma besteira impublicável que precisava ir direto para o fogo.

Aos meus colegas de escritório na Generator — que são gente demais para eu conseguir listar (mas Tom, Jon e Martin, vocês merecem uma menção por terem suportado a pior parte das minhas lamúrias) —, obrigada pelas piadas e pelas asinhas de frango. Vocês viveram essa aventura literária comigo e alegraram cada dia de trabalho.

Meus queridos meninos — Henry, Jude e Wilf —, obrigada por ficarem ao meu lado mesmo quando o notebook parecia cirurgicamente colado ao meu rosto. Não é nada menos que um milagre que parte deste livro tenha sido escrita ao mesmo tempo em que vocês tinham aulas em casa durante uma pandemia. Vamos esquecer isso e nunca mais tocar no assunto.

Obrigada ao meu marido, James, por sua fé inabalável e por me deixar roubar Cutuca e Cosquinha *e* o seu amor por "Rock 'n' Roll Star". Eu te amo.

E por último, mas não menos importante, obrigada a *você*, que está lendo este livro. Significa muito para mim que você tenha decidido dar uma chance a esta história. Sem você, meu emprego dos sonhos ainda seria apenas um sonho.

Impresso no Brasil pelo Sistema Cameron da Divisão Gráfica da
DISTRIBUIDORA RECORD DE SERVIÇOS DE IMPRENSA S.A.